Para mi amigo alemán

Ti

Para ti, que te gusta
la aventura como a Julián,
Porque este libro está
escrito para aquellos que
creen en sus sueños y
se atreven a lograrlos.

Sagar Prakash Khatnani
30/06/14

Amagi

Sagar Prakash Khatnani

Amagi

Un relato increíble sobre la búsqueda de los sueños

SUMA de letras

Título original:

2014, Santillana Ediciones Generales, S. L.
Avenida de los Artesanos, 6. 28760 Tres Cantos (Madrid)
Teléfono 91 744 90 60
Telefax 91 744 92 24
www.sumadeletras.com

Diseño de cubierta: Cover Kitchen
Ilustraciones interiores: Cayetano Rivera Soria

ISBN: 978-84-8365-627-3
Depósito legal: M-257-2014
Impreso en España
Printed in Spain

Primera edición: febrero de 2014

PRISA EDICIONES

A mi abuela, que siempre deseó que destacase en algún talento y, aunque habría preferido algo distinto para mí, yo le prometí que sería escritor.

PARTE I

La vida es el mayor de los riesgos.
Siempre nos ofrece la oportunidad de un nuevo comienzo,
pero hay que tener coraje para afrontarlo.

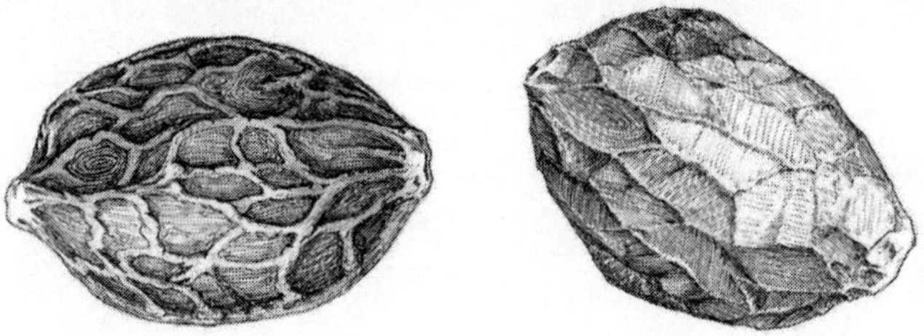

1

Amagi! —gritó Yuseph, despertando en mitad del alba. Aún jadeaba y, como cada noche, el catre estaba empapado en sudor. Otra vez había tenido el mismo sueño, el mismo que las últimas siete mil trescientas noches, desde el día en que había nacido.

Sin embargo, esta vez era distinta, porque ese día Yuseph cumplía veinte años.

Envuelto en la oscuridad de la noche, volvió a pronunciar aquella misteriosa palabra, como si tratase de invocarla:

—Amagi...

¿Qué significaría?, se preguntó aturdido. ¿Por qué se repetía aquel sueño una y otra vez? No podía recordar nada relacionado, pero sintió algo extraño: el corazón le dio un vuelco.

En el sueño aparecía ante la verja de su casa. La abría y atravesaba el patio lentamente. Justo en el centro crecía un árbol enorme y ramoso. Sus gruesas raíces habían horadado la tierra hasta abollar los muros de la fachada. Todo se encontraba muy descuidado, como si hubiesen pasado muchos años y nadie se hubiera preocupado de conservar la propiedad. Cuando llegaba al umbral, empujaba las hojas con la palma de las manos y entraba en el interior. La estancia estaba abandonada a la oscuridad, salvo por unos rayos de luz que la atravesaban como dagas. Entonces, había algo que llamaba su atención... Algo que jamás había visto antes. En la galería que rodeaba el patio, bajo la techumbre, se apilaban contra la pared, unos sobre otros, baúles de madera. Se preguntaba de dónde habrían salido mientras caminaba hasta ellos y trataba de abrirlos. Estaban sellados y, aunque los agitaba con fuerza, no cedían. Hasta que uno de ellos, empujado por el zarandeo, caía al suelo y se abría con el impacto, desperdigando todo su contenido. A pocos metros de él, algo que yacía en el suelo y estaba del revés lo atraía como un imán. Trataba de alcanzarlo con toda su ansia, pero en ese momento su corazón palpitaba tembloroso y toda la estancia comenzaba a girar a su alrededor hasta que despertaba confuso con aquella palabra en la boca y sin lograr descifrar su significado: «amagi».

Lo que todos desconocían —su padre, Hadi; su mejor amigo, Adnan, y el propio Yuseph— era que a partir de ese momento se iniciaría la historia de su vida. Conocería el amor, la venganza, el odio y la ambición..., y en esos precipitados senderos de la existencia descubriría la verdad de las cosas, las enseñanzas que le guiarían en su vida y la sabiduría eterna del mundo, hasta arrastrarlo irremediablemente hacia la revelación del secreto que el universo le susurraba a través de aquel sueño.

Sin embargo, por aquel entonces Yuseph ignoraba el que sería su destino y solo podía pensar en una cosa: su vigésimo cumpleaños. Le atraía la idea de estar convirtiéndose en un hombre al fin. Físicamente era larguirucho, aún verde y púber, como una caña de bambú. Auguraba espalda ancha y gestaba la semilla de una terrible belleza. Su piel cobriza y brillante lo recorría como las dunas del desierto. Y sus ojos, forjados en bronce, emanaban una flama inquietante, casi hipnótica, de una virilidad tentadora y misteriosa.

Desde sus últimos días en la madraza, trabajaba en la zapatería sirviendo a su padre. Nunca le gustó el oficio y siempre imaginó otro futuro para sí mismo. Pero no podía ser egoísta: su padre envejecía y estaba solo; era su deber como hijo ayudarlo y cumplir sus expectativas. Deseaba vivir y escaparse, pero cada día se topaba con zapatos y pies sucios. Así, año tras año, los peregrinos recogían su calzado; algunos se marchaban a tierras extrañas, otros volvían a sus hogares tras decenios de ausencia, y solo él permanecía anclado por los «deberías» y los «tendrías».

Pese a todo, en ese momento, al saltar del camastro, comenzó el día ilusionado. Se vistió con especial esmero y salió de su dormitorio, impaciente por recibir los abrazos y felicitaciones de Baba Jan[1].

[1] «Padre querido». Como término independiente, «Jan» es el equivalente aproximado a «cariño», y se utiliza casi exclusivamente para los parientes cercanos, tales como esposas, padres e hijos.

Al momento le encontró en el zaguán, removiendo algunas cajas.

Su padre, Hadi Wahed, era un hombre ceremonioso como el incienso y de maneras burocráticas. Solía caminar tiernamente encogido, como una tortuga centenaria, y aún conservaba algunas canas alrededor de las sienes. Al verle, le brindó una enorme sonrisa y abrió los brazos en grande, por lo que Yuseph se acercó mimoso para envolverse en ellos.

—Hola, Yuseph *jan* —le saludó—. Mira, todas estas eran cosas tuyas. —Y con aquel gesto que le había parecido una invitación para abrazarlo, señaló la estancia; luego, sin darle tiempo, se cruzó de brazos. Yuseph se detuvo en seco como si le hubiesen cortado las alas y sus mejillas se tiñeron de grana—. Hoy no podré acompañarte al taller, quiero acabar de ordenar este desastre.

Durante las últimas semanas, Hadi había estado recogiendo los enseres viejos de la casa y regalando a la gente lo que ya no servía. Todo el descansillo se hallaba repleto de cajones de madera y líos de ropa. Yuseph reconoció entre ellos algunos retales de su infancia, pero no le dio importancia en aquel momento, ahogado como estaba por la amargura de su decepción. Su padre no se acordaba del día de su cumpleaños..., una vez más. Lentamente, dio media vuelta con los hombros agachados, arrastrándose cansadamente, como si le pesasen los pies, cuando su padre volvió a hablar:

—¡Por Alá, casi olvidaba lo más importante! ¿Sabes qué día es hoy, Yuseph *jan*?

Yuseph se giró y una sonrisa iluminó su rostro como el sol que reaparece entre las nubes.

—¡Sabía que se acordaría, Baba Jan!

—Claro que me acordaría, hijo; ¿cómo iba a olvidarme de una ocasión tan especial? Hoy vienen los portugueses. —Yuseph perdió su sonrisa—. Son nuestros mejores clientes, trátalos bien.

Yuseph asintió con la cabeza y se alejó en silencio.

En el exterior soplaba una brisa cálida y los rayos oblicuos del amanecer imprimían sombras alargadas sobre la tierra húmeda. Desganado, bajó los escalones y comenzó a rodear la fachada hasta un cobertizo anejo, en cuyo interior habían construido el taller.

En la entrada había un pequeño jardín donde crecían dos bananos y una olorosa mata de jazmín abrazada a la tapia. Justo en el centro es donde aparecía el misterioso árbol con el que Yuseph soñaba cada noche.

La existencia pronto le revelaría su significado.

De pronto, se topó con alguien escondido al otro lado de la esquina. Estaba de espaldas y Yuseph gritó con fuerza, lo que provocó que el extraño se girase de un salto.

—¡Feliz cumpleaños, Yuseph! —declaró divertido.

Yuseph lo reconoció de inmediato: era Adnan Amîs. Él era para su alma íntimo como un secreto, refrescante como la savia de menta, fluorescente en la adversidad, el espejo en el que mirarse, la sincronización más armoniosa, vigorizante como una poda, la distracción perfecta, el consuelo espiritual. Le regalaba alegría en envoltorios de risa: su amigo.

Ambos se abrazaron con alegría y Adnan lo agarró de los hombros, alejándolo de sí para mirarle a los ojos. Solía leer su rostro con la facilidad de un libro abierto. Yuseph desvió la mirada imperceptiblemente, lo que provocó que Adnan sonriese con una mezcla de compasión e ironía.

—Se ha vuelto a olvidar, ¿no es así? —adivinó con perspicacia. Adnan era de constitución esquelética y había crecido ligeramente encorvado, como una rama azotada por el viento. Todo en él era frágil y rezumaba timidez; sin embargo, era avezado en la naturaleza humana—. Al menos tú tienes alguien que no te aprecia —resolvió sarcásticamente—; yo ni siquiera tengo eso.

Yuseph sintió como si le despertasen de un golpe y agachó la mirada, algo avergonzado. Adnan era huérfano desde los doce años y había tenido que afrontar la vida prematuramente cuando sus padres fallecieron por dengue.

—Bueno, esta noche tenemos que... —trató de consolarle Adnan, pero su frase quedó interrumpida por un ataque de tos.

Su rostro enrojeció y una vena gruesa le serpenteó en el cuello. Sus ojos se llenaron de lágrimas y la tos se hizo tan fuerte que lo dobló como a una brizna. Yuseph, alarmado, le palmeó la espalda y la masajeó en círculos, hasta que el ataque fue remitiendo poco a poco.

—¿Quieres que traiga agua? —En su voz se desveló el tono de inquietud.

Adnan negó con la mano.

—No te preocupes —jadeó.

Yuseph se mordió los labios, consciente de que estaba a punto de repetir algo que Adnan detestaba.

—Creo que deberíamos volver al médico...

—Estoy bien, en serio. El nuevo tratamiento está haciendo su efecto. —Se incorporó lentamente, apretándose un costado del estómago, y luego exclamó—: Siento que estoy mejorando. —Yuseph tenía el ceño fruncido y Adnan, al verlo, volvió a sonreír con dificultad—. No hay nada por lo que preocuparse, de verdad.

Yuseph no respondió. Hacía meses que el cuadro persistía. Al principio solo le afectó a las articulaciones. Acudieron a todos los médicos de Dar Beīḍa[2], pero si algunos desconocían la enfermedad, otros el remedio. Gradualmente, se adueñó de él una tos profusa cargada de secreciones. Tanto tosía que secó sus vísceras y comenzó a expulsar sangre. No podía soportar la luz y siempre le dolía la cabeza; incluso tragar saliva le irritaba la garganta. Por las noches solía subirle la fiebre, y más de una vez Yuseph le había velado a riesgo de sucumbir. Solo los curanderos se atrevían a ofrecerle sus mejunjes, y, aunque resultaban inútiles, era cierto que el último remedio parecía estar haciendo su efecto.

—Bueno, ahora tengo que irme —agregó Adnan al tiempo que se erguía para aparentar que estaba recuperado—, pero esta noche te invitaré a cenar en la taberna. —Se despidió con un nuevo abrazo y luego dio media vuelta.

Yuseph habló a su espalda:

—¿Adónde vas a ir ahora?

Adnan no se giró para responder, simplemente continuó alejándose.

—Al trabajo.

—¿Pero antes...? —insistió Yuseph. Una ligera sonrisa curvó sus labios.

—Ya lo sabes, amigo...

—¿A casa de Akhtar, el alfarero? —Adnan siguió caminando sin responder, aunque Yuseph habría jurado que

[2] Se trata del nombre de la ciudad en dialecto marroquí: en español, Casablanca.

sonreía—. ¡Confiésale de una vez que estás enamorado! —le animó Yuseph.

—Mañana lo haré, te lo prometo, mañana...

Yuseph se encogió de hombros y lo siguió con la mirada.

Adnan era recolector, y allá donde la cebada, la higuera, la uva o el argán hubieran llegado a la sazón, aparecía él como un aroma, dispuesto para la cosecha. A cambio, recibía un mísero jornal, lo suficientemente apañado para subsistir, pero no para invitarlo a cenar. Había heredado una modesta hacienda y tenía un techo bajo el que dormir. No necesitaba nada más, y habría sido el hombre más feliz de la Tierra de no ser por el alfarero, que había conseguido que se enamorara terriblemente mediante sus argucias y encantos. Su hija, Imad, era su principal recurso. Una muchacha tierna y jugosa, de ojos grandes como mangos y agachados como un árbol por el peso de sus frutos. Según le había contado Adnan, la muchacha le atrapó el corazón desde el día en que la vio en el mercado, tres años atrás. Con tiempo y esfuerzo logró descubrir que se trataba de la hija de Akhtar, el alfarero. Desde entonces, cada día, antes de marchar a trabajar, se desviaba del camino y entraba en la alfarería con la excusa de comprar una vasija. Su amigo Adnan no tenía apenas dinero para esos dispendios, pero, ciego de amor como estaba, no solo parecía haber perdido el juicio, sino también el hambre. Lo gastaba todo y con suerte le sobraba para comprar alguna fruta con la que resistir toda la jornada. Otros días, ni siquiera eso. Entonces, Yuseph solía llevarle comida por las noches y cenaban juntos, mientras él le relataba cada detalle de su encuentro con Imad, cantando sus alabanzas como el más ferviente adorador. No obstante, para su desgracia, Imad no parecía reparar en su presencia y no tenía ojos más que para el suelo. Debía ser muy ingenioso para desenterrarle alguna palabra. Simplemente le atendía con frialdad y, una vez Adnan había escogido la vasija, ella la llevaba a la parte trasera, la liaba delicadamente en papel y al cabo de unos minutos volvía para entregársela.

Entonces, Adnan se debatía en tribulaciones. ¡Ella era tan hermosa, tan perfecta y sutil! ¿Cómo podría enamorarse de un hombre como él? De este modo, atormentado por sus defectos, postergaba cada día el momento de declararse a ella, a la espera de una señal del mañana, cualquier indicio que le insuflase valor. Y lo más triste de todo era que cada «mañana» del que hablaba Adnan, cuando llegaba lo hacía como «hoy», y así «mañana» nunca llegaba. Mientras, los jarrones se acumulaban en su casa, tal como venían, y no se molestaba siquiera en desenvolverlos. Los abandonaba y se marchaba a trabajar duramente, para cobrar un nuevo jornal que gastar en otro jarrón; convencido de que un día, cuando le correspondiese, le mostraría a Imad su gran colección de jarras y le haría entender el gran amor que sentía por ella.

Cuando Yuseph le perdió de vista, dio media vuelta y entró en el taller.

Sin embargo, a media mañana sucedió lo siguiente:

Había abierto las puertas y ventanas, pero en la zapatería persistía un regusto a piel y resina. Un efluvio de luz se estampaba contra la pared del fondo, iluminando la escena. Las paredes estaban cubiertas con nichos del tamaño de un puño, en los que se ordenaba el calzado. En simetría de menor a mayor se alineaban las hormas, y los rollos de fieltro y tela pendían de un armazón, junto con los pellejos rebajados.

Yuseph aún rumiaba las palabras de Adnan cuando escuchó un lamento que venía del exterior, como el gemido de un hombre. Rápidamente se incorporó, asustado, y se asomó por la ventana.

Al otro lado de la carretera se encontraba el estercolero que pertenecía a los Shah, una familia de terratenientes. A lo lejos distinguió a Hishâm Akil, enfangado hasta las rodillas, llevando las manos al cielo entre gritos.

A Yuseph le sorprendió aquella actitud, pues en años rara vez le había visto hablando siquiera. Simplemente era un humilde jornalero que, a pesar de su avanzada edad, podía trabajar como el más recio de los jóvenes, y en ello se afanaba. Aparecía el primero por las mañanas y se marchaba el último. No era hombre que pululase los vicios y tampoco era asiduo a las palabras.

En cambio, en ese momento estaba llorando desaforadamente mientras trataba de tocar los pies de su señor, quien los retiró ahuyentado por las heces. Iba envuelto en un caftán de una blancura impecable y parecía que el menor gesto de Hishâm fuese a embarrarlo. Era Nakeel Shah.

—Tiene que marcharse hoy mismo; lo siento, pero no puede seguir trabajando aquí —resolvió tajante.

Las lágrimas le barrían el rostro a Hishâm Akil cuando habló.

—Pero ¿qué haré, señor? No sé hacer otra cosa que recoger estiércol. He trabajado toda mi vida para ustedes, como un esclavo. ¡Jamás he enfermado! ¡Ni tampoco ha habido día que haya llegado tarde! ¡Siempre he hecho cuanto se me ha ordenado! ¿Qué error he cometido, por Alá? ¡Dígamelo para subsanarlo!

El hijo de Emaar Shah le miraba impertérrito.

—No es culpa suya, Hishâm —trató de aplacarlo—. No ha sido fácil tampoco para nosotros. Desde que ha muerto nuestro querido padre todo el peso ha recaído sobre mis hermanos y yo. Tengo que tomar las decisiones más adecuadas para sacar adelante a mi familia. Las deudas nos ahogan y he de subsanar las cuentas. El estercolero ya no es rentable y necesitamos administrarlo de otro modo. ¿Sabe usted leer y escribir acaso?

—¿Leer y escribir? —Hishâm se llevó las manos sucias a la cabeza y se golpeó la frente con saña—. ¿Cómo voy a saber leer y escribir? ¡Soy un simple jornalero! Pero ¡puedo trabajar como nadie! Por favor, señor, no quiero morir de hambre..., no tengo a nadie... —Se ahogaba en sollozos.

—No hay tiempo para esto, Hishâm. Debe marcharse hoy mismo.

Nakeel Shah dio media vuelta y se marchó tembloroso, con una fasciculación en el ojo izquierdo.

Hishâm Akil miró alrededor en busca de ayuda, con la esperanza de que algún vecino intercediese, pero todos los curiosos se escabulleron y Yuseph volvió también a sus tareas.

¡Ojalá Yuseph hubiera sabido entonces que los acontecimientos que se desarrollaron influirían sobre su destino irremediablemente! Porque hasta el más mínimo incidente puede transformar nuestras efímeras existencias...

Mientras, las horas fueron desmenuzando el día hasta que ya no quedó nada de él salvo una noche estrellada en la que los astros se alineaban en una simetría premonitoria.

Su padre aún no le había felicitado y él incluso había pensado en recordárselo, pero no tendría sentido. Sería como comprar un obsequio para sí mismo, empaquetarlo con sus propias manos y luego desenvolverlo fingiendo sorpresa: perdería su esencia.

En aquel momento, alguien apareció por la puerta del taller y Yuseph levantó la vista: era Adnan. Traía una sonrisa y una oferta que no se podía permitir. Yuseph guardaba sus ahorros en un pequeño cofre bajo el catre y ya había cogido algo de dinero tras el almuerzo. Aceptaría la invitación de Adnan y, cuando llegase la hora, no le permitiría pagar. Dejó las herramientas sobre la lona en la que estaba sentado y se levantó para abrazarlo. Juntos y entre risas guardaron las cosas en su sitio y cerraron el taller bajo llave. Luego entraron en la casa para avisar a su padre de que se marchaban.

Cuando atravesaron el zaguán, le encontraron en el patio, bajo la luz incierta de la luna llena, ocupado con un objeto entre las manos. Sin duda, algo que habría encontrado en el desván y había despertado su curiosidad.

—¿Baba?

—¿Hum? —recibió desde el otro lado de su espalda.

—He cerrado el taller y, con su permiso, me gustaría salir a cenar con Adnan.

Su padre se giró de golpe, con la mirada furiosa, como si estuviese teniendo una revelación.

—¡En absoluto! No tenemos muchos clientes y no hay dinero que gastar. No irás a ninguna parte... ¿Has acabado el encargo de Sameer Agha?

Yuseph, más que ofendido, se sintió terriblemente derrotado.

—Al menos podría dejarme descansar hoy, Baba.

Su padre siguió observándolo impertérrito.

—¿Al menos hoy? ¿Por qué? ¿Qué es hoy?

Sus palabras fueron para Yuseph el desprecio último. Se acercó hasta una de las puertas, saco de detrás el delantal de faena y se lo ató a la cintura.

—Nada, no tiene importancia —respondió con severidad—. Volveré al taller para terminar el trabajo.

Pero antes de que pudiese salir por la puerta, Adnan se interpuso ante él y le detuvo agarrándole del hombro. Luego se encaró a Hadi con visible nerviosismo.

—¿Que qué es hoy? Hoy, Hadi Jan, es el cumpleaños de su único hijo.

Su padre retrocedió con la boca abierta.

—¿Qué? —preguntó con mirada recriminatoria a Adnan—, ¿por qué nadie me avisó?

Yuseph le interrumpió con respeto:

—Porque hay cosas que no se dicen, solo se comprenden.

Su tono era tan endeble que Hadi se sintió avergonzado y se abalanzó sobre él para abrazarlo.

—¡Qué necio he sido! —balbuceó emocionado. A Yuseph le pareció extraño: había pasado el día entero esperando aquel momento y, cuando finalmente había llegado, le resultaba un puro trámite insulso; descubrió que ya no le importaba. Su padre continuaba disculpándose—: Perdona a este padre...

—No importa, Baba.

—Sí que importa —insistió él—. He sido un inconsciente.

—No se preocupe, lo ha olvidado tantos años que poco importa uno más.

—Es que a veces estoy tan concentrado en el trabajo que ni siquiera me doy cuenta de que hoy es el cumpleaños de mi único hijo, mi primogénito, mi heredero...

Yuseph lo miró con ojos de ruego.

—¿Puedo entonces salir con Adnan, por favor?

—Claro, claro, hijo. Ve con tu amigo y disfruta del día de hoy, que estarás deseándolo. —A Yuseph le habría gustado decirle que él no necesitaba salir para disfrutar. Le habría bastado con una muestra de afecto para variar. Que le demostrase que realmente era tan importante para él como decía siempre. No obstante, en lugar de ello asintió, domesticado, y colgó el delantal detrás de la puerta.

Adnan permanecía callado, y cuando sus miradas coincidieron, parecieron comunicarse en silencio. Él, más que nadie, comprendía lo que sucedía en su interior. En cambio, su padre sonreía contento, como si el daño estuviese reparado.

Yuseph le devolvió una sonrisa forzada y, con el brazo de Adnan sobre sus hombros, se dispuso a salir. Enseguida, Baba Jan habló a sus espaldas:

—Yuseph, acércate un momento, por favor.

Suspirando, volvió sobre sus pasos y cruzó el patio; ambos quedaron bajo la noche estrellada. Su padre le miraba de un modo extraño, sonriéndole con picardía, y Yuseph aguardó en silencio. Entonces, Hadi introdujo una mano dentro del bolsillo de su caftán y, delicadamente, extrajo un regalo empaquetado en seda.

—Feliz cumpleaños, hijo —susurró con ternura.

Yuseph abrió la boca sorprendido, sintiendo que se le humedecían los ojos.

—¡Se acordaba! —exclamó. Su padre hizo un gesto con la cabeza y Yuseph se sintió avergonzado por lo que había dicho y pensado todo el día—. Entonces, ¿por qué no me lo dijo antes?

Hadi suspiró y repitió con solemnidad las palabras que le había dicho hacía unos instantes:

—Porque hay cosas que no se dicen, solo se comprenden. —Yuseph se abalanzó sobre él y le rodeó con fuerza, embargado por la emoción—. Yuseph —continuó su padre—, mi regalo es muy insignificante, pero tu alegría lo ha engrandecido. Cuando pierdes algo que te pertenece y lo recuperas, entonces descubres su verdadero valor. Pronto sabrás por qué digo esto. —Yuseph retrocedió un paso y lo miró a los ojos con curiosidad—. Este regalo es un acertijo —agregó—, tú solo tendrás que hallar el significado de mi obsequio. Si lo comprendes, habrá sido lo más valioso que nadie te haya regalado jamás.

Yuseph sintió que le recorría un estremecimiento; había algo extraño en la voz de su padre. Pero no preguntó y decidió que abriría el regalo más tarde, cuanto estuviese solo. Volvió a abrazarle y se marchó con Adnan, sin saber que años más tarde, cuando volviese la mirada atrás, descubriría que aquel obsequio marcó su devenir para siempre.

De camino hacia la taberna se encontraron con Hishâm, sentado en la calle, llorando desconsoladamente sin saber qué hacer con su vida. Ellos se alejaron con discreción, pero en el camino de vuelta dejaron un plato de comida a sus pies, mientras dormía. Aunque se equivocaban, porque Hishâm estaba despierto.

Cuando Yuseph por fin estuvo solo en su dormitorio, abrió el regalo y quedó completamente sorprendido.

2

El envoltorio era de papel fino y al desdoblarlo apareció en su interior un joyero de madera forrado en cuero. Descubrió las manos de su padre en aquella manualidad y se detuvo para apreciarla. Cuando por fin abrió la tapa, quedó perplejo. En su interior no había más que dos piedras y una nota que rezaba en grandes letras: «¿Cuál eres de las dos?». Las miró atentamente y luego las cogió entre las manos. Una era porosa y brillante, tallada en oval, ligera como una castaña. La otra, muy similar, era lisa y pulida, de forma oblonga y de un marrón tostado. Las observó con atención y se preguntó por qué debería identificarse con alguna de ellas. A lo largo de la noche las mudó de una mano a otra, trató de partirlas por la mitad, de rascarlas, olerlas y saborearlas, pero no halló la solución al problema. No se sentía ninguna de las dos piedras y tampoco veía adónde llegar con ello. Finalmente, cerca del alba y después de infinitos intentos, Yuseph se rindió. No comprendía el significado del obsequio y le parecía una pérdida de tiempo. Tenía las piedras en su mano y casi le ardían las palmas de tanto frotarlas. Tumbado en su catre, alargó el brazo y las abandonó en el resquicio de la ventana; luego se olvidó de ellas. Su padre nunca le preguntó por las piedras y él lo agradeció. No quería sentirse un inepto mientras daba una explicación.

Pasaron unas semanas lluviosas y todo siguió su curso, ajeno a los terribles acontecimientos que se sucederían. Yuseph seguía trabajando en el taller día y noche y algunos viandantes y vecinos contaron a padre e hijo los rumores que corrían por ad-Dār al-Baīḍa[3] acerca de Hishâm Akil. Después de ser arrojado a la calle por no saber leer ni escribir, al parecer había comenzado un nuevo negocio por su cuenta. Pero nadie sabía de qué se trataba. Sus riquezas iban en aumento mientras que su antiguo señor, Nakeel Shah, se había arruinado por completo. Envidioso de ver cómo su antiguo siervo prosperaba, le había denunciado por contrabando. Sin embargo, cuando Hishâm Akil debía atravesar el portazgo, los guardias le exploraban de arriba abajo concienzudamente, inspeccionaban su camello y los cestos de paja que cargaba, incluso su choza y los alrededores, y, a pesar de sospechar que algún fraude se estaba cometiendo ante sus propios ojos, no descubrían alijo alguno.

Por otro lado, los achaques de Adnan continuaban fustigándolo en aquellas semanas lluviosas y sus problemas de salud se dilataban lánguidamente. Yuseph le visitaba todos

---

[3] En árabe clásico الدار البيضاء, ad-Dār al-Baīḍa, «la Casa Blanca».

los días para comprobar su estado. Por fortuna, con los nuevos remedios, la tos estaba remitiendo ligeramente. Pero, contra su aprobación, Adnan se empecinaba en seguir trabajando. Yuseph sabía que asistía a las recolectas de sol a sol solo para recaudar dinero que gastar con la hija del alfarero, amontonando jarrones envueltos que se reproducían bajo la sombra de su casa.

Al cabo de un par de días sucedió algo inesperado, y es que a menudo el destino se oculta en los atajos que tomamos para esquivarlo. Yuseph se despertó durante el crepúsculo con un mal presentimiento. Había vuelto a tener el mismo sueño de cada día. Desvelado, se incorporó del catre y abrió la ventana para despejarse; en ese momento, su mirada recayó sobre las dos piedras misteriosas que había abandonado el día de su cumpleaños. Algo extraño había sucedido con una de ellas.

Tras las intensas lluvias de los últimos días, una de las piedras se había fisurado como el ojal de un botón a través del cual germinaba un embrión diminuto e intensamente verde, mientras que la otra piedra, en cambio, permanecía intacta, seca y porosa, sin vida. Yuseph las tomó asombrado, comprendiendo por fin el significado que escondía el obsequio de su padre: una de ellas estaba viva, era una semilla, un crecimiento en potencia, joven y fresca, frutos venideros... Mientras que la otra estaba muerta, rancia y vieja, tan compacta y endurecida como un callo, inerte y detenida en el tiempo hasta acabar en polvo.

Los pensamientos comenzaron a fraguarse en él: lo vivo crecía, maduraba y se transformaba, se arriesgaba a la vida, a padecer la lluvia y el sol, a danzar bajo la intemperie. Solo lo muerto permanecía estático e impasible, y hasta el agua más pura se pudría cuando se estancaba.

Recordó entonces la pregunta de su padre: «¿Cuál eres de las dos?». Tenía la nota sobre la mesa, escrutándole cada día, y ahora por fin poseía una respuesta. Porque él también tenía deseos de crecer, de transformarse en algo superior. Y sintió con fuerza que era una simiente, un núcleo; no quería ser una piedra inerte. Un estremecimiento le recorrió el cuerpo. No quería ver pasar la vida ante sus ojos como un río, sino zambullirse en ella y nadarla. No quería seguir al resto de la manada como hacían los demás. ¡Quería estar vivo!

Se asomó a la ventana radiante de alegría y gritó a pleno pulmón:

—¡Gente de ad-Dār al-Baīḍa, sois unas piedras!

Algún rezagado a lo lejos le reprendió:

—¡Piedra será tu madre!

Yuseph reparó entonces en otro pensamiento. Volvió a meter la cabeza y se dejó caer rendido sobre una butaca, aplastado por el peso de sus responsabilidades. No podía permitirse aquellas fantasías. Ya no era un niño, tenía obligaciones que cumplir, un padre al que debía ayudar como buen hijo. Debía casarse con una mujer adecuada y traer hijos al mundo, y luego trabajar duro para ganarse el pan. Sintió una punzada en el corazón, pero rápidamente trató de consolarse pensando que habría tanto que hacer que no podría detenerse a pensar en ello y los años se deslizarían en un abrir y cerrar de ojos. ¿Quién sabe? Quizá la verdadera felicidad se hallase ahí mismo. Debía olvidarse de todas aquellas fantasías, pensó con determinación, mientras comenzaba a sentirse pesado como el cemento, estancado e inerte, como la piedra, como cada día de su vida. Sin atreverse a reconocer que, en realidad, no eran las obligaciones sino el miedo a la vida lo que lo tenía atrofiado.

En ese mismo instante alguien llamó a la puerta con fuerza. Yuseph se preguntó quién podía ser en aquel amanecer lluvioso, mientras encendía el candil y se acercaba para abrir la cancela. Encontró a un niño calado hasta la inocencia, encogido de hombros.

—El médico me ha enviado para avisarle de que Adnan ha tenido un ataque. A media noche le subió la fiebre y ahora se encuentra muy grave.

Rápidamente, el niño dio media vuelta y se perdió tras la cortina de lluvia, chapoteando descalzo. Yuseph le siguió con la mirada, desde el umbral, totalmente paralizado. No entendía cómo Adnan había empeorado tanto desde la noche anterior; le había visitado hacía tan solo unas horas. Sin embargo, todos sus pensamientos se evaporaron cuando cerró las puertas y echó a correr hacia su casa.

3

Cuando llegó a casa de Adnan, el médico se encontraba en el interior, junto a varios vecinos, congregados todos alrededor de un catre dispuesto bajo el claustro. Yuseph estaba goteando y lentamente se abrió paso entre ellos. Adnan yacía inconsciente en el centro, con la piel macilenta y sudorosa. Yuseph conocía al médico de otras situaciones similares y este le informó de todos los pormenores. Cuando todos se marcharon, Yuseph se sentó a su lado y siguió las instrucciones que le había dado el médico, poniéndole paños de agua fría sobre la frente a intervalos. Pero no parecía tener efecto alguno: todo su cuerpo tiritaba de frío, convulsionado por la tos, y se sintió impotente mientras le cubría con algunas mantas que encontró en uno de los dormitorios. Su padre se presentó regularmente a comprobar el estado de ambos y a reponer víveres en silencio. No lo reclamó en el taller y le sustituyó en su turno.

Durante toda la jornada, las gotas restallaron contra el patio, en un sonido ensordecedor y monótono. Algunos pájaros se resguardaron contra el alféizar, pero no se atrevieron a cantar. Incluso el tiempo pareció espesarse y el aire húmedo se volvió sofocante, arrastrando el día hasta el atardecer y, más tarde, hacia una noche espumosa y encharcada. Entonces, a media noche sucedió algo inesperado: Adnan recuperó la conciencia, abrió los ojos lentamente y, al ver a Yuseph, sonrió complacido, pero hasta eso pareció causarle dolor. Respiraba con dificultad; cuando trató de hablar, su voz sonó cavernosa. Con un gesto le pidió a Yuseph que se sentara a su lado, en la cama. Él obedeció, sintiendo cómo le palpitaba el corazón bajo las sienes. Había una dramática determinación en sus ojos cuando habló.

—De repente me he acordado de cómo nos castigaba tu padre de pequeños, ¿te acuerdas...? —Yuseph frunció el entrecejo, temeroso de que estuviese delirando—. Con el círculo de tiza —jadeó.

Entonces Yuseph sonrió débilmente y asintió con la cabeza.

Su padre solía encerrarles en un círculo que dibujaba en el suelo con ayuda de una tiza. «Como salgáis de aquí, algo terrible os sucederá, os perseguirá la mala suerte», advertía señalándolos con el dedo índice. Al principio, salían inmediatamente intuyendo su argucia. Pero cada vez que sucedía algún incidente o acababan llorando por algún motivo, su padre lo justificaba con el mismo argumento: «Lo tenéis bien merecido. Os pasa por haber salido del círculo».

No había apelación posible contra ese poder omnipresente y vengativo. Pronto aprendieron que así debían ser las cosas, como los demás las habían establecido. No había lugar para su inteligencia, solo para su obediencia. Como el tiempo todo lo transforma, siendo la rutina una gran esclava, poco a poco acabaron cediendo ante la fuerza del círculo. Lentamente, la tiza fue empolvando sus miedos y ansias hasta que un día no se atrevieron a cruzarlo y permanecieron ahí hasta bien entrada la noche.

—Creo que desde aquel día aprendimos a que nos dominase el miedo —declaró Adnan lentamente, leyendo sus recuerdos. Yuseph le miró a los ojos y volvió a tener un mal presentimiento—. El miedo al destino, a Dios, a la mala suerte, el miedo al qué dirán, al desprecio y la burla, el miedo, siempre el miedo... Enquistando nuestro corazón. —Cerró los puños con rabia contenida—. Obsérvalo, comenzamos a protegernos de un enemigo que no está en ningún otro lado, sino que anida en nuestro propio corazón. No queremos que nadie sepa sobre nosotros, no queremos ser un libro abierto, nos escondemos de la realidad, con una actitud constantemente hostil porque sentimos que todo el mundo está en nuestra contra. Todos contra todos, la vida es una guerra. Pero se trata de una ilusión: los demás solo se preocupan de sí mismos, nadie pierde tiempo en estar en contra nuestra. Gran parte de nuestro dolor es escogido por nosotros mismos. Como la luciérnaga reprimida, que no brilla en la oscuridad de la noche por temor a ofender a las estrellas. Sin saber que no hay nada que perder y, en cambio, todo que ganar. —Una lágrima se escapó y corrió por la comisura de su ojo, su voz adquirió mayor gravedad—: La culpa de todo la tiene la costumbre, la más letal de las enfermedades, que, cebándose en nuestra inconsciencia, nos obliga a sucumbir a cualquier destino, dolor y desgracia. Por costumbre se vive humillado y arrastrado; por costumbre se aceptan las más nocivas compañías, las más crueles condiciones. Para cuando nos damos cuenta, ha invadido cada poro de nuestro ser... y no hay cura posible. —En ese instante se ahogó en un ataque de tos y Yuseph corrió para servirle un vaso de agua. Él la rechazó con la premura del mensajero que no puede entretenerse—. Pero cuando todo parecía perdido, me sucedió algo milagroso: encontré a Imad. Entonces me enamoré ciegamente, me colmé de una nueva dicha. La escarcha que cubría mi corazón comenzó a derretirse junto al odio que había tallado en ella. Era el calor de la felicidad y la brújula por la que debía guiarme. Pero no. El miedo había enraizado tanto en mi ser que no me atrevía a llegar hasta Imad. Mi juicio y mi pasión, como dos caballeros enamorados, batallaban por mi alma. Pero al prestar más atención al primero, perdí la confianza de los dos. Entonces preferí relegar el momento decisivo para mañana. Pero el mañana es solo una costumbre de nuestra imaginación, un sueño; no existe. Solo existe hoy, aquí y ahora.

Su tono era tan lastimero que Yuseph trató de silenciarle para que descansase.

—No va a pasar nada y mañana será un día nuevo. —Intuía lo que Adnan estaba a punto de decirle... y tenía miedo de no poder soportarlo—: Todo se solucionará, Adnan, ya lo verás.

Pero Adnan continuó, agarrándole la mano:

—Si es esta la última vez que te voy a ver, Yuseph, déjame darte un abrazo, un beso y de nuevo darte más. Déjame oír tu voz, hermano, quiero escucharte, por favor. Di lo que quieras, todo lo que has guardado en tu corazón; revélamelo al oído, porque no va a haber otra oportunidad. Si estos son los últimos minutos, déjame explicarte cuánto te quiero, aunque ya lo sepas.

Pero Yuseph insistió hasta hacerle dormir. No era la primera vez que dramatizaba por la fiebre.

Le cuidó durante toda la noche y justo antes del amanecer se sentó en una silla a su lado y se quedó dormido. Cuando los primeros rayos de sol aparecieron por el horizonte, volvió a levantarse. Lentamente, mojó algunos paños bajo la fuente y cuando estuvieron fríos los llevó dentro de la casa. Pensaba en las palabras que Adnan le había dicho la noche anterior. Se sentó junto a él, dobló un paño y lo colocó sobre su frente.

—Adnan, siempre posponemos revelar nuestros sentimientos más profundos, pensando en que mañana la vida seguirá igual y entonces nos dará vergüenza o nos hará vulnerables, pero la ocasión que perdemos nunca volverá y a veces las palabras se quedan en nuestros labios. —En este punto su voz se quebró contra su voluntad—. He estado reflexionando toda la noche y, aunque la vida nos ofrezca un mañana, temo que no haya una nueva oportunidad para decirte cuánto te quiero. —Entonces reparó en Adnan. Su rostro se había tornado amarillento, no le escuchaba respirar y su cuerpo estaba duro como una piedra. Le observó durante unos segundos, paralizado—. ¿Adnan?

Hubo un largo silencio. Yuseph se llevó las manos al rostro y lloró con fuerza, hasta que le dolió el pecho. Sintió el peso de las palabras, de los sentimientos secretos que no le había confesado.

Al día siguiente se celebró el entierro. Acudió todo el pueblo, pues la muerte de un joven era una desgracia que todos lamentaron, y las plañideras lloraron hasta arrancarse los mechones de cabello, como si la calvicie compensase el dolor.

Durante la ceremonia sucedió algo que llamó la atención de Yuseph: advirtió la presencia de una figura que se escondía de él; se había cubierto la cabeza con un pañuelo negro y trataba de ocultar las lágrimas. Era una joven de ojos grandes y piel tersa. La conocía: se trataba de Imad, la hija del alfarero. Al verla llorar, se preguntó si tal vez habría llegado a sentir algo por Adnan. Pero no hubo respuesta y tampoco tiempo para pensar en ello, porque la ceremonia duró hasta bien entrada la tarde.

Adnan no tenía familia y todos supusieron que Yuseph y su padre eran los que debían recibir el pésame. Enterraron el cadáver en una fosa, sin féretro y en contacto con la tierra, como ordenaban los preceptos del islam. Finalmente, todos volvieron a sus casas. De camino, Yuseph meditaba sobre lo misteriosa que era la naturaleza: ya no quedaba nada de su amigo, todo él había desaparecido y no era más que un recuerdo en su mente. Lo echó tanto de menos que, de pronto, se giró y corrió hacia la casa de Adnan. Entró sin cerrar la puerta a sus espaldas y se paseó en silencio por los dormitorios, por el patio y los pasillos vacíos, hallándolo en cada objeto, recordándolo en miles de situaciones. Casi le podía escuchar aún.

Lentamente fue avanzando por las estancias hasta que encontró una puerta que estaba cerrada. Le extrañó y decidió abrirla, pero cuando lo intentó, no pudo.

4

La puerta se había atascado y Yuseph volvió a forzarla, pero esta vez empujando con el peso de todo su cuerpo. Las hojas de madera cedieron de par en par en un chirrido estridente y apareció ante él una estancia enorme. Abrió los ojos sorprendido, casi sin respiración. Todo el perímetro, desde el fondo hasta el umbral, estaba repleto de cientos, incluso miles de vasijas. Las había de todos los tamaños y formas. Ninguna estaba desenvuelta, pero sus formas se traslucían bajo el papel. Yuseph avanzó por un estrecho camino que atravesaba las montañas de jarrones, mientras se figuraba cómo Adnan debía recorrerlo cada día, y no pudo menos que sonreírse pensando en su locura. Se sentó justo al final, sobre un escalón de piedra, y ahí permaneció largo rato, suspirando en silencio, vigilado por la luna llena, que asomaba sobre la ventana como el ojo de un pez.

Inconscientemente, cogió entre las manos un pequeño jarro y comenzó a desenvolverlo, rompiendo el papel en jirones mientras sus pensamientos volaban sobre el pasado. De repente, una nota blanca salió del interior y cayó al suelo en remolinos, llamando su atención. La recogió y la observó con curiosidad. ¿Qué era? La desplegó lentamente, descubriendo un mensaje secreto que estaba escrito con una letra dulce y clara: «Todos los días te escribo pero nunca me respondes. Me miras y sé que quieres decirme algo, pero nunca te atreves. Espero impaciente el día en que me hables. Imad».

Yuseph permaneció paralizado, sintiendo cómo el corazón le bombeaba con fuerza. Cogió otro jarrón al azar y lo desenvolvió rápidamente. Tal como se temía, apareció otra nota: «Espero cada noche a que vuelvas por la mañana y me mires. Siempre tuya, Imad».

Las lágrimas comenzaron a correr por sus mejillas mientras desenvolvía más y más jarrones en los que podían leerse mensajes parecidos: «Estoy enamorada de ti, ¿por qué nunca me respondes? Imad». «Qué alegría volver a verte esta mañana. A veces tengo la ilusión de que vienes a verme. Imad». «Si mañana me miras, pensaré que me quieres, Imad».

Ella también lo amaba. Pero como no se atrevía a confesarlo, había escondido un mensaje de amor sin respuesta en cada jarrón.

Yuseph sintió que un profundo dolor le retorcía las entrañas. ¡Adnan no había visto la oportunidad que tenía delante de sus ojos! Estaba tan cegado por sus ansias, tan atrapado en su desgracia, que no había abierto las puertas a la vida. Solo tenía que haber desenvuelto uno de los jarros.

Salió corriendo de la habitación sin saber que sería la última vez que pisaría aquel lugar y atravesó los pasillos, cruzó el patio y no paró hasta llegar al porche, donde lloró colmado de impotencia. Lamentando el sufrimiento de su amigo y el suyo propio.

¡La vida era tan fugaz! A pesar de saberlo, al igual que Adnan, sentía que estaba dejando pasar las oportunidades de ser feliz.

¡Todo por el miedo al riesgo!

La verdad es que estaba repleto de inseguridad; todo el cuerpo le temblaba de arriba abajo y no sabía qué pensar o hacer. Por un lado, quería gritar y por otro, mantener silencio; por uno, huir y por otro, cumplir con sus responsabilidades cada día de su vida; por un lado, celebrar y por otro, llorar hasta no levantarse jamás. Se sentó en los escalones y escondió la cabeza entre sus rodillas.

De algún modo sentía que el único honor que podía ofrecer a Adnan era llevar una vida feliz y plena. Pero no sabía cómo. ¿Qué estaba bien y qué estaba mal? Pasó así largo rato, hasta que alguien apareció a lo lejos y toda su vida cambió al instante.

5

No era más que una sombra diligente en el camino, pero cuando estuvo a pocos metros de Yuseph, cambió su rumbo y se fue acercando hasta él.

—Saludos, joven. —Yuseph desenterró la cabeza.

Era un faquir entrado en años, semidesnudo, con una enorme y larga barba blanca. Huesudo y con los pellejos bronceados, caminaba a paso ágil, ayudado por un largo tridente de madera del que colgaba un bongó. Estaba cubierto de collares, escapularios y amuletos y un gran moño canoso le coronaba la cabeza.

—Soy un *sadhu*[4] en estas tierras extranjeras; tenga la bondad de darme agua para mitigar mi sed y le estaré eternamente agradecido.

---

[4] Un *sadhu* es un asceta hindú o un monje que sigue el camino de la penitencia y la austeridad para obtener la iluminación.

Como era tradición, Yuseph no podía negarse, pero se trataba de una situación excepcional.

—Lo siento. No le podré ofrecer agua hasta dentro de siete días o quedará maldito. En esta casa ha fallecido alguien.

El peregrino estalló en carcajadas estentóreas y Yuseph se sintió ligeramente molesto.

—¡Pues te han mentido, joven! Porque no existen las bendiciones y tampoco las maldiciones. —Abrió los ojos como un gato—. Solo existe una cosa... y ¿sabes qué es? —Señaló su frente con un dedo tan largo como un palo—. Los condicionamientos mentales. —Luego volvió a reír, divertido.

Yuseph se levantó con desgana y trajo del interior un tarro del que el anciano bebió con gusto. Cuando hubo terminado, Yuseph se dejó caer sobre los escalones y el asceta se sentó a su lado con un profundo suspiro, como si hubiesen pasado años desde la última vez que se detenía a descansar.

De pronto, el faquir le acarició la mano hasta asirla por la muñeca. Yuseph trató de negarse, pero él se la robó con determinación.

—No tengas miedo; es en agradecimiento a tu generosidad —explicó, y la colocó sobre sus muslos. Luego la giró y le acarició la palma, recorriendo suavemente los surcos con el dedo índice. Cuando por fin levantó la cabeza, su mirada estaba repleta de éxtasis. Le había leído las líneas de la mano—. Todavía no eres quien debes ser. —Hizo una reverencia inclinando la cabeza—. Me alegra saber que la existencia me ha enviado para guiarte, porque entonces puede que ya no esté en este mundo para recibir tus bendiciones. Eres muy especial, un ser extraño. Estás destinado a una gran búsqueda y la vida te está llamando. —Ofrendó un pequeño silencio y su voz se tornó grave—: Pero he de advertirte que nada será fácil. Tu travesía es peligrosa y deberás estar alerta, porque tan solo con coraje lograrás vencer la desgracia y descubrir quién eres.

Yuseph, atemorizado, recogió su mano. Por un lado, su cabeza le instaba a alejarse de aquel hombre, a pensar en sus responsabilidades y en su destino grabado en una pesada losa; por otro, su corazón recibía con alegría aquella premonición, como la señal que esperaba para arriesgar por lo nuevo todo lo que hasta ahora era.

—Abandónate en manos de la Vida —sentenció el faquir, interrumpiendo sus pensamientos. Yuseph permaneció en silencio, confuso—. No debes preocuparte —continuó—. Es el hábito más viejo del mundo. En todos los tiempos y en todas las civilizaciones, todos los hombres y mujeres han enfrentado la misma dificultad. —Sonrió.

Yuseph lo miró por encima de su hombro con el ceño fruncido.

—¿A qué se refiere?

Sus ojos lo atravesaron intensamente, como si lo desnudasen, y perdió toda su sonrisa.

—El temor que te paraliza es el miedo a las opiniones de los demás. —Yuseph quiso levantarse y no escuchar las palabras que cambiarían su destino, pero la curiosidad lo tentó—. Criticas que la sociedad te obligue a comportarte como el resto de la gente. «¡Ellos me están robando la felicidad!». «¡Estoy obligado por los deberes y las tradiciones!». Pero no son ellos quienes te controlan, eres tú quien te autocensuras. Culpas de tu sufrimiento a los demás y así puedes seguir dormido. Así que, como solo podrías liberarte si el responsable de tu infelicidad fueses tú mismo, sigues culpando a todos menos a ti: a tu padre, a la infancia, a la sociedad, al dinero, a la suerte, a Dios... —Manejaba las palabras como un prestidigitador que tratara de hechizarlo—. Tú has creado tu sufrimiento y solo tú puedes destruirlo. Eso es lo que te decía: no debes preocuparte. Ese es el hábito más viejo del mundo. En todos los tiempos y en todas las civilizaciones, todos los hombres y mujeres han enfrentado la misma prueba.

A continuación cayó en un silencio magnético que hizo desaparecer todo el mundo a su alrededor. Yuseph lo miró sorprendido, con una mezcla de alivio y vergüenza. Sentía como si el viejo acabase de reflejarle en un espejo y hubiese descubierto cómo era realmente.

—¿Ves aquella montaña? —le preguntó de repente el asceta al tiempo que señalaba una sombra puntiaguda que se recortaba contra la luna. Yuseph asintió con la cabeza—. Ahí vive un iluminado, un ser energético que emana algo del más allá. Posee un don, y todo el mundo acude a él cuando tiene problemas. Muchacho, debes saber que hoy iniciarás un viaje muy largo. Pero antes debes visitarlo y rogarle su bendición; él te dará un amuleto. Tenlo siempre contigo, lo necesitarás cuando todo esté en tu contra. —Yuseph asintió, ebrio de emoción, mientras el anciano metía las manos en su talega y rebuscaba en ella hasta sacar un sobre desgastado—. Dentro de esta carta hay escritas unas palabras que te salvarán la vida cuando todo vaya mal. Solo cuando creas que no hay otra escapatoria, que lo has perdido todo, solo entonces, ábrela y léela. —Yuseph asintió con curiosidad. Toda clase de pensamientos bullían en su interior—. Pero recuerda: cuando vuelvas a recuperarte, a vivir feliz y disfrutar de los placeres de la vida, vuelve a abrir la carta y léela de nuevo. Solo así revelará todo su poder. —La abandonó sobre sus rodillas y se levantó ágilmente, con un crujido de huesos. Algo en el aire, en la carta, en las palabras del anciano, en los recuerdos de Adnan hizo que Yuseph comenzase a sentirse mareado y repleto de determinación—. Ahora yo he de seguir mi camino y tú el tuyo. Buena suerte, muchacho, y buen viaje.

Dio media vuelta y se fue alejando seguido por el repiqueteo de su tridente, hasta perderse en la oscuridad de la noche. Luego todo volvió a quedar como si jamás hubiese pisado la Tierra; la suave brisa arrastró el rumor de los grillos y una estrella fugaz bailó en el firmamento.

Las palabras del *sadhu* seguían retumbando en su mente: ¿cuántos hombres y mujeres habrían pisado la Tierra antes que él? Muchos de ellos habían dejado de vivir por miedo a lo que pensarían los demás, sacrificando sus sueños por las risas y las burlas. Todos ellos habían muerto, y la gente que los cohibía también. Si era así, ¿por qué no disfrutar de aquella única oportunidad? ¿Por qué no seguir a su corazón y aprovechar lo que mañana le sería arrebatado?

Se levantó de golpe, cerró la verja y se marchó con paso decidido, abandonando al antiguo Yuseph para siempre.

Sabía que su padre debía de estar durmiendo a esas horas, y cuando deslizó el pestillo de entrada, lo hizo con el mayor sigilo. Atravesó el zaguán de puntillas y una vez en su dormitorio entornó la puerta para comenzar a envolver algunas de sus ropas e introducirlas en la talega como un ladrón. Dentro de un cofre bajo su catre escondía los ahorros de su vida; desvalijó su contenido con urgencia y lo introdujo a puñados. Se sentía arrastrado por un impulso superior a él y rogaba que no se disipase aquella emoción. Pensó en escribir una carta, pero sabía que si se detenía a meditarlo se echaría atrás. Quizá su padre se sintiese decepcionado, ¡ojalá tuviera varias vidas para en esta dedicarse solo a cumplir sus expectativas! Embebido por el frenesí, salió por la puerta de entrada y cerró tras de sí.

La noche estaba esperándolo.

Al bajar las escaleras, lanzó una última mirada hacia atrás y se despidió con el corazón.

De él.

De Adnan.

De su padre.

Luego se marchó en busca de la libertad.

6

A la mañana siguiente, alguien tocó a la puerta temprano.

Hadi, el padre de Yuseph, se levantó de su cama y, al llegar hasta la entrada, abrió sin preguntar. Sabía quién era. Ahí, de pie, le esperaba un faquir entrado en años, semidesnudo, con una enorme y larga barba blanca. Huesudo y con los pellejos bronceados, agarrado a un largo tridente de madera del que colgaba un bongó. Cubierto de collares, escapularios y amuletos y con un gran moño canoso coronándole la cabeza.

—Ya he cumplido con lo que me pidió. Vengo a buscar mis honorarios.

El padre asintió con la cabeza y se alejó. Cuando volvió, traía unas monedas que dejó caer en las manos del *sadhu*.

—¿Le comunicó todo cuanto le dicté? —le inquirió.

El anciano asintió y dio media vuelta. Pero a los pocos metros volvió a girarse.

—La verdad, no sé por qué quiere alejar a tan buen muchacho de su lado. A su propio hijo.

El padre no respondió, simplemente cerró la puerta y observó su casa vacía. Luego deambuló por los pasillos arrastrando desde el desván varios baúles de madera, que apiló uno sobre otro contra la pared de la galería que rodeaba el patio. Cuando hubo terminado, abrió uno de ellos y sacó una carta rasgada por la mitad. Arrugó los labios y, a pesar de sus intenciones, las lágrimas le resbalaron de los ojos.

Todo se inició muchos años atrás, en la madraza, cuando Yuseph tuvo que escribir una lección titulada «¿A qué aspiran en el futuro?». Aún recordaba cómo su hijo había vuelto a casa y, muy contento, había escrito lo siguiente:

«Quiero ser libre. Amar la vida y descubrirla. Viajar y enamorarme».

Pero él, como padre, cuando vio semejante nota, le obligó a romperla y reescribirla. No le parecía práctico. Había temblado de terror pensando en la suerte que su hijo podía correr; quería protegerlo y resguardarle del peligro. Debía aprender que la vida no era como la imaginábamos y que el esfuerzo y sacrificio formaban parte de ella, así como la orilla de un río pertenece a otra.

Así que bajo sus órdenes escribió:

«Quiero ser zapatero como mi padre. Quiero vivir con mi familia y serles de ayuda cuando sean demasiado mayores como para mantenerse. Quiero ser respetado en la sociedad».

Sacó la máxima puntuación de su generación y colgaron la nota en la pared de su dormitorio como un trofeo. Él se había sentido muy orgulloso de su hijo y de sí mismo, pero con los años supo que en aquel momento había actuado como un ignorante. Todos los días, en pequeñas situaciones, apedreaba el espíritu de su hijo para enseñarle cómo era la «vida real».

Un día, en la escuela ordenaron escribir una nueva lección: una historia con tema libre. Todos los niños escribieron entusiasmados, pero Yuseph permaneció quieto en clase, confundido. Cuando llegó a casa, se acercó a su padre y le preguntó qué debía escribir. Ya no sabía seguir su propio instinto.

Pero ahora, con la perspectiva de los años y el rumor de la muerte, sabía que había robado los sueños de su hijo, se los había arrebatado porque quizá en su día él no tuvo el valor de cumplir los suyos. Reconocía que todo era tan fugaz que no valía la pena tratar de vivir en seguridad, porque simplemente no existía. Aunque hubiese tratado de explicárselo ahora, de obligarle a marcharse, Yuseph jamás habría aceptado. Le habría parecido una carta sin importancia, un recuerdo marchito de la niñez. Porque había olvidado su naturaleza, se había olvidado de sus sueños.

Fue entonces cuando lo tuvo claro; ideó una estratagema, conocedor de que todo debía ser así. Su hijo debía salir a reencontrarse, a recordarse. Él ya aprendería a llevar su vejez en solitario.

Lo que no había calculado, sin embargo, era que Yuseph se marcharía sin despedirse, y aunque trataba de engañarse, ese sentimiento nostálgico atormentaba su espíritu sediento.

Entró en el cuarto de su hijo y destronó el marco de la pared con la lista vencedora. Luego juntó los dos trozos arrugados y los colgó, devolviéndolos al lugar al que pertenecían.

—Estos eran tus sueños, Yuseph —susurró emocionado—. Cúmplelos.

Cuando sobrevino la tarde, recogió de la ventana la semilla que le había regalado a su hijo y la plantó en el centro del jardín de la entrada, donde crecían también dos bananos y una olorosa mata de jazmín abrazada a la tapia.

Luego miró a la luz menguante del crepúsculo y supo que así, mientras crecía aquella planta, sabría cuánto estaría creciendo su hijo allá donde estuviese.

PARTE II

La existencia es como el eco:
recibimos el entusiasmo que desprendemos.
Al principio, todo nos resulta emocionante
y se cumple la suerte del principiante.

1

Yuseph avanzó varios días por las calzadas reales del sultanato, atravesando oscuros bosques y peñascos, sin perder de vista un solo instante la montaña en la que quería hacer diana. Por un comerciante con el que se cruzó, descubrió que esta tenía un nombre, Jbel Toubkal, y que para alcanzar su cima debía hacer un alto en un pueblo cercano llamado Imlil. Pero había que tener mucho cuidado, porque la red viaria estaba infestada de bandidos.

A lo largo de su vida había escuchado cientos de historias sobre viandantes solitarios que jamás regresaban a sus hogares después de ser abordados por salteadores. De vez en cuando, algunos cadáveres con signos de haber sido brutalmente apaleados eran arrastrados por las corrientes del río. Si había suerte y la muerte era reciente, la familia podía reconocerlo y darle sepultura, pero otras veces —la mayoría—

aparecían simplemente como horribles calaveras. Por ello, trató desesperadamente de buscar grupos de peregrinos a los que sumarse, pero fue en vano: tras largas jornadas, los únicos viandantes con los que se encontraba iban en dirección opuesta.

Trataba de hacer el mínimo ruido posible y por las noches dormía oculto entre los matorrales sin atreverse a encender un fuego con el que calentarse. Le invadía una mezcla de sensaciones: por un lado, sentía un profundo alivio por haberse liberado de los grilletes de su antigua vida, pero, por otro, se arrepentía de haber abandonado su cárcel, donde al menos no existía el peligro. ¿Verdaderamente habría un iluminado o le había engañado el peregrino?

Finalmente, después de varias semanas, llegó hasta Imlil, y esa noche descansó satisfecho en una posada, donde recordó el sabor de la comida caliente. Al amanecer, contrató a un guía y su mula, quienes le condujeron montaña arriba durante cinco horas. Cuando llegaron hasta un claro, el guía le ordenó apearse y le indicó los vericuetos que debía recorrer en adelante; se despidieron y Yuseph siguió su camino. Conforme crecía la altura, la nieve comenzó a espolvorear y ráfagas de viento le empujaron contra el precipicio. Yuseph se aferró a las rocas para no sucumbir.

Mientras subía escalón tras escalón, durante horas, observó algo extraño que llamó su atención: algunos peregrinos regresaban de la cima con la mirada perdida, unos con lágrimas, otros confusos y sorprendidos, pero todos ellos traían algo en común: una sonrisa en los labios. Algunos incluso estallaban en carcajadas. Se preguntó qué les habría sucedido arriba para sentirse tan felices.

Cuando por fin alcanzó la cima, encontró a un hombre sentado en posición de loto sobre una roca. Tenía los ojos cubiertos de niebla y emitía un ruido monótono e intermitente. Su largo cabello danzaba al viento como una medusa y su brazo petrificado en el aire sostenía un *mala* de *rudrakshas*[1]. Algunos peregrinos descansaban en grupos salteados y también sonreían.

Embriagado por la alegría, Yuseph se postró ante él y le relató su historia; desembuchó sus sentimientos de culpabilidad por abandonar a su padre, pero también su cobardía y su miedo que, como sogas, tiraban de él para hacerle volver.

—No quiero volver, quiero ser valiente —imploró al fin.

El yogui le miró como un buda sonriente, luego se agachó y cogió una piedra cercana, que apretó entre sus dedos con fuerza durante unos segundos y se la entregó.

—Ahora no tendrás nada que temer. Siempre que estés en apuros, aférrate a este amuleto. Todo saldrá bien.

Yuseph se abrazó a sus pies, agradecido, y, para no perder el talismán, en cuanto se dio la vuelta desanudó su cordón del cuello y lo pasó por uno de los agujeros como si fuese un colgante. Al pegarlo contra su pecho sintió una explosión de energía inmediata y experimentó cómo su miedo estallaba en pedazos y el coraje comenzaba a brotar de él como lava candente.

---

[1] Estas semillas han sido empleadas por místicos y *sadhus* desde tiempos inmemoriales. Los Vedas hablan de ciertos poderes latentes en los *rudrakshas,* propiedades electromagnéticas naturales que ayudan al bienestar. Cuando son usadas como rosarios *(malas)*, según algunas fuentes, reducen el estrés, regulan el ritmo cardíaco y la circulación sanguínea, resultando en una sensación de sosiego y tranquilidad. Es por ello que los *rudrakshas* se consideran ideales para quienes practican la meditación.

Sin embargo, se sintió ligeramente desilusionado; la risa no fluyó de sus labios como ocurría con los demás. «¿Por qué?», se preguntó confuso.

Pero no era en ese momento cuando el destino tenía previsto que lo descubriese.

Envalentonado, bajó los miles de escalones y, en la primera estación, subió a un tren rumbo a Ar-Ribāḍ[2].

[2] Rabat (en árabe: طاباّرلا, transliterado como Ar-Ribāḍ) es la actual capital del Reino de Marruecos y de la región Rabat-Salé-Zemmour-Zaer.

2

Yuseph buscó el vagón que le habían asignado y entró en su compartimento. La cabina disponía de una litera y armario propio, además de una silla y una palangana. Era la primera vez que tomaba un tren y se sentía repleto de ilusión.

Desanudó su talega y comenzó a acomodarse. En ese momento, a su espalda, alguien tocó a la puerta con fuerza, abriéndola de par en par.

—¡Largo de aquí ahora mismo!

Yuseph se giró sorprendido y vio aparecer a una mujer enjuta, de piel blanca y mofletes como hígados, que le señalaba con los labios arrugados como si los hubiese zurcido. Sus ojos, saltones y tiznados, reflejaban un fulgor histérico.

Detrás de ella, dos guardias la flanqueaban a cada lado. Yuseph los observó con el ceño fruncido.

—Viajo en el vagón contiguo —anunció enloquecida. Su voz era extrañamente aguda, como si escondiese una niña en la laringe—, y no pienso compartir mis meses de travesía con un *coolie*[3]. Asqueroso árabe —rezongó—. ¡Todo el vagón apesta por su culpa! —Luego compartió miradas con los guardias—. ¡Esta gente aún no ha descubierto el agua, por eso tienen la piel así de oscura! ¡¿Quién le ha permitido entrar aquí?!

Yuseph mantuvo la compostura, aunque ofendido por aquella vejación.

—He pagado mi pase como todos los pasajeros —respondió— y tengo todo el derecho a instalarme aquí.

Luego volvió hacia atrás, cogió su billete de la talega y se lo entregó a los guardias con mano temblorosa.

—Pueden comprobarlo, esta es mi cabina.

Ellos tomaron el boleto sin interés y, tras ojearlo unos instantes, se lo tiraron a la cara.

—No queremos problemas, señor; recoja sus maletas y acompáñenos.

Yuseph sintió que le flaqueaban las piernas.

—¡No! —se resistió—. ¡He pagado y esta es mi cabina! —declaró asustado.

Rápidamente, los guardias se abalanzaron sobre él y le arrojaron fuera del compartimento. Uno de ellos le asestó un golpe en la cabeza y el otro en el costado, dejándole aturdido y sin respiración. Yuseph comenzó a gritar y algunos pasajeros blancos se asomaron atraídos por el escándalo, básicamente acomodados burgueses que disfrutaban del espec-

[3] Vocablo que deriva de la palabra india *kuli,* y que es empleada para referirse peyorativamente a obreros de origen asiático.

táculo. Entre ellos había una pareja que observó la escena con desdén. El hombre iba vestido con una elegante casaca y pantalón largo; su esposa, como una musa griega, bamboleaba un vestido ligero de cintura alta, con el cabello de oro recogido en una trenza. A su alrededor, dos niños traviesos pululaban agarrados de la mano. Uno de ellos rondaría los doce años mientras que el otro apenas llegaría a los siete.

—¡Suéltenlo! —gritó el pequeño, recibiendo al instante un cachetón de su madre.

Los esclavos particulares y demás personal del servicio también se congregaron alrededor, mirando la escena con impotencia.

—Usted no tiene derecho a hospedarse con nosotros —gritó alguien.

La señora que había provocado la escena, al verse respaldada, sonrió satisfecha y le lanzó un escupitajo. Enfurecido, Yuseph la atravesó con los ojos y uno de los guardias le obligó a agachar la cabeza, tirándole del pelo. Él gimió de dolor.

—¡Alto! ¿Qué pasa aquí? —gritó una voz, abriéndose paso entre la muchedumbre.

Todo el mundo se detuvo en seco al ver aparecer a un hombre pequeño y solemne con ojos arrugados como pasas: el prefecto de la berlina. Yuseph aprovechó rápidamente para zafarse de los guardias, ahora más comedidos, y, tras mostrarle su billete al prefecto, le relató el incidente que había tenido lugar. Luego apretó su amuleto con fuerza, sintiendo cómo este ardía entre sus dedos.

El prefecto estudió su boleto con atención y el silencio se apoderó del descansillo.

—Disculpe. —Y con un leve carraspeo, la señora causante del altercado se abrió paso entre la multitud, arrastrando su kilométrico miriñaque. Detrás la seguía como una sombra una esclava hermosa—. Soy lady Charmed, esposa del difunto lord Charmed, y estoy hospedada en la cabina contigua. —El prefecto inclinó la cabeza. Uno de los niños, esta vez el mayor, rio al escuchar el tono falsete de la mujer y compartió otro cachetón de su madre—. Y me gustaría señalar que si este individuo va a permanecer aquí, pienso exigir un traslado inmediato de cabina. Es imposible para mí compartir estancia con una persona tan desagradable.

El prefecto asintió con un gesto y, tras devolverle el pase a Yuseph, reverenció a lady Charmed cortésmente.

—No se preocupe. No está obligada a compartir vagón con este señor. El tren viaja ocupado hasta su máxima capacidad, pero aún está libre el Vagón de la Corona: destinado a los viajes de la Casa Real y provisto de toda clase de lujos. Iré a consultar al Judío si es posible concedérselo para que pueda disfrutar de una agradable estancia.

Lady Charmed sonrió ufana y, apenas se hubo alejado el prefecto, pagó a los guardias con algunas monedas. Los había sobornado.

Mientras, los burgueses permanecieron expectantes, alejados de Yuseph como si de un leproso se tratase. Casi podía sentir sus miradas en la nuca como rayos de sol, reprobándolo en silencio. Se sentía humillado. Lady Charmed no solo había salido impune, sino que iba a ser premiada y distinguida con el Vagón de la Corona. ¡Qué injusticia!

A los pocos minutos volvió a aparecer el prefecto de la berlina.

—Disculpe, lady Charmed, ya está todo listo —anunció orgulloso—: el Vagón Real se encuentra preparado y el Judío está de acuerdo en que definitivamente nadie debe pasar sus días junto a una persona tan desagradable. —La mujer, satisfecha, dio un paso al frente; sin embargo, el prefecto giró y, mirando a los ojos de Yuseph con complicidad, añadió—: Por lo que, cuando usted lo desee, el mozo trasladará su equipaje al Vagón de la Corona, señor. Es usted invitado del Judío —declaró para sorpresa de todos.

Lady Charmed se quedó boquiabierta viendo cómo los esclavos del servicio aplaudían regocijados, lanzando vítores. Enrabietada, volvió a su compartimento y se encerró en él mientras juraba venganza. Incluso su bella esclava sonrió satisfecha mientras la seguía. Otros burgueses, en cambio, se alejaron haciendo propia la ofensa de lady Charmed.

Aunque por entonces Yuseph no lo supiese, en un futuro no muy lejano aquella enemistad le resultaría terriblemente cara y su victoria, efímera.

Lady Charmed había dado odio y recibido odio. Porque es una ley fundamental que el mundo es como un espejo: recibimos lo que damos y atraemos lo que somos.

El Vagón de la Corona resultó ser una cámara gigantesca y fastuosa, adornada con la mayor distinción. Las paredes estaban cubiertas de seda de Damasco y del techo pendían lámparas de Bohemia. Muebles de caoba y oro hacían gala de poderío. Sábanas de seda china y almohadones de gasa holandesa lucían sus encantos. Como si se tratara de un museo, desperdigadas a lo largo de la estancia, varias vitrinas guardaban objetos valiosos pertenecientes a reyes, marajás, visires y emperadores de medio mundo.

Fascinado, Yuseph pensó en invertir la tarde en estudiarlos de cerca, pero cuando trató de abrir las vitrinas, comprobó que todas estaban selladas bajo llave.

Cuando llegó la noche, Yuseph cayó rendido plácidamente y volvió a soñar con su casa de ad-Dār al-Baīḍa.

De nuevo, se encontraba ante unos baúles de madera apilados alrededor del patio y cubiertos de polvo. Uno de ellos se abría de golpe y algo de su interior le atraía como un imán, pero justo cuando lo tenía entre las manos...

—¡Amagi! —gritó sobresaltado, despertando en mitad de la oscuridad.

El corazón comenzó a latirle con fuerza, buscó en derredor con la mirada y tuvo la extraña sensación de que alguien le había estado observando desde la oscuridad.

3

Algunos días más tarde sucedió algo extraño.

El entusiasmo inicial de Yuseph dio paso al aburrimiento y el tren pareció encogerse hasta casi asfixiarlo. Era imposible deleitarse con el paisaje, que huía a través de la ventana en formas borrosas, y apenas hablaba con algunos pasajeros. Solo un hombre le trataba amistosamente, un arqueólogo parlanchín y entregado al jerez llamado sir Leonard Binford.

Por eso empleaba largas horas inspeccionando su dormitorio. Una mañana, sin embargo, Yuseph encontró algo que llamó su atención: eran unas llaves diminutas que descubrió en el fondo de un cajón, ocultas entre las páginas de una Biblia. Se preguntó qué esconderían y, a base de probar, descubrió que pertenecían a las vitrinas que había en la estancia. Tomó la precaución de cerrar la puerta de su vagón y durante horas estuvo inspeccionando las valiosas pertenencias allí guardadas, como una forma de agotar las largas horas de aburrimiento, ignorando que en la excitación había olvidado deslizar el pestillo y cualquiera habría podido entrar y descubrirlo.

Encontró un periscopio de oro, varios abrecartas de plata, lacre y sellos de cobre, pañuelos con iniciales, abanicos con encaje de Brujas... Entonces, repentinamente, una botella en lo alto de la repisa perdió el equilibrio, rodó por el estante y cayó al vacío. Yuseph trató de detenerla en el aire, pero un instante después estaba hecha añicos contra el suelo. Asustado, contuvo la respiración y, agachándose rápidamente, comenzó a recoger los fragmentos. ¿Qué era lo que había caído? Del interior de la botella se había liberado un manuscrito enrollado. Al instante, se sintió poderosamente atraído hacia él. Incapaz de contener la curiosidad, lo tomó entre sus dedos temblorosos.

Cuando lo desenrolló, observó que se trataba de una carta grabada en alifato, con una caligrafía firme y tierna, de una sensibilidad casi artística. En el reverso aparecía escrito el lugar del que provenía, y creció su curiosidad al saber que había partido desde las costas de Sindh, en la lejana India.

Los manuscritos pertenecían a una mujer llamada Zulaikhah Aisha Begum. En ellos, Zulaikhah narraba cómo el fallecimiento prematuro de sus padres la había convertido en la única heredera de inmensos latifundios. Sola en el mundo, una enorme desolación había invadido su espíritu, por lo que decidió embarcarse en la búsqueda de la felicidad llevando una vida hedonista repleta de excesos y placeres. Pero al ver que aquella no se materializaba, abandonó su imperio y durante años probó con la meditación, ayunos y peregrinaciones, obedeciendo todos los feroces dictámenes de los santos. Tampoco surtió efecto. Desilusionada, desistió entonces de aquel imposible y retomó sus responsabilidades, concentrándose en sus quehaceres diarios. Paradójicamente, fue al abandonar aquella búsqueda cuando acabó por descubrir la felicidad, la cual se asemejaba más bien a una sombra: cuanto más la perseguía, más huía esta. En cambio, si proseguía con su vida, la felicidad comenzaba a seguirla allá donde fuese.

Yuseph quedó maravillado ante esta observación. Su pulso narrativo era directo y rítmico, envolvente como una canción popular o el cuento de un *hakawati*[4], y sintió que todo el mundo desaparecía a su alrededor.

Lo más enigmático aparecía al final del manuscrito: Zulaikhah narraba que, aunque pretendientes llovían hasta ahogarla, los sabios le habían recomendado esperar a la llegada del «elegido», el único hombre en la faz de la Tierra que estaba hecho para ella y al que reconocería a través de su corazón. Para ello, el hombre que estuviese leyendo la carta debía responder al siguiente enigma: «¿Qué es aquello que estando en el lado izquierdo tiene todo el derecho sobre nuestras decisiones?».

Yuseph se encontraba a punto de revelar la forma de resolverlo cuando alguien abrió la puerta del dormitorio, descubriéndole con la carta en la mano.

El corazón le dio un vuelco e instintivamente la soltó, dejándola planear en el aire hasta que aterrizó entre los cristales rotos.

---

[4] Contador de historias.

Frente a él, un esclavo lo miraba con los ojos en grande, de arriba abajo. Cuando su mirada recayó en la carta, su rostro se transformó y comenzó a retroceder.

—¿Qué ha hecho? Ha roto la botella... ¡Esa carta está maldita! —gritó desaforado, besándose los pulgares. Yuseph trató en vano de explicarse—. ¡Usted está condenado para siempre!

Luego huyó aterrorizado.

Yuseph corrió tras él, incapaz de comprender a qué se refería. Pero cuando llegó hasta el pasillo, el esclavo había desaparecido entre la gente.

Miró a ambos lados pero solo distinguió a lady Charmed y a su esclava, una joven bellísima de tez olivácea y cabello oscuro y brillante. Sus miradas coincidieron por un momento: tenía los ojos profundos y azules, como dos lagos de agua fría, y Yuseph se zambulló en ellos hasta que sus mejillas se tiñeron por el rubor.

Lady Charmed, al recaer en el baño de miradas, agarró por el brazo a su esclava y le clavó las uñas, hasta que las lágrimas asomaron a los ojos de la muchacha.

Yuseph quiso detenerla, pero no lo hizo.

—Vuelve al dormitorio ahora mismo —gritó lady Charmed.

Ella obedeció rápidamente y ambas se perdieron tras una puerta. Justo antes de salir, lady Charmed se giró hacia él y le lanzó una mirada inhumana.

Yuseph sintió que un escalofrío le recorría de arriba abajo.

De pronto, un golpe le dobló las piernas. Se giró sorprendido y vio a los dos niños correteando entre gritos por el pasillo. El pequeño le había atropellado y se detuvo a disculparse, retirándose el sombrero. El mayor, en cambio, siguió caminando unos pasos y cuando se dio la vuelta, lo hizo en una reverencia exagerada.

—Mis más sinceras disculpas, alteza real —sonrió jocoso—. Espero no haber perturbado su estancia en los aposentos de la Corona.

Pero antes de que pudiese reaccionar, la madre del niño apareció tras él y, como un águila, le zarandeó hasta que su rostro perdió toda gracia.

—¿Quieres comportarte? ¡Estoy harta de ti! ¡Harta!

Yuseph volvió a su dormitorio y cerró la puerta a sus espaldas.

La carta seguía en el suelo, observándole. Emanando una honda de energía que le hechizaba.

Decidió que se adueñaría de ella. Pero antes tenía que hablar con el esclavo.

4

Desde aquel instante, todos los pensamientos de Yuseph quedaron atrapados por el manuscrito. Día y noche se descubría esbozando a Zulaikhah a través de su caligrafía, de sus palabras. Pero ¿quién era Zulaikhah? Necesitaba saber cómo había llegado aquella carta hasta el Vagón de la Corona y qué maldición pesaba sobre ella. Porque, a pesar de las advertencias del esclavo, sentía que el manuscrito no había caído en sus manos por azar. Era una llamada del destino.

Por aquellos días, de vez en cuando y de forma inesperada, le invadía una sensación inquietante: la certeza innata de estar siendo vigilado, como si alguien oculto le observase constantemente.

Para entrar o salir de su dormitorio, la Alcoba de la Corona, era necesario atravesar antes un vagón oscuro y hermético, cuya puerta estaba siempre cerrada y custodiada por dos guardias. Todos los pasajeros lo llamaban «el vagón del Judío» y nadie, salvo Yuseph, por motivos necesarios, podía atravesarlo.

Siempre que recorría aquel pasillo, tenía la extraña sensación de que las miradas provenían de ahí dentro.

Varias semanas más tarde, mientras se dirigía hacia el comedor, quiso la providencia que Yuseph se topara con el esclavo. Parecía ocupado abrillantando los barrotes de las ventanas, y Yuseph se acercó sigilosamente hasta él.

—¿En qué puedo ayudarle, señor? —preguntó el esclavo, girándose con una sonrisa.

Parecía no reconocerle.

—¿Por qué dijo que estoy maldito? —preguntó Yuseph sin rodeos.

El hombrecillo se encogió de hombros fingiendo candidez.

—No sé de lo que me habla, señor.

Vigilando a su alrededor, Yuseph se acercó un paso.

—Claro que sí lo sabe —susurró—. Me refiero a la carta que encontré en la botella del Vagón Real.

Hubo un largo e incómodo silencio, en el que el esclavo le observó con el ceño fruncido. Yuseph supo que estaba perdiendo el tiempo. Había sido una mala idea. Frotó su amuleto con los dedos y dio media vuelta justo cuando el esclavo volvió a hablar a sus espaldas:

—No es necesario que se marche, señor. —Su tono vagó en el atrevimiento—. Quizá... a cambio de una moneda podría recordar algo.

Yuseph se giró sorprendido.

Las pretensiones del hombre le hacían sentirse incómodo, pero necesitaba saber todo lo que había detrás de aquel mensaje. Vigiló ambos lados, sacó una moneda del bolsillo y la dejó sobre su mano abierta. El hombrecillo sonrió satisfecho.

—Dicen que fue el mismísimo Jorge III de Gran Bretaña quien encontró la botella en el mar, durante su viaje hacia las colonias —susurró—. Desde el primer momento la carta desprendió un poder especial, como un magnetismo. —Yuseph había tenido la misma sensación y comprendió a lo que se refería—. Acabó por volverse loco de amor. Su majestad se carteó con la autora durante once meses a espaldas de su esposa Carlota, hasta que finalmente decidió ir a buscarla para convertirla en su amante. Pero algo muy grave sucedió.

Yuseph le miró expectante, conteniendo la respiración, pero para su sorpresa el esclavo volvió a sus tareas.

—¿Qué sucedió? —urgió.

El esclavo sobreactuó llevándose las manos a la cabeza.

—No lo recuerdo, señor.

Supo al instante lo que pretendía: sacarle más dinero. Pensó en marcharse y darle la espalda dignamente, pero no podía. Llegado a este punto, tenía que resolver el misterio. Volvió a sacar otra moneda y la paseó ante sus ojos. Él la cazó rápidamente, como si de una mosca se tratara.

—Sucedió que, al parecer, era distinta a como la había imaginado —retomó la historia—. Tal vez más fea, o más vieja, quién sabe. Nadie, salvo Jorge III, sabe cuál fue exactamente el motivo. Pero el caso es que volvió a Inglaterra solo. Enfurecido, quemó todas las cartas durante la travesía.

Sin embargo, cuentan que fue incapaz de quemar el primer manuscrito, el que halló en el océano. Así que decidió llevarlo siempre consigo. Varios años después, Jorge III viajaba en este tren, en el mismo vagón en que se hospeda usted, cuando perdió la carta. Estuvimos días buscándola, con la orden estricta de no tocarla ni abrirla o de lo contrario seríamos cruelmente maldecidos. Pero no hubo semejante ocasión, porque no la encontramos. Cuentan que fue desde ese momento cuando se desencadenó la senilidad de Jorge III. Eso es lo único que sé.

El esclavo volvió a sus tareas y Yuseph, después de sopesarlo algunos segundos, supo que decía la verdad; no había nada más que contar. Se alejó lentamente, pensando en la mujer que se escondía tras aquellas misteriosas letras. De algún modo sentía que, si los manuscritos habían caído en sus manos, era por algún motivo que provenía de fuentes más profundas. ¿Cuántos años habrían pasado desde que Zulaikhah Aisha Begum había escrito la carta? ¿Sería una anciana ahora? ¿Viviría aún? ¿Fue Jorge III capaz de responder acertadamente a la prueba? ¿Qué sucedió en Sindh para que el rey volviera enfurecido...? Necesitaba resolver todas aquellas dudas y sabía quién podía ayudarlo: sir Leonard Binford.

5

Una mañana, cuando iba hacia el vagón principal, Yuseph volvió a encontrarse con la esclava de lady Charmed. Verla sin su ama resultaba tan extraño como ver un animal fuera de su hábitat: un tigre en las profundidades del océano. Era la rara oportunidad que debía aprovechar, y decidió acercarse a hablar con ella casi instintivamente.

En aquel momento, los dos niños pasaron a su lado corriendo entre gritos.

—¡Tengo mucho calor! —resopló el pequeño, restregándose su frente húmeda.

—¡Eso! —se sumó el mayor jadeando—. ¿No podríamos quitarnos estas casacas de terciopelo?

Detrás, la madre los siguió con los ojos en blanco.

—¡Basta ya! —bramó exasperada.

Los dos críos juntaron sus manos y se escabulleron entre risas.

Cuando Yuseph volvió a mirar hacia la esclava, esta había huido hacia el final del pasillo. De repente, y aunque fue un solo instante, se volvió hacia atrás y, cuando sus miradas coincidieron, pudo ver en sus ojos que le temía. ¿Por qué...?

Luego desapareció.

Caída la tarde, resolvió cobijarse en el vagón principal en compañía de otros pasajeros como una forma de distraerse. Buscaba al arqueólogo sir Leonard Binford, porque solo él podría darle las respuestas que necesitaba.

Lo encontró en su mesa de siempre, ante una copa de jerez, dibujando algunos garabatos sobre un pergamino. Era un hombre de nariz grande, bulbosa, y sus cabellos habían iniciado el éxodo hacia las sienes. Yuseph se sentó a su lado y ambos estuvieron conversando durante largo rato.

—Voy en busca del tesoro más codiciado de la historia —le explicaba el arqueólogo cinco minutos más tarde con ojos pirotécnicos y la lengua desatada por el alcohol.

Pero Yuseph estaba tan concentrado en mostrarle el manuscrito que apenas escuchaba sus palabras. Aunque varios años más tarde aquella conversación influiría en su vida de forma decisiva.

—Las altas esferas de Londres —continuó sir Leonard bajando la voz— patrocinan mis investigaciones en secreto —susurró—. Se trata de un texto perdido hace siglos entre las ruinas de la Antigua Biblioteca de Alejandría, en el que se cree que está escrita la localización de un elemento milagroso —mantuvo un silencio—: la piedra filosofal.

Yuseph asintió con desinterés. Solo oía, pero no escuchaba. Para él, el único tesoro que existía en aquel momento era Zulaikhah. Cuando encontró el momento adecuado, decidió confiarle su secreto, compartiendo con él la carta que había encontrado.

Sir Leonard Binford la tomó entre sus dedos con curiosidad y durante largo rato la examinó en silencio. De manera inconsciente, Yuseph se aferró a su amuleto. Pero justo cuando estaba a punto de pronunciarse, las puertas del vagón se abrieron de par en par, con un golpe brusco. Algunas pasajeras gritaron asustadas y la confusión se apoderó del salón mientras una cuadrilla de guardias se precipitaba hacia el interior, dispersándose rápidamente.

—¡Bandidos! —exclamó alguien.

Yuseph intuyó que venían a buscar el manuscrito y el corazón comenzó a latirle con fuerza bajo el pecho.

Pero se equivocaba.

Detrás de los guardias apareció una mujer con el rostro desencajado, los ojos enrojecidos y la nariz inflamada. Como una musa griega, bamboleaba un vestido ligero de cintura alta y el cabello de oro, recogido en una trenza. Yuseph la reconoció al instante: era la madre de los dos niños traviesos.

—Por favor, ¿alguien ha visto a mis hijos? —gimió entre lágrimas.

Varias cabezas desconcertadas negaron con un gesto. Ella permaneció dubitativa por unos instantes y luego desapareció por donde había venido, sin perder tiempo.

A su alrededor, los guardias rastrearon con rapidez el más mínimo recoveco y al cabo de unos minutos infructuosos desaparecieron también.

Los pasajeros quedaron entonces en silencio, mirándose unos a otros estupefactos. Yuseph tuvo un mal presentimiento: algo malo les había sucedido a los niños.

Pero no hubo tiempo para pensar en ello, porque el arqueólogo retomó la conversación como si nada hubiese sucedido.

—Esta carta está escrita en papel de arroz —sentenció—, muy utilizado en Oriente, y por su estado de conservación y la tonalidad de la tinta, el manuscrito apenas debe de tener cinco años de antigüedad —elucubró sin apartar la mirada de la carta, como si mantuviese la conversación con ella—. En cuanto a la autora, no es una anciana, su pulso es estable. Pero tampoco una adolescente: el texto es inteligente y denota madurez. Es probable que sea una señora entrada en años. Sindh es una región pacífica, y con su fortuna no sería descabellado deducir que aún viva. —Después, sir Leonard Binford le devolvió la carta en silencio—. Sé lo que pretende, muchacho —lo miró a los ojos—, y le diré tan solo una cosa: está en lo cierto, debe responder a esta carta, porque si ha caído en sus manos, es por algún motivo.

Yuseph asintió en silencio, mientras sentía cómo un estremecimiento recorría todo su cuerpo.

Parecía que los vientos de la vida empujaban sus velas hacia la aventura, y es que, a veces, cuando se desea algo con un ansia profunda, el mundo acaba disponiéndose de tal modo que un cúmulo de circunstancias nos arrastra hacia nuestro destino. Pero es entonces cuando el viajero deberá demostrar su valía, porque a todo amanecer le sigue una noche oscura, y a toda nave, su tormenta.

Aunque aún no lo sabía, para Yuseph todo había comenzado con Zulaikhah; y todo acabaría con ella.

6

De vuelta a su dormitorio, Yuseph encontró el Vagón de la Corona completamente revuelto y su talega derramada en el suelo como un desperdicio. Alguien había entrado allí.

Asustado, se dirigió al salón central, donde le informaron de que se había establecido una inspección en toda regla y que el Judío había decretado carta blanca para que los mozos de seguridad registrasen el tren. Los niños no habían aparecido aún. A cada minuto que pasaba, la situación se tornaba más grave. A esas horas podrían estar muertos.

La madre de los pequeños recorría una y otra vez el tren, murmurando enajenada el nombre de sus hijos, como si tratase de invocarlos.

—¡Joel! ¡Gabriel! —gritaba desaforada, exigiendo una y otra vez la comparecencia del capitán, el único hombre del servicio que permanecía indiferente a la situación.

En lo más hondo de su alma, la madre se mortificaba a sí misma, imaginando toda suerte de desgracias. Quizá sus hijos hubiesen caído del tren y estuviesen perdidos en la vasta negrura de los bosques, a merced de las fieras, desamparados e indefensos. Entonces a la mujer le corroían los remordimientos, al recordar lo mal que les había tratado los últimos días.

Conforme pasaban los minutos, más y más gente comenzó a acumularse en los pasillos y salones, desalojando sus compartimentos para facilitar la labor de rastreo de los guardias. De pronto se escucharon unos gritos. Yuseph reconoció aquella voz exageradamente aguda: era lady Charmed.

—¿Adónde me llevan? —gritaba indignada mientras algunos guardias la obligaban a salir de su cabina—. ¡Esto es intolerable! ¡Salgan inmediatamente de aquí! No me importan en absoluto esos niños. Todo esto es culpa de la incompetencia de sus progenitores.

Al escuchar aquellas palabras, la madre de los niños se abalanzó sobre su esposo, enterrando el rostro en su pecho y convulsionándose entre lágrimas.

La esclava de lady Charmed siguió a su ama, abriéndose paso entre la muchedumbre. De repente, tropezó con Yuseph. En cuanto sus miradas se encontraron, el rubor coloreó sus mejillas y, una vez más, Yuseph pudo leer en sus ojos el miedo. A punto estuvo la joven de escabullirse cuando él se adelantó.

—¡Espera! —la detuvo—. ¿Por qué huyes de mí?

Ella titubeó unos instantes, vigilando alrededor, e impulsivamente le mostró sus manos. Yuseph retrocedió horrorizado. Toda la piel de sus palmas estaba abrasada y repleta de sangre, como si hubiesen sido expuestas a hierro candente. Aquello solo podía ser obra de lady Charmed. Quiso pronunciar unas palabras para compartir su desgracia, para aliviarla de algún modo, pero no hubo tiempo, porque al instante la muchacha se escabulló aterrorizada con lágrimas en los ojos.

—¡Joel! ¡Gabriel...! —volvió a gritar la madre.

La inspección minuciosa de los treinta y siete vagones se dilató a lo largo de toda la tarde. Yuseph, junto al resto de los pasajeros, permaneció en los salones y corredores hasta que terminó la labor de los guardias.

A las siete en punto, la madre de los niños volvió a exigir al prefecto la presencia del capitán y por cuarta vez enviaron un recadero solicitándolo. Exasperada, esta vez la madre tenía preparada otra respuesta.

—Comuníquele que su presencia ya no será necesaria. Mi esposo ha lanzado del tren al calderero, así que en poco tiempo el tren se habrá detenido.

El vocero obedeció con diligencia y, cuando no había pasado ni medio minuto, apareció corriendo el capitán del tren seguido de varios prefectos.

—¡Dejen paso! —gritaba, abriéndose camino entre la multitud; era un hombre alto y fuerte, con un distinguido bigote engominado y ojos duros como piedras. Cuando estuvo frente a ellos, les encaró sin intermediar palabra—. ¡Usted no puede detener esta locomotora sin mi permiso! Entendí por el recadero que ha lanzado a uno de mis hombres, ¿es eso cierto?

La madre de los niños permaneció impasible a sus gritos y le atravesó con la mirada.

—Yo entendí que usted estaba demasiado ocupado con otros asuntos como para venir hasta aquí. —El capitán desvió la mirada sonrojado—. Exijo que detengan el tren en el acto para rastrear todos los parajes recorridos desde esta mañana —continuó la madre, conteniendo las lágrimas—. Tengo el mal presentimiento de que mis hijos han caído del tren.

Pero el capitán se negó. La vía ferroviaria por la que circulaban conectaba con una trifurcación recorrida a diario por varias locomotoras. Detenerse podría dar lugar a un choque en cadena, poniendo en riesgo la seguridad de miles de pasajeros.

Al escucharle, Yuseph se aferró a su amuleto con fuerza, compadecido por la suerte de los chiquillos.

La madre cayó derrumbada sobre el suelo y comenzó a gritar el nombre de sus niños inútilmente, clamando ayuda al resto de los viajeros, que escondían sus miradas con vergüenza.

—¡Joel! ¡Gabriel! ¡Que alguien me ayude, por favor!

Algunos pasajeros, como lady Charmed, se encerraron en su cabina, horrorizados por el escándalo. La madre siguió llorando enajenada, rogando piedad con las manos levantadas al cielo. Cuando, de pronto, le pareció escuchar algo.

Todo el tren quedó en silencio. La mujer se levantó pisándose la falda y vagó en círculos, mirando los techos y paredes como si hablasen con ella.

Yuseph aguzó sus oídos: se filtraban murmullos intermitentes, casi imperceptibles, que provenían de algún lugar cercano.

—¡Socorro, socorro...!

Inmediatamente, los esclavos comenzaron a revolver los vagones y la madre corrió hacia una de las ventanas, estrujando su cabeza contra los barrotes. Los gritos procedían de aquel lugar. Había alguien fuera, y su corazón le decía que eran sus hijos. Pero ¿dónde...?

7

A los pocos segundos, un guardia gritó desde el final de la galería:

—¡Aquí, aquí! —Luego abrió la puerta de seguridad y subió las escaleras que conducían hacia el techo—. Necesito ayuda —gritó desde lo alto. Su voz quedó amortiguada por el ruido exterior.

Yuseph, que había esperado en el corredor, era la persona más próxima al mozo. Sin pensárselo dos veces, salió al mirador trasero dispuesto a prestar su ayuda. En el exterior el viento azotaba con fuerza y la vía recorrida huía como una estela hacia el horizonte. El traqueteo del tren, ruidoso y monótono, le ensordecía los oídos. Rápidamente, se agarró a las escaleras de metal y comenzó a ascender hasta el techo. Cuando pisó en lo alto, el corazón le latía con fuerza. Todo el suelo era una superficie curva metálica, sobre la que se tambaleaba peligrosamente, por lo que decidió avanzar a gatas.

Sorprendido, divisó en la lejanía al esclavo, que corría hacia una sombra: era uno de los niños, pensó con alegría. Pero ¿dónde estaba el otro?

Cuando se aproximó, descubrió que se trataba del más pequeño de los dos. Estaba tumbado de bruces sobre el techo, con las manos colgando en el vacío. Yuseph comprobó con horror que estaba agarrando a su hermano mayor. El chico había caído y colgaba del tren como un títere. Instintivamente, Yuseph se irguió sobre sus piernas y corrió hacia ellos, tratando de mantener el equilibrio. El muchacho gritaba asustado desde el abismo:

—Socorro...

Rápidamente, entre el mozo y Yuseph subieron al niño justo en el momento en el que apareció a sus espaldas el padre, seguido de varios esclavos.

Cuando bajaron, había todo un tumulto deseando ver a los protagonistas. La madre gritó aliviada y se aferró a sus hijos como un náufrago que encuentra un madero en alta mar. Ambos se hundieron desfallecidos en su regazo y unas manos trajeron agua para hacerles beber.

Pasaron así largos minutos de silencio, en los que la madre besó cada cabello de sus niños, hasta gastar sus labios.

Tras recuperar ligeramente las fuerzas, el pequeño relató lo sucedido con voz entrecortada; aquella mañana habían sentido tanto calor con las casacas —la madre agachó la mirada imperceptiblemente— que decidieron escabullirse hacia lo alto del tren para que les refrescase el aire. Una vez ahí les invadió el miedo, pero cuando decidieron volver, el mayor resbaló y cayó al vacío. Por suerte, él pudo agarrarlo antes de que cayese del todo, pero por mucho que lo intentaba era incapaz de impulsarlo hacia arriba, por lo que permanecieron así hasta ser descubiertos.

Al escuchar su valerosa historia, todos cuchichearon conmocionados, palmeando la espalda al chiquillo.

—¿Cómo es posible que haya aguantado tanto tiempo siendo tan pequeño? —preguntó alguien—. Han sido más de siete horas —apuntó.

—¡Es increíble! —secundó una mujer.

—Por no decir imposible...

Entonces, varias cabezas atrás, el arqueólogo respondió:

—Yo sé cómo pudo aguantar el hermano pequeño durante siete horas.

Todos se giraron y alguien preguntó sorprendido:

—¿Cómo?

El arqueólogo se abrió paso lentamente; sus ojos brillaban con fascinación.

—Porque justamente no había nadie al lado del chico diciéndole que era imposible. Cuando era pequeño, tuvo lugar en Londres un grave accidente que conmocionó a la población. Unos esclavos escoceses que esperaban cerca del canal cayeron en él por accidente. Asustados, patalearon y removieron sus brazos tratando de alcanzar la orilla, pero era imposible. El agua estaba repleta de maleza y suciedad y cuanto más lo intentaban, más se enredaban. Los amos, que presenciaban la desgracia de sus siervos, comenzaron a gritarles desde fuera. «Rendíos, no sigáis intentándolo o sufriréis más»; «No sigáis, dejadlo»; «No podréis salir, solo estáis alargando vuestro suplicio». Entonces, poco a poco, uno de ellos comenzó a cansarse, hasta que se detuvo y acabó desapareciendo bajo el agua. En cambio, el otro pataleó con más fuerza, se agitó y se removió como un titán; sacó fuerzas y coraje de lo más profundo de su alma y continuó luchando. Su dueño veía el espectáculo, confuso. «No sigas, no vale la pena, solo estás asustado —le repetía—. Déjalo». Pero, al escucharle, el náufrago redoblaba sus esfuerzos, hasta que por fin alcanzó la orilla ante la sorpresa de todos y se tumbó sobre la tierra. Entonces fue cuando los demás descubrieron la verdad. El esclavo era sordo, y cuando veía a su señor gritar, en todo momento pensaba que le alentaba a seguir adelante, a no rendirse, y por eso había logrado sacar fuerzas más allá de sus posibilidades y sobrevivir. Porque si pensamos que es posible, lo es. A lo largo de mis extensos estudios en antropología he llegado a la conclusión de que somos el resultado de lo que pensamos, y eso, damas y caballeros, determinará nuestro destino. De ese modo, si pensamos que podemos, estaremos en lo cierto. Pero si pensamos que no podemos, también estaremos en lo cierto. En el Antiguo Oriente la designaban la Ley del Eco: la vida es como una gran caverna vacía, en la que recibiremos de vuelta justo aquello que pensamos. Según las sagradas escrituras Védicas[5], si queremos atraer cosas positivas, tenemos que pensar en cosas positivas.

[5] La palabra sánscrita *vedá* —literalmente «conocimiento», en sánscrito— proviene del término indoeuropeo **weid,* que significa «ver». Está relacionado con el griego *foida* («saber»). Los Vedas constituyen los cuatro textos más antiguos de la literatura india, base de la desaparecida religión védica, previa a la religión hinduista.

Todo el mundo quedó fascinado por aquellas palabras. La madre de los niños se incorporó en silencio y ordenó llevar a sus hijos al compartimento. Pero cuando recogieron en brazos al hermano mayor, este profirió un grito de dolor angustioso.

La madre corrió hacia él e inspeccionó todo su cuerpo, y al levantar sus pantaloncitos vieron horrorizados que tenía las piernas aplastadas por las contusiones. Ella ahogó un grito horrorizada.

—Eso no es nada —respondió entonces el niño con brillo en los ojos—. Mirad aquí...

Tras remangar su camisa lentamente, mostró orgulloso sus brazos. Estaban completamente desgarrados por surcos de sangre y la piel se arremolinaba hacia la muñeca como si hubiese sido arrastrada.

Muchos pasajeros retiraron la mirada horrorizados.

—¿Te hiciste estas heridas contra las selladuras del tren? —gimió la madre.

—No —replicó el niño conmocionado—. Gracias a estas heridas sigo vivo. Fueron las manos de mi hermano tratando de salvarme.

Se dispersó un gran silencio en el que se compartieron miradas de asombro. La madre sintió que se le llenaban los ojos de orgullo y abrazó a su pequeño mientras un estallido de aplausos se contagiaba entre todos los presentes. Su hijo se había comportado como un héroe.

Aquella noche, Yuseph no durmió, pensando en el incidente y sobre todo en las palabras del historiador. Constantemente, le asaltaba la imagen del niño con los brazos desgajados en sangre, dispuesto a salvarse a pesar del daño y el sufrimiento, y entonces no podía dejar de pensar en que para salvar la vida había que afrontar el dolor, los días de incertidumbre y la tentación a rendirse.

8

El último día de travesía, cuando apenas quedaban algunos minutos para que el tren se detuviese en la terminal de Ar-Ribāḍ, Yuseph volvió a ver a la esclava de lady Charmed.

Se hallaba al final del corredor, descansando la cabeza sobre los barrotes de un ventanuco y con la mirada perdida en el horizonte. Parecía terriblemente agotada. Una trenza serpenteante bailaba sobre la comba de su espalda y los hombros, casi obscenos, se traslucían bajo la blusa. Toda su silueta parecía de frágil cristal.

Conforme se acercaba a ella, su corazón palpitó con fuerza y un calor profuso le roció las sienes. ¿Por qué se sentía tan nervioso?, se preguntó suspirando confuso.

Cuando se detuvo a su lado, ella no trató de huir. Se azoró ligeramente y miró a los lados, pendiente de su ama, pero permaneció junto a él.

—¿Por qué no la abandonas y huyes? —le preguntó él con curiosidad.

Ella le miró a los ojos y sintió que le sacudía un escalofrío. Los rayos ardientes del atardecer besaban los contornos de su rostro dolorido.

—Porque mi ama es una gran viajera —respondió— que recorre el mundo a bordo de las Compañías. Y yo estoy buscando a mi padre. —Un brillo de determinación destelló en sus ojos—. Nos hicieron esclavos en Constantinopla hace siete años. Es mi única familia y tengo la certeza de que pertenece a las Compañías del Judío. Día y noche guardo la esperanza de volver a verle, porque, por muy larga que sea la noche, el sol siempre volverá a brillar en el horizonte. Me lo dice mi corazón.

Yuseph asintió en silencio. Desde que había iniciado su travesía, había oído hablar del Judío en numerosas ocasiones.

—¿Quién es el Judío del que tanto hablan? —preguntó.

Ella continuó con la mirada fija en el horizonte.

—El Judío es el hombre más rico y poderoso de los reinos de Occidente. —A continuación se giró hacia él y, mientras sus labios gesticulaban, sus ojos se perdieron en los de Yuseph. Este se sintió embriagadoramente turbado por aquella actitud—. Todos los trenes, los barcos o grandes negocios de Europa pertenecen al Judío —continuó—. Es un hombre extraño, nadie le ha visto jamás. Corre el rumor de que viaja en este tren, observándonos, aunque siempre se dice lo mismo. La llaman «la leyenda del Judío».

En aquel instante el tren comenzó a perder velocidad, hasta que en pocos segundos quedó petrificado en la última estación. La bocina anunció que el viaje había terminado oficialmente y una nube humeante de vapor engulló el andén en una exhalación. La muchacha retrocedió de espaldas, arrastrando los pies sin dejar de mirarle un solo instante. Yuseph se sintió impotente: era el final de una historia que jamás había comenzado. De algún modo, Yuseph la sentía cercana; no eran familia, ni siquiera amigos, pero sus almas parecían conocerse desde mucho antes.

—Me llamo Aliena —declaró—. ¿Lo recordarás?

Yuseph asintió en silencio y le brindó una sonrisa para que no hubiese duda. Ella le imitó y, después de unos segundos, se desvaneció en el pasillo, justo a tiempo.

Varias puertas impacientes se descorrieron y los pasajeros con sus equipajes colapsaron el corredor. Pero Yuseph no podía dejar de lamentar la realidad: no volvería a verla jamás. De algún modo, se había sentido conectado a ella, como si sus almas fuesen gemelas, y agarró su amuleto rogando que Aliena tuviera suerte en su búsqueda.

Lo que Yuseph no sabía es que el destino aún le sorprendería mucho más.

PARTE III

En la vida hay que estar despierto
porque todo son apariencias
y nada es lo que parece.

1

Cuando Yuseph se apeó del tren, recorrió las calles del pueblo sin rumbo fijo, deleitándose con cada piedra y edificio del lugar, como si estuviesen hechos de oro en lugar de simple paja y arena. Todo para él era nuevo, fresco y distinto. Los lugareños, en cambio, lo despreciaban: sus ojos estaban acostumbrados. Solo apreciarían las piedras y edificios de pueblos ajenos.

Al torcer una esquina, su mirada fue a parar a una caverna en la que se perdía un corrillo de hombres entre risas y gritos de picardía.

—Hoy lo vamos a pasar bien —auguró uno de ellos con sonrisa desdentada—. Dicen que va a estar Maya.

Los demás aullaron como lobos salvajes ante la noticia y se internaron en la gruta. Yuseph les siguió con curiosidad para descubrir dónde desembocaban los escalones, cuando algo se interpuso en su camino: un perro. Tenía los ojos tristes y las orejas gachas. Bajo el sol crepuscular dibujaba una larga sombra solitaria. Su pelaje era negro y brillante, casi barnizado, y su torso sediento jadeaba como un acordeón. Se sintió incapaz de resistir la tentación de acariciarlo. Agazapó su cabeza entre las dos manos, con ternura, y el animal se deshizo, mimoso, agitando el rabo.

—Se llama Amîn —anunció alguien a sus espaldas. Rápidamente, Yuseph se dio la vuelta para encontrarse con una mujer de corto cabello negro, en batín de algodón y chanclas de piel—. Pertenece a mi marido, es cazador. —Sonrió y la piel debajo de sus ojos se cuarteó como ramas secas—. Amîn es su ayudante en la faena.

Llevaba atada a la espalda una enorme faja de tela en la que acunaba a un bebé dormilón. Yuseph se irguió para saludarla y el can ladró con fuerza, reclamando más caricias, lo que acabó por despertar a la niña. Irritada por los berreos, la mujer alejó a Amîn de una patada y el can aulló asustado, arrastrando el trasero en cuclillas.

—Últimamente está insoportable, tratando de llamar nuestra atención —rezongó. Yuseph se sintió ofendido ante aquella muestra de violencia—. Hasta ahora era el sultán de la casa, pero desde que ha nacido mi hija, se siente destronado.

La cría seguía llorando y Yuseph se disculpó cortésmente. Sentía curiosidad por saber adónde habían ido aquellos hombres, y al asomarse a los escalones descubrió un mesón subterráneo.

Jamás había pisado ninguna tasca. Su padre se lo había prohibido expresamente.

Pero la casualidad lo había guiado ante aquella puerta y, por una vez, decidió que prefería caer en la tentación. ¡Ahora era libre de hacer cuanto quisiera!, pensó mientras se internaba en ella, sin tener idea de lo que ahí sucedería.

2

El interior se dividía en varias cavernas, y bajo la débil luz de las antorchas pudo distinguir algunas sombras que se arremolinaban en las esquinas, brindando con sus copas.

Unos ojos blancos y sanguinolentos se volvieron hacia él desde la penumbra en cuanto atravesó el umbral y Yuseph decidió retirar su mirada.

Al fondo, el tabernero se entretenía con algunos clientes. Era un hombre osuno que reía jocosamente y hacía temblar su enorme panza mientras se enjugaba el sudor que le perlaba la calva. Al ver a Yuseph, que vagaba con la mirada gacha como una moza la noche de su boda, se sonrió.

—¿Qué buscas, forastero? —le espetó.

El grupo de tertulianos que lo acompañaba se giró hacia él, analizándolo de arriba abajo. Yuseph se sintió nervioso y el silencio se volvió tenso. Las miradas dieron lugar a algunas risas apagadas.

—Mi nombre es Yuseph —anunció con valentía—. Soy un peregrino que ha abandonado su hogar en busca de la libertad. —En su voz desafinó la duda por un instante—. Quiero vivir nuevas experiencias.

La risa explosionó como un tonel de pólvora y el tabernero acudió en su auxilio, pasándole un brazo sobre el hombro.

—No te preocupes por estos —desechó con un ademán, mientras se lo llevaba a otro lado. Yuseph sentía circular toda su sangre bajo el rostro—. Ellos están tan seguros porque jamás han buscado nada. Todo lo han encontrado en el fondo de una botella. —Enseguida se adentraron por un corredor en penumbra—. Pero tú eres especial, amigo, y has venido al lugar más indicado, porque justamente aquí es donde todos son más libres. Puedes hacer lo que quieras y ser quien quieras. Solo hay una condición —se detuvo en seco y, con una sonrisa maliciosa, agregó—: divertirse. —Luego giró sobre sus pies y desapareció tras el vano de una puerta—. Espera un momento aquí. Ahora vuelvo —gritó.

Yuseph obedeció en silencio, permaneciendo en el mismo lugar, bajo la débil luz de una antorcha que languidecía, dejándose comer por las sombras.

De repente, sintió un estremecimiento a sus espaldas, como si algo se escondiese en la negrura. Miró en derredor, ansioso por que el tabernero volviese pronto, y entonces sucedió algo extraño: escuchó unos pasos. Provenían del fondo de la oscuridad y se acercaban lentamente, arrastrándose por el suelo arenoso. ¿Quién era? El corazón comenzó a palpitarle con fuerza y vio aterrorizado que aparecían unos ojos grandes y sanguinolentos, flotando en la oscuridad.

—No me puedes engañar —susurró una voz cavernosa—. Eres el elegido. Llevas la señal.

Yuseph retrocedió de espaldas, tropezando contra la pared. Acorralado, quiso gritar para pedir ayuda, pero sintió que se le escapaban las fuerzas por la boca y nada surgió de su garganta.

—Aquellos que se lanzan a la búsqueda de la libertad están destinados a encontrarla —sentenció la voz. En aquel instante, la antorcha se extinguió y todo quedó oscuro. Yuseph alzó los brazos hacia el frente, rasgando la negrura, y volvió a escuchar aquella voz, esta vez en sus oídos—: «Amagi», sé lo que significa —rio.

Sintió que se le paraba la respiración.

Inmediatamente, una vela se encendió al otro lado y el rostro del tabernero se recortó bajo la luz llameante, con su sonrisa alegre.

—¡Bienvenido! —anunció al tiempo que se acercaba a paso ligero y le ofrecía un enorme tazón de madera rezumante de bebida espiritosa—. Mi nombre es Abdel Wahhab.

Pero Yuseph apenas le escuchaba; rastreaba los alrededores a la luz de la vela. No había nadie, quienquiera que fuese había desaparecido.

El tabernero le observó con el ceño fruncido.

—¿Te encuentras bien, muchacho?

Yuseph asintió con el rostro pálido y aceptó la copa que le ofrecía, cuando lo asaltó un nuevo temor. Su rostro se ensombreció mientras meditaba unos instantes.

—La verdad —balbuceó tímidamente—, nunca he bebido antes y mi padre tampoco lo aprobaría. —Sonrió—. Además, necesito buscar un lugar donde pasar la noche. No tengo a nadie aquí y no puedo emborracharme.

El tabernero lo miró sorprendido, ahogando una sonrisa.

—Mira, muchacho, te voy a contar una historia que te va a servir. —Apoyó una mano sobre su hombro—. Cuando yo era pequeño, una noche mi padre se adentró en el bosque y lo acorraló una manada de hienas. Él se lanzó a correr con todas sus fuerzas, tratando de huir de la muerte, pero no podía ver nada en la oscuridad y un mal paso lo hizo caer por un despeñadero. Mientras caía al vacío, pensó que la muerte había vuelto con nuevo rostro, pero entonces, de algún modo milagroso, logró agarrarse a las raíces de un árbol que sobresalían en el aire. Así, quedó suspendido en medio de la nada y sin escapatoria. En lo alto del barranco lo esperaba la manada de hienas, ansiosas por devorarlo. Las oía gruñir en la oscuridad, y sus aullidos parecían risotadas tétricas humanas. Abajo, en cambio, se abría el abismo a sus pies, como la boca de una fiera dispuesta a engullirlo en cuanto cayera. Mi padre gritó y pidió ayuda desesperadamente, pero no había nadie para escucharlo. Conforme pasaba el tiempo, se sentía cada vez más agotado y pensó que no podría aguantar mucho más agarrado a aquellas raíces. Levantaba la cabeza, tratando de entrever en la oscuridad, y aún podía percibir la presencia de las hienas ansiosas por comérselo. Cuando callaban las fieras, lo acorralaba el tenebroso silencio del abismo, rozando sus pies. Arriba, el peligro; abajo, la amenaza. En determinado momento, miró a uno de los lados y algo llamó su atención. Era una baya, intensamente roja y brillante bajo un rayo de luna. ¿Cómo no la había visto antes? Parecía terriblemente jugosa y tentadora. En una temeridad incomprensible, soltó una mano y, balanceándose a lo largo de la pared, alzó los dedos y arrancó la baya. Cuando la tuvo entre sus manos, todo el mundo desapareció a su alrededor. Admirado como estaba por su belleza, instintivamente se llevó el fruto a la boca. Sorprendido, disfrutó de su sabor azucarado e intensamente agradable. Porque esa baya tiene el poder de revestir la lengua y todo lo que comas después sabrá dulce.

Yuseph lo miró con los ojos como platos, ávido de saber más.

—Pero ¿y las hienas? —preguntó boquiabierto.

—Olvida las hienas y ¡come la baya! —desechó el tabernero con un ademán.

—¿Y el abismo? —insistió Yuseph.

—Al diablo con el abismo, ¡come la baya!

—¿Y tu padre?

—¿Mi padre? —repitió Wahhab—. ¿Quieres saber si sobrevivió? Pues lo cierto es que estuvo agarrado toda la noche a aquellas ramas, sudando, gimiendo, temiendo caer y morir. Sentía los dedos entumecidos por el frío de la noche, los nervios del brazo y la espalda agarrotados, y, aunque pensó en rendirse en muchas ocasiones, resistió. ¿Sabes qué pasó? Con los primeros rayos del amanecer, se hizo la luz y descubrió sorprendido que no existía tal abismo: había estado toda la noche a solo un palmo del suelo. Simplemente podría haberse soltado y haberse marchado caminando. Muchas veces los abismos solo existen en nuestra mente, así que...

—Disfruta de la baya —lo interrumpió Yuseph, maravillado.

—¡Eso es! Porque siempre existirán hienas queriendo devorarnos y abismos en los que caer. Es parte de la vida, muchacho, pero también lo es saber comer la baya. Nosotros no podemos dejar de comer la baya solo porque existan hienas y precipicios. Porque... ¿sabes cuál es el nombre real de esta baya?

Yuseph negó con la cabeza, totalmente embebido por la curiosidad.

—La baya milagrosa[1]. Si lo piensas bien, eso es el presente: una baya milagrosa que si la saboreas, todo te sabrá dulce. No permitas que las hienas del pasado y el abismo del futuro te impidan ser feliz. Relájate y ¡disfruta de tu baya, amigo!

Yuseph sonrió y, aceptando la copa, se bebió toda la jarra de un trago.

Durante las horas siguientes, el mundo giró a su alrededor en una danza de alegría y despertar. Bebió otro vaso, y luego otro, y otro. Hasta que perdió la habilidad de contar jarras y dinero.

—¡Bebe, amigo! —Hombres desconocidos le ofrecían tragos de sus picheles riendo e instándolo a bailar.

Yuseph se sentía poseído por una extraña alegría, liberado de todas las ataduras que le habían reprimido, y sentía por primera vez que podía ser tal como realmente era. Un pedazo remoto de su conciencia contemplaba maravillado

[1] *Synsepalum dulcificum* o *Sideroxylon dulcificum*, la «fruta milagrosa» o «baya mágica», es una planta frutal originaria del oeste de África que tiene la capacidad de volver dulces los alimentos ácidos que se ingieren después de probarla.

aquella nueva fuente de alegría. El recinto se fue abarrotando poco a poco, e incluso Wahhab danzó hombro con hombro con sus clientes, como hacía años que no bailaba, pero sin beber una sola gota. Jamás bebía de su alcohol. Yuseph decidió entonces invitar a sus nuevos amigos con el corazón abierto, pero lo que menos se imaginaba era que estaba siendo vigilado. Escondidos entre la multitud, desde una mesa dos hombres se cubrían la cabeza con sombreros de paja, fingiendo consumir mientras estudiaban con atención sus movimientos, acechando cada vez que abría su talega y sacaba el dinero para pagar las consumiciones.

En aquel instante, se detuvieron los tambores. Yuseph miró confuso a su alrededor y algunos avezados ordenaron silencio.

—¡Ya viene! —murmuró alguien en sus oídos.

Toda la taberna quedó expectante, observando la entrada, y casi se podían escuchar los latidos de sus corazones al unísono. Entonces, se abrió la puerta y apareció Maya[2], la cortesana del pueblo.

Un suspiro de éxtasis recorrió como una ola a todos los presentes.

Entró acompañada por dos mozuelas, que a su lado no eran más que los cráteres de la luna. Maya era una mujer entrada en años, pero su belleza resultaba incomparable a la de cualquier otra mujer. Su piel dorada y jugosa, sus rasgos sinuosos. El cabello le bañaba los hombros. Su ombligo al descubierto se mecía cuando respiraba y su falda traslúcida

[2] Según el budismo, Maya es el sufrimiento que provocan los errores de la razón, causados por la ignorancia, y las decepciones del sentimiento, causadas por nuestro deseo.

esbozaba unos muslos carnosos. Sus ojos y su sonrisa eran astutos pero honestos; y esa mezcla de ternura y pasión la convertía en el dulce veneno que todos deseaban beber.

Pero hacía años que Maya escogía a sus clientes, y aunque todos deseaban dormir con ella, era un don reservado tan solo a algunos privilegiados.

Uno a uno, en fila, trataron de probar suerte ante ella, pero Maya los rechazó a todos. Yuseph permanecía tímido y silencioso en un extremo, aturdido por el alcohol, observándola con fascinación, cuando súbitamente algo lo alcanzó con la precisión de una flecha, y tiñó de sangre sus mejillas. Era la mirada de Maya.

Al momento se sintió atrapado por un imán. No podía apartar de su mente aquellos ojos lascivos y constantemente se descubría alzando la vista hacia ella. En varias ocasiones, sus miradas se encontraron y él agachó la cabeza avergonzado, sintiendo cómo lo abandonaba toda la embriaguez que en algún momento hubo. Ella se sonreía, divertida con su candidez.

Mientras, los dos hombres seguían espiándolo desde la mesa, aguardando el momento oportuno para actuar. Presintieron que la ocasión no estaba lejos cuando los tambores se detuvieron y el tabernero gritó:

—¡Ya es tarde, señores! ¡La noche ha acabado por hoy!

«En cambio, para nosotros está a punto de comenzar», se sonrieron.

Lentamente, los clientes desalojaron y los dos hombres que estudiaban a Yuseph salieron detrás de él.

3

Yuseph salió dando tumbos. En el exterior, el aire fresco y límpido refrescó sus pulmones, y observó maravillado cómo la luna, majestuosa, dormía acunada en el regazo de la noche.

La muchedumbre comenzó a desembocar en la plaza, dispersándose por las callejuelas como una bandada de pájaros, hasta que al cabo de unos minutos estuvo completamente solo y, por primera vez en su vida, embriagado.

De repente, se detuvo en seco y sus ojos adoptaron el recelo de quien ve una víbora. En las sombras de la noche se acercaba corriendo hacia él una silueta. Del susto, permaneció inmóvil como una estatua y de la oscuridad surgió un animal, agitando el rabo y acercándose a él con alegría. Era Amîn, el perro que había visto aquella tarde. Yuseph rio jocoso y lo abrazó como a un viejo amigo, mientras retozaban en la calle, jugando como dos cachorros.

Era muy tarde y no habría ninguna posada disponible; además, no conocía el pueblo, y resolvió que lo más adecuado sería buscar algún lugar a la luz del puerto donde pasar la noche. Así caminó algunos minutos, con Amîn a sus pies como una sombra, hasta que el animal lo abandonó por un gato que huía despavorido. Yuseph se quedó completamente solo, pero, extrañamente, no le parecía que fuese así... En aquel instante, sintió a sus espaldas unas pisadas que se precipitaban hacia él. Su instinto le dijo que debía huir y se lanzó a correr, sintiendo cómo se aceleraban también los pasos que le perseguían. En un instante, dobló la esquina, desembocando en un callejón para volver a girar e internarse en una callejuela angosta, donde nada más avanzar unos metros descubrió con el rostro lívido que no había salida y que era demasiado tarde para volver sobre sus pasos. Alarmado, se aferró a su amuleto, implorando que lo protegiese. ¿Quién quería hacerle daño y por qué? Un sudor frío le bañó la espalda. En su febril imaginación, rogó por un muro de piedras que lo aislase del peligro.

En aquel momento, una araña enclenque y de patas largas se deslizó a través de la cuerda floja, colgando delante de sus ojos como un péndulo, atareada en sus labores de costura. Yuseph sintió la tentación de alejarla de un manotazo, pero sus tribulaciones lo tenían paralizado. «He pedido una muralla de rocas, no una simple araña», pensó desesperado mientras frotaba su talismán.

En aquel momento escuchó las pisadas acercándose con rapidez. El corazón le latía con tal fuerza que parecía que le iba a estallar el pecho; se pegó contra la pared, mimetizándose con las sombras. Uno de los ladrones se internó para inspeccionar el callejón y Yuseph lo distinguió bajo la luz de la luna: tenía una cicatriz que le atravesaba el rostro, cruzándole un ojo. Pero justo cuando entraba, su compañero le detuvo, tirándole de la camisa y haciéndole retroceder.

—¿Acaso no ves que hay telarañas? Por ahí no ha pasado nadie en mucho tiempo. Ven por aquí, no perdamos el tiempo.

De este modo sorprendente, ambos se alejaron corriendo.

Aliviado, Yuseph descansó su cabeza contra la pared, sintiendo cómo le temblaban las piernas. Lo que era una telaraña se había convertido en el muro de piedras que había pedido. A veces, lo que en aspecto resulta insignificante puede ser lo más valioso. Solo hay que tener ojos para descubrirlo, porque las apariencias son traicioneras.

Esperó unos minutos por prudencia y luego salió corriendo a buscar refugio en el puerto. Tomó las callejuelas al azar y, tras largo rato avanzando, cayó en la cuenta de que se había perdido. Escuchó entonces unas pisadas a sus espaldas y tuvo el convencimiento de que esta vez había sido cazado por los ladrones.

Sin embargo, cuando giró, descubrió atónito lo último que esperaba encontrar: era Maya, la cortesana del pueblo, que lo observaba con una sonrisa dulcemente maliciosa, besada por la luz de su candil.

Antes de que pudiese balbucear alguna incoherencia, ella se llevó su dedo índice a los labios.

—¿Tienes dinero? —susurró con voz seductora. Yuseph solo pudo asentir con la cabeza—. Pues acompáñame.

Luego se dio media vuelta y él la siguió con alivio hasta el prostíbulo.

4

El dormitorio de Maya, ostentoso y augusto, estaba ricamente engalanado con cojines de seda de Damasco. Mientras Yuseph admiraba los muebles de plata, golpeado por un fuerte aroma a incienso de pachuli, Maya se sentó ante su tocador y lo observó fijamente a través del espejo, en silencio, al tiempo que se despojaba de sus joyas lentamente. El muchacho estaba completamente velado por la inocencia de la juventud, y ella deseaba rasgarla con el zarpazo de un tigre.

Atraído por el tintineo, Yuseph levantó varias veces la mirada para atisbarla, sintiéndose cada vez más y más inquieto. Su corazón latía como un ave enjaulada.

De pronto, ella se levantó sigilosa; como un felino, recorrió la estancia y sopló las velas una a una, hasta que solo quedó encendida la luna y todo fueron siluetas.

Luego atravesó las cortinas de gasa y se desnudó, sin dejar de invitarlo con sus ojos grandes y profundos. Pero Yuseph no entendía las señales y tímidamente se sentó en el suelo, dispuesto a acurrucarse toda la noche a sus pies. Al verle, ella se irguió sorprendida y comenzó a reírse, ladeando la cabeza hacia atrás mientras se cubría la boca.

—Acércate —pronunció al fin, divertida.

Yuseph se incorporó y sintió cómo le flaqueaban las piernas. ¿Qué es lo que tanto temía?, suspiró angustiado, avanzando hacia ella. Su mente bullía en cientos de preguntas. Las dudas y represiones se agolpaban hasta trastornarlo, pero su cuerpo, que parecía comprender la llamada más antigua de la humanidad, estaba sumido en el silencio.

El cuerpo posee una sabiduría propia que es mucho más profunda que la mente, porque su biología está creada para el sexo y ya lo sabe todo sobre él.

Al atravesar las cortinas, Maya le recibió obsequiosa, con enormes pechos y cubierta tan solo por un pliegue de gasa en la entrepierna.

—Desnúdate —le ordenó en un murmullo.

Yuseph sintió que se le cortaba la respiración y obedeció, quitándose incluso el amuleto. Cuando su cuerpo adolescente estuvo totalmente expuesto, se abochornó y agachó la mirada: su sexo florecía con insolencia. Ella trató de calmarlo acariciándole el rostro.

—¿Cómo te llamas? —Le besó la oreja.

Le costaba pensar con la mano de ella recorriéndole el cuerpo.

—Yuseph —balbució nervioso.

Maya se detuvo y le miró a los ojos directamente, con la honestidad de una dama.

—Yuseph, tendré que cobrarte —aclaró—. El único motivo por el que no cobraría a un hombre es que estuviese enamorada de él. Debes saberlo.

Él no respondió; sentía sus pensamientos entumecidos y ella le besó con pasión. Aquella noche, bajo la cálida luz de la luna, Yuseph descubrió las artes amatorias.

A la mañana siguiente, durante el crepúsculo, mientras Yuseph aún seguía dormido, Maya desanudó su morral y tomó varios dírhams de plata. Luego robó el talismán que Yuseph había abandonado y, ocultándolo entre sus pechos, se marchó sigilosamente con una expresión suspicaz en el rostro.

Yuseph despertó a media mañana con una sonrisa vagando por sus labios: la noche anterior había sido la más emocionante de toda su vida. Recordó bocas sonrientes, música, baile y compadreo; había sido perseguido por unos ladrones y —lo más importante— había yacido con la mujer más hermosa de todo Oriente: Maya, la cortesana de Ar-Ribāḍ. Desconcertado, se incorporó y buscó en derredor. ¿Dónde estaba Maya? Se encontraba solo y desnudo. ¿Por qué se había marchado? Confuso, recogió su ropa y se vistió. Luego salió al exterior con la talega sobre su hombro, ignorando que alguien oculto en una esquina le estaba esperando desde hacía varias horas, al acecho. En cuanto atravesó el umbral, se abalanzó sobre él con fuerza. Yuseph gritó sobresaltado. ¡Era Amîn, que ondeaba su cola con energía! Brincaron uno sobre otro y jugaron varios minutos con entusiasmo. El can parecía haberle tomado afecto. «Lástima que sus amos no lo estimen», pensó, acariciándole el lomo mientras Amîn entrecerraba los ojos, gozoso.

Al levantar la cabeza, la mirada de Yuseph reparó en un mendigo famélico y semidesnudo con un enorme turbante sobre la cabeza, que arrancaba las malas hierbas de la calle para comérselas, rumiando lentamente toda la maleza del arcén. Conmovido, se acercó y le ofreció algunas monedas. El indigente las aceptó con una mezcla de agradecimiento y sorpresa, aunque ambos sabían que no serviría de mucho, apenas para una comida frugal. ¿Y qué pasaría luego? Mientras se alejaba con Amîn pegado a sus talones, Yuseph no pudo dejar de pensar en que el hombre moriría pronto.

Así se perdió por las callejuelas, olvidándose al instante del mundo a su alrededor, deslumbrado por un recuerdo fulgurante: Maya.

Dos días antes era un muchacho bajo las órdenes de su padre, abocado a un destino impuesto; ahora había besado a Maya y todo parecía posible: la vida adquiría un nuevo sentido. Ella le había revelado placeres secretos que jamás había llegado a imaginar, a través de cada expresión, de cada mirada y suspiro, de cada beso, caricia... Cada parte del cuerpo era una llave que conducía a la felicidad. Pero, como una maestra tierna y comprensiva, le había enseñado a ser paciente y a no cegarse por el placer, a dominarlo como un arte, como a un caballo salvaje, con respeto y determinación. Ahora se sentía extrañamente aliviado y ligero, como si flotase.

En ese momento se adentró en el mercado, sonriendo a las nubes, incapaz de contener su alegría. Toda la plazoleta rezumaba actividad y los mercaderes trataban de vender el género, engatusando a los clientes con mil y una picarescas, pero Yuseph permanecía ajeno. Hacía un tiempo todo esto le habría parecido fantasía, pero ahora había descubierto que, con apenas intentarlo, lo imposible se tornaba realidad. Pues solo hay una forma de conocer la belleza de nuestros sueños: en la incertidumbre.

De forma inesperada, alguien le puso una mano sobre el hombro, interrumpiendo sus pensamientos, y Yuseph, sorprendido, se giró para descubrir de quién se trataba.

5

Era un hombre de piel bronceada y mirada huidiza, que le sonreía con familiaridad, descubriendo un colmillo de oro.

—¿Te acuerdas de mí? —lo asaltó pérfidamente. Yuseph le observó con el ceño fruncido—. Soy el sastre, nos conocimos ayer en la taberna de Wahhab. Me encargaste un caftán de seda, Yuseph. —¿Sabía su nombre? Le puso la mano sobre el brazo, deteniéndose en palpar la tela de su manga—. Esa ropa sucia y desgastada que vistes no es digna de ti. Acompáñame. —Quiso negarse, pero, antes de que pudiera decir nada, el hombre le pasó una mano sobre el hombro y lo guio hasta su taller—. Quiero que sepas que solo te cobraré la mitad de su valor. Para mí es un honor y una forma de darte la bienvenida a nuestro pueblo.

Yuseph le seguía en silencio, demasiado aturdido como para negarse, pues aún pasarían muchos años hasta que aprendiera a decir «no» cuando quería decir «no».

Deprisa y con entusiasmo, el sastre lo paró ante un espejo roto y comenzó a tomarle medidas, entreteniéndolo con su verborrea precipitada para evitar que se arrepintiera.

—¿Te gusta nuestro pueblo? —Y sin dejarle responder, continuó—: Aquí hay muchos entretenimientos. Sin ir más lejos, vive aquí retirado un *hakawati* que sirvió a los grandes sultanes de Oriente. —Yuseph frunció el entrecejo, sin comprender—. Es lo que llaman un «cuentacuentos». Deambulan por los pueblos, atravesando desiertos y mares para narrar sus historias. Algunas sobre grandes amores y batallas; otras veces, fracasos y triunfos con los que conmover nuestras pobres almas. Pero no son narradores comunes. Son actores, poetas, historiadores, comediantes y filósofos, que combinan sus artes como el músico que mezcla las notas de un instrumento para crear la melodía. —Se detuvo un instante—. Este *hakawati,* sin embargo, no es como los demás. Tiene poderes —susurró temeroso—. Dicen que puede desentrañar el futuro. —Después suspiró profundamente, volviendo a sus labores y tomando anotaciones—. Le reconocerás por sus ojos sanguinolentos —murmuró.

Yuseph sintió que en ese momento se detenía su corazón. ¿Ojos sanguinolentos? Él había visto esos ojos, estaba seguro. La noche anterior, en la taberna, en el corredor oscuro. Y había escuchado su voz... Había dicho que sabía lo que significaba la palabra...

De repente, el sastre hizo un ademán con la mano y anunció en voz alta:

—Muchas gracias, Yuseph. Esto ya está. —Acto seguido abrió su armario y, sacando su mejor vino, lo invitó a una copa. Luego le despidió en la puerta con ceremonia—.

Dentro de dos horas estará completamente confeccionada, amigo mío.

Fuera, Amîn lo esperaba acurrucado en el portal, abrasándose bajo el sol de la mañana. Nada más verle, se acercó mimoso, saludándolo con el rabo. Yuseph le estaba abrazando el cuello con ternura, cuando alguien volvió a tocarle la espalda, un hombre con turbante de seda añil y largo bigote atusado. Al instante lo reconoció: era el perfumista, y lo distinguía en su maraña de recuerdos porque habían bailado toda la noche hombro con hombro.

—Yuseph, qué alegría verte de nuevo —lo saludó—. ¡Ayer fue una gran noche! Sabemos que Maya te escogió a ti. —Guiñó un ojo, clavándole un codo en las costillas—. Debes saber que le gustan los perfumes. He oído que el sastre te ha ofrecido un descuento —continuó—. Acompáñame, porque en honor a nuestra amistad, yo iré más lejos: te cobraré solo el valor original de mis productos —anunció con los pulmones henchidos—. Ahora eres mi hermano.

Yuseph balbuceó confuso, pero el hombre lo arrastró tras unas cortinas de lentejuelas, de las que salió al cabo de cinco minutos con dos frascos de exquisita fragancia en las manos y una copa del mejor vino en el estómago. Poco a poco, los mercaderes comenzaron a pulular a su alrededor. Todos le reconocían: el alfarero, el artesano, el joyero... Uno a uno lo guiaron por sus locales, rogándole ayuda, revelándole sus penurias. Compadecido, Yuseph les abrió su bolsillo y ellos le abrieron su corazón, brindándole sus reservas de licor.

Al final de la tarde se encontraba engalanado hasta las pestañas y portando decenas de cestas repletas de ropajes, figuras, cristales y alimentos. La mayoría se lo habían vendido a mitad de precio, y mientras daba traspiés por las callejuelas, embriagado después de tanto alcohol, sonreía de satisfacción. Por fin disfrutaba de la vida lejos de las complicaciones, sin reparar en cada detalle miserablemente, como había visto hacer a su padre toda la vida.

De algún modo, se sentía protegido por el talismán. Se llevó las manos al pecho para frotar aquella piedra misteriosa. ¿Dónde estaba? Alarmado, tanteó todo su cuello rápidamente. ¡La había perdido! Un estremecimiento le recorrió la espalda y sintió que le flaqueaban las piernas. Se apoyó contra una pared para repasar todo lo sucedido horas antes. ¿Dónde lo habría olvidado? Entonces, un recuerdo destelló en su mente: debía de haberse quedado en el dormitorio de Maya.

Aliviado, se irguió y caminó rumbo al prostíbulo, regodeándose en lo más hondo de volver a coincidir con ella. Amîn trotó tras él, jadeando con alegría, y ambos siguieron su camino.

6

Al verle entrar en el burdel, algunas prostitutas extinguieron sus risas e intercambiaron miradas de complicidad.

El edificio, labrado en reluciente mármol blanco, se erigía alrededor de varios patios ajardinados. Yuseph se dirigió al dormitorio de Maya, ansioso por recuperar su amuleto, pero cuando atravesó el umbral, se detuvo en seco.

Maya estaba sentada ante su tocador, hermosa y repleta de diamantes, mirándole a los ojos. De su dedo índice colgaba el amuleto.

—¿Buscabas esto? —sonrió satisfecha.

Yuseph suspiró aliviado. Luego abandonó toda su carga en el suelo.

Al ver todas las cestas repletas de enseres inútiles, Maya no pudo menos que estallar en carcajadas. Yuseph la observó confuso, avergonzado de su nueva vestimenta.

—¡Qué ingenuo eres, Yuseph! —sonrió divertida, y como un leopardo le acorraló hasta quedar frente a él. Yuseph tragó saliva, nervioso—. Me has dado una idea —le susurró al oído, y, tras abrir el cordón, lo colgó de su cuello—. De ahora en adelante, vivirás aquí. —Yuseph levantó los ojos y ella le puso el dedo índice sobre los labios—. Pero a cambio tendrás que hacer algo por mí. —Levantó sus cabellos como una cortina y le mostró su oreja, de la que colgaba un hermoso pendiente de diamantes labrado en orfebrería francesa—. Hace dos días se me perdió su pareja en los jardines internos. Quiero que lo busques para mí. Si lo logras me sentiré pagada. Tiene un gran valor.

Yuseph asintió ciegamente y, tras dar media vuelta, se perdió a paso ligero.

Maya le siguió con la mirada hasta perderle de vista; luego se giró ante el tocador y, al toparse con su reflejo, sonrió de forma extraña.

Yuseph empleó en la búsqueda toda la tarde, inspeccionando palmo a palmo cada loseta, recorriendo los entresijos en los que se distribuían los arbustos y zarandeando cada rama. Los mirlos cantaban desde las balaustradas de los pisos superiores y algunas prostitutas se asomaban de vez en cuando para seguir los avances de sus pesquisas, cuchicheando entre risas.

Yuseph solo podía pensar en el momento en que volvería al dormitorio de Maya con el pendiente y en el destello de admiración en sus ojos cuando le viera llegar triunfante como un guerrero. Una y otra vez volvía sobre sus pasos, con la esperanza de haber descuidado alguna esquina, algún recoveco, alguna flor traidora que, habiéndose parado Maya para saborear su perfume, le hubiera arrebatado su pendiente.

Pero el sol siguió su curso y las estrellas titilaron tan débiles que Yuseph no pudo menos que maldecirlas cuando volvía al dormitorio de Maya, humillado y con la marca de la derrota en la frente.

Ella le esperaba tumbada sobre el diván, vestida con una túnica de seda brillante bajo la luz tenue e incierta de un candil.

—¿Encontraste lo que buscabas, Yuseph?

Él hundió la mirada, avergonzado, y negó con la cabeza. De su pecho se escapó un suspiro capaz de romper las piedras.

Maya se acercó lentamente y le acarició la cabeza.

—No importa, mañana continuarás —sonrió.

Se sentía halagada por su candidez. Había escuchado hermosas palabras de boca de burgueses, visires e incluso sultanes de medio mundo, pero esta vez algo en los ojos confusos y desesperados de Yuseph le hizo saber que sus sentimientos eran honestos. Lentamente, lo cogió de la mano y le guio a su lecho, mirándole como la serpiente que hipnotiza a su presa antes de devorarla.

De madrugada, justo antes del crepúsculo, cuando Maya aún dormía, hermosa y desnuda bajo la luz de la luna, Yuseph se levantó con sigilo buscando su ropa desperdigada en el suelo y, cuando estuvo vestido, desapareció por la puerta. Había planeado encontrar su pendiente, volver junto a ella y, cuando despertase, sorprenderla entre besos y caricias.

Pero eso no sucedería, porque Maya solo fingía dormir y le seguía con la mirada. Mientras veía a Yuseph alejarse, lamentó que pronto terminase aquella ilusión.

Se cubrió con un sinuoso vestido y, tras acercarse al tocador, extrajo una pequeña llave y abrió uno de los cajones. En su interior se escondía un joyero de terciopelo, del que pendían dos hermosos pendientes de diamantes, labrados en orfebrería francesa. El par completo.

Nunca lo había perdido.

Luego volvió a guardarlo en su sitio y, mientras giraba la llave, Maya se vio reflejada en el espejo y no pudo menos que observarse siniestramente. Debía darle aquella lección.

Llegada la tarde, Yuseph se sentía derrotado. A su paso entre los setos, se veían ramas y hojas desperdigadas que había zarandeado con rabia. No había encontrado el pendiente. Se sentía debilitado y el caftán se pegaba a su cuerpo sofocándolo bajo el sol abrasador.

Decidió reponer fuerzas comiendo en algún mesón y reanudar su tarea. Sin embargo, nada más pisar la calle, Yuseph se encontró con la persona más inesperada, un hombre que conocía desde su infancia y que pertenecía a su vida anterior. ¿Qué hacía él ahí?

7

Se trataba de Hishâm Akil, el jornalero que había servido toda su vida en el estercolero de los Shah, frente al taller de su padre, y al que Nakeel Shah despidió por no saber leer ni escribir.

Su rostro, antaño escuálido y demacrado, se había vuelto orondo y sonrosado, como el de un burgués. Sus manos callosas parecían ahora bañadas en leche de almendras. Había ganado una enorme panza y vestía ricas vestiduras de algodón egipcio, engalanado como un opulento comerciante de Oriente Próximo, con turbante y pluma de pavo real. Despedía un aura de aceites aromáticos y estaba afeitado y repeinado impecablemente.

Yuseph recordó que había escuchado rumores informando de que había comenzado un nuevo negocio. Nadie sabía de qué se trataba, pero sus riquezas habían ido en aumento. Fue acusado de contrabando; sin embargo, los guardias no descubrieron ningún alijo. Ahora, al verlo ocupado impartiendo órdenes como un señor entre varios mozos dispuestos en fila ante él, podía comprobar sorprendido que los rumores que había escuchado eran ciertos.

Hishâm Akil pareció reconocerle al instante y sonrió complacido. Aún recordaba el plato de comida que Yuseph le había regalado aquella noche a la intemperie: siempre se sentiría en deuda con él.

Yuseph le devolvió la sonrisa con una inclinación de cabeza. ¡Ambos habían cambiado tanto en tan poco tiempo! Cada uno había avanzado a su modo, encontrando en la vida lo que buscaba, y aunque fueron solo unos instantes los que se contemplaron, bastaron para entenderse en la distancia. Luego el mundo volvió a devorarlos y ambos regresaron a sus quehaceres.

De camino al prostíbulo, Yuseph sintió una voz tras su hombro y dio media vuelta rápidamente.

—Hola, forastero —sonrió una mujer, y la piel debajo de sus ojos se cuarteó como ramas secas.

Tenía el cabello corto y negro; vestía un batín de algodón y chanclas de piel. Yuseph la reconoció al instante: era el ama de Amîn, solo que esta vez no llevaba atada a la espalda la faja de tela en la que acunaba a su bebé. La acompañaba un hombre gigante, de manos peludas. Yuseph vio atada en su cadera derecha un carcaj de piel con varias flechas, por lo que dedujo que debía de tratarse de su esposo, el cazador.

—Este muchacho ha trabado buena amistad con Amîn. Se han vuelto inseparables.

El cazador le sonrió ampliamente, con una expresión afable en la mirada.

—Pues tal vez sea mejor así. Necesita mucho cariño —explicó—. En nuestro hogar, desde que ha llegado la niña, apenas tenemos tiempo para él, y esto lo ha vuelto muy celoso. Se escapa continuamente y se comporta de forma extraña y esquiva.

—¿Dónde está la niña? —preguntó Yuseph con curiosidad.

—La hemos dejado en la casa, junto a Amîn —sonrió la mujer—. Ambos estarán durmiendo la siesta ahora.

Yuseph asintió en silencio y así continuaron el trayecto, compartiendo algunas palabras formales, hasta que finalmente marido y mujer redujeron el paso y se detuvieron en un portal.

—Ya hemos llegado, amigo —anunció el cazador, abriendo la puerta con la mano libre.

La esposa se despidió amablemente y se perdió en el interior. A punto estaba de imitarle su esposo cuando se escuchó un grito desgarrado desde dentro.

El rostro del cazador se crispó de tensión.

—¡¿Zahra?! —gritó alarmado.

Al momento, su esposa apareció por el vano, completamente manchada de sangre. Traía la fisonomía horriblemente desfigurada, las mejillas pálidas. A sus pies, Amîn saltaba enloquecido, agitando la cola. De su boca brotaban varias plumas de ganso y todo su hocico estaba embadurnado en sangre. El cazador lo observó incrédulo: eran exactamente iguales a las que habían empleado para rellenar el colchón de la cuna. Mientras tanto, Amîn rondaba alrededor de sus piernas babeando de entusiasmo y jadeando con fuerza.

El cazador se apartó como si hubiese visto una culebra, sus pupilas se dilataron. ¡Amîn había devorado a su hija aprovechando su ausencia! Se había resarcido de sus celos.

Loco de ira, lanzó una patada tan fuerte a la cabeza del animal que su aullido de dolor desgarró el cielo y una bandada de pájaros levantó el vuelo.

Yuseph vio asustado a Amîn. El can quedó paralizado en el suelo, con los ojos abiertos por la sorpresa y gimiendo de dolor. Pero antes de que pudiese hacer nada por él, el cazador sacó una de sus flechas y, tomando el arco, hizo tensión y la lanzó de un tajo a su garganta, de la que chorreó a borbotones la sangre. Amîn aulló con fuerza y trató de incorporarse, pero sus patas flaquearon y cayó rendido.

Los vecinos, atraídos por los gritos, comenzaron a asomarse por los balcones y azoteas. Algunos viandantes se acercaron a la escena con curiosidad y el cazador y su esposa corrieron hacia el interior entre gemidos de desesperación.

Yuseph se arrodilló y acarició a Amîn, con el corazón encogido. El perro emitió un sonido leve; apenas podía respirar y la sangre lo atragantaba. Los ojos de Yuseph se humedecieron de lástima y se incorporó horrorizado mientras la turba rodeaba la entrada. Algunos familiares se acercaban presurosos, abriéndose paso a empujones entre la muchedumbre.

Yuseph vio por última vez los ojos confusos de Amîn y se marchó.

8

Llegada la noche, Yuseph acudió a la llamada de sus compadres. En su mente, como rayos fulgurantes, se aparecía una y otra vez la imagen tortuosa de Amîn postrado en el suelo, sufriendo sus últimos minutos de vida.

Necesitaba abstraerse. Nada más llegar, las jarras comenzaron a rotar. Todas a cuenta de Yuseph, que bebió desaforadamente mientras convidaba a copas a sus compadres e incluso a extraños, pero ni el sastre ni el panadero le permitieron pagar, a pesar de sus súplicas.

—Ahora eres nuestro amigo —respondían con camaradería, e insistían en invitarle.

Toda la vida su padre había querido protegerlo de los demás, aislándolo y encerrándolo. Pero ahora que Yuseph era libre para hacer lo que quisiera, podía ver cuánto se equivocaba su padre. Baba Jan no sabía nada de la vida, porque no había nada a lo que temer, la gente no escondía malas intenciones. Desde su llegada, le habían recibido con los brazos abiertos. Los que hasta el día anterior había considerado ajenos eran hoy hermanos que le hacían sentirse comprendido y respetado, dándole un nuevo sentido a su vida. Aquel era el lugar perfecto para vivir, junto a sus amigos, desposado con la mujer más bella de Oriente. Por las mañanas trabajaría de zapatero en el mercado y por las tardes le ofrendaría todas las ganancias a Maya, disfrutando de las noches junto a sus hermanos. Ahí podía ser feliz; por primera vez todo encajaba y era maravilloso.

Las jarras comenzaron a rotar entre risas y compadreo, hasta que, tras una hora frenética de baile, sus piernas ya no respondían y Yuseph fue a descansar ante el mostrador de Wahhab. Este le sirvió una copa rápidamente.

—Invita la casa, amigo —anunció con su enorme sonrisa. Yuseph, agradecido, trató de ofrecerle un trago, pero Abdel lo rechazó con una mueca. Por algún extraño motivo, jamás bebía su alcohol.

Mientras conversaban, sonó a su espalda la campanilla del pórtico, abriéndose la entrada de par en par. Yuseph se giró por curiosidad y vio entrar a dos hombres altaneros de actitud desafiante. Tenían la piel negra como la lava y barba hormigueante. Pero había algo más: uno de ellos tenía una cicatriz que le atravesaba el rostro, cruzándole un ojo.

Rápidamente les dio la espalda y se encogió sobre sí mismo con el rostro lívido, tratando de ocultarse: eran los ladrones.

Alguien le puso una mano sobre el hombro y se sintió desfallecer.

—¿Estás bien, amigo? —Era Wahhab, que se había percatado de su extraño comportamiento.

Yuseph le relató lo acontecido la noche anterior, en un susurro tan precavido que Wahhab tuvo que acercar el oído para escucharle.

—De esto me encargo yo —le tranquilizó—. Para eso están los amigos, para ayudarse en los malos momentos.

Sin perder un instante, dio media vuelta y, acercándose a grandes zancadas hasta los dos hombres, sacudió de un manotazo la mesa, derrumbando las jarras. Los ladrones retrocedieron sobresaltados; la música se detuvo y el silencio fraguó en la estancia. Todas las miradas se volvieron hacia la escena, con curiosidad.

—Largo de aquí —dictó Wahhab, enterrándolos bajo su sombra de oso.

Los dos hombres dudaron ligeramente y, por un instante, el temor asomó a sus ojos, pero rápidamente recobraron la compostura. El de la cicatriz apoyó su brazo sobre la silla contigua, arrellanándose como un cacique.

—¿Por qué? —se encaró, encogiéndose de hombros—. Traemos dinero.

—Aquí no es bienvenido el sucio dinero de unos ladrones —sentenció Wahhab, señalando a Yuseph, enfurecido.

Al escuchar aquella palabra, todos los presentes se levantaron de sus asientos y se acercaron a la escena con los puños cerrados. Los dos hombres se incorporaron rápidamente, vigilantes, mientras los acorralaban cada vez más. Uno de ellos incluso desechó el orgullo y gimió nervioso, alargando el brazo hacia el frente como un niño asustado.

—Por favor, nos marcharemos ahora mismo si es lo que quieren —rectificaron, intuyendo la amenaza.

Pero al momento los inundaron con patadas y puñetazos de escarnio, bañándolos en sangre contra el suelo. En cuanto tuvo oportunidad, uno de ellos huyó despavorido, abrió la puerta de entrada y desapareció. El otro infeliz quedó retenido entre las garras de la turba por más tiempo, convertido ahora en el único blanco de toda la paliza, hasta que logró zafarse y seguir la estela de su compañero.

Corrió por las callejuelas goteando sangre y con la ropa rasgada en jirones, hasta que encontró a su compañero oculto en la oscuridad de la noche, bajo un puente. Ninguno de los dos dijo nada, solo se miraron en silencio, jurando en lo más profundo de su corazón venganza contra Yuseph; porque el odio jamás se curó con el odio.

Al verlos correr amedrentados, todos en la taberna gritaron victoriosos, abrazándose unos a otros. Yuseph enrojeció de agradecimiento y encargó con su dinero una ronda para todos los presentes, provocando una explosión de clamores. Había descubierto a sus verdaderos amigos en las horas difíciles.

Al final de la noche apenas podía mantenerse en pie, y en cuanto tuvo ocasión dio media vuelta y se acercó hasta el mostrador.

—¿Cuánto te debo, Wahhab? —preguntó.

Wahhab se restregó la frente sudorosa en una sonrisa y ojeó sus notas con rapidez.

—Son siete felús. Pero tú eres de la familia, hermano; para ti son cinco —le palmeó la espalda.

Yuseph asintió con una sonrisa de agradecimiento. Todos en el pueblo le hacían sentirse tan arropado que ya apenas solía acordarse de su vida anterior. Tenía una segunda familia y estaba agradecido por ello.

Torpemente, debido al alcohol, desanudó su talega e introdujo la mano para sacar el dinero. Pero entonces tanteó el fondo con nerviosismo y abrió aún más la boca de su zurrón, asomando la cabeza para comprobarlo. No había nada. El corazón le latió con fuerza y comenzó a sentirse asustado. Estaba completamente vacía. ¡Había gastado en dos días los ahorros de toda su vida! ¿Qué haría ahora? ¿Adónde iría? ¿Qué comería?

Levantó la cabeza tímidamente y se encontró con la mirada de Wahhab, que esperaba su dinero con una sonrisa cariñosa. Leyó sus ojos: en ellos se escondía sincera amistad, y lentamente se tranquilizó. Sabía que ellos le ayudarían. ¡Menos mal que tenía a sus hermanos!

Tragó saliva, aliviado.

—Wahhab, hermano, no tengo dinero. Me lo he gastado todo.

Wahhab se quedó observándolo, con la sonrisa petrificada, incapaz de asimilar la noticia. Yuseph se sintió algo incómodo en el silencio.

—¿Qué? —preguntó por fin, sorprendido.

—Estoy en la ruina. Necesito tu ayuda, hermano —explicó Yuseph.

Wahhab no dijo nada, pero Yuseph reparó en que lo observaba de arriba abajo, con desconfianza, y le fulminó entonces una sobrecogedora intuición: todo estaba a punto de terminar. El rostro de Wahhab se tornó lentamente en una mueca iracunda. Los dientes le castañetearon con violencia y su mirada se ennegreció vilmente.

—¿Hermano? —masculló. Yuseph gimió incómodo y al instante Wahhab volvió a bramar con fuerza—: ¿Hermano? ¿Y vienes aquí a estafarme? —Toda la taberna quedó en silencio, clavando su mirada en la escena. Yuseph miró a su alrededor, sorprendido, y en un instante Wahhab rodeó el mostrador y, acercándose hasta él a grandes zancadas, le agarró del cuello del caftán como a un despojo—. Tú y yo no somos hermanos, miserable rata. No somos nada —escupió.

—¡Wahhab! —gimió Yuseph. Era incapaz de aceptar aquellas palabras, y lo contemplaba con esperanza—. ¿Por qué dices eso? —susurró hasta extinguir su voz—. Lo que tú has hecho por mí solo lo hacen los amigos.

Wahhab resopló cínicamente.

—Decirte cuatro palabras cariñosas no nos convierte en amigos. Antes te libré de esos carroñeros porque eras un buen cliente y traías dinero. Me defendía a mí, no podía permitir que me robasen lo que iba a ser mío. Ahora me da igual lo que hagan contigo. Si no tienes dinero, aquí no eres bienvenido.

Los ojos de Yuseph se inundaron como dos barcazas zozobrantes. Todos a su alrededor curioseaban en silencio y se sintió abochornado. Alguna risa voló entre los presentes. Y, como si se tratara de un banco de peces, los demás le abrieron paso, mientras Yuseph corría hacia sus compadres, el sastre y el panadero. Solo ellos podían ayudarle. Deseaba que no hubiera tanta gente observando su humillación.

Pero el sastre se liberó con un ademán y le miró arrugando el gesto, como si apestase.

—Búscate la vida. Sabíamos desde el principio que eras un sinvergüenza. No te hemos visto trabajar un solo día y solo has estado derrochando el dinero y comprándote caprichos.

Yuseph observó petrificado el cambio. No podía dar crédito.

—¡Compraba para ayudaros! Estabais en apuros —explicó Yuseph ofendido—. Me convencíais una y otra vez, ofertándome todo a mitad de precio.

—Eso es lo que tú te crees, necio —replicó el panadero—. Ahora ya puedes saber la verdad. Nada fue a mitad de precio, sino al doble. —Sonrió, compartiendo una mirada de complicidad con el sastre—. Sabíamos que eras un forastero y te engañamos. Por eso te dábamos de beber, para engatusarte con mayor facilidad.

Yuseph permaneció inmóvil, sintiendo cómo el mundo se derrumbaba a su alrededor. Repasaba las imágenes y ahora lo veía todo de una forma muy distinta. Comenzaba a comprender lo ingenuo que había sido. Se sintió desnudo entre todos ellos.

Algunos entre la multitud cuchichearon y otros rieron divertidos ante el espectáculo.

—¿Y por qué crees que te hemos invitado a venir? —continuó el sastre—. Para que pagases nuestras copas. De hecho, las jarras a las que te hemos invitado también las has pagado tú. Le dijimos a Wahhab que las anotase en tu cuenta.

Cada palabra era una bofetada que le despertaba del profundo ensueño en el que había estado sumido. ¿Cómo había podido ser tan crédulo? Veía por primera vez en mucho tiempo la realidad: estaba perdido, en un lugar ajeno y lejos de su hogar, rodeado de desconocidos que solo querían aprovecharse de él. ¡Todo había sido una ilusión! Y la ilusión solo ve lo que quiere ver. Lo que creía amistad no lo era; no era tampoco una vida nueva de felicidad y oportunidades. Había vivido en un ensueño.

De pronto, Wahhab se acercó a grandes pasos y le estrujó la nuca con fuerza ante la mirada impasible de los demás. Yuseph sintió que se asfixiaba y el rostro se le embotaba de sangre, pero no se resistió mientras lo zarandeaba. Lo que más le dolía era la humillación.

—Las deudas no se pagan solas. Si no tienes dinero, pagarás con tu trabajo. —Escupió las palabras en su rostro, mientras le arrastraba hacia la cocina—. Así aprenderás a no aprovecharte de los demás.

Yuseph se dejó hacer. Se sentía terriblemente triste. Nada tenía sentido. Se había engañado, había proyectado sobre ellos todas sus aspiraciones y los había visto no como eran, sino como él deseaba que fueran.

Al llegar a la trastienda, Wahhab le lanzó de un empujón contra el suelo, que estaba cubierto de mugre.

—Limpiarás la vajilla toda la noche y los dos próximos días —sentenció, dando media vuelta y abandonándolo con un gruñido, como si jamás se hubieran conocido.

Yuseph se incorporó ebrio y aturdido, con las marcas de las manos de Wahhab aún en el cuello. Toda la estancia a su alrededor estaba repleta de basura y los barriles de vino y cerveza, cubiertos de mosquitos. Algunas cucarachas flotaban en la superficie, y a un lado había un colador que Wahhab debía de emplear para filtrar la bebida y evitar que los clientes lo descubriesen. Por eso no le había visto beber jamás, comprendió.

—Es agua con tierra —explicó de repente una voz a su espalda—. La usa para diluir la bebida y rentabilizarla aún más. Habéis estado bebiendo agua de lodo.

Yuseph se giró sorprendido y encontró a un hombre sentado en una esquina sobre un taburete de paja, limpiando la vajilla. Un hombre famélico y semidesnudo, con un enorme turbante sobre la cabeza. Conocía a aquel pobre infeliz: era el mendigo que había visto arrancando malas hierbas del camino.

—No voy a volver a confiar en nadie —le confesó indignado, con ojos vidriosos—. Mi padre tenía razón en querer protegerme. ¡Todos son malas personas! Trabajé durante años y ahorré cada felús para regalárselo a ellos con las manos abiertas, confiando en nuestra amistad. ¡Les di todo lo que tenía y ellos me engañaron! —exclamó apretando los puños—. ¡En esta vida hay que ser malo!

El mendigo lo observó con detenimiento, pero cuando habló lo hizo de forma prudente, como si no estuviese acostumbrado a ser escuchado:

—Aquel que te engaña pensando que eres un ignorante o un ingenuo sabe en lo más hondo de su corazón que confiaste en él más de lo que se merecía, y tu nobleza es su castigo y su lección. Nunca pierdas la confianza en la confianza.

—Pero ¡lo he perdido todo! ¡No me queda nada! —replicó Yuseph, desesperado.

—Conozco a un hombre muy rico que te podría ofrecer mil felús de plata.

Yuseph levantó la mirada, sorprendido.

—¿A cambio de qué? —preguntó receloso.

—A cambio de tus pies.

Yuseph lo miró asustado.

—¿A cambio de mis pies? —repitió—. ¿Para qué quiero yo mil felús de plata si no puedo mantenerme en pie ni correr ni bailar, arrastrándome sobre unas muletas el resto de mi vida?

—Él es muy rico —respondió el mendigo, bajando la voz con cautela—, incluso podría darte diez mil felús de plata a cambio de tus manos.

Yuseph retrocedió alarmado.

—¿Para qué quiero yo diez mil felús de plata si no voy a poder acariciar el rostro de mi primer amor —rechazó—, no voy a poder tomar un bocado de alimento ni vestirme ni trabajar? Ni siquiera podría mendigar, pues no tendría cómo coger las monedas.

—Está bien —insistió el mendigo por última vez—, en ese caso te podría ofrecer cien mil felús de plata a cambio de tus ojos. Todo el mundo tiene un precio.

—Pero ¿de qué me sirven cien mil felús de plata si no voy a poder ver el mar ni el sol ni a mi padre y amigos —respondió con inquietud—, ni el mundo o a las personas que aún me quedan por ver y conocer?

—Pues ahí lo tienes —señaló el mendigo—, ya ves que no lo has perdido todo. Tienes una fortuna infinitamente más valiosa que ciento once mil felús de plata y no lo sabes. Tienes todo cuanto necesitas.

Acto seguido, volvió a su labor dócilmente. Yuseph sintió que se le humedecían los ojos al escuchar aquellas palabras y agachó la mirada confuso.

—¿Qué será de mí? —murmuró.

El mendigo sonrió compadecido.

—Tú solo tendrás que descubrir qué será de ti. Tendrás que crecer, tendrás que buscar, tendrás que arriesgarte. Uno siempre ignora lo que va a suceder. La vida es una aventura peligrosa que comienza donde termina nuestra rutina, es un apostar. —Luego reanudó su tarea y, sin levantar la mirada de la cubeta, murmuró como si hablase con ella—: Pero recuerda: el mundo solo se llena de obstáculos y excusas para aquel que no sabe adónde va.

Yuseph lo contempló admirado, sintiendo en lo más hondo de su ser que aquellas palabras eran verdaderas, y, tras acercarse hasta él, se sentó a su lado en cuclillas y hundió las manos en una de las cubetas, sumándose a la labor.

—¿Ves la puerta que hay a mis espaldas? —lo interrumpió el mendigo. Yuseph levantó la mirada y distinguió una cortina de lentejuelas, tras la que se escondía una mosquitera—. Aprovecha y escápate. —A Yuseph le latió el corazón al ver sus ojos llameantes—. No vuelvas la mirada atrás nunca. Comienza de nuevo. Encuentra tu camino y síguelo. Averigua quién y qué se esconden en él.

Yuseph continuó observándole durante unos instantes para comprobar si hablaba en serio, pero él no retiró la mirada.

—¿Por qué me ayudas? —preguntó confuso.

El mendigo sonrió con pesar.

—Tú has sido la única persona generosa conmigo. Me regalaste aquellas monedas y pude saborear la fruta después de mucho tiempo...

Yuseph sintió que se le nublaba la visión y todo giraba a su alrededor. De algún modo, todo lo que damos regresa a nosotros[3]. Cuando se levantó, lo hizo con determinación, como si todo el mundo se levantase con él, como si existiese

[3] De acuerdo con las leyes del karma, cada uno de nuestros resultados quedaría condicionado por los actos realizados anteriormente. Es una «ley» cósmica de retribución, o de causa y efecto. Se trata de una creencia central en las doctrinas del budismo, el hinduismo, el jainismo, el ayyavazhi y el espiritismo.

otra oportunidad y nada hubiese acabado aún. Se secó las manos húmedas en su caftán y cuando llegó a la puerta se detuvo unos instantes.

—Gracias, hermano —susurró ahogado por la emoción.

Pero el mendigo no se detuvo, continuó su tarea, ajeno. Solo añadió dos palabras:

—Buena suerte.

Yuseph abrió la puerta y se marchó, sabedor de que recordaría aquella noche toda su vida. Porque nada había acabado aún y muchos incidentes asombrosos estaban a punto de sucederse.

Sin saber que la fortuna siempre cobra un precio muy caro por aquello que creíamos que nos había sido regalado. En cuanto Yuseph se marchó, el mendigo se levantó con sigilo y, mirando hacia la puerta de forma siniestra, se quitó el caftán harapiento y quedó en ropajes de seda y collares de oro. Luego retiró las manchas de carbón de su rostro con un pañuelo de fino algodón y abrió la puerta para observar a Yuseph alejándose en la oscuridad.

¿Quién lo enviaba para seguir sus pasos?

9

Yuseph avanzó por los callejones completamente solo, bajo la custodia de la luna. A su alrededor toda la ciudad dormitaba, salvo dos hombres escondidos en la penumbra, vigilantes y ansiosos por saldar una deuda pendiente.

Todas las casas alrededor estaban sumidas en el silencio y las ventanas, apagadas.

La noche estaba serena y una constelación brumosa se extendía desde la raíz del horizonte hasta el cielo en forma de arco, espolvoreándolo de miles de estrellas de un azul centelleante. Pero apenas se percató de ello, porque la belleza del mundo no es visible para las mentes afligidas.

No podía dejar de pensar en una sola idea: ¿qué haría ahora? ¿Cómo volvería a su hogar? No tenía dinero y ¿qué le diría a su padre? Se sentía aturdido. En tan solo unos días había gastado los ahorros de toda su vida. ¿Qué dirían en su pueblo cuando le viesen volver?

Lentamente redujo el paso, jadeando. Gotas de sudor frío le recorrían la espalda, sentía la boca seca y al mirar atrás comprobó que había recorrido medio pueblo al trote, ensimismado en sus ideas.

Aquel lugar le resultaba familiar. Todo estaba en silencio y solo se alcanzaba a escuchar el ulular de los búhos. Entrecerró los ojos y divisó a alguien unos metros delante de él, semioculto en la oscuridad, y le reconoció al instante: era el cazador, el dueño de Amîn.

Estaba sentado sobre las escalinatas que desembocaban en su portal, con la cabeza enterrada entre sus rodillas como un niño indefenso, temeroso de entrar en su propia casa. Yuseph se acercó silenciosamente y se sentó junto a él. El hombre pareció percatarse de una presencia extraña y desenterró su cabeza, observándole con ojos horriblemente enrojecidos. Las lágrimas le dibujaban surcos plateados en el rostro, hasta derramarse por su barbilla.

Al ver a Yuseph explosionó en sollozos, cubriéndose el rostro con las manos, incapaz de expresar su tristeza. El peso que sentía era demasiado grande. Nada quedaba en él del titán cazador que había visto en la mañana; ahora solo era una criatura desamparada y débil. Yuseph le palmeó suavemente la espalda, tratando de serenarlo.

Respiraba con dificultad, como si se ahogase. Yuseph sintió que se emocionaba él también. Pero contuvo las lágrimas.

—Pensé que mi hija estaría más segura si la dejaba bajo el amparo de Amîn, que la protegería. —Tragó saliva, ligeramente sosegado—. Pero cuando volvimos... ¡estaba muerta, devorada en trozos de carne sangrante! Yo estaba tan cegado, estaba tan furioso y desconcertado que le disparé, maté a Amîn. Solo quería venganza. Quería verlo sufrir como él había hecho con mi pobre hija... —Entonces agitó la cabeza y, mordiéndose los labios, emitió un suspiro desde lo más profundo de su alma—. Pero me equivocaba. —Cerró los ojos, incapaz de afrontar aquel pensamiento—. Cuando entré, mi mujer sostenía en brazos a mi niña. Alrededor, el suelo estaba repleto de sangre y jirones de piel. La cuna había sido rasgada y las plumas volaban por toda la estancia. Fue entonces cuando descubrí que la sangre y la piel no eran de mi hija, sino de una serpiente escondida bajo el colchón de la cuna. ¡Amîn la había salvado! —Yuseph quedó petrificado al escuchar sus palabras y lágrimas de impotencia asomaron a sus ojos—. Amîn sentía celos de mi hija, pero aun así la había salvado con valentía. Y yo... —comenzó a llorar de nuevo, azotando su pecho con los puños—, yo lo maté, y él me miraba sin comprender, con sus ojos confusos... ¿Cómo podré olvidarme de su mirada? ¿Cómo voy a perdonarme haberlo dejado solo mientras moría?

Yuseph permaneció en silencio. No tenía ninguna respuesta, porque él había cometido el mismo error. Él también había juzgado mal a los que consideró sus amigos, a su padre e incluso a sí mismo. Se había dejado arrastrar por su entusiasmo sin saber que detrás se escondía, sonriéndose, el desengaño. ¿Por qué no había sido más prudente? ¿Por qué no había tomado distancia de sí mismo? Continuamente, se preguntaba por qué le había sucedido todo aquello. ¿Qué es lo que debía comprender? Agarró su amuleto con fuerza, sintiendo que aquel fracaso había acaecido para enseñarle una lección, para indicarle que había algo que estaba desatendiendo y debía considerar. Algo le decía que aquella noche era la oportunidad para ver la vida desde una nueva perspectiva; solo así habría en él una gran transformación y podría avanzar. Pero mientras no aprendiese, una y otra vez se repetirán incidencias parecidas, que le enfrentarían contra sí mismo y le devolverían al mismo punto, a tropezar con la misma piedra. Pues, como en un rompecabezas, cada pieza de nuestra vida tiene una razón, un sentido y un porqué. Los errores aparecen para mostrarnos la verdad acerca de quiénes somos, para que nos preguntemos quiénes queremos ser. Y en la enmienda y el arrepentimiento está la respuesta de nuestro futuro.

Cuando por fin se despidió de él, con un nudo en el estómago, sabía que todo lo que le estaba sucediendo era para enseñarle algo.

El pensamiento de Amîn le cruzó la mente y le invadió una profunda desazón.

El cazador le siguió con la mirada mientras se alejaba y, antes de que se perdiese en la noche, añadió:

—¿Sabes lo que significaba su nombre: Amîn? —Yuseph se giró, esperando en silencio su respuesta—. «Fiel».

Entonces, las lágrimas le nublaron la visión. Las luces de los candiles aparecieron rodeadas de un halo borroso y no logró distinguir las callejuelas hasta llegar al prostíbulo, sin saber que ahí le estaba esperando su destino.

10

Cuando Yuseph llegó al burdel, atravesó los jardines y abrió de par en par las puertas del dormitorio de Maya. Quería declararse ante ella. Ella era misteriosa y conocedora de todos los secretos, y él quería ser su más tierno amante y, más aún, su amigo más sincero. Quería poseer su alma y entregarle la propia, ser su más fiel devoto y llegar hasta donde nadie había llegado: convertirla en esposa.

Algunas prostitutas corrieron para interponerse, pero era demasiado tarde. Cuando entró, una densa niebla de incienso de pachuli cubría la estancia como un velo. Lentamente se acercó hacia la cama, mientras su corazón latía febrilmente, intuyendo la desgracia que se avecinaba. Hasta sus oídos llegó el murmullo de unos jadeos. No daba crédito y quiso verlo con sus propios ojos. Cuando se halló frente al lecho, rasgó las cortinas y encontró un hombre lánguido y seboso, que se incorporaba sorprendido. Al verle desnudo, Yuseph agachó la mirada avergonzado y comenzó a recoger rápidamente sus cosas, introduciéndolas en silencio en su talega. Maya se incorporó de su cama de un salto, tintineando, repleta como estaba de joyas que la bañaban desde la cabeza hasta los pies.

—¿Qué haces? —preguntó Maya fríamente, siguiéndole con la mirada.

Yuseph no respondió.

Desconcertada por su arrogancia, Maya se acercó hasta él y volvió a insistir.

—Te he preguntado qué haces. Responde —ordenó.

Yuseph se detuvo y levantando la mirada la posó en sus ojos.

—Me voy —dictaminó. Por un instante, atisbó al jeque tumbado en la cama, abierto de piernas con desvergüenza, y le invadieron la furia y el resentimiento—. No tengo más dinero para ti. No tengo nada. Soy pobre, ya no te sirvo.

Rápidamente se giró y, cerrando su talega, se dirigió a la puerta. Maya le siguió ágilmente, haciendo centellear todas las joyas de su cuerpo. Aquel era el momento que había estado esperando y cuando lo alcanzó, le detuvo agarrándole del brazo. En su mirada se traslucía una emoción indecible.

—Puedes seguir buscando mi pendiente. Me daré por satisfecha.

Al escuchar sus palabras, Yuseph se sintió terriblemente agotado y se le nubló la visión.

—¿Tu pendiente? Lo he buscado desesperadamente día y noche en cada rincón del jardín. ¿Dónde lo has perdido?

Maya guardó silencio y, tragando saliva, respondió:

—En este dormitorio, Yuseph.

El muchacho abrió los ojos con sorpresa y frunció el entrecejo.

—¿En el dormitorio? —repitió, incapaz de asimilar aquellas palabras—. Entonces, ¿por qué me has hecho buscarlo en los jardines?

Sus palabras fueron tan tristes que incluso Maya se sintió compadecida.

—Porque fuera había más luz.

Yuseph negó con la cabeza y se alejó un paso, desconfiando de ella.

—¿Te burlas de mí? ¿Más luz? ¿Y no habría sido más fácil traer un candil e iluminar el dormitorio? He estado días buscándolo ahí fuera y todo este tiempo ha estado aquí dentro...

Maya se acercó lentamente y, tras arrastrar un dedo por su torso, lo clavó justo donde estaba el corazón de Yuseph. Le miraba intensamente, hablándole con sus ojos.

—Por fin lo has comprendido. Eso es lo que estaba tratando de explicarte todo este tiempo, ingenuo —susurró—. ¿Por qué buscas la felicidad ahí fuera si donde la has perdido es aquí dentro? Busca en tu interior. Porque aquellos que se han atrevido a hacerlo siempre la han encontrado[4].

Yuseph la observó sin dar crédito y una oleada de calor le inundó desde los pies hasta la cabeza. Ciertamente, había estado buscando la alegría en los amigos, en las experiencias, en los objetos materiales y las mujeres, derrochando sus ahorros por migajas de felicidad. Y a pesar de ello, se sentía ham-

[4] «Aquel cuya felicidad, la alegría, la luz, reside en él mismo y no en las cosas externas, este asceta accede al apaciguamiento en Brahmán» (Bhagavad Gita, V, 24).

briento, desengañado, insatisfecho. Porque lo que buscaba no estaba ahí fuera, en el mundo, sino en su interior. Simplemente tenía que llevar luz a su alma para comprender que en esta vida solo había una persona capaz de hacerle feliz, y ese era él mismo. Las lágrimas brotaron de sus ojos. Desde el primer día, Maya había tratado de explicárselo, pero él no la había escuchado; porque el maestro solo aparece cuando el alumno está preparado.

—No debiste tardar tanto en decírmelo —pronunció con ojos enrojecidos.

Maya sonrió amargamente, mirándolo en silencio.

—La espera era parte de la lección.

De pronto, el jeque se incorporó de la cama, bamboleando su sexo y abrazando a Maya por la espalda; le besó el cuello con la autoridad que otorga el dinero.

—Deja de hablar tanto y volvamos a la cama —le susurró con voz ronca.

Maya sabía que Yuseph estaba preparado y sonreía satisfecha. Había sido su única y verdadera amiga.

—Todo esto —le reveló—: el dinero, la diversión, el prestigio, incluso yo, solo ha sido una buena posada donde pasar la noche. Pero ha amanecido y ya has despertado de tu sueño, Yuseph. Ahora debes marcharte, seguir viajando, seguir buscando.

Ambos se observaron en silencio durante unos instantes valiosos. Les habría gustado despedirse de otra forma, pero la vida se interponía entre ellos.

Finalmente, haciendo acopio de valor, Yuseph dio media vuelta y se alejó con la extraña certeza de que algo en su interior estaba cambiando.

Atrás, Maya siguió en la puerta, viéndolo alejarse, debatiéndose en la incertidumbre. Sus ojos se enturbiaron y, tras liberarse de los brazos del jeque, comenzó a correr tras Yuseph. Quería gritar, pero no podía. ¿Qué decirle? Ni siquiera se conocían. Siguió corriendo mientras las lágrimas le resbalaban por las comisuras y se perdían en el aire. Cuando hubo llegado hasta la puerta, Yuseph ya se perdía en la oscuridad de la plaza, bajo la luz de la luna.

A los pocos segundos, una prostituta se acercó sibilinamente y apoyó el codo sobre su hombro.

—¿No te habrás enamorado del muchacho? —sonrió con procacidad.

Maya no respondió; no quería desperdiciar sus últimos instantes. Continuó contemplando a Yuseph hasta perderlo de vista en la penumbra de la noche. Consciente de que jamás volvería a verle. Deseándole las suficientes dificultades para que se fortaleciese, las suficientes dudas para que reflexionase, el amargo remedio del dolor y el sufrimiento; deseándole suerte en su nuevo viaje.

Luego, cuando se dio la vuelta, apartó de un movimiento el brazo de su compañera. Alzó el cuello y volvió a ser la de siempre: Maya, la cortesana del pueblo.

—Nosotras nunca nos enamoramos —respondió recuperando la dignidad—, somos prostitutas, no pertenecemos a nadie y nadie nos pertenece.

Se alejó altivamente, sabedora de que los brazos de un extraño la esperaban en su dormitorio. Ella no tendría valor para huir, pero esperaba que Yuseph llegase hasta donde él quisiera, porque ella no había podido hacerlo.

11

Yuseph comenzó a adentrarse por las callejuelas sin saber adónde ir ni qué rumbo tomar. Apenas tenía dinero para sobrevivir, y se preguntaba cómo saldría adelante.

Absorto en sus pensamientos, fue internándose lentamente en los callejones hasta ser devorado por las sombras, sin saber que dos bandidos le buscaban ansiosamente para lincharle y asesinarle en la oscuridad, en venganza a su humillación.

Solo una cosa tenía clara: era hora de volver a su hogar, de cuidar a su padre y ver toda su vida bajo una nueva perspectiva. Ahora lo comprendía: no era el mundo lo que debía cambiar; era él. Cogió su morral y, tras desanudarlo, buscó en su interior algún objeto de valor que pudiese vender en el mercado y que le valiese para comprar un billete de vuelta. Pero cuando introdujo la mano se topó con algo inesperado.

Yuseph se detuvo en seco y, agarrándolo con los dedos, lo sacó a la luz de un candil. ¡Sus manos aparecieron repletas de dinero! ¿De dónde había salido?

Entonces, un recuerdo centelleó en su mente como un relámpago. Recordó las palabras de Maya la primera noche, cuando le invitó a dormir en su cama: «Tendré que cobrarte. El único motivo por el que no cobraría a un hombre es que estuviese enamorada de él». Yuseph lo vio claro: aquel era su dinero, se lo había devuelto Maya.

La ilusión aleteó en su corazón: estaba enamorada de él. Sonriendo de alegría, se giró dispuesto a volver corriendo al prostíbulo. Su imaginación impetuosa ya fabulaba las más hermosas visiones: convencerla para que le acompañase a ad-Dār al-Baīḍa. Ahí vivirían por siempre una vida humilde y feliz, sin que nadie supiese de su pasado.

Justo en aquel momento, al final de la callejuela aparecieron dos sombras de la nada y obstruyeron el paso. Yuseph se detuvo a varios metros de distancia, extrañado. Un presentimiento desagradable se apoderó de él y el corazón empezó a latirle con fuerza. Entonces, las sombras comenzaron a avanzar hacia él lentamente y Yuseph logró divisar bajo la luz de un candil el rostro de uno de ellos: ¡tenía una cicatriz que le cruzaba el ojo! Las piernas le flaquearon y miró a su alrededor; estaba solo. Rápidamente, comenzó a retroceder, paso a paso, sin apartar la mirada de ellos, controlando sus movimientos.

Al instante, los bandidos se precipitaron hacia él. Yuseph se giró y aceleró lo más aprisa que podía, seguido muy de cerca, tanto que casi podía sentir el roce de la yema de sus dedos sobre su espalda. Tuvo la tentación de girarse para mirar, pero sabía que lo alcanzarían si perdía un segundo en pestañear siquiera. Viviendas y plazoletas pasaban a su alrededor fugazmente, mientras iba adentrándose en las callejuelas al azar, saltando baches y charcos. Quiso gritar para pedir auxilio, pero temía perder las fuerzas. De pronto, dobló una esquina y se internó en un callejón oscuro, donde giró de nuevo para introducirse por la primera bocacalle.

Los ladrones parecieron no percatarse y siguieron de largo. Yuseph contuvo el aliento y, haciendo el menor ruido posible, avanzó hasta desembocar en una diminuta plazoleta. Sentía la espalda empapada en sudor y las sienes le palpitaban con fuerza. Un vagabundo que yacía recostado sobre el peldaño de una escalinata se incorporó ante la repentina presencia de Yuseph. Desgreñado y arrugado por las inclemencias de la intemperie, algo en su modo de actuar le dijo que estaba borracho. Sin embargo, lo que más llamó la atención de Yuseph fueron sus enormes ojos ensangrentados.

¿Dónde los había visto antes?, se preguntó mientras avanzaba en silencio, incapaz de comprender por qué le resultaban tan familiares.

Entonces se detuvo en seco y un recuerdo le vino a la mente, las palabras del sastre cuando le tomaba las medidas ante el espejo: «Este *hakawati,* sin embargo, no es como los demás. Tiene poderes. Dicen que puede desentrañar el futuro. Le reconocerás por sus ojos sanguinolentos».

¡Estaba seguro de que aquellos eran los ojos que había visto en la taberna de Wahhab y que sabían el significado de la palabra...!

En ese momento, los bandoleros aparecieron de nuevo, desembocando por una de las bocacalles. Yuseph permaneció rígido en el mismo punto, sintiendo la tentación de hablar con aquel anciano. Necesitaba saber qué significaba aquel mantra que aparecía en sus sueños una y otra vez desde hacía años. Todo el misterio de su vida se concentraba en ese instante, no podía dejar pasar aquella oportunidad. Titubeó durante unos segundos mientras los ladrones corrían hacia él, y justo cuando estaban a punto de alcanzarlo, cedió y echó a correr contra su voluntad.

El viejo comenzó a reír a grandes carcajadas y Yuseph, perplejo, se giró por un segundo para observarlo.

Él le clavó aquellos ojos escarlata como lanzas mortíferas.

—Yo sé lo que significa «amagi» —rio jocoso—. Todo esto no existe, no son más que letras en un libro, todo es *maya*[5]...

Yuseph sintió que le flaqueaban las piernas; el mundo a su alrededor comenzaba a girar. Debía volver atrás, buscar algún modo, pero ¿cómo?... Siguió corriendo, confuso y guiado por la supervivencia. Los malhechores le seguían de cerca. Todo se le antojó un sueño en el que no tenía elección, mientras sus piernas parecían guiarlo hacia lo inevitable de su destino. ¿Qué significaba la palabra «amagi»? ¿Por qué soñaba con ella? ¿Qué tenía que descubrir...? Había tantas preguntas que lo habían acechado toda su vida...

En aquel punto se ensancharon los caminos, las construcciones comenzaron a despejarse y el empedrado del

[5] Según el hinduismo, *maya* significa «ilusión». Todo en este mundo, cada persona y objeto físico, incluso los eventos temporales, son simples apariencias, una fabricación de la mente para medir y categorizar la naturaleza. *Maya* es la ilusión de tomar estos paradigmas mentales por realidades, confundiendo el mapa con el territorio.

camino terminó en el puerto. Los candiles colgaban de los mástiles, columpiándose con el viento marino. Algunas sombras lejanas trabajaban en las cubiertas y el aroma a salitre rompió contra sus pulmones.

Los ladrones aparecieron al instante y Yuseph dudó sobre qué camino tomar. Jadeaba con fuerza, consciente de que no podría seguir huyendo por mucho tiempo; comenzaba a sentirse agotado. Buscó a su alrededor, hasta que rápidamente lo descubrió: un barco enorme, levando anclas y abandonando el puerto envuelto en el rumor del oleaje. Comenzó a correr a través del pantalán, sintiendo cómo a sus espaldas crujían los maderos cuando eran pisados por sus perseguidores. No sobreviviría si le alcanzaban.

En el último momento, se lanzó al vacío saltando con todas sus fuerzas, pero era demasiado tarde y no logró llegar hasta cubierta. Quedó colgando de la borda aferrado a la balaustrada con ambos brazos. Uno de los bandidos trató de seguir su camino y saltó a la par, pero cayó al vacío y el agua se lo tragó rápidamente en un estruendo. El otro se contuvo justo en el borde, profiriendo amenazas con el brazo en alto.

Yuseph, con dificultad, escaló el casco del barco, apoyándose contra los remaches hasta lograr entrar en él. Luego, sofocado hasta la extenuación, se asomó victorioso para ver a sus perseguidores, sintiéndose acariciado por el viento y el acunar del agua, mientras abandonaba el pueblo y la figura maliciosa del pantalán se hacía más y más diminuta.

No podía dejar de sonreír de satisfacción. Había vencido; se sentía exultante y supo que aquel era el final. Se despidió de Maya con el corazón colmado de agradecimiento, lamentando no haber descubierto lo que significaba aquella palabra misteriosa. Solo podía preguntarse una cosa: ¿desvelaría alguna vez el enigma?

Únicamente viviendo lo sabría. Porque la aventura solo acababa de comenzar.

PARTE IV

La vida es una gran maestra,
ella se encargará de transmitirte
las enseñanzas más valiosas.
Pero es justo entonces cuando no debes rendirte.

1

Al cabo de un tiempo, las luces del puerto se extinguieron en la lejanía y la oscuridad acorraló la embarcación. Yuseph se giró y examinó la cubierta con curiosidad. Las llamas temblorosas de las velas mostraban una superficie de madera exquisitamente barnizada, sobre la que se encastillaba una superestructura de tres pisos, con camarotes de lujo, que se perdía en la oscuridad. Quizá ahí podría hospedarse hasta llegar al primer puerto, pensó con regocijo. Debía de tratarse de una fragata, muy en boga en aquellos tiempos, que aprovechaba la cubierta para la navegación y el ocio de los burgueses, pero que en realidad cumplía misiones de tráfico mercante ultramarino. Yuseph dedujo con admiración lo acaudalados que debían de ser los tripulantes o exótica la mercancía que transportaba en sus bodegas para justificar semejante despliegue de poderío: sables y escudos colgaban cruzados de las paredes con solemnidad; trabucos y flechas pendían en cada resquicio; cañones y catapultas velaban periféricamente contra posibles ataques hostiles de piratas y contrabandistas que por entonces infestaban el mar. Comenzó a avanzar hacia la zona de proa, agarrándose a las hermosas balaustradas que delimitaban los castillos de cubierta, cuando, de repente, pisó en el vacío y a punto estuvo de caer bajo una enorme escotilla de madera que se abría en el suelo hacia el interior del barco. Rápidamente se incorporó, con el corazón a punto de estallarle en el pecho, y, golpeado por el espantoso hedor que emanaba de la escotilla, la rodeó cubriéndose el rostro con el brazo. Se alejó en la oscuridad y débiles murmullos de lamento lo siguieron desde las profundidades. ¿Qué se escondía ahí dentro? Escuchó pisadas que crujían tras él, sobre el entablado, y se detuvo en seco para observar a su alrededor, pero en la penumbra no logró divisar a nadie. Tenía la extraña sensación de estar siendo observado. Enseguida se alejó, y cuando llegó hasta el castillo de proa, sintió cómo el aire fresco azotaba todo su cuerpo, despejándole la mente. Tres palos gigantes sustentaban las velas de cáñamo que soplaban henchidas de orgullo hacia el horizonte, y pareció que el barco nadaba hacia la luna, apuntando con su bauprés un camino de plata sobre las aguas. Algunas aves nocturnas volaban alrededor del navío adquiriendo plumajes dicroicos bajo la luz tenue de las estrellas, y el vaivén solitario de las olas revueltas era el único rumor que alcanzaba a escuchar. Todo parecía desierto a su alrededor. ¡Cuánta tranquilidad!, ¡cuánta paz! Yuseph respiró profundamente aquel aroma espumoso, sintiendo cómo despertaba cada poro de su ser. Estaba iniciando una nueva andanza que lo conduciría a tierras jamás soñadas, a los abismos del fracaso más amargos y desoladores y a cumbres del éxito tan elevadas que solo pocos han logrado sobrellevar; a experiencias que lo transformarían con la fuerza de un ciclón y lo arrastrarían decenios más adelante hacia un desenlace apoteósico. Aunque, por supuesto, aquella noche desconociese que en ese instante iniciaba un peligroso viaje y solo pudiese pensar que, aunque los planes de volver a su hogar se habían visto truncados, se sentía entusiasmado y repleto de ilusión.

Se preguntaba qué sería de él ahora.

Súbitamente y como salido de la nada, sintió que algo punzante se clavaba en su espalda. Alguien detrás de él habló con voz tronadora y vigilante:

—¿Quién eres y qué haces aquí?

Yuseph levantó los brazos en alto, pacíficamente.

—Me llamo Yuseph —explicó de espaldas—. He subido al barco en el instante en que abandonaba el muelle. Quisiera hablar con el capitán y alquilar un camarote.

Hubo un ligero silencio y Yuseph se giró con prudencia, sin descolgar las manos del aire. Sin embargo, en la oscuridad de la noche solo pudo distinguir el filo centelleante de un sable apuntando hacia él y una misteriosa silueta que se ocultaba en la oscuridad. ¿Quién era aquel hombre?

—Soy el capataz —objetó la voz con desconfianza—. Y el capitán tiene prohibido tajantemente ser importunado. Aquí las órdenes son estrictas: a los intrusos los lanzamos por la borda, con los tiburones. Debemos cuidar de la seguridad de nuestros pasajeros.

Yuseph trató de replicar, pero el hombre le clavó el sable en la garganta, ahogándolo. Sintió un dolor agudo y una gota de sangre tiñó su caftán. El corazón comenzó a latirle con fuerza.

—Por favor, se lo ruego —imploró asfixiado, retrocediendo lentamente hacia el borde del barco. La cubierta estaba resbaladiza y el vaivén hizo que le flaquearan las piernas.

—¡Silencio! —ordenó la sombra gélidamente, acercándose un paso adelante.

Al instante, la luz de la luna lo bañó salvajemente, no tanto como para iluminar su rostro, pero sí lo suficiente para dibujar el contorno de su figura y sus corpulentas proporciones. Yuseph distinguió ligeramente un calzado de cuero que se retorcía en la punta como dos garfios y la silueta de pantalones bombachos marroquíes. El capataz iba embozado en una capa que lo cubría hasta el pecho, desenterrando de la lobreguez tan solo dos ojos grandes y vivos que lo observaban con firmeza. Yuseph sintió un escalofrío al leer su mirada. Esta vez no había escapatoria, y comprendió que estaba a punto de morir. De manera inconsciente, se aferró a su amuleto con fuerza y le preguntó desesperadamente qué podía hacer. El mineral comenzó a arder en su palma y una idea le cruzó la mente como un rayo de luz en la oscuridad. Desanudó el zurrón y sacó las monedas que Maya le había devuelto, mostrándolas en alto.

—¡Traigo dinero! —gritó desesperado, lanzando la valija a sus pies—. Es todo lo que tengo, y desapareceré en cuanto atraquemos en el primer puerto. Nadie tiene por qué saberlo, ni siquiera el capitán.

La tentación destelló en la mirada del capataz como un relámpago y Yuseph supo que había presionado el resorte correcto. El pulso del hombre perdió firmeza y, tras unos segundos, retiró el sable y con la punta recogió el saco. Luego, vigilando a ambos lados con cautela, agregó:

—Está bien, parece que va a ser tu día de suerte. ¡Escóndete! Nadie puede vernos —ordenó al tiempo que se alejaba a paso ligero.

Yuseph lo siguió encorvado, tratando de envolverse entre las sombras, hasta que se detuvieron ante una puerta entornada. La luz amarillenta y cálida de una vela refulgía como un tesoro desde el interior y el hombre hizo un ademán instándolo a entrar. Era un minúsculo dormitorio, austero y desnudo, compuesto apenas por una cama, un escritorio sobre el que descansaba el candelabro y un baúl de madera.

Debía de ser su futuro camarote, pensó.

El capataz entró también y, tras cerrar la puerta, echó el cerrojo. Luego se liberó de la capa. Las velas que se situaban a su espalda lo rodeaban de un halo a contraluz, recortándolo como una sombra tenebrosa, y a Yuseph le fue imposible examinar su rostro. Solo sus ojos afilados rasgaban la negrura, clavándose en él.

Se acercó lentamente y susurró:

—Desnúdate.

Yuseph se sintió intimidado y retrocedió con torpeza.

—¿Qué? —preguntó confuso.

Sin responder, la sombra del prefecto se dirigió hacia el baúl de madera y, abriéndolo con facilidad de un manotazo, sacó dos prendas blancas y las lanzó a sus pies.

—Te vestirás de capataz, como uno de nosotros. Así no te descubrirán, y dentro de dos días, al amanecer, bajarás en la isla de Garoé. —A continuación se dio media vuelta y, retirando el cerrojo, abrió la puerta. El viento hizo temblar las llamas y la habitación se inundó de un remolino de sombras—. Te esperaré fuera. —Y cerró la puerta a sus espaldas.

Todo volvió a quedar en silencio.

Lentamente, Yuseph se llevó las manos al talismán, respirando con alivio. Había vuelto a sentir aquella misteriosa energía emanando de su interior, palpitando con una fuerza poderosa, como había sucedido en el tren hacía ya varias semanas. Estaba seguro: aquella piedra mágica lo protegía. Rápidamente, se desnudó e introdujo todas sus prendas en el interior de la talega, salvo el amuleto. Era lo único que llevaría puesto: le transmitía seguridad. Luego desdobló las prendas y se envolvió el pedazo de tela blanca alrededor de la cintura. La otra pieza era un chaleco que apenas le llegaba al ombligo. Sintió algo de frío y observó que ni siquiera había calzado. Tal vez los capataces debían ir descalzos, supuso en un suspiro, mientras abría la puerta y salía al exterior.

Su vida parecía guiarlo por caminos ignotos.

Fuera, el viento de alta mar soplaba con fuerza y los pies se le mojaron en los charcos gélidos del entablado. Se apoyó sobre sus talones mientras trataba de cubrirse en vano con aquel chaleco que dejaba parte de su torso al descubierto. La sombra del capataz lo esperaba en silencio, y en cuanto cerró la puerta se retiró la capa como una serpiente que muda su piel. Yuseph quedó petrificado. La luz de una antorcha se arrojó contra su rostro, dibujando unas facciones angulosas cubiertas de diminutas cicatrices, como las escamas de un saurio. Su frente había invadido el cráneo de piel estéril y brillaba como bronce pulido. Ni cejas ni pestañas. La nariz era ganchuda, semejante al pico de un buitre. A Yuseph lo invadió una sensación repulsiva y las pupilas del capataz se dilataron con deleite mientras lo atravesaba con la mirada, disfrutando de aquellos momentos de expectación. Luego sonrió con un gesto taimado, mostrando un colmillo largo y afilado.

—¡Guardias! —gritó de pronto—. ¡Rápido!

Su voz retumbó como un trueno en la noche y Yuseph comenzó a sentirse asustado. Tenía un mal presentimiento. Como en un sueño en el que no podía controlar lo que sucedía.

—¡Guardias! —volvió a repetir—. ¡A estribor!

Yuseph se aferró a su talega, cubriéndose el pecho con ella. Rápidamente, escuchó a su alrededor pisadas sobre el entablado que se acercaban por todos lados, hasta que de la espesura de la noche emergieron cuatro siluetas que adquirieron nitidez. Eran hombres vestidos con pantalones bombachos granate y *mojris*[1] de piel. Igual que el prefecto.

—Rápido —rugió a sus secuaces—. Apresad a este esclavo. —Y señaló a Yuseph—. Lo he descubierto robando de uno de los camarotes.

Él sintió que todo el mundo desaparecía a su alrededor y los secuaces comenzaron a encoger el cerco. Yuseph miró alrededor confuso.

—¡Eso es mentira! No soy ningún esclavo. Me llamo Yuseph Wahed y vengo de ad-Dār al-Baīḍa. Soy un ciudadano libre y esta es mi talega.

El capataz prorrumpió en carcajadas y se acercó lentamente hasta él, con la espalda extremadamente curvada y el pecho henchido de gozo.

---

[1] Calzado de origen paquistaní fabricado en cuero cuya punta es curva y afilada.

—¿De verdad? —preguntó con sorna—. Entonces ¿por qué vistes como un esclavo?

Yuseph sintió como si hubiese caído sobre él un relámpago del cielo. Entonces lo comprendió: todo había sido un ardid.

—¡Rápido, apresadlo! Hay que darle una lección que no olvide jamás.

Todos los esbirros se lanzaron sobre él. Yuseph trató de oponerse y un puño estalló contra su ojo izquierdo. La sangre comenzó a correr por su mejilla, la talega se le cayó de las manos y gritó con fuerza hasta que una patada en el estómago lo dejó sin respiración. Se desplomó sobre el suelo, aturdido, mientras llovía una miríada de patadas sobre él. En vano trató de cubrirse, hasta que un puntapié en la nariz crujió en sus oídos y quedó paralizado mientras los secuaces se ensañaban con él a gusto.

Desde la distancia, el capataz contemplaba la escena con una sonrisa de deleite. Cuando sus esbirros quedaron extenuados, se acercó lentamente y, examinándolo como a un despojo, añadió:

—Lleváoslo a la bodega.

Los secuaces lo levantaron tirando de su chaleco hecho jirones y Yuseph sintió su cabeza caer hacia atrás como una marioneta. Todo daba vueltas a su alrededor y la sangre cálida le corría por la barbilla hasta el cuello. Una mano salvaje lo asió de los pelos y lo obligó a mirar al frente. Era aquel rostro nauseabundo. Se acercó hasta su oído y susurró:

—No podía correr el riesgo de que me delatases ante el capitán. Ahora, aunque grites, nadie te creerá —rio—. Sufrirás cada día de tu vida hasta que mueras. Así aprenderás que nadie hace tratos con Kalya.

Sus ojos fulguraron con vileza en la negrura. Entonces, mientras aquellos hombres lo arrastraban hacia el interior de unas enormes escotillas, en lo más profundo de su alma Yuseph juró que jamás volvería a confiar en nadie.

Lo asoló un terrible hedor... y todo se oscureció.

2

Cuando Yuseph abrió los ojos, se descubrió acurrucado sobre un puñado de paja, en una caverna inundada de un mar de cuerpos durmientes vestidos con calzones y chalecos blancos, hacinados unos contra otros en un hedor vomitivo. Se incorporó sobrecogido e inspeccionó la sala con atención. Tenía suerte de no haberse quedado dormido, aún había tiempo. ¿Dónde estaba la puerta? Tenía que escapar. Llegaría a la cubierta y saltaría al mar. Estaba seguro de que podría alcanzar la costa nadando.

Pero se equivocaba; había permanecido inconsciente más de cuatro horas.

Todo el cuerpo le dolía terriblemente y observó que sus brazos estaban infestados de hematomas violáceos. De la boca le pendía un hilo de sangre y, apenas se rozó el labio inferior, sintió una punzada aguda.

A su lado, un albino de pelo rubio y rizado dormía profundamente con las manos cruzadas sobre el pecho. ¿Cómo podía descansar tranquilo en aquella situación?, se preguntó con inquietud. Todos ellos parecían acostumbrados; si no hacía algo pronto, estaría condenado de por vida como aquel hombre. Las lágrimas comenzaron a escaparse por las comisuras de sus ojos, con desesperación. ¿A quién podía recurrir? No tenía a nadie que lo ayudase. Lo invadió una desolación tan grande que quiso morirse en ese preciso instante, ante la sombría visión de una vida plagada de sufrimientos y humillaciones. Debía haberse quedado en su hogar, no salir nunca. Le sobrevino el recuerdo de su padre, y la idea de no volver a verlo jamás lo derrumbó. Se abrazó a sus piernas como un niño indefenso. ¿Qué debía hacer?, se preguntaba confuso. De la noche a la mañana se había visto atrapado y no tenía fuerzas para urdir un plan. Se sintió entristecido y desilusionado, mientras las lágrimas corrían por sus mejillas inconscientemente. Algunas semanas más y estaba seguro de que acabaría muriendo. Lo peor de todo era que a nadie le importaría, simplemente lo lanzarían por la borda como a un desecho. ¿De qué valía vivir si su vida no tenía ningún valor? Se sintió invadido por una ola de angustia que lo envenenó hasta nublarle la visión.

A los pocos minutos, lo despertaron unas pisadas. Yuseph abrió los ojos y descubrió frente a él a un anciano. Lo atravesaba intensamente con los ojos, como si pudiese ver a través de él. ¿Quién era aquel hombre y qué quería? Vestía el calzón blanco de los esclavos y sus piernas, huesudas como las raíces de un sauce, crujieron mientras las flexionaba para sentarse ante él. Las greñas de su cabeza se entremezclaban con una barba canosa y larga, que terminaba a la altura de sus rodillas. Yuseph apenas reaccionó y el anciano lo saludó con un gesto. Acto seguido, vigilando en derredor, se llevó las manos al calzón y extrajo lentamente del interior un objeto brillante que le mostró con orgullo. Yuseph abrió los ojos desconcertado. Se trataba de una moneda de oro que relucía en la oscuridad como la llama de una vela.

—¿Quieres este *benduqui*[2]? —susurró el viejo, mostrándoselo como un trofeo.

Era auténtico, no cabía duda; estaba acuñado por el sello del sultanato. Yuseph pensó si no lo habría robado. ¿De dónde había sacado un esclavo ese dinero? Y ¿por qué se lo ofrecía? Dudaba de las buenas intenciones, no quería que nadie le hiciese daño de nuevo. Tenía miedo de volver a pecar de ingenuo. Sin embargo, albergó una esperanza: aquella moneda podía servirle para sobornar a algún tripulante y escapar en el primer puerto. ¡Podía ser su salvación! No debía rechazarla. Alargó su mano dolorida y miró al anciano a los ojos con agradecimiento. Pero con unos reflejos extraordinarios, el vejestorio retiró la moneda rápidamente y estalló en carcajadas. ¿Qué significaba aquello? Las mejillas de Yuseph se tiñeron por el rubor y se sintió humillado. ¡Sabía que no debía fiarse! El viejo continuó mostrándole la moneda, moviéndola de un lado a otro, captando su atención como un ilusionista. Luego, la dejó caer al suelo deliberadamente, y un tintineo sonó alrededor de ellos. Yuseph siguió el *benduqui* con la mirada hasta

---

[2] Monedas del reino temprano de Marruecos que fueron acuñadas con el nombre de dinares y *benduqui* (o *bonduqi*) y que tienen el peso estándar de 3,52 gramos. Estas monedas martilladas persistieron hasta el final del reinado de Mohammed IV en 1873.

que el anciano lo detuvo con su pie arrugado, pisándolo con fuerza. Se agachó en un crujido de huesos y lo recogió, tras lo cual arrojó un esputo que pringó la moneda hasta gotear y finalmente la limpió sobre su chaleco harapiento. Yuseph frunció el ceño, sin comprender, y el viejo le mostró la moneda frente a su nariz, tentándolo con aquel fulgor dorado y brillante, como un sol diminuto.

—¿Sigues queriendo este *benduqui* ahora que lo he pisado y escupido?

Yuseph no sabía bien si el hombre estaba loco o se estaba burlando de él, pero se sentía muy débil como para prestarle atención. No le importaba el *benduqui,* no tenía fuerzas. ¿Qué quería decirle con todo eso? Al verlo, comprendió que el anciano debía de estar senil. Quizá habría perdido la cabeza en medio de aquel sufrimiento. Yuseph no lo culpaba. Sintió una profunda lástima y trató de explicarse con sencillez cuando habló:

—El oro es oro, lo escupa o lo pise.

Al viejo se le iluminaron las pupilas como llamas. Luego sonrió orgulloso.

—¡Eso es!, ¡eso es! —afirmó triunfal, abriendo los ojos como un búho—. Es justo lo que quería escucharte decir... —Yuseph lo miró en silencio, frunciendo el entrecejo. ¿A qué se refería?—. No importa lo que yo haya hecho con el *benduqui* —le explicó el anciano—, su valor nunca cambiará. Asimismo, pueden escupirte, pueden pisotearte y, a pesar de ello, nunca perderás tu valor intrínseco, muchacho. No hay por qué llorar. Acepta tu nueva situación. No digo que te resignes, pero no pierdas energía tratando de resistirte a lo que no puedes cambiar; nada agota más que negar la realidad.

Volvió a reírse con su peculiar carcajada, mirándolo con ojos dilatados. Yuseph apenas podía articular palabra y sentía cómo el alma se le agolpaba en la garganta mientras se erizaba cada vello de su cuerpo. El viejo se levantó lentamente y, antes de marcharse, dejó caer el *benduqui* a su lado. Yuseph alzó los ojos y lo observó sorprendido.

—Quédatelo —afirmó el anciano—, no es más que una pieza de madera pintada. Pero tú ya conoces su verdadera estimación. El valor de las cosas no está en ellas mismas, sino en la intensidad con que se aprecian, muchacho. Recuerda: nadie puede tasar tu valor, salvo tú mismo.

El viejo se fue alejando lentamente, arrastrando los pies, y Yuseph permaneció inmóvil repasando cada palabra de lo que había escuchado, como un eco retumbando en su interior.

Cuando despertó al alba, todos los esclavos se desperezaban en silencio sepulcral. A lo lejos percibió el llanto lejano de un niño y un murmullo que trataba de consolarlo. Yuseph se incorporó asustado y permaneció sentado como todos ellos. Había en la bodega más de doscientos esclavos, todos terroríficamente escuálidos, cubiertos apenas por el calzón y el chaleco, con la piel curtida por el sol y los pies repletos de callos. Las greñas grasientas y las uñas repletas de mugre. A las mujeres, las mamas les colgaban casi hasta el ombligo. Yuseph reparó en sus espaldas marcadas por las uñas y recordó conmovido las terribles historias que había escuchado sobre violaciones que sufrían las esclavas indefensas. Ahí nadie lo ayudaría. Todos parecían haberse rendido ante un destino cruel y eterno.

¿Qué sería de él ahora?

A su lado, el albino de pelo rizado había despertado y lo saludó con un gesto soñoliento. Sus ojos eran profundamente grises y brillantes, como los de un felino. Más allá, a una distancia de diez metros, descubrió al anciano del *benduqui* sentado contra una pared, observándolo fijamente. Yuseph sintió el aguijón del agradecimiento y lo saludó con afecto.

De pronto, se escucharon unas pisadas descendiendo por las escaleras y aquellos rostros impasibles adquirieron una mueca de terror. Instintivamente, agacharon la mirada hacia el suelo, al tiempo que apareció un secuaz. Sin comprenderlo, Yuseph también se sintió contagiado y le latió el corazón con espanto. Reconocía a aquel secuaz entre aquellos que lo habían golpeado el día anterior.

Observó que el esbirro llevaba una enorme cesta bajo el brazo, repleta de panes que iba lanzando con agilidad mientras avanzaba por el corredor central y se acercaba hasta él cada vez más. El corazón pareció saltarle del pecho. Pero cuando solo restaban unos pasos de distancia, el esbirro se detuvo en seco y dirigió la vista hacia un esclavo. Todos agacharon la mirada asustados, salvo el joven de rostro extraño y gesto bobalicón, casi deformado. Yuseph observó que el secuaz se inclinaba ante él con una sonrisa burlona y le ofrecía dos barras de pan: en una mano, una grande y crujiente; en la otra, una hogaza pequeña y requemada.

—¿Cuál quieres? —le preguntó socarrón.

El esclavo meditó unos segundos con todas sus fuerzas. Los ojos parecían saltarle de las cuencas y los labios protuberantes indicaban alguna deficiencia; tenía la barbilla chata y los carrillos inflados como los mongoles. Alargó el brazo con torpeza y escogió el pan chamuscado con una sonrisa alelada. El repartidor de panes se divirtió con su estupidez.

—¡Menudo imbécil! —exclamó, retomando la marcha—. Cada día escoge el pan pequeño... y cada día nos reímos de él... Nunca aprende.

También sonrieron tímidamente algunos esclavos de alrededor. Pero el muchacho retrasado pareció no percatarse.

A Yuseph lo invadió la compasión. Se aprovechaban de su discapacidad. ¡Cuánta injusticia había en este mundo! Debía desconfiar de todos, se repitió una y otra vez. Tenía que volverse fuerte para que nadie lo volviese a herir.

Cuando el esbirro llegó hasta él, le lanzó un pan que cayó justo a su lado y se marchó sin mirarlo siquiera a los ojos. Yuseph respiró aliviado; no había comido nada desde el día anterior, en la taberna de Wahhab, y casi podía sentir cómo corrían ratas por su estómago. Alargó el brazo para coger el pan, agradecido como si se tratara de un manjar, cuando, de pronto, el hombre de ojos grises se lo arrebató antes de que pudiera alcanzarlo. Yuseph levantó la mirada sorprendido y el albino sonrió pérfidamente mientras, ante sus ojos, lo partía por la mitad y se apropiaba del pedazo más grande. La otra porción se la devolvió arrojándosela como unas sobras. A Yuseph le entró tanta rabia al verlo sonreír que, tras incorporarse como un volcán en erupción, se acercó hasta él y le arrebató su pedazo de pan de las manos tirando con fuerza. El albino se quedó pasmado ante su valentía, pero no trató de resistirse, sino que, cuando Yuseph volvió a sentarse con su tesoro en las manos, se limitó a mirarle con el ceño fruncido. A Yuseph se le antojó espantoso. ¿A qué venía ese gesto? Menudo ladrón descarado.

En aquel instante entró un secuaz de Kalya y comenzó a organizar a todos en una fila, blandiendo el látigo entre gritos y amenazas. Todos se incorporaron de un salto, obedeciendo aterrados; Yuseph apuró su último bocado e imitó a sus compañeros, sumándose a los demás. Las piernas le aullaron de dolor y temió no poder afrontar el nefasto destino que lo esperaba.

Fue entonces cuando comprendió que ahora el control sobre su vida no lo tenía él.

Lo tenía Kalya.

3

Durante todo el día Yuseph desempeñó diversas labores junto a otro esclavo: un hombre enjuto y silencioso, de nariz afilada y mirada huidiza, llamado Abdul. Juntos, bajo un sol abrasador, debieron calafatear con estopa y brea las junturas. Abdul lo instruía escuetamente sin levantar la mirada, temeroso de llamar la atención de algún secuaz. Yuseph obedecía maquinalmente, empapado en sudor.

Estaba desilusionado; nada le importaba ya.

Sentía la visión nublada por las contusiones y las plantas de los pies le ardían sobre el entablado, pero no se atrevió a detenerse un instante, tras comprobar la crueldad con la que flagelaron a un niño de unos ocho años que se acercó tiernamente a conversar con su madre. Kalya le levantó la piel de la espalda a latigazos hasta que el niño se desmayó y la pobre mujer ni siquiera pudo quejarse: continuó limpiando mientras las lágrimas de impotencia se derramaban de sus ojos.

Ante tanta injusticia, Yuseph procuraba no pensar, pero constantemente lo punzaba la sensación de estar atrapado en una pesadilla de la que no podía despertar. Descubrió que estaba enjaulado en su cuerpo. Cuando uno se siente saludable y el cuerpo lo acompaña, todo el mundo parece lleno de luces y colores. En cambio, si se está enfermo y el cuerpo no responde, todo lo material resulta deslucido y no provoca la menor atracción ni el menor deseo. Hasta el mayor diamante parece la piedra más molesta.

Cuando terminaron, recibieron la orden de bajar a un camarote diminuto ubicado junto a la caldera y colmado de un humo sofocante y gris que se colaba a través de las paredes. Yuseph sintió que los ojos se le aguaban y comenzó a toser con fuerza. Un secuaz les mostró cómo debían desbastar las finas tablillas de madera que se apilaban frente a ellos, con ayuda de una garlopa, para luego construir los toneles. Pero debían tener mucho cuidado, porque si había una sola duela astillada, Kalya los azotaría hasta matarlos, les previno. Cuando terminaron, Yuseph apenas podía levantar los brazos y las yemas de los dedos le sangraban profusamente. Con esos sufrimientos, no era de extrañar que apenas tuviese fuerzas para meditar acerca de su nueva situación, aunque no podía evitar sentirse ultrajado. En su nueva vida, no valía nada. Era tratado como escoria.

Ahora comprendía por qué todo el mundo buscaba la seguridad, la rutina, limitándose a lo conocido. Querían protegerse de la vida. No eran los demás los equivocados, sino él. Lo que pensaba que era intrepidez no era más que ignorancia. Lo había perdido todo cegado por su fantasía.

Constantemente, se torturaba imaginando las risas de sus vecinos si algún día descubrían que había fracasado. ¡Cuánta humillación sufriría su padre por culpa suya!

De vuelta a la cubierta, mientras Abdul y él anudaban los hilos de las redes bajo un sol de fuego, Yuseph descubrió en lo más alto del navío a un hombre colgado de un andamio que descendía con ayuda de unas poleas. Paleta en mano y boina en la cabeza, pintaba un vitral sobre uno de los ventanales del camarote como si se tratase de un lienzo. Eran figuras humanas, delineadas con precisión en colores traslúcidos y llamativos, llenos de brillo y contraste bajo los rayos fulgurantes. Yuseph quedó fascinado, como ante la visión de un caleidoscopio, y los dibujos le parecieron hermosos.

Entonces, tras el cristal, le pareció ver dos ojos ocultos que lo escrutaban, atravesándolo con la mirada desde el otro lado. Casi podía sentirlos... Pestañeó confuso, pero al instante desaparecieron.

—¿Acaso quieres que te azoten? —le reprendió Abdul—. Agacha la mirada, insensato.

Yuseph despertó de su ensimismamiento y obedeció tristemente, volviendo a la tarea justo a tiempo. Kalya pasó delante de ellos dos segundos después, vigilando con su mirada de cocodrilo.

A mediodía, mientras terminaba de fregar la cubierta, Yuseph advirtió que los vigilantes continuaban burlándose del muchacho mongólico. Kalya y varios de sus secuaces lo habían acorralado en una esquina, repitiendo la escena de esa mañana. Entre risas, sostenían en una mano un pan muy grande y apetitoso y en la otra, un pedazo pequeño y reseco, insistiéndole entre empujones en que escogiera uno de los dos. De nuevo en su torpeza, el muchacho volvió a escoger la hogaza equivocada y los vigilantes se rieron entre burlas, mientras le propinaban collejas en la nuca.

Al ver la escena, Yuseph sintió una punzada de compasión hacia aquel ser y resolvió que hablaría con él en cuanto tuviese ocasión.

4

Al caer la tarde le asignaron limpiar las letrinas junto a Abdul. Se trataba de una pieza oscura y repugnante de apenas cuatro metros cuadrados. Tres cajas huecas de madera, de medio metro de alto, cubrían sus paredes, en cuyo interior se acumulaban los excrementos y orines de la tripulación. Las cámaras estaban selladas en la parte superior con una losa de piedra donde habían practicado varios orificios sobre los que sentarse. El suelo aparecía cubierto de filtraciones que goteaban a través de las fosas.

Yuseph estaba cansado, malherido e irritado después de un día de trabajo inhumano; apenas había comido, y nada más entrar en el habitáculo los vapores de las heces en descomposición lo golpearon, provocándole vértigo. Varias arcadas lo doblaron entre espasmos violentos y corrió al exterior, conteniendo la respiración.

Abdul permaneció impasible en el interior de las letrinas y Yuseph observó a su compañero desde el vano de la puerta, sin atreverse a entrar de nuevo. Aquello era una humillación, una ofensa inaceptable, resolvió con los ojos acuosos. No podía tolerarlo.

—¡Ya estoy cansado! —anunció de repente, levantando la voz peligrosamente e irguiendo la cabeza con orgullo. Abdul abrió los ojos alarmado—. Me da igual quién me escuche: yo no soy ningún esclavo. Digan lo que digan, soy un hombre libre. No pienso hacerlo —resolvió.

Abdul corrió hasta él rápidamente, de puntillas y tratando de contrarrestar el alboroto que Yuseph estaba provocando.

—¿Te crees mejor que nosotros? —le susurró nervioso. Los ojos parecían estar a punto de saltarle de las cuencas mientras vigilaba alrededor—. Yo también detesto este trabajo. Antes era médico, pero aquí me ves, trabajando. Además, ¿no tienes suficiente con el ayuno de esta mañana? ¿Acaso quieres morirte de hambre?

Yuseph lo observó con el ceño fruncido.

—¿A qué te refieres?

—Las normas son sencillas —lo advirtió en un suspiro—: quien no trabaja no come. Por eso no te han dado de comer esta mañana.

—Pero yo sí he recibido pan, como todos.

—Pues si tenías para comer es que alguien debía de estar compartiendo su plato contigo.

En ese instante, Yuseph quedó petrificado y la sangre se le agolpó en las mejillas mientras repasaba mentalmente la situación que había tenido lugar al amanecer. Aquel hombre albino de ojos gatunos que le había quitado el pan no se lo arrebataba, recogía lo que era suyo, y no solo eso: había querido compartir con él un pedazo, sonriéndole amigablemente. Pero Yuseph había interpretado que le robaba, que era un ladrón, que el pan era suyo. En cambio, la verdad es que el ladrón era él, que se lo había quitado entero de las manos en su avaricia, y, a pesar de ser su única comida, el albino sonrió generoso. Se sintió tan avergonzado que los ojos se le rayaron de lágrimas. Estaba tan preocupado, tan lleno de desconfianza, tan repleto de pensamientos de odio, que no había sido capaz de descubrir el regalo que le daba.

—Ayúdame con esto —le espetó de pronto su compañero con las manos repletas de excrementos y orines.

Yuseph volvió a la realidad y lo observó avergonzado de su situación, pensando que de algún modo u otro se debía solucionar aquel malentendido.

—Yo no pienso limpiar estas inmundicias —insistió con obstinación—. No somos iletrados. Tenemos dignidad y deberían tratarnos con respeto.

Su compañero arrugó el rostro, molesto con esas palabras.

—Habla por ti —respondió con hartazgo—. No me pienso meter en líos por tu culpa.

Abdul temía que lo azotaran si Yuseph armaba un escándalo. Tenía que denunciarlo, pensó. Dejó caer la masa de excrementos y, tras enjuagarse las manos en un cántaro de latón, se marchó indignado.

A Yuseph el corazón le latía fuerte y se echó a llorar como un niño pequeño e indefenso en cuanto Abdul se hubo alejado. No sabía qué hacer ni a quién acudir. Pero tampoco podía aceptar ser un esclavo para siempre. Sabía que ahora Kalya vendría en cualquier momento dispuesto a levantarle la piel a latigazos; lo había visto antes con el niño, y se sintió paralizado por el miedo.

En estas, alguien que pasaba junto a él se detuvo al ver a Yuseph llorando.

—¿Qué te pasa? —preguntó, acercándose con sincero interés—. ¿Estás bien?

Yuseph se giró sorprendido y encontró delante a un esclavo, que no era otro que el muchacho retrasado. Lo observaba con aquella mirada perdida y la boca abierta en eterna sorpresa, babeando como un niño. Yuseph se enjugó las lágrimas y asintió con la cabeza. El muchacho, más tranquilo, sonrió y dio media vuelta dispuesto a marcharse, cuando Yuseph prorrumpió:

—¿No ves que te toman el pelo? —El chico se giró con el ceño fruncido. Yuseph se explicó—: Te ofrecen un pan grande y otro pequeño y tú siempre escoges el pequeño. Se ríen de ti.

El mongólico se acercó hasta él y lo miró durante unos segundos con curiosidad; luego arqueó una ligera sonrisa.

—Ya lo sé —añadió lerdamente.

Yuseph se sintió desesperado, tratando de razonar.

—Entonces... ¿por qué lo haces?

El retrasado lo miró con simpleza.

—Eh, porque cada día como más que el resto..., ah..., aceptando trozos pequeños... Me los ofrecen hasta..., mmm..., quince veces al día y quince veces se..., eh, ríen de mí. Si..., si cogiese el grande nunca más se reirían, pero tampoco me lo ofrecerían más. A veces la inteligencia está en..., ah..., hacerse el ingenuo. No siempre es... más listo quien lo..., lo parece... Puede que... el... que se ría..., eh..., sea yo...

Torpemente, el retrasado se fue alejando con la mirada perdida. Yuseph se quedó sorprendido mientras lo seguía con los ojos. ¡Qué inteligente era el chico... y qué necio era él!, descubrió. ¿Cómo no había sido más despierto? Aquella era la respuesta que necesitaba, era justo lo que debía hacer: dejar de lado su orgullo y ser más inteligente, más práctico, concentrarse en lo que le interesaba si deseaba sobrevivir. Entró en el habitáculo, cogió un cántaro y comenzó a rellenarlo lentamente con los excrementos que recogía con las manos, mientras trataba de contener sus arcadas.

En ese instante, escuchó unas pisadas a sus espaldas y apareció su compañero seguido de Kalya, este último furioso y con los ojos inyectados en sangre, arrastrando su látigo y dispuesto a destruirlo hasta sus fundamentos, para que no se atreviese jamás a sublevarse. Pero, simplemente, se encontró a un esclavo que cumplía con su deber. Su compañero, Abdul, lo miró sorprendido, abriendo los ojos, confuso.

—¿Qué haces trabajando? —gritó nervioso, llevándose las manos a la cabeza y encorvándose ante Kalya.

Yuseph fingió no saber de qué estaba hablando y se encogió de hombros, aparentando tranquilidad, aunque en su interior el corazón le latiese precipitadamente. Abdul se giró hacia Kalya, asustado.

—Lo juro, hace unos instantes estaba armando jaleo. Es un pendenciero.

Pero Kalya no lo creía así. Soltó un gruñido y con irritación se abalanzó sobre él, aporreándole con violencia la cabeza hasta que cayó desplomado sobre el suelo. A continuación dio media vuelta y se marchó a grandes zancadas, molesto por haber tenido que entrar en las letrinas por una falsa alarma.

En cuanto se hubo marchado, Yuseph corrió asustado para asistir a su compañero, salpicándolo con unas gotas de agua para reanimarlo. Pero este se limpió la sangre de la nariz y lo apartó de un manotazo, con ojos de profundo odio. Luego no volvió a dirigirle la palabra y Yuseph respetó su silencio entristecido, sin saber que se había granjeado un enemigo.

5

Aquella noche, al entrar en las bodegas, Yuseph estaba rendido y sentía cómo crujía cada nervio de su cuerpo. Alrededor todos los esclavos se dirigieron hacia sus rincones y Yuseph hizo lo propio. Tenía los músculos agarrotados por la falta de costumbre y las palmas cubiertas de llagas. Nada más sentarse, se quedó completamente dormido. De improviso, algo cayó sobre él, despertándolo de golpe. Abrió los ojos sorprendido y vio una hogaza de pan a sus pies. Era el distribuidor, que había pasado ante él, para luego seguir su ruta. También repartió otro a su compañero. De este modo, Yuseph comprobó que lo que le había dicho Abdul era cierto. Recordó con vergüenza que por la mañana solo había caído un pan. Entonces volvió a mirar la hogaza a sus pies, devorándola con los ojos. Se moría de hambre, pero también de remordimientos, y comérsela habría resultado como tragar veneno. Se acercó hasta el albino y le entregó su pan con agradecimiento.

El hombre lo miró sorprendido y volvió a empujar el pan hacia Yuseph con una sonrisa.

—Come, tendrás hambre. No es bueno ayunar; si no, pregúntamelo a mí hoy —rio con naturalidad.

Yuseph se disculpó de corazón ante Rudovic —así se llamaba su compañero—. Pero sus palabras quedaron interrumpidas cuando se abrieron las puertas de la bodega de par en par y entraron dos secuaces arrastrando a un niño esclavo. Un murmullo se extendió entre los demás. El muchacho estaba inconsciente y tenía el cuerpo cubierto de sangre, por lo que Yuseph no pudo distinguir su rostro. Al reconocerlo, la madre se levantó de golpe y corrió hacia su niño gritando enloquecida, y Yuseph advirtió con el corazón encogido que se trataba de la esclava de aquella mañana. En vano, la mujer se abalanzó sobre los secuaces, pataleando e insultándoles descontroladamente. Uno de ellos dejó caer al muchacho de las manos y le propinó un puñetazo a la esclava, alejándola de sí. Luego se marcharon. La mujer se levantó con el labio sangrando y corrió hacia su niño, acunándolo en su regazo y gritando desaforada.

—¡Malditos seáis! ¡Desalmados! ¡Canallas! Moriréis sufriendo, igual que habéis hecho sufrir a mi hijo —lloraba—. ¡Dios no os perdonará jamás...!

Un esclavo escondido en la muchedumbre la interrumpió, jaleado por otros:

—¡Silencio! No queremos acabar como tu hijo.

Los demás esclavos temían que, atraído por la barahúnda, Kalya bajase y los castigase cruelmente. Pero la mujer se enfurecía cada vez más, insultándolos a todos y maldiciendo a los secuaces.

—¡Sois unos cobardes! ¿Cómo podéis permanecer impasibles ante el sufrimiento de una madre? ¿Acaso no tenéis hijos, hermanas, madres? ¡Escoria es lo que sois! ¡Todos...!

De pronto, se quedó muda y toda la bodega se sumió en el silencio. Muchos esclavos alzaron la cabeza extrañados y Yuseph vio la escena que se sucedía: un anciano con calzón blanco de esclavo y piernas huesudas se había acercado hasta ella y le había puesto la mano encima del hombro, tiernamente. Ella lo miraba como una niña desconsolada, con el rostro atravesado por dos surcos de lágrimas ensangrentadas. Las greñas del viejo se entremezclaban con una barba canosa y larga y Yuseph lo reconoció al instante: era el anciano del *benduqui*. El viejo hizo un gesto con la cabeza, comprendiendo su dolor, y ella se levantó hipnotizada. Las miradas de todos los presentes hicieron comprender a Yuseph que en aquel lugar parecían respetar al anciano como a alguien superior.

—La lleva hacia la caldera —le explicó Rudovic al oído.

Algunos rostros de la muchedumbre asintieron como si supiesen lo que ocurría y otros sonrieron pérfidamente, imaginándolo.

Yuseph se giró hacia Rudovic extrañado, inquiriéndole con los ojos.

—De vez en cuando, lleva gente a la caldera —agregó—. Cuando vuelven aparecen más calmados.

Yuseph no entendía nada, todo era demasiado misterioso. Pero Rudovic le explicó que nadie sabía lo que sucedía en la caldera, pues aquellos que sí lo sabían no lo contaban.

6

Los días siguientes pasaron en un abrir y cerrar de ojos, trabajando desde la mañana hasta la noche. Yuseph sufría hambre, cansancio y humillación, pero había aprendido a aceptarlo. Algo en las palabras del anciano le había hecho meditar, como si por fin hubiera encontrado la respuesta que buscaba. Durante toda su vida había despreciado su trabajo como zapatero; irónicamente, ahora le parecía una labor idílica. Sin embargo, había tenido que convertirse en esclavo para descubrir algo que no habría de olvidar nunca: la certeza de que no existía trabajo inferior; únicamente se volvía uno inferior cuando consideraba el trabajo como tal.

Era como si la faena inútil de cada día fuese una excusa para meditar sobre sí mismo. Por primera vez en mucho tiempo sentía que comenzaba a conocerse. Podían controlar su vida, pero nadie salvo él tenía autoridad sobre su interior:

era dueño de sus pensamientos. «Las cadenas no atan mentes, solo manos», se repetía.

Yuseph estaba despertando.

En lo alto de la fragata, frente a los ventanales del camarote del capitán, el artista seguía pintando su obra sobre los ventanales. La transparencia del cristal permitía un juego de luces extraordinario que destellaba en todas direcciones y que llamó la atención de Yuseph. Eran hermosas figuras humanas que representaban reuniones junto al río o junto al fuego, siempre en torno a una figura principal a la que todos parecían venerar. Estas personalidades las había distinguido el pintor mediante otra clase de esmalte que las hacía fulgurar bajo la luz que penetraba a través del cristal, iluminándolas con un aura casi mágica.

Desde lo alto, el artista, tras reparar en la mirada embelesada de Yuseph, se sintió halagado por su reacción.

—¿Tienes idea de quiénes son? —le preguntó con una sonrisa desdeñosa, señalando al protagonista de sus pinturas. Yuseph permaneció mudo, sin atreverse a hablar—. Son sabios —le explicó. Yuseph asintió ligeramente con la cabeza y el artista lo observó divertido, dudando del entendimiento de un simple esclavo—. ¿Y quiénes crees tú que son los sabios? —insistió divertido, tratando de ponerle en evidencia.

Yuseph sonrió y, observando aquellas figuras transparentes atravesadas por los rayos solares, comentó:

—Los sabios son las personas que dejan pasar la luz a través de ellas; son las que están iluminadas —declaró al tiempo que señalaba las figuras a las que se refería. Casi en trance, admirado por aquella belleza.

El artista sonrió impresionado por la agudeza de su respuesta.

Detrás de la vidriera hubo un movimiento, como la sombra de alguien que se escondía tras el cristal. Yuseph volvió a experimentar aquella misteriosa sensación de estar siendo observado. ¿Quién era y qué extraño poder ejercía? Entornó los ojos tratando de distinguir la figura cuando escuchó unos pasos tras él. Se giró alarmado y encontró a la persona más inesperada. Una mujer enjuta, con mofletes como hígados y labios arrugados como si los hubiese zurcido. Sus ojos saltones y tiznados reflejaban un fulgor histérico. Desgraciadamente, la reconoció al instante: era lady Charmed.

Al mismo tiempo, en lo alto, unos ojos desaparecieron tras las vidrieras.

7

A su lado había una joven bellísima de tez olivácea y cabello oscuro. Su porte era terriblemente estilizado y su espalda, sinuosamente combada. Sus miradas coincidieron durante unos momentos; tenía los ojos profundos y azules, como dos lagos de agua fría, y Yuseph se zambulló en ellos hasta que sus mejillas se tiñeron de rojo por el rubor. Era Aliena, la esclava de lady Charmed.

Ambos se observaron durante unos instantes que parecieron eternos, reconociéndose, reverenciándose en silencio. Fascinados ante la magnificencia de la vida, que volvía a hacerlos coincidir en ese vasto y caótico universo, de una forma tan misteriosa que solo podía achacarse al azar para ser explicada por la mente humana.

Yuseph supo al instante que se reencontraba con un alma que lo comprendía, un cobijo donde resguardarse hasta que amainase la tormenta.

Aliena lo recorrió con la mirada y, al ver sus ropajes de esclavo, su rostro macilento y sucio, sus manos y pies repletos de llagas y su cuerpo, antaño púber, ahora consumido hasta los huesos, lo interrogó con los ojos, confusa por ese terrible revés que había sufrido.

Yuseph agachó la cabeza avergonzado y volvió a sus labores.

Aquella lástima que desprendían los ojos de la joven hacían que se sintiera más diminuto y consciente de su fracaso, como si se mirase a un espejo. No tenía palabras para responder a sus preguntas.

Aliena comprendió amargamente cada uno de sus pesares; siete años atrás también ella había sufrido en sus propias carnes la misma fatalidad del destino.

En cambio, lady Charmed permaneció todo ese tiempo escrutándolo descaradamente, siguiendo sus movimientos y tratando de comprender cómo el burgués con el que había discutido semanas atrás en el tren se había transformado ahora en un simple esclavo.

—Ahora eres justo lo que debías ser, has vuelto a tu lugar —rio finalmente, encantada.

Yuseph levantó la cabeza y le clavó los ojos, desafiándola con furia, y lady Charmed sonrió maliciosamente. Luego tiró de una patada su cubo de agua. Estaba dispuesta a abusar de la supremacía que tenía sobre él. Esta vez vencería.

—¡Agacha esa mirada, insolente! —gritó histérica.

En ese momento, percatándose del jaleo, apareció Kalya y lady Charmed aprovechó la oportunidad.

—Guarda, haga algo con este esclavo, me está importunando —ordenó, fingiéndose ofendida.

Kalya clavó su mirada sobre Yuseph y sus pupilas ardieron de rabia.

—¡Tú! —murmuró entre dientes—. ¿No has aprendido aún?

Entonces, cogiéndolo por los pelos, lo arrastró por toda la cubierta con una facilidad pasmosa. Yuseph cayó de espaldas, llevándose las manos a la cabeza.

—No he hecho nada, ¡por favor...! —suplicó asustado, dejando escapar un grito de dolor.

Lady Charmed se rio complacida, y a su lado su esclava seguía la escena turbada e impotente, tratando de fingir indiferencia ante su ama.

—¡Que alguien me ayude!, ¡socorro! —aulló Yuseph mirando hacia el resto de los esclavos por la comisura de los ojos. En vano trataba de agarrarse a la cubierta, pataleando, pues le resbalaban las manos. Kalya lo arrastraba como una marioneta. Algunos esclavos abandonaron sus tareas atraídos por el escándalo y Yuseph continuó suplicando, esperanzado—: Por favor, si nos unimos todos, podemos vencerlos...

Pero Kalya se detuvo en seco y, girándose, le asestó una recia patada sobre el estómago que lo hizo callar de inmediato. Yuseph se encogió sin respiración en un sonido espantoso, semejante a una arcada.

—¿Qué miráis vosotros? —gritó Kalya a su alrededor con una mirada incendiaria. Rápidamente, los esclavos se escondieron en sus tareas, agachando la cabeza—. ¡Volved a vuestro trabajo si no queréis que os dé una lección también!

Todos desaparecieron dócilmente, con el corazón en un puño y sorprendidos aún por la rebeldía casi ingenua de Yuseph. Hasta entonces nadie había tratado de amotinarlos, de solicitar su ayuda. Era la primera vez que se planteaba aquella posibilidad en sus desgraciadas mentes, aunque aquello les parecía una simple quimera, nada más, ni siquiera una esperanza. Algo insignificante, incluso una osadía. Era, en fin, una semilla en medio del desierto.

En aquel momento, el artista, que todo ese tiempo había presenciado la escena, prorrumpió desde las alturas:

—Por favor, no quiero ver violencia. —Kalya levantó la vista importunado y, cuando coincidieron sus miradas, el pintor adoptó un tono autoritario—: Dejad al esclavo para que continúe con sus tareas.

Kalya quiso resistirse, pero finalmente soltó a Yuseph, dejándolo sobre el suelo con un golpe seco. Lady Charmed se revolvió sobre sus pies y rezongó indignada mientras Yuseph se levantaba dificultosamente, temblando de arriba abajo e incapaz de mantenerse en pie. El corazón le estallaba contra las sienes y del susto apenas podía respirar. Lentamente, volvió con la cabeza gacha a su punto de trabajo; justo cuando se agachó para recoger el cepillo, lady Charmed lo alejó de un puntapié, riéndose ufana.

8

Aquella noche Yuseph estaba colérico; le abrasaba el pecho y todo el cuerpo le temblaba de odio. Se aferraba a su amuleto con tanta fuerza que le sangraban las palmas de las manos. No podía dejar de maldecir a Kalya y lady Charmed, deseándoles la mayor de las desgracias. Se resarcía imaginándolos envueltos en el mayor de los pesares y sufrimientos. ¿Por qué todo lo malo tenía que sucederle a él? No había hecho nada para merecerse ese trato. ¡Era injusto! De la rabia, inconscientemente, aporreaba el suelo, haciéndose daño en los nudillos, y varias veces los esclavos de alrededor le exigieron silencio para poder dormir tranquilos. Yuseph los observó con sigilo, casi con desprecio. «Si nos uniésemos, podríamos luchar contra nuestros opresores —pensaba con frustración—; podríamos ser libres, somos mayoría —se repetía constantemente—. ¡Pero todos ellos son unos cobardes! Parecen haberse conformado con su destino...».

En ese momento sintió una mano que se posaba sobre su hombro. Yuseph se giró sorprendido y descubrió aquellas piernas huesudas que le eran familiares. Se trataba del anciano.

—Pareces preocupado. —Le sonrió cándidamente detrás de su barba canosa.

Yuseph no podía resistirse por más tiempo y aprovechó la oportunidad para vomitar todo lo que pensaba.

—Kalya, sus secuaces, lady Charmed, todos... ¡Todos son iguales! La gente no tiene conciencia de lo cruel que es; se saltan los límites aprovechándose de los demás —gritó desesperado, hasta casi ahogar sus pulmones—. Esta tarde me azotaron sin motivo alguno, me insultaron y nadie me ayudó. ¡Nadie! —Las lágrimas le rayaron los ojos hasta nublarle la visión.

El anciano suspiró entristecido y se sentó a su lado con un crujido de huesos. Luego lo miró a los ojos con intensidad.

—Muchacho, han pasado horas de eso —le explicó suavemente—. La señora se ha marchado a dormir, incluso Kalya y los demás esclavos descansan, pero tú continúas siendo insultado por ella y recibiendo una y otra vez los azotes de Kalya justo aquí. —Y le señaló la frente con el dedo huesudo. Yuseph lo observó extrañado, frunciendo el entrecejo—. Es decir —continuó—, la señora te ha insultado y encima tú te fustigas haciéndote sufrir una y otra vez. ¿Acaso no fue bastante el daño que te causó?

Yuseph no buscaba una reprimenda; necesitaba consuelo, comprensión.

—Desde que abandoné mi hogar el mundo ha jugado con mis sentimientos —gritó desesperado—. Se han reído de mí, me han manipulado y me han agredido. ¿No puede entender que me sienta triste y frustrado...? —Permaneció unos segundos en silencio, rendido. El vaivén del barco los mecía en la oscuridad de la noche. Yuseph ni siquiera sabía que se había acostumbrado a la peste de la caverna—. Ojalá fuese tan fácil como lo plantea —continuó retomando el aliento—. No dejo de pensar en ello. En mi mente no deja de repetirse la humillación de esta tarde.

El anciano adoptó un tono severo.

—Tu mente no es ningún vertedero, procura no guardar la basura de los demás.

Yuseph dejó escapar un hondo suspiro, ignorando aquel comentario.

—No dejo de ver la cara de mi padre decepcionado, entristecido, viendo mi vida echada a perder...

El anciano permaneció unos segundos en silencio.

—No hemos nacido para cumplir las expectativas de nadie, salvo las nuestras.

Yuseph se sintió ofendido por su falta de comprensión y decidió terminar la conversación dándole la espalda. Lejos de escucharlo, el viejo parecía estar solo interesado en su propio discurso. La vida era mucho más que teoría. Estaba cansado de que le dijesen lo que tenía que hacer. Atrás, el anciano se incorporó en silencio y se alejó lentamente.

—¿Sabes? —añadió deteniéndose—. Cuando era joven, vivía junto a mis padres y hermanos en Abhaneri, en Rajastán. —Yuseph se volvió con curiosidad, enjugándose las lágrimas—. Yo era muy rebelde —le explicó—, había insultado a mis padres, me había peleado con mis hermanos, no tenía amigos y hacía meses que andaba solo, vagando y robando a los devotos en el templo Harshat Mata para gastarlo en *bhang*[3]. Mi madre me rogaba entre lágrimas que volviese, pero yo estaba cansado de que solo se acercase a mí para sermonearme, al igual que yo estoy haciendo contigo ahora —señaló riendo—. Una noche muy calurosa, como tantas otras, decidí bañarme en Chand Baori[4] para refrescarme. Me gustaba la sensación de nadar en soledad, bajo la noche estrellada. Subí los escalones en medio de la oscuridad para saltar desde el punto más alto del tanque y cuando me coloqué al filo del precipicio, alzando las manos para saltar de cabeza, vi mi propia sombra en la pared. La sombra de mi cuerpo tenía la forma de mi padre. Algo en aquella visión lúgubre me hizo comprender que había perdido a todos mis seres queridos y estaba solo en el mundo. Las lágrimas empezaron a correr por mis mejillas; me arrodillé con el alma desordenada, arrepentido de todo cuanto había hecho y del dolor que había causado. Mientras pensaba en todo ello, un *chowkidar*[5] se acercó corriendo con un quinqué en la mano y me gritó desde abajo que no saltara. Habían vaciado el aljibe por orden del maharajá. A veces, pararte para reflexionar puede salvarte la vida, muchacho.

Yuseph se quedó boquiabierto, con los cabellos erizados. Como si un jarro de agua fría le cayese sobre el pecho,

[3] Es un preparado hecho a partir de hojas y cálices del cannabis e infusiones frías de almendras, especias, leche y azúcar.

[4] Es un famoso aljibe escalonado ubicado en la India. Se cree que fue construido en el 800 d. C. por el rey Chand de la dinastía Chahamana.

[5] Vigilante.

enfriándolo. Las palabras balsámicas del anciano tenían sentido. Por segunda vez desde que lo conocía, se sentía obligado a meditar sobre sí mismo, a escucharse; como si antes solo hubiese estado oyendo.

Sin embargo, aún había algo que no lo convencía.

—Pero, aunque deje de pensar en ello —replicó—, no cambiará nada. Mañana todo seguirá igual. Continuarán tratándonos cruelmente hasta acabar con nosotros. Por eso les deseo que sufran —se justificó— como lo hemos hecho nosotros, porque solo así nos comprenderán.

El anciano rio con una débil carcajada ante la ingenuidad de sus palabras y, acercándose a él, lo agarró del brazo instándolo a levantarse. Yuseph lo observó y obedeció taciturno, mientras el viejo lo guiaba sin pronunciarse a través de las escaleras hacia el piso inferior.

Yuseph supo entonces que estaba a punto de descubrir lo que sucedía en la caldera.

9

El viejo lo guio sin decir una palabra hasta desembocar ante una puerta de acero tachonada de selladuras. La abrió rodando la manivela y ambos se adentraron en la cabina. Se trataba de un habitáculo de unos diez metros cuadrados, forrado de listones de madera. En el centro, como la boca de un dragón, una caldera negra despedía llamaradas de fuego alimentada por un hombre que, mediante una pala, arrojaba carbón que recogía de una montaña gigante. Toda la estancia estaba cubierta por una densa nube de humo que irritaba la garganta y los ojos y ambos tosieron, respirando con dificultad. El operario se giró sobresaltado, pero al reconocer al anciano cerró la portezuela con rapidez y desvió el humo hacia la chimenea. Luego, en un ademán respetuoso, desapareció tras la puerta dejándolos solos. Yuseph lo siguió con la mirada hasta que hubo abandonado la estancia, admirado de la autoridad moral que ejercía su acompañante sobre los demás esclavos.

—Quítate el chaleco —le ordenó el anciano sin perder el tiempo.

Yuseph obedeció en silencio, lleno de curiosidad por lo que iría a suceder a continuación. El anciano se acercó lentamente, cogió la prenda de sus manos y la llevó hasta el otro extremo de la estancia, colgándola en la pared mediante dos clavos estratégicamente fijados. Luego volvió a caminar hasta Yuseph con su sonrisa bonachona y apoyó una mano sobre su hombro desnudo.

—Ahora, coge de la pila todo el carbón que desees, y por cada mal pensamiento que te invada sobre aquellos que te han hecho daño, lanza una piedra contra la camisa, intentando acertar.

Yuseph frunció el ceño, extrañado ante aquella insólita proposición. ¿Era eso lo que sucedía en la caldera? Pero el anciano también se había ganado su respeto y no se atrevió a protestar. Agachándose con escepticismo, llenó sus manos de piedras de carbón y se colocó en línea con el chaleco. Luego dejó volar su imaginación y en cuanto el primer pensamiento de odio lo asaltó de nuevo, lanzó con fuerza una piedra que rebotó contra la pared; y aunque no había acertado, se sintió profundamente liberado. Pronto desfilaron por su mente los rostros de Kalya, lady Charmed, el panadero, el burgués, vecinos, antiguos conocidos y tantos otros que alguna vez lo hirieron a él o a sus seres queridos... Los pensamientos de rencor fluían como la sangre de una herida que aún no se había curado, mientras las piedras restallaban cada vez más rápido, una tras otra, incluso a puñados. Al principio solo caían sobre la pared, pero pronto se alegró cuando varias tocaron el chaleco. Una tras otra, agotó las piedras y, embebido en el frenesí, fue a por más, cogiéndolas a puñados. Así repitió varias veces la faena, hasta quedar rendido y con el brazo dolorido, ardiendo de odio. Luego se dejó caer sobre el suelo, jadeando exhausto. Orgulloso, observó el chaleco que pendía impávido de la pared. Algunas piedras, las menos, habían llegado hasta la prenda, manchándola con jirones negruzcos, aunque en general permanecía igual de blanca.

El anciano, que había observado la escena en silencio, consideró entonces que era el momento oportuno de intervenir. Lentamente, con gesto indescifrable, se dirigió hacia las ventanas ciegas que ornamentaban la pared lateral y encendió un candil. La llama iluminó su rostro con un aura dorada, como los protagonistas de los vitrales.

—Ven —le instó suavemente.

Yuseph se incorporó con dificultad y se acercó suspirando gravemente. Gotas de sudor le corrían por toda la espalda y los cabellos se le pegaban en las sienes. Cuando estuvo a su lado, el viejo lo agarró de los hombros y lo colocó de frente a la ventana. Yuseph se dejó hacer.

—Mira —ordenó.

Yuseph abrió los ojos con atención sin ver nada. No comprendía lo que debía mirar, tan solo era una ventana ciega, taponada por la misma madera de las paredes. Pero el anciano esperó en silencio a que sucediera. De pronto, lo vio. ¡Su reflejo en el cristal! Era él, completamente cambiado; estaba pálido y esquelético, observó con melancolía. Pero lo más importante: ¡estaba completamente negro! Solo se veían sus ojos blancos y sus dientes. El resto —sus brazos, su pecho, su rostro, incluso sus cabellos— estaba impregnado del hollín que despedía el carbón.

En cambio, el chaleco que pendía a su derecha seguía prácticamente intacto, mientras que él se había pringado de arriba abajo con aquella sustancia crasa.

—Cuando deseas mal a alguien —le habló el anciano—, sientes rabia y odio; esos pensamientos te hacen más daño a ti que a los demás. La mente sin corazón es como un puñal sin mango: hiere a su propio dueño. Quizá alguno de esos pensamientos llegue hasta esa persona, provocándole algún daño, tal como ha sucedido con el chaleco; pero siempre el tuyo va a ser mucho más grave. Muchas veces, incluso, esa persona ni siquiera se percatará de lo que piensas... O, simplemente, no le interesará... ¿Entiendes? Solo sufrirás tú. —Guardó un ligero silencio antes de continuar—. El odio es solo una muestra de falta de inteligencia. —Yuseph asintió con la cabeza, paralizado, sin apartar los ojos de su reflejo—. Hay que perdonar —insistió el anciano—, aunque sea por amor a uno mismo, por la propia felicidad.

—Dígame —le preguntó Yuseph fascinado—, ¿cómo se puede ser tan sabio como usted?

El viejo sonrió divertido.

—Tomando buenas decisiones —afirmó.

Sin embargo, Yuseph no se sintió conforme con aquella respuesta. Necesitaba conocer el secreto de la sabiduría.

—¿Y cómo puede llegar uno a tomar buenas decisiones?

—Mediante la experiencia —le explicó escuetamente.

—Pero ¿cómo lograr la experiencia? —insistió Yuseph.

—Tomando malas decisiones —resolvió el anciano.

Yuseph lo contempló con los ojos abiertos, sorprendido por su agudeza.

El viejo se alejó lentamente, abrió la puerta y se marchó. Al momento, entró el operario para retomar su labor y, al ver a Yuseph completamente negro, se rio en una carcajada.

Pero Yuseph apenas le prestó atención, porque las palabras del anciano aún continuaban relampagueando en la oscuridad de su interior.

Por primera vez había visto la luz.

10

Cuando Yuseph volvió a la bodega, después de asearse en una de las tinajas de la caldera, las palabras del anciano continuaban retumbando en su cabeza. Estaba mucho más sereno. Observó la luna llena a través del ventanuco y respiró el aliento fresco del mar, pensando en su padre y en Adnan y en cuánto los quería. Esto lo reconfortaba; se sentía acompañado en aquella soledad.

En ese momento volvió a sentir una mano sobre su hombro y, pensando que se trataba del anciano, se giró con el agradecimiento en los labios, pero se quedó mudo de la sorpresa. No era él, sino una bellísima mujer, de torso esbelto y distinguido, que se llevó el dedo índice a la boca para rogarle que no hiciese ruido.

—¿Estás bien? —preguntó en un susurro.

Yuseph asintió con la cabeza, reconociendo sus inconfundibles ojos azules. Era Aliena, la esclava de lady Charmed.

Cuando sus ojos se encontraron, sintió cómo le atravesaba una corriente eléctrica de los pies a la cabeza.

De haberla descubierto algún esclavo, sin duda se habría preguntado qué hacía en aquel lugar a altas horas de la madrugada, pues las doncellas no dormían en los subterráneos, sino que eran alojadas junto al camarote de sus amas, en un diminuto habitáculo que conectaba ambas piezas mediante una puerta interior para que estuviesen a su total disposición.

Afortunadamente, todos dormían a su alrededor. O eso creían ellos, cándidas almas. Porque Yuseph tenía un enemigo oculto entre los esclavos.

Desde su despedida en el tren, trece días atrás, todo había cambiado para Yuseph. Aliena supo de sus labios las aventuras que había corrido, al principio siguiendo su relato con interés y lívida de horror después; admirada con las sabias reflexiones que Yuseph destilaba cada día y mordiéndose los labios ante las desgracias que le acontecían.

Existía entre ambos un intenso magnetismo que no necesitaba de palabras para ser explícito. Simplemente, comprendían que existía con tanta claridad como el aire que respiraban bajo aquella noche estrellada. Ninguno de los dos se atrevió a inmolarse confirmándolo con palabras y empleando el idioma pueril de la mente, sino que permanecieron en silencio, bajo el cual, subyacente, se comunicaban sus almas.

Porque quien no comprende una mirada tampoco comprenderá una larga explicación, decían sus antepasados. En numerosas ocasiones, Yuseph había escuchado aquellas palabras sin experimentar, hasta entonces, su verdadero significado.

Existía un lenguaje mucho más profundo que le transmitía la seguridad de que se hallaba delante de la mujer de su vida, y de que ella también lo sabía.

Mientras fingían no percatarse y hablaban aceleradamente, sus almas estaban estupefactas ante aquella sensación imprevista, que no era el resultado de algo que habían buscado, sino que había surgido como un obsequio de la vida.

Sin embargo, en ese momento Yuseph y Aliena no sabían algo muy importante, o de lo contrario habrían tratado de huir de aquel tentador sentimiento y lo habrían rechazado con todo su ser. Y era la fatalidad de que aquello terminaría abruptamente y de que el amor, tan pronto como vino, se iría. Se marchitaría la flor y quedarían aferrados a un sentimiento muerto.

El arroyo que brota de las cumbres más elevadas del ser nadie puede provocarlo y nadie puede retenerlo. Con su suave murmullo, embellece nuestras vidas, pero no para siempre. Así como humedece nuestras tierras sedientas, también las abandona.

Aliena le confió su historia, que se remontaba a un pasado lejano y sombrío. Trece años atrás vivía en Heraclión como la distinguida hija de un sabio mercante. Tras la muerte prematura de su madre, en contra de la tradición femenina, su padre la había formado en filosofía, matemáticas, astronomía, música y pintura. Era su orgullo y ambos recorrían cada noche las callejuelas, devorando el universo con los ojos, mientras se orientaban a través de las estrellas. Por aquel entonces, su belleza florecía y llegaban ofertas matrimoniales de estamentos superiores, pero, para regocijo de Aliena, su padre las rechazó todas. Era incapaz de entregarla a cualquier hombre que pudiera imponer sobre ella su bruta autoridad. Quería hacer de Aliena una mujer independiente, que fuese tratada como una igual, como un hombre. Como un ejemplo a seguir.

Mientras le relataba esto, su mirada se oscureció y Aliena se llevó la mano a la frente, frotándosela como si tratase de borrar un nefasto recuerdo. Sus ojos se empañaron, perdiéndose en la oscuridad de la bodega.

Entonces estallaron las sublevaciones contra el imperio turco. La ciudad ardió en llamas, alzando gritos en pro de la independencia, hasta desgañitarse. Los ecos llegaron hasta el sultán, que desplegó sus tropas con la orden de saquear la ciudad y despojar a todos los habitantes de sus riquezas, para aplastarlos e impedirles los medios de rebelarse contra el poder.

De la noche a la mañana se vieron desahuciados y arrastrados por los jenízaros a través del desierto. Dos meses más tarde, llegaron desfallecidos a Constantinopla en jaulas de metal, como fieras, sirviendo de atracción para los niños de las calles, que les escupían al pasar.

Aliena suspiró con fuerza, casi en un gemido, y dos lágrimas gruesas resbalaron por sus mejillas.

La última noche, su padre la despertó de madrugada. Todo él había envejecido: sus cabellos se habían vuelto blancos y sus ojos, cubiertos por una sombra violácea, la miraban repletos de lágrimas. Aliena, desesperada, alargó el brazo a través de los barrotes para tocar su mano.

—Recuerda, hija —le suplicó—, que por muy larga que sea la noche, el sol siempre volverá a brillar en el horizonte.

A la mañana siguiente los vendieron en el mercado, separándolos para siempre.

Cuando Aliena hubo recuperado el aliento, le sonrió con ojos húmedos.

—Muchas veces he sentido la dulce tentación de abandonar esta horrible vida y librarme de mis sufrimientos, de las constantes humillaciones y azotes de lady Charmed, de sus hirientes insultos y maltratos. Pero las palabras de mi padre me mantienen viva y sé que nos volveremos a encontrar. Hace cuatro años supe de un esclavo que aseguraba haber trabajado en las Compañías del Judío con un antiguo fabricante de jabón de Creta. —Sus ojos brillaron en la noche—. Mi padre —sonrió, iluminándose su rostro—. Me lo dice mi corazón.

Al verla, Yuseph sintió que se le erizaba el vello. Toda ella parecía sustentarse sobre la fuerza de la esperanza. Aquella determinación la hizo parecer ante sus ojos una mujer distinta, repleta de energía y envuelta en un aura mística. Un ejemplo maravilloso.

El resto de la noche estuvieron largo rato hablando, hasta caer en el silencio, disfrutando de la compañía familiar de cada uno. Finalmente, se quedaron dormidos, sentados como estaban. A la mañana siguiente, antes del alba, Yuseph despertó gritando:

—¡Amagi!

Había vuelto a tener el mismo sueño. Aparecía ante la verja de su casa, en ad-Dār al-Baīḍa. Estaba muy descuidada, como si hubiesen pasado años, y en el patio crecía un árbol que no había visto jamás. Cuando entraba en el interior, un baúl de madera, cubierto de polvo, caía al suelo y se abría con el impacto, liberando algo de suma importancia, algo que lo atraía como un imán. Pero en ese momento su corazón palpitaba y toda la estancia comenzaba a girar a su alrededor hasta que despertaba confuso con aquella misteriosa palabra en la boca.

Aturdido, Yuseph buscó a su alrededor y se percató del espacio vacío a su lado; Aliena se había marchado.

11

Desde aquella noche, Yuseph solo pensaba en ella. Si después de aquellas adversidades Aliena aún podía sentir esperanza, ¿por qué no él? Le había contagiado su optimismo y de algún modo sentía que la noche oscura en la que se hallaba sumido llegaba a su fin. Estaba amaneciendo y Aliena era el sol que traía la luz a su vida. Una nueva ilusión por la que vivir entre tanta desgracia. A menudo, su mente se detenía en Adnan con melancolía, y con profundo pesar cuando se trataba de su padre. Pero luego pensaba cuánto había ganado, cuánto aprendía, y sabía que su viaje, aunque tortuoso, valía la pena. Trabajaba cada día duramente, tratando de pasar desapercibido. Riendo las gracias de los secuaces y uniéndose al silencio cuando debía. Su compañero Abdul seguía sin dirigirle la palabra y, tras varias disculpas infructuosas, Yuseph respetaba su silencio con resignación. Por las noches, al terminar la jornada, cuchicheaba largo rato con Rudovic, inmersos en la oscuridad de las bodegas. De ese modo, conoció su historia y los convulsos hechos que lo habían arrastrado hasta aquel lugar; compartió con él su vida y sus inquietudes. Había encontrado en él un amigo fiel y digno de admiración, alguien con quien sentirse humano. De madrugada, en secreto, se desvelaba con la llegada de Aliena, que volvía todas las noches para conversar durante horas. A veces reían como niños, tratando de no hacer ruido. El amor les imprimía la profunda necesidad de fundirse el uno en el otro, de compartir todo lo positivo que tenían para reforzar aquel sentimiento. Fingiendo olvidarse de todas sus miserias hasta quedar dormidos. Cuando Yuseph despertaba, Aliena se había marchado con la primera luz del alba. Entonces, Yuseph solo temía una cosa: que algún esclavo, guiado por el temor, los delatase. Pues varias veces había reparado en alguna mirada furtiva que se detenía sobre ellos. En tales ocasiones solían quedarse callados, con un ligero temor a que todo terminase.

Por otro lado, Yuseph presenciaba cómo había algo en él que iba cambiando lentamente, tanto que a veces pensaba que no era la misma persona de antes. Tenía el mismo nombre y el mismo cuerpo, pero se sentía otro. Como un río, que siempre es el mismo pero cuya agua es distinta.

No solo comenzaba a aceptar su nueva vida, sino que la agradecía y celebraba todas las oportunidades que estaba recibiendo para superarse. Ahora comprendía que el único modo de resolver sus problemas era enfrentándose a ellos, buscando dentro de sí la solución. Veía los problemas como nuevas ocasiones para cambiar su modo de pensar y aprender de la experiencia.

Había descubierto una realidad de la vida más remota que las supersticiones, la magia y la brujería, más poderosa aún que la suerte y el azar, y más grande que el propio Dios y sus religiones: que el sino del ser humano está en manos del hombre. Porque el destino no es más que la conspiración de nuestra voluntad.

Mirando hacia atrás, recordaba cómo hubo un momento en el que creyó que la tristeza sería eterna; y, en cambio, ahora volvía a sorprenderse a sí mismo sonriendo. También imaginó que siempre estaría solo; luego apareció Aliena y no podía dejar de amarla cada día más. Pensó que tras la amistad solamente se escondían enemigos encubiertos y luego conoció a Rudovic, que le hacía reír y le consolaba cuando lloraba, aceptando lo mejor y lo peor de él.

Basándose en todos aquellos momentos, sabía que no debía olvidar que aún habría ocasiones en las que lo imposible se tornaría un sueño hecho realidad y en las que todo cambiaría en apenas un instante.

Nada duraba eternamente, ni siquiera las dificultades.

Una tarde, lady Charmed, cuando paseaba sobre la cubierta acompañada de Aliena, se cruzó con Yuseph y se detuvo a insultarlo. Durante algunos minutos lo vejó en voz alta, captando la atención general, e incluso tiró de una patada el cepillo de sus manos. Pero Yuseph permaneció impasible, observándola con curiosidad. Mientras, a su lado, Aliena trataba de parecer indiferente, aunque sus mejillas ruborizadas delataban lo avergonzada que se sentía de su ama.

Lady Charmed continuó insultándolo cada vez más alto, con la garganta a punto de estallar, pero ante la indiferencia de Yuseph, exasperada, enmudeció de pronto y lo escupió en la cara.

Se derramó un murmullo entre las personas que presenciaban la escena.

Sin embargo, Yuseph permaneció imperturbable y, para humillación de lady Charmed, le mostró una sonrisa de agradecimiento, como si acabase de recibir un obsequio. Ella lo observó confusa, convencida de que fingía.

—¿Es que estás sordo? Te he insultado y ¿encima te ríes? Debes de estar loco. —Rio entre dientes, fingiendo divertirse, cuando en su interior se envenenaba.

Yuseph la miró a los ojos afablemente.

—Es que acabo de descubrir algo —le reveló.

Lady Charmed alzó las cejas irónicamente. Su gesto era despótico y presuntuoso.

—Ah, ¿sí? —preguntó exasperada—. ¿Y qué es, repugnante rata?

Yuseph se sintió embargado por la compasión.

—He descubierto que cada uno ofrece lo que tiene —sentenció con lástima—. Deben de haberla tratado muy mal.

Lady Charmed abrió la boca para responder, pero no logró articular palabra y la sangre se agolpó en su rostro, sintiéndose más humillada aún por la presencia de los curiosos que ella misma había congregado en derredor. Luego lo miró por encima de los hombros y se marchó con una mueca de desprecio. Mientras la observaba alejarse hirviendo de rabia, las venas recorriéndole la garganta y la sangre agolpada en las mejillas, Yuseph descubrió una nueva verdad: ¡estaba sufriendo innecesariamente! Vivía aquejada por un mal carácter y una prepotencia que envenenaban su mente y su cuerpo. Era absurdo sentirse ofendido por ella. Estaba enferma.

Embargado de lástima, gritó a sus espaldas:

—¡Cúrese pronto!

Lady Charmed no miró atrás, pero se clavó las uñas en la palma de las manos hasta sangrar, prometiéndose venganza en lo más profundo de su ser.

En cambio, a su lado, Aliena trataba de ocultar una sonrisita de satisfacción.

De nada sirve cultivar la fortaleza de espíritu si no aprovechamos la ocasión real de practicarla. El auténtico control surge al enfrentarnos a nuestro enemigo: él es el mayor maestro.

12

Las semanas siguientes transcurrieron de forma agitada y entre preparativos de defensa, pues iban a sufrir un ataque de forma inminente. Los esclavos recibieron órdenes de retirar las velas y afianzar las lonas. Día y noche, Yuseph y Abdul transitaban sobre la cubierta, doblando cabos de defensa, preparando los barriles de achique, asegurando drizas o limpiando desagües. Desde el horizonte se aproximaba hacia ellos un ejército implacable de nubes oscuras y eléctricas que amenazaban con borrasca. Aún se encontraban a varios días de distancia, pero la brisa gélida llegaba ya desde aquel lugar con mayor fuerza de la habitual y el eco tronador de los relámpagos explosionaba en medio del océano, estremeciéndolos continuamente.

De vez en cuando, mientras trabajaban a contrarreloj, a Yuseph volvía a asaltarlo la premonición de estar olvidando algo de suma importancia. Algo que tenía que ver con su vida anterior en ad-Dār al-Baīḍa. Repasaba una y otra vez sus recuerdos y en su mente flotaban continuamente las siguientes palabras: «Cuando lo hayas perdido todo...». ¿Quién había pronunciado aquello? No había sido Adnan, no había sido su padre... ¿Quién? ¿Tenía que ver con un mensaje secreto? Pero cuando parecía estar a punto de recordarlo, desaparecía de su mente.

Se estaba empezando a acostumbrar a la dura rutina del esclavo, y a veces tenía miedo de haberse conformado, de haberse adaptado a un futuro de por vida. También añoraba a su padre y pensaba en él continuamente, en cómo estaría, si se acordaría de él o, lo más doloroso, si lo habría perdonado por abandonarlo sin despedirse siquiera. Aliena lo visitaba regularmente, pues al tratarse de la esclava de una burguesa, podía recorrer el barco con total libertad, sin que Kalya tuviese autoridad sobre ella; aunque siempre procuraba pasar desapercibida cubriéndose con un velo negro, pues había alguien que la habría destruido si advirtiese sus escapadas nocturnas: lady Charmed..., sobre todo si descubriese que lo visitaba a él.

El resto del día, Yuseph no dejaba de pensar en Aliena, y cuando la tenía cerca, deseaba ceñirla entre sus brazos, sentirla, besarla, respirar su aroma. Pero no se atrevía. Temía que no le correspondiese, o algo incluso peor: que se ofendiese y no volviese a verla jamás; por lo que simplemente permanecían juntos.

Por aquellos días, y con mayor intensidad, Yuseph volvió a experimentar la misma intuición que lo había asaltado días atrás: alguien oculto lo observaba, podía percibir su mirada persiguiéndolo día y noche, como si se tratase de un Dios omnipresente que lo atravesaba hasta desnudar su alma. De algún modo, sabía de dónde provenía.

Una mañana de viento y marea, mientras fregaba los suelos, pensaba en todo ello cuando levantó la vista y la dirigió al camarote más alto, de donde surgía el epicentro de aquella enigmática energía. Casi podía vislumbrar una sombra petrificada tras las vidrieras.

Al instante, su mirada se desvió hacia el artista. Encaramado sobre un andamio, continuaba pintando su obra a pesar de la tormenta. Yuseph perdió de vista aquella misteriosa figura y observó ensimismado los vitrales. Trató de ser discreto admirándolos, pero casi no podía evitar quedarse absorto en ellos. Entonces sucedió algo extraño: el artista retrocedió unos pasos sobre el andamio para contemplar sus pinturas desde lejos, en busca de perspectiva. El barco no cesaba de zarandearse entre las olas y Yuseph supo que, si el pintor continuaba retrocediendo, caería del andamio sin remedio. Observó con creciente alarma cómo el artista se retiraba un paso más, llegando hasta el límite. ¿Qué podía hacer? ¿Debía ayudarlo? Sin perder un segundo, sopesó las posibilidades: si de algún modo lo avisaba desde abajo —un grito, una seña—, podía distraerlo y acelerar su caída. Lo más inteligente sería no inmiscuirse, evitando cualquier problema, pensó asustado. No era asunto suyo si caía. Al momento lo asaltó el remordimiento: ¿acaso iba a permitir la muerte de un igual que bien podía evitar? Tenía que hacer lo correcto, fuese cual fuese la consecuencia, se reprendió. Rápidamente corrió al cuarto de menaje y, tomando una brocha usada, corrió hacia fuera. El pintor estaba rozando el borde del andamio con sus talones y, sin dilación, Yuseph lanzó la brocha contra la vidriera, alcanzándola de lleno y pringándola de rojo. Al momento, el artista se adelantó hacia su obra, liberándose automáticamente del peligro que lo acechaba. Sin embargo, ¡todo su trabajo se había arruinado! ¿Por qué? ¿Cómo? Miró hacia abajo en busca de alguna explicación, y entonces su mirada iracunda encontró al culpable: Yuseph.

Todo su cuerpo tembló de rabia.

—¡Despreciable ingrato, no debí salvarte de Kalya aquel día! —Con cada palabra, su rostro ensimismado y angelical se iba transformando en una mueca de profundo desprecio—. ¡Guardia! —gritó alrededor—. ¡Guardia!

Asustado por el alboroto, Yuseph comenzó a explicar que se trataba de un malentendido, pero Kalya apareció al momento seguido de otros dos secuaces.

—¡Azotad a este esclavo ahora mismo! —ordenó el artista, señalando a Yuseph—, y dadle una lección que no olvide jamás. ¡Ha arruinado todas las pinturas del Judío, el trabajo de meses!

¿Cómo decirles que era un malentendido? Aterrado, Yuseph trató de desmentirlo, pero antes de que hubiese pronunciado una palabra, Kalya le lanzó un puñetazo en la oreja, derrumbándolo de espaldas sobre el entablado. Un temblor lo recorrió desde el cerebro hasta la espalda, provocando que se orinara encima. En lo alto, el artista siguió la escena con placer, con un brillo de locura en los ojos. Los dos secuaces recogieron a Yuseph por las axilas y Kalya le hundió el puño en el estómago, doblándolo en una arcada. Un hilillo de sangre brotó por su boca y las piernas le flaquearon con desfallecimiento.

De pronto, unos pasos presurosos se acercaron sobre la cubierta y alguien gritó a sus espaldas.

—¡Alto, no azotéis al esclavo! —Aquella voz le resultaba familiar—. Yo lo conozco. Este muchacho antes era zapatero en ad-Dār al-Baīḍa. Su nombre es Yuseph.

Pero no pudo percatarse de quién se trataba, porque en aquel momento todo se oscureció y quedó inconsciente.

13

Esa noche, cuando todos dormían en las bodegas, Yuseph despertó con un alarido. Apenas podía levantar el párpado izquierdo y un dolor insoportable le desgarraba el estómago. Trató de permanecer inmóvil, mientras en su mente se agolpaba la terrible escena de aquella tarde. Los ojos le brillaron como pedazos de cristal y dos lágrimas gruesas rebosaron sobre sus mejillas, ensombreciéndole el rostro.

No podía ignorar que en lo más profundo de su alma se sentía profundamente triste, como una losa que lo oprimía sin dejarlo respirar. Comenzaba a sentirse agotado de sortear obstáculos e infortunios, de sonreír a la desgracia como si esta no le hiciese daño. De algún modo, ¡la tristeza lo había cambiado tanto! A veces ni siquiera se reconocía en el antiguo Yuseph. Se preguntaba con melancolía el porqué de todo su sufrimiento. ¿Por qué a él? ¡Tenía mala suerte! No había otra explicación.

En aquel instante, algo cayó sobre él, como surgido del cielo, rompiendo la cadena de sus pensamientos. Yuseph buscó en el suelo con los ojos y descubrió un objeto extraño entre la paja. Un ovillo blanco y esponjoso, cubierto de pelusa, no mayor que el tamaño de un huevo de codorniz: era un capullo de seda. Repleto de curiosidad, lo tocó con el dedo. Miró hacia arriba para descubrir de dónde había caído y examinó una maraña de hilos desgarrada en una esquina de la techumbre, que sin duda debía de haberlo resguardado hasta aquel momento.

Yuseph no sabía que estaba a punto de descubrir la respuesta a su pregunta y a la de miles de almas que a lo largo de la historia han vagado por el mundo en busca de una respuesta: ¿por qué existe el sufrimiento?

El capullo se retorció imperceptiblemente entre la paja, como si estuviese vivo. Era de noche y dormía el silencio. Yuseph se incorporó apoyándose sobre el antebrazo y removió la broza con las manos, desenterrando el capullo de seda. El corazón le dio un vuelco y todos sus pesares se evaporaron al calor de la curiosidad por ver cómo salía la mariposa de su interior. El capullo se retorcía de un lado a otro. De pronto, en un extremo se abrió una pequeña hendidura por la que asomaron dos antenas. «¡Qué suerte!», pensó Yuseph regocijado, enjugándose las lágrimas: iba a tener la extraña oportunidad de presenciar el momento en que la mariposa saldría rompiendo su crisálida. Lentamente se incorporó y, sentándose contra la pared, permaneció expectante, con los ojos fijos en la diminuta ranura por la que asomaba la cabeza de la mariposa, que trataba de abrirse paso con dificultad. Las horas comenzaron a transcurrir y la luna se asomó a observar la escena desde poniente. Pero la mariposa no había logrado avanzar un ápice más a pesar de sus terribles esfuerzos. Yuseph la observaba con lástima. Quizá el hilo fuese excesivamente rígido y hubiese quedado enjaulada en su interior. «¡Pobre animal!», se lamentaba, igual de impotente que el insecto. La luna siguió su rumbo hacia el horizonte y, al cabo de una hora, la mariposa solo había logrado avanzar una insignificancia a través de aquel diminuto agujero que era incapaz de dilatar a pesar de su afán. Yuseph se sentía terriblemente conmovido. Algo había salido mal y el pobre animal estaba aprisionado en un hogar que pronto se transformaría en su tumba. Angustiado, tomó el capullo entre las manos y, lentamente, con la yema de los dedos, pellizcó con mucha delicadeza el extremo de la hendidura y lo rasgó ligeramente, facilitándole el trabajo al animal. Luego volvió a abandonar el ovillo sobre la paja justo a tiempo para que la mariposa se liberase con facilidad, precipitándose hacia el exterior. Yuseph celebró la escena aliviado y satisfecho, como si se tratase del parto de su criatura. El insecto se arrastró entre la paja, con sus enormes alas adheridas contra el cuerpo, y Yuseph esperó a ver cómo volaba. Para su sorpresa, esto no sucedió. La mariposa simplemente giraba sobre sí misma, retorciéndose impacientemente. ¿Qué había pasado?, se preguntó confuso, alentándola con el dedo varias veces, pero solo huía de él, arrastrándose.

—No volará.

Yuseph se giró asustado y observó a Rudovic, que al parecer se había desvelado y lo contemplaba desde la posición en que se encontraba, tumbado boca arriba.

—¿Por qué? —le preguntó Yuseph, confuso.

—Porque la has ayudado —respondió girando la cabeza para mirarlo a los ojos—. Le has abierto el capullo, liberándola de su sufrimiento, pensando que le hacías un favor, pero ese esfuerzo superior a sus capacidades, que debía hacer para salir del capullo, es justo el que le daría vigor para desplegar sus alas: mediante la fricción y la presión terminaría por desarrollarse y saldría volando. Debía pasar por ese sufrimiento para desarrollarse; ahora es muy débil.

Yuseph se entristeció al escuchar sus palabras y lo invadió una profunda compasión hacia aquel ser al que había tratado de ayudar y que ahora se arrastraba desesperadamente. Sintió cómo se le enturbiaban los ojos, pero trató de disimularlo ante Rudovic. Colocó a la mariposa sobre el ventanuco y se tumbó pensando en lo que había dicho su compañero, repasando sus palabras mentalmente: «Ese esfuerzo superior a sus capacidades... es justo el que le daría vigor... Debía pasar por ese sufrimiento para desarrollarse». Al instante la reconoció; aquella era la respuesta que estaba buscando.

Para crecer en la vida, para madurar y transformarse, había que estar dispuesto a atravesar un camino repleto de incertidumbres, soledad y lágrimas; había que abandonar los antiguos paradigmas y lanzarse al vacío con coraje. La lucha y el sufrimiento formaban parte del crecimiento, forzándonos a crecer, a alzar las alas y volar hasta lo más alto de nuestra conciencia, a ser lo que siempre estuvimos destinados a ser. Nada iba a ser fácil ni regalado; todo habría que alcanzarlo con sacrificio. Pero si lo evitásemos, por temor, por inseguridad, estaríamos avocados a arrastrarnos como aquella crisálida durante el resto de nuestros días, cuando alguna vez pudimos volar.

Ahora comprendía por qué se sentía tan cambiado: estaba comenzando a volar. También él podría haber escogido el camino fácil, como hacían los demás; podría haber sido más «inteligente» y continuar la vida que le había ofrecido su padre; podría haber permanecido en su hogar —donde estaría protegido, resguardado, lejos de todo sufrimiento— y haber disfrutado de una vida apacible. No obstante, habría vivido amordazado, sufriendo en su interior cada día, sintiéndose repleto de ansias insatisfechas, tullido emocionalmente y permaneciendo siempre como el mismo niño que fue, huyendo de las complicaciones como un cobarde.

A pesar de todo, todo había sucedido para bien.

Yuseph se sintió glorioso. Las lágrimas resbalaron por la comisura de sus ojos con triunfo. Desde lo más profundo de su ser emanó un aura poderosa que invadió las bodegas como un aroma. Aquella esclavitud, aquel barco, las personas que le rodeaban..., todo eran apariencias. Lo realmente importante estaba en su interior. Maya tenía razón.

—No llores —añadió Rudovic—, hoy deberías estar agradecido, has tenido mucha suerte.

Yuseph se incorporó, enjugándose las lágrimas.

—¿Por qué lo dices?

Rudovic permaneció tumbado, mirándolo a los ojos.

—Esta tarde un burgués te ha salvado la vida, ya van dos veces que te libras de Kalya. Otros yacen en el lecho del océano.

—¿Un burgués?

—Sí, un hombre orondo de rostro sonrosado, con enorme panza y ricas vestiduras de algodón egipcio. Quizá un comerciante de Oriente Próximo... —De repente hubo un silencio, como si dudase antes de añadir—: Dijo... que te conocía... —A Yuseph el corazón le empezó a latir con fuerza en el pecho, tanto que le hizo daño—. Se interpuso entre Kalya y tú, revelándole al artista —continuó Rudovic— cómo lo habías salvado de caer al vacío ante sus propios ojos.

Yuseph no respondió, simplemente permaneció en silencio, con los ojos abiertos. Solo podía pensar en la mariposa, en que la vida era como una especie de prueba, en que todo tenía sentido si se miraba atrás y en el burgués que lo había salvado. Sabía quién era. Una vez más el destino estaba conspirando a su alrededor de un modo extraordinario. En realidad, era alguien familiar, alguien que había formado parte de su infancia: Hishâm Akil.

Debía hablar con él cuanto antes.

14

Aquella noche, cuando Aliena vino a visitarlo, ambos permanecieron en silencio, meditando sobre la crueldad del destino, que ni siquiera les permitía confesarse el amor que sentían el uno por el otro. Entre tanta desdicha, donde sobrevivir parecía la única realidad, no podían permitirse pensamientos fantásticos.

Faltaban escasas horas para el amanecer, y desde donde se encontraban sentados podían divisar con estremecimiento la horda de tenebrosas nubes que se aproximaba desde el horizonte.

Todo aquello sucedía sin que supieran que a lo lejos, oculto tras los pilares, Abdul los espiaba con inquina. El compañero de Yuseph sonreía satisfecho, pensando que por fin había encontrado el momento oportuno para vengarse.

Poco antes del amanecer, Aliena se separó de Yuseph y corrió hacia las escaleras, agarrándose para no caer con los vaivenes del barco; la tormenta estaba cerca. Se había cubierto la cabeza con un manto, procurando entremezclarse con las sombras. Abajo, Yuseph se había dormido, y ella debía volver a su dormitorio con sigilo antes de que su ama despertara. Últimamente, lady Charmed parecía algo extraña y no la trataba igual que antes; Aliena temía que sospechase algo.

Justo cuando salía al aire libre, se topó de golpe con una sombra corpulenta que le cortó el paso; rápidamente, se retiró hacia atrás al distinguir aquel rostro repulsivo: era Kalya, que la observaba fijamente. Aliena tragó saliva, asustada, pero trató de aparentar calma. Parecía que la había confundido con uno de sus esclavos, porque al comprobar que se trataba de ella, se apartó y le permitió continuar, siguiéndola con una mirada suspicaz. A Aliena le latía el corazón con fuerza: no deseaba que nadie descubriese sus escapadas nocturnas; podía correrse la voz y llegar hasta su ama, quien sin duda le arrancaría la piel a tiras. Comenzó a andar a paso ligero cuando de pronto Kalya gritó a sus espaldas:

—¡Espera!

Aliena siguió caminando y sintió cómo él la seguía. Se le aceleró el pulso y rezó para que no se estuviese dirigiendo a ella. En un instante, Kalya la agarró del brazo con fuerza, obligándola a girar.

—¿Qué haces? ¡Suéltame! —gritó asustada.

—¿Qué hacías ahí abajo? —preguntó Kalya con recelo, mirándola a los ojos y buscando en ellos como si hubiese perdido algo.

—No tengo por qué darte ninguna explicación, no tienes ninguna autoridad sobre mí. Suéltame ahora mismo o si no...

—O si no, ¿qué? —sonrió taimado—. ¿Gritarás? ¿Llamarás a tu ama? No creo que tu ama apruebe tus fugas hacia la bodega... —Volvió a adoptar su tono autoritario—: Tengo todo el derecho a preguntar; son mis esclavos y así lo justificaré. ¿Qué hacías ahí abajo? —Aliena no sabía qué responder y Kalya pareció percatarse. La miró de arriba abajo considerando una nueva ocurrencia—. ¿Acaso buscabas a un hombre?

—¿Cómo te atreves? —gritó Aliena, ofendida, tratando de zafarse de su muñeca.

Pero Kalya la asió con más fuerza, casi hasta hacerle daño, y continuó observándola intentando adivinar la verdad en su rostro. Con la otra mano le acarició los pechos con fuerza.

—Yo te voy a dar lo que buscas —dijo riendo.

Aliena comenzó a gimotear, tratando de liberarse, aunque le resultaba imposible. Quería gritar, pero, si lo hacía, todos preguntarían por qué no se encontraba en su dormitorio. ¿Qué respondería? «Me va a deshonrar y no voy a poder defenderme», pensó desesperada. Kalya acercó su boca y la besó tratando de meter la lengua, pero Aliena aprovechó para morderle los labios con fuerza, haciéndolos sangrar a borbotones. Enfurecido, Kalya la alejó de un empujón, aullando de dolor, y ella se tambaleó sobre la cubierta. Inmediatamente, Aliena echó a correr, perdiéndose en la oscuridad. Kalya no trató de seguirla; solo la amenazó a sus espaldas:

—Te juro que, sea quien sea, mataré al esclavo y a ti te denunciaré a tu ama. Lo pagarás caro.

Aliena sintió que un estremecimiento le recorría el cuerpo entero.

15

Durante los días siguientes, Yuseph trató de buscar en vano a Hishâm Akil, pero, debido a la niebla, los burgueses apenas salían de sus camarotes. La ventisca se paseaba sobre la cubierta ululando con tanta fuerza que parecía un ser vivo. Nubes eléctricas habían comenzado a descargar desde el amanecer sin detenerse un instante. En la cubierta no se veía a otros que no fuesen los esclavos preparando la embarcación para la tormenta que se avecinaba. El entablado estaba anegado de agua y comenzaba a despedir un ligero hedor a podrido, por lo que a Yuseph y al resto de los esclavos los obligaron a achicar la zona de proa. Mientras, en lo alto, las pinturas del artista lloraban lágrimas de colores, desfigurándose en formas tétricas.

A Yuseph continuamente lo invadía la vaga sensación de estar olvidando algo de suma importancia, algo que daría sentido a toda su existencia. Era una sensación permanente que lo inquietaba y que no lo dejaba descansar, recordándole que debía resolver la última pieza del misterio. Pero ¿de qué se trataba? No lo recordaba. Tampoco había vuelto a ver a Aliena desde aquella noche en que había sucedido el incidente de la mariposa; extrañamente, no había vuelto a visitarlo en las bodegas, y era inútil tratar de buscarla, porque por las mañanas lady Charmed no salía de su camarote. Se atormentaba pensando continuamente en si estaría bien o si, por el contrario, habría sucedido algo grave. Aliena le había comentado que lady Charmed se comportaba de un modo un tanto extraño; pero ni siquiera en el salón de festejos, al que entraba por las tardes para limpiar, encontró a ninguna de las dos.

Finalmente, una mañana decidió averiguar en qué camarote se hospedaba Hishâm Akil y presentarse personalmente ante su puerta. Necesitaba hablar con él cuanto antes y suplicarle algo de suma importancia. Se informó de sus señas a través de Rudovic, porque Abdul era demasiado suspicaz y habría entorpecido sus intereses. Por la noche, cuando todos dormían en las bodegas, decidió fugarse. Arriba, en la cubierta, varios centinelas solían esconderse en la oscuridad, vigilando como búhos en la noche. Con un nudo en el estómago, se adentró por los pasillos superiores, consciente de que si era descubierto no volvería jamás con vida. Sentía cómo el corazón le daba un vuelco cada vez que el entablado crujía bajo sus pasos mientras corría para llegar a la puerta indicada. Cuando estuvo frente a ella, tocó varias veces con impaciencia, rogando que no asomase algún rostro desconocido y se ofuscase con él por haberlo desvelado. Con rapidez compuso una excusa mentalmente. De pronto, se abrió la puerta y Yuseph vio aliviado que se trataba del rostro de Hishâm Akil: sonrosado y orondo, impecablemente repeinado y cubierto de aceites aromáticos. ¡Cuánta alegría le dio verlo! Él, en cambio, lo miró inexpresivo, como si hubiese esperado su llegada de un momento a otro, y lo dejó entrar prontamente. Cerraron la puerta en silencio. Hishâm Akil se acomodó en un sofá y le invitó a hacer lo mismo, pero Yuseph se sentó en el suelo. Su reacción fría había hecho que se sintiera demasiado ínfimo para hablar como un igual. Al observarlo, Hishâm Akil se levantó de golpe y lo acomodó en el sofá, escandalizado; luego volvió a sentarse y esperó en silencio a que le expusiera el motivo de su visita. Yuseph estaba muy nervioso cuando por fin habló: le temblaba la voz y el corazón le dolía en el pecho.

—Por favor —suspiró—, necesito que me haga una promesa. —Hishâm permaneció observándolo en silencio y Yuseph continuó—: Si vuelve a encontrarse con mi padre en ad-Dār al-Baiḍa, no le diga que ahora soy un esclavo. Le haría mucho daño.

Hishâm asintió con los párpados, tristemente. Comprendía con una sola mirada las pesadumbres que devoraban a Yuseph.

—Descuida, no se lo diré.

Ya está, lo había dicho. Aquella había sido, con todo, su mayor preocupación. Temía que su padre descubriese que había fracasado. ¡Cuánto no sufriría imaginando los infortunios de su hijo, envenenando sus horas de soledad en preocupaciones y lamentos! Que aquel al que había tratado de proteger con tanto empeño ahora fuera vituperado y humillado como si no tuviese quien lo quisiera... ¿Qué sabrían ellos sobre cómo sufriría el corazón de un padre...? Se culparía a sí mismo por los errores del hijo y hasta el plato más dulce le parecería amargo si no pudiese compartirlo con él. Yuseph se creía capaz de sufrir cualquier tormento, pero era incapaz de imaginar siquiera el daño que provocaría semejante noticia en su anciano padre.

Miró a Hishâm Akil, agradecido, y sintió cómo se agolpaba la emoción en sus ojos; incapaz de contenerse, se llevó las manos a la cara para ocultar su emoción. Se sentía abrumado, e Hishâm Akil le permitió desahogarse tranquilamente.

—No puedo hacer nada por ti —comentó, pesaroso—. Ya me he informado sobre tu situación, Yuseph, y, por lo pronto, perteneces a las Compañías del Judío. Dicen que está en este barco, ¿lo sabes? Además, él no necesita dinero. Sin embargo, hay una pequeña esperanza: no apareces en los registros y tu origen incierto provocará que seas subastado a favor del gobernador de Egipto. Hasta entonces, no se puede hacer nada.

Yuseph sintió que el alma se le caía a los pies; había abrigado una leve esperanza que acabó por difuminarse en ese instante. Pero estaba cansado de entregarse a la autocompasión. Se irguió y, enjugándose las lágrimas, contempló el dormitorio a su alrededor. Jamás había entrado en un camarote y comprobó extasiado la suntuosidad con la que estaban revestidos. Lámparas de nácar y labrados de mármol, espejos de bronce bruñido y cortinas de seda damasquina. Aquí y allá había desperdigados varios abrigos de pieles extremadamente valiosos, botas de cuero y algunas joyas de oro; también maletas con machihembrados de plata, y solo con observar a Hishâm podía ver que ahora tenía varios kilos de más. La fortuna parecía sonreírle. En cambio, a Yuseph el espejo le devolvía otro reflejo muy distinto, marchito y nauseabundo.

—Bueno —comentó Hishâm Akil, volviendo a leer sus pensamientos—, tú viste lo desesperado que estuve cuando me despidieron por no saber leer ni escribir. Había trabajado toda mi vida en aquel estercolero frente a tu casa y pensaba que así lo haría el resto de mis días. Lloré mucho, pero nadie vino a ayudarme. Así que al final decidí ponerme en pie y buscar algo nuevo...

16

No sabía hacer nada; era un iletrado, ¿adónde llegaría con mi ignorancia? Salvo recoger las heces de los cerdos, todo me resultaba ajeno. Ya era mayor, todo me causaba pereza y tampoco tenía fuerzas. Así que me dediqué a lo que me pareció más fácil: el contrabando. Durante las primeras semanas trafiqué sin que me descubriesen. Registraban mi camello y las dos cestas de paja de arriba abajo, pero no encontraban nada, así que tenían que dejarme pasar. Todo el pueblo se preguntaba con qué traficaba realmente. Incluso miraron en la boca del camello y rompieron los cestos... Sin embargo, nunca encontraron nada. No tardarían en hacerlo y yo tenía mucho miedo, así que cuando ahorré una cantidad suficiente, pensé en vivir de ello. Hasta que un día, mientras araba el terreno de mi casa, el vecino que me vio trabajando me pidió prestado el arado. Yo se lo cedí con mucho gusto, ya que la herrería más próxima estaba a dos días de camino y el pobre hombre lo necesitaba para faenar. Para mi desgracia, no me lo devolvió. Fui a su casa y fingió no haber recibido ningún arado, así que me encontré a mi edad caminando una travesía de cuarenta y ocho horas para comprar la herramienta que me había robado descaradamente. En el camino se me ocurrió una idea por la que siempre estaré agradecido a mi avaricioso vecino. Decidí comprar dos arados. Al llegar al pueblo, vendí el otro con mucho éxito. Así empecé a comprar y vender. Cada vez más hasta que, saturado, decidí contratar a varios mozos y aventurarme a mercadear en otros pueblos. Así fue como en uno de ellos nos reencontramos tú y yo semanas atrás. Y todo esto hasta hoy, cuando me dirijo a Irán a comprar nuevas herramientas agrarias con la intención de revenderlas aquí.

Yuseph estaba completamente admirado. Hishâm había logrado toda esa fortuna en tan poco tiempo y de forma tan asombrosa que no tenía palabras para definir su inteligencia. A pesar de que él sí sabía leer y escribir, se sentía un pobre ignorante a su lado. ¿De qué le habían servido aquellos conocimientos si al final había acabado como un esclavo?, se preguntaba al verse con aquellos harapos. En cambio, Hishâm sí habría sacado partido de ello.

—Si ha logrado todo esto en su situación —exclamó—, ¡quién sabe lo que habría logrado si supiera escribir y leer...!

—Yo sí lo sé —respondió seriamente Hishâm—: seguiría trabajando de estercolero en aquella pocilga frente a tu casa hasta el fin de mis días. Nunca me habrían despedido y nunca habría despertado. A veces, en la vida, nuestras mayores dificultades se transforman en oportunidades. Uno nunca sabe si es mala suerte o buena suerte. Eso es lo que pienso yo.

Yuseph afirmó con la cabeza, meditando aquellas sabias palabras. De algún modo, se sentía más esperanzado después de hablar con él, como si aún existiese la oportunidad de un nuevo comienzo.

Se incorporó lentamente y comenzó a retirarse.

—Buenas noches, señor.

—Buenas noches, Yuseph, y buena suerte —respondió Hishâm con el mayor de los afectos.

Yuseph dio media vuelta y justo antes de abrir la puerta se volvió hacia atrás.

—Solo una cosa más, señor.

—¿Sí?

—¿Con qué traficaba, que nunca lo llegaron a descubrir?

Hishâm Akil rio con complacencia.

—Con los camellos. Siempre era uno distinto, y siempre pensaban que era el mismo...

Yuseph rio también y salió del dormitorio.

17

Una vez fuera, Yuseph corrió encorvado como un ogro, tratando de mezclarse con las sombras de la pared. No se escuchaba a nadie alrededor, pero sabía que se escondían varios centinelas en las penumbras. A pesar del peligro, meditaba acerca de las palabras de Hishâm Akil, en lo capaz que había sido y en todo cuanto había logrado. Él, en cambio, no era más que un fracasado; lo había perdido todo por su inexperiencia... ¿Acaso algún día su infortunio sería también para bien? Ni siquiera conservaba la talega con la que había salido de su hogar. Entonces, repentinamente, como un rayo en la noche, un recuerdo fulminó su mente en un destello y vino a su memoria algo de suma importancia. Se acordó de aquello que llevaba rondando sus pensamientos varias semanas y que debía dar sentido a su vida... Eso era. ¡Tenía que ver con su talega! Con algo que había en su interior. Se trataba de...

En aquel preciso instante, un vigía, que se hallaba ejerciendo su ronda, apareció al otro lado del pasillo, interponiéndose frente a él. Yuseph se detuvo con el corazón en un puño, tratando de pasar desapercibido. De lejos y en la oscuridad, ambos no eran más que una sombra frente a otra. Si permanecía quieto, quizá no lo descubriese. Pero se equivocaba, porque, inmediatamente, un relámpago destelló en la noche en una explosión de luz y ambos quedaron al descubierto por un breve instante, lo suficiente para que Yuseph reconociera aquel terrible rostro: se trataba de Kalya.

Él también pareció reconocer a uno de sus esclavos.

—¡Detente! —gritó Kalya, con voz tronadora.

Yuseph sintió que las piernas le flaqueaban y a punto estuvo de desfallecer, pero al verlo acercarse, instintivamente dio media vuelta y echó a correr. Detrás de él podía oír las pisadas aceleradas de Kalya siguiéndolo, incluso la yema de unos dedos rozándole la espalda. Aterrorizado, giró en una esquina y, encaramándose a la barandilla, saltó dos metros abajo, cayendo sobre el entablado con un sonido hueco que retumbó en la noche como un tambor. Sintió un dolor agudo en la pierna izquierda y en el hombro sobre el que aterrizó, pero el miedo lo impelía. Rápidamente se incorporó y continuó cojeando, al tiempo que sentía cómo se acercaban otros vigilantes alertados por el ruido.

—¡Guardias, un esclavo se ha fugado de las bodegas! —gritó Kalya desde lo alto.

Las ventanas de algunos camarotes se encendieron asustadas.

Yuseph corría todo lo rápido que podía con aquel dolor que le había paralizado la pierna, agarrando su amuleto con fuerza y sintiéndose cada vez más atrapado por las pisadas que lo cercaban a varios metros de su espalda. De un salto, se adentró por las escotillas y saltó los escalones de golpe, en un atrevimiento mortal; luego cruzó los pasillos y entró en la bodega jadeando. Muchos esclavos se despertaron al escuchar sus pisadas y se preguntaron qué estaría sucediendo. Yuseph corrió hacia su esquina sorteando los cuerpos de los esclavos y se arrojó bruscamente sobre su espacio, seguido por la atenta mirada de Rudovic. Los que se habían incorporado por curiosidad imitaron a Yuseph y cerraron los ojos, temiéndose lo peor. Unos segundos más tarde aparecieron varios vigilantes que se agolparon en la puerta y rastrearon a su alrededor con la mirada. Todos parecían dormir. ¿Cómo saber quién había sido?

Instantes después apareció Kalya, abriéndose paso salvajemente y empujándolos a un lado.

—¡¿Quién era?! —rugió enfurecido.

Todos los esclavos de la bodega se despertaron de golpe como si un terremoto se hubiese agitado bajo sus pies. Los que se encontraban más cerca de él se alejaron asustados, haciéndole espacio para no sufrir los caprichos de su furia. Algunas mujeres soltaron un leve grito de sorpresa y se levantó un leve murmullo.

—¡He dicho que quién era!

Yuseph también fingió levantarse y mirar con ojos soñolientos, tratando de ocultar su acelerada respiración. De pronto, Kalya reparó en él. Yuseph agarró su amuleto lentamente, rogando para que no le estuviera mirando, pero entonces Kalya lo señaló con el dedo y Yuseph se sintió a punto de desfallecer.

—¡Tú! Has sido tú. Lo sé.

Yuseph miró a los lados fingiendo desconcierto y pidiendo auxilio con la mirada. Pero todos se alejaron de su alrededor como una bandada de pájaros asustados y Kalya se acercó a grandes pasos gritando enloquecido.

—¿Querías escaparte? —bramó—. ¿Qué hacías ahí arriba? ¿Aún no has aprendido la lección?

Cuando ya estaba junto a él y a punto de asirlo por el cuello, Rudovic lo interrumpió con la mirada en el suelo:

—Señor, Yuseph estaba dormido con nosotros. No ha hecho nada.

Kalya lo fulminó con la mirada y levantó el pie para pegarle una patada por su impertinencia cuando se oyeron otros murmullos de asentimiento. Yuseph observó que lo protegían justo aquellos que lo habían visto llegar y que conocían la verdad. ¿Por qué lo ayudaban?

Uno de los esbirros se abrió paso y, acercándose a Kalya, le susurró al oído:

—Todos dormían cuando llegamos, señor. El esclavo debe de estar escondido en otro lado y deberíamos buscarlo cuanto antes.

Kalya permaneció unos segundos dubitativo y luego soltó un gruñido. Se irguió y gritó a sus ayudantes:

—Vosotros, ¿qué hacéis aquí? Id a buscar entonces al esclavo y pegadle una paliza que no olvide jamás.

Los secuaces obedecieron al instante, girando sobre sus talones y desapareciendo uno tras otro. Luego Kalya miró una última vez a su alrededor, pulverizándolos a todos con la mirada, y se marchó indignado.

Yuseph sintió cómo la cabeza le latía con fuerza mientras lo veía alejarse y comenzó a respirar aliviado. Sin embargo, justo cuando llegó a la altura de la puerta, Kalya se volvió de golpe y lo miró directamente a los ojos. Yuseph tragó saliva y un estremecimiento recorrió cada poro de su ser al verlo marchar, porque comprendió que la próxima vez no volvería a escapar de sus garras.

Todos los esclavos dirigieron su mirada hacia Yuseph y él la devolvió agradecido, sintiendo cómo se establecía una complicidad silenciosa entre él y aquellos que lo habían salvado. Por primera vez, había un destello en los ojos de algunos, un brote de algo que parecía dormido hacía mucho tiempo.

Yuseph se giró hacia Rudovic con agradecimiento.

—¿Estás bien? —le preguntó conmovido.

—Muy bien, amigo mío —replicó Rudovic—. Solo que al verte llegar hemos despertado y por primera vez en mucho tiempo se nos han abierto los ojos.

Yuseph asintió con solemnidad. Podía leer en su mirada el significado oculto de sus palabras.

Algunos esclavos se acercaron para preguntarle si se encontraba bien, y cuando todos volvieron a dormir, Yuseph se dejó caer sobre la paja seca con inmenso alivio, sintiendo cómo el cuerpo le temblaba aún de arriba abajo. Notaba el talismán quemándole sobre el pecho, irradiando su profunda energía hasta bañarlo por completo. Aquella noche había sucedido algo muy importante. Por primera vez habían dejado de ser pasivos y se habían atrevido a rebelarse contra la injusticia. Porque lo peor de Kalya y sus secuaces era el silencio de los esclavos, que, al consentir la injusticia, se volvían cómplices de su propia desgracia. Yuseph sintió una oleada de orgullo por sus compañeros y un respeto infinito por su hermano Rudovic. Solo unidos podrían luchar contra el abuso.

Se estremeció ante el presentimiento de haber despertado a un gigante de las profundidades, al que ahora ya nada podría acallar. Porque algo le decía que los oprimidos no descansarían hasta imponer la justicia.

Entonces pensó en lo siguiente que debería hacer y le recorrió un escalofrío. Debía leer la carta que había recibido el día que se marchó de ad-Dār al-Baīḍa. Aquella que le había entregado el peregrino ante la casa de Adnan, explicándole que la leyese cuando lo hubiese perdido todo. Eso era lo que llevaba tantos días tratando de recordar. Ahora era el momento de leer aquella carta.

Pero ya no tenía el sobre: estaba dentro de su talega, junto con el resto de sus pertenencias. Lo peor de todo es que estaba en posesión de Kalya.

18

Los días siguientes se tornaron oscuros y borrascosos; pronto los alcanzó la tormenta en medio del océano. El horizonte desapareció alrededor y se hicieron las penumbras. Parecía que viajasen a la deriva, rodeados por un torbellino de agua y viento donde la única luz provenía de los relámpagos. Las olas alcanzaban hasta cinco metros y, salvo los esclavos que subían a hacer lo imprescindible, todos los navegantes se habían refugiado en sus camarotes, estremecidos por los crujidos de la embarcación, que parecía gemir ante las continuas batidas del océano.

Bajo órdenes estrictas de Kalya, quien los vigilaba guarecido tras los ventanales de su camarote, Yuseph y el resto de los esclavos achicaban el agua de proa desesperadamente, empapados hasta los huesos y resbalando de bruces sobre el entablado. Había riesgo de que la nave se inundase, y cada minuto lanzaban barriles repletos de agua por la borda. La tormenta agitaba el barco de un lado a otro como si fuese de juguete y era difícil mantener el equilibrio, por lo que habían tomado la precaución de amarrarse la cintura a una soga cuyo extremo opuesto iba asegurado a la barandilla. Todos tenían miedo de salir despedidos del barco, porque en medio de la niebla sería muy fácil acabar engullidos por el mar.

Casi sin poder respirar y de rodillas sobre la cubierta, rellenaba Yuseph una tinaja cuando escuchó unos gritos a sus espaldas. La niebla no le permitía ver más allá de diez pasos, pero aquella voz le resultaba familiar. Cuando se dio la vuelta, distinguió a Aliena entre la bruma, agarrada a una puerta, llamándolo desesperadamente con los ojos. ¡Por fin volvía a verla!, pensó con regocijo. Estaba completamente mojada y el cabello se le pegaba al rostro; le pareció que lloraba. Temió que una ola la arrastrase de golpe y corrió hacia ella asustado.

—No puedes estar aquí; vuelve al interior —gritó para hacerse escuchar sobre el bramido de los truenos.

Pero Aliena no le hizo caso.

—¿Has visto un collar de perlas? —preguntó, retorciéndose las manos—. ¿Me lo he dejado quizá en las bodegas?

—¿Qué? —preguntó confuso—. Vuelve dentro, eso no importa ahora.

Un relámpago restalló en la oscuridad.

—Sí que importa —lloró Aliena, con vehemencia—. Mi ama me ha preguntado por el collar que me prestó y no lo encuentro. Como no se lo devuelva me matará —agarró a Yuseph por la solapa del chaleco—, me venderá a cualquier hombre, ¿no lo entiendes? Necesito ese collar y no sé dónde está. Me ha enviado a buscarlo por todo el barco.

Yuseph la observaba conmovido cuando una ola gigantesca estalló detrás, bañándolos hasta nublarle la visión. Ambos se abrazaron durante unos segundos, tratando de protegerse.

—En la bodega no hay nada —le susurró al oído—. No sé cómo ayudarte...

De pronto, todo el mundo comenzó a gritar a sus espaldas. Yuseph se giró asustado y vio cómo un cúmulo de esclavos corría hacia la barandilla de proa y se asomaba al mar. Algo grave había sucedido. Yuseph obligó a Aliena a volver al interior y corrió para saber qué había ocurrido, el corazón latiéndole cada vez más fuerte. Tenía un mal presentimiento. La lluvia era espesa y el suelo resbalaba; a punto estuvo de caer de espaldas. Cuando los alcanzó, se abrió paso entre los demás y preguntó sin preámbulos quién había caído. Uno de los esclavos lo miró a los ojos, compadecido.

—Es tu amigo, Rudovic.

19

Yuseph palideció completamente y a punto estuvo de lanzarse al agua cuando corrió hacia la barandilla, abriéndose paso entre los curiosos para localizar a su amigo. Siguió con la mirada hacia donde señalaban los demás y al instante lo distinguió bajo las faldas del barco, golpeado por las olas y tratando de emerger con dificultad. Su cabeza aparecía y desaparecía sobre el agua. Yuseph sintió que se le desgarraba el alma al ver su rostro; estaba aterrorizado. Su cuerda se había partido y se hallaba a la deriva.

En aquel momento, una ola gigantesca restalló contra el barco como un dragón gigante y se abalanzó sobre ellos, sepultándolos bajo su asfixiante manto. Yuseph se agarró con fuerza a la balaustrada, sintiendo el empuje feroz del agua durante varios segundos en los que perdió el aliento. Después todo se oscureció. Muchos esclavos fueron arrastrados hacia el fondo de la cubierta entre volteretas. En cuanto emergieron al aire libre, Yuseph se giró hacia los demás, gritando desesperado.

—¡Ayuda! —Todo su rostro se contrajo de dolor al comprobar que su amigo había desaparecido de su vista, engullido por el agua—. ¡Rápido, que alguien me dé una cuerda!

Mientras, trataba en vano de localizarlo entre aquellas olas rabiosas. ¿Estaría vivo? ¿Cuánto tiempo aguantaría? ¿Habría muerto? Estas preguntas se clavaban en su pecho hasta hacerlo sangrar. De inmediato, vio emerger su cabeza entre la espuma, con los ojos y la boca abiertos desesperadamente, tratando de aspirar aire con dificultad. ¡Estaba vivo! No había tiempo que perder, cada segundo era decisivo.

Enseguida, una voz terrible lo interrumpió:

—¡Aquí nadie va a lanzar ninguna cuerda!

Yuseph se giró sobresaltado y se encontró de frente con la última persona que deseaba ver: Kalya, que lo había escuchado a sus espaldas. Quiso replicar, pero las palabras se ahogaron en sus labios. Algunos esclavos tiraron asustados las cuerdas que traían.

—¡No nos pondremos en mayor riesgo por un cadáver —continuó Kalya, gritando sobre los bramidos del océano—. Ya debe de estar muerto. Volved a vuestros trabajos, y a quien se atreva a desobedecer mis órdenes lo moleré a latigazos.

Estas últimas palabras las pronunció mirándolo a los ojos; luego dio media vuelta y se marchó tambaleándose sobre la cubierta.

La desesperación se apoderó de Yuseph. ¿Qué podía hacer? Sabía que Kalya estaba deseando tener la excusa para lincharlo hasta la muerte, pero ¿cómo podía obedecer aquella orden? ¿Cómo iba a dejar morir a su amigo Rudovic ante sus propios ojos? Un ser tan noble e inteligente, que lo había tratado como a un hermano fiel, confiándole sus pensamientos y compartiendo con él las pocas alegrías que les brindaba la vida. Estaba casi a punto de enloquecer de dolor, y vio con desaliento cómo los demás esclavos obedecían sumisos y regresaban a sus puestos. ¿Qué había pasado con los deseos de rebelión de aquella noche? ¡Todos eran unos cobardes! Tuvo ganas de gritar, de imprecarlos y llorar a lágrima viva. En cambio, subió a la barandilla y se lanzó al vacío, sintiendo cómo se precipitaba a una velocidad aterradora hasta que se hundió en un sonido explosivo. Cuando abrió los ojos, se encontraba dentro de un agua horriblemente helada, tanto que sintió cómo se le adormecían las extremidades. Ágilmente y conteniendo la respiración, flotó hasta la superficie y buscó en derredor a su amigo. El cuerpo de Rudovic flotaba a la intemperie, maltratado por las olas, y Yuseph rezó para que su cuerda le permitiese llegar hasta él.

Inmediatamente, una ola descomunal se irguió ante Yuseph y lo revolcó hacia las profundidades, zarandeándolo como a una marioneta. Sintió sus pulmones llenarse de agua y todo se oscureció alrededor en un torbellino de espuma. Con gran esfuerzo se aferró a su cuerda y la escaló hasta alcanzar la superficie, resollando con fuerza. Luego, con los ojos fijos en Rudovic, continuó su rumbo, acercándose, brazada a brazada, olvidado de su propia supervivencia. No quedaba tiempo. Las aguas rabiosas se interponían entre ellos, sacudiéndolos a su antojo, y más de una vez perdió la orientación, hasta que al cabo de unos minutos logró alcanzarlo, agarrándose a su pecho con fuerza, entre lágrimas de emoción.

Arriba, todos los esclavos se habían vuelto a reunir alarmados en torno a la barandilla, gritando juramentos de auxilio y siguiendo la escena con inquietud. Kalya no tardó en aparecer y, al ver cómo Yuseph trataba de rescatar a Rudovic desobedeciendo sus órdenes, rugió como un león enjaulado, rondando de un lado a otro de la balaustrada, deseando tenerlo entre sus manos. Entre gritos, ordenó tirar de su cuerda para impedir el rescate. Pero era demasiado tarde: Yuseph se había soldado al cuerpo de Rudovic y no pensaba soltarlo.

Kalya lo amenazó encolerizado.

Varios esclavos comenzaron a tirar de la soga con gran esfuerzo, mientras abajo Yuseph se debatía entre las olas. Lentamente sintió cómo la cuerda estrangulaba sus caderas tirando de él hasta levantarlo en el aire. Tuvo que sujetar con todas sus fuerzas el cuerpo de Rudovic para que no cayese al mar. Todos los músculos le temblaban del esfuerzo y vio asustado cómo ambos se mecían contra el casco del barco.

—¡Suéltalo! —gritaba Kalya desde arriba, enfurecido—. ¡Suéltalo ahora mismo!

Pero Yuseph lo asió con más fuerza. «Antes muerto», pensaba con determinación. Kalya rugió encolerizado sin poder hacer nada.

Cuando solo faltaba apenas un metro para llegar hasta la barandilla, Kalya le hundió el puño en el costado, con tanta fuerza que lo dejó sin respiración, pero de algún modo sobrenatural Yuseph continuó abrazado a su amigo. Ni siquiera gritó, solo un débil gemido escapó de sus labios, hasta que, gracias a los esclavos, ambos cayeron sobre la cubierta extenuados. «Ya está», pensó aliviado, ya podía recibir la muerte con alegría. Había salvado a su amigo.

Al instante, un brazo de Kalya lo levantó de un plumazo y lo zarandeó con tanta fuerza que sintió un crujido en el cuello. Pero no se resistió, no le importaba. Había valido la pena.

Kalya lo agarró de los pelos y lo arrastró por la cubierta hasta colocarlo frente a Rudovic. Su cuerpo yacía terriblemente pálido sobre la cubierta, y ante sus propios ojos Kalya le enterró un pie sobre el pecho. Una bocanada de agua y sangre brotó de la boca de su amigo.

—¡No! —gritó Yuseph entre lágrimas—. Por favor...

—¡Te dije que estaría muerto! —Volvió a lanzarle otra patada, esta vez sobre el cuello—. Ahora volveré a lanzarlo por la borda...

Yuseph aulló entre lágrimas, tratando de zafarse y pataleando en vano. Pero Kalya lo tenía atrapado.

—¡Por favor, no...!

Entonces Kalya agarró a Yuseph por la nuca y, tomando impulso, lo estampó contra la pared. Se escuchó un gran impacto en el cráneo y Yuseph cayó derrumbado sobre la cubierta mientras el cuerpo le temblaba hasta los pies y sus piernas se agitaban espasmódicamente. Los demás esclavos se alejaron fingiendo volver a sus puestos, asustados. Kalya le propinó varias patadas en la cara, aplastándole los ojos. Una de ellas le hizo crujir la nariz, bañándolo en sangre.

—¡Dime! —gritaba enajenado, desde lo más lejano de su conciencia—. ¿Valió la pena desobedecerme para ir a buscar a tu compañero? ¿Valió la pena arriesgarse por un cadáver? ¿Acaso no tenía razón...?

Yuseph levantó los párpados y tomó aliento. Quiso responder, pero nada surgió de sus labios ensangrentados.

Mientras Kalya continuaba ensañándose con él, pensó orgulloso que sí había merecido la pena, porque cuando lo encontró en el agua, Rudovic aún estaba vivo y le había susurrado al oído: «Sabía que vendrías...».

Luego quedó inconsciente.

20

Aquella noche lo despertó un terrible escozor en el rostro. Gimió dolorido y, cuando abrió los ojos, encontró a Aliena frente a él, lavándole las heridas con un paño humedecido en vino caliente. Yuseph trató de sonreír, pero no dibujó más que una mueca de dolor.

Después de lincharlo, lo habían abandonado en las bodegas a su suerte, delirando y con fiebre. Y así habría perecido si Aliena no hubiese acudido a curarlo, desinfectándole las heridas y vendándoselas con cataplasmas. Había escuchado de boca de los esclavos el terrible estado en que se encontraba y, en cuanto su ama se había marchado a dormir, tomó los enseres necesarios y descendió a las bodegas.

Qué importaba si Kalya la descubría.

La fiebre había remitido y Aliena se alegró de verlo despierto. Aquello era señal de que se estaba recuperando.

Tomó aceite de cúrcuma y le masajeó el pecho con suavidad. Yuseph sintió un dolor agudo bajo la presión de sus dedos, pero no se quejó; simplemente, la admiró en silencio. Estaba enamorado de Aliena, pensó mientras la recorría con la mirada y se deleitaba con su belleza. Al momento, sus ojos repararon sobre unas sombras violáceas que marcaban sus brazos. Con dificultad se irguió para observarlas de cerca; eran magulladuras, y le preguntó cómo se las había hecho.

Ella escondió la mirada y Yuseph la obligó a responder.

—Ha sido lady Charmed —contestó con las mejillas enrojecidas—. Está muy enojada por la pérdida de su collar. Tengo que encontrarlo antes de mañana o, de lo contrario, me venderá.

Yuseph sintió todo su cuerpo temblar de rabia. Ojalá pudiese protegerla.

—¿Y qué vas a hacer? —preguntó, enfurecido.

—Ya no me importa. —Una lágrima gruesa resbaló de sus ojos azules, surcando su mejilla en una estela de plata—. Solo quería estar contigo. —Para su sorpresa, se arrojó sobre su pecho con desconsuelo, abrazándolo—. Creo que este es el fin, Yuseph —sollozó angustiada. Él la agarró con fuerza entre sus brazos—. Tengo mucho miedo.

Él también lo sentía, pero no lo dijo. Simplemente le acarició el pelo y la estrechó aún más contra su pecho. Así permanecieron largo rato, como almas afligidas, rogando en silencio a Dios, sin saber que aquella sería la única y última vez que se abrazarían.

De repente, Yuseph volvió a recordar a su amigo y una punzada de dolor le aguijoneó el corazón. Su hermano Rudovic había muerto, ahora solo la tenía a ella. ¿Qué sería de él sin Aliena? ¿Acaso se volverían a ver? Repasó lo sucedido aquella tarde y una lágrima escapó por la comisura de sus ojos. Se sentía culpable, ojalá hubiese salvado a Rudovic.

Unas horas después, Aliena se marchó.

Yuseph la siguió con la mirada hasta que se perdió entre las sombras, despidiéndola con el corazón encogido. Luego, una quietud espantosa se apoderó de la estancia.

A su alrededor, todos los esclavos dormían rendidos de agotamiento y solo se alcanzaba a escuchar los rugidos de la tormenta en el exterior. De pronto, Yuseph se levantó con dificultad y, arrastrando un pie inerte, corrió tras ella, pero no para seguirla, sino para ir a buscar la carta. Si era el fin, quería saber qué era aquello que lo haría sentirse feliz cuando todo estuviese perdido. Porque ya no tenía nada. Corrió atravesando la bodega mientras su cuerpo obstinado aullaba de dolor. Entre las sombras, sin que lo supiese, una figura lo acechaba con suspicacia: Abdul.

21

Aliena subió de las bodegas corriendo, con el rostro embozado bajo un manto y aferrándose a lo que podía para no perder el equilibrio. Toda la nave se tambaleaba de un lado a otro y el corazón le estalló en el pecho mientras rezaba para no ser avistada por Kalya. Llovía torrencialmente y el entablado estaba resbaladizo. Rápidamente, se adentró por las escaleras que conducían hacia los camarotes y subió con energía, procurando hacer el mínimo ruido posible. Afortunadamente, con el oleaje todo sonido quedaba amortiguado. Avanzó por su pasillo y cuando abrió la puerta de su dormitorio, permaneció completamente sobresaltada: lady Charmed la estaba esperando sentada en un extremo, mirándola fijamente desde la oscuridad.

Yuseph cruzó la cubierta temeroso de ser avistado. Cojeaba y apenas podía avanzar; el cuerpo entero le crujía de dolor, pero se obligó a continuar, empapándose bajo la lluvia. Sabía dónde se encontraba el dormitorio de Kalya y no dudó en tomar el camino. Lentamente, se adentró por las escaleras interiores hasta llegar a la primera planta. No sabía si Kalya se encontraría en su dormitorio a esas horas de la noche. Por experiencia, sabía que era un hombre impredecible y bien podía estar descansando como vigilando. Sin embargo, resolvió que tenía que arriesgarse; no había tiempo. Llegó hasta la segunda puerta a su derecha y, sin pensárselo dos veces, la abrió de golpe.

—¿Qué haces aquí? —le preguntó lady Charmed.

—¿A qué se refiere? —murmuró Aliena, nerviosa hasta la punta de los cabellos.

—¿Dónde has estado?

Aliena agachó la cabeza.

—He ido al servicio, señora.

—¿Y has dormido aquí? —inquirió lady Charmed, con suspicacia.

Aliena asintió ligeramente.

—Así es...

—¿De verdad has dormido aquí esta noche...? —insistió lady Charmed, recelosa, atravesándola con la mirada.

—Claro, señora, ¿dónde si no?

—¡No te creo! —la interrumpió, furiosa—. ¿Por qué está la cama recogida?

Yuseph comprobó con regocijo que no había nadie en el interior del dormitorio y rápidamente cerró la puerta a sus espaldas. Había un quinqué encendido que arrojaba algo de luz sobre la estancia. Todo estaba desordenado, y comenzó a buscar con impaciencia su talega. Removía las cosas sin remilgos, ajeno al ruido. No tenía tiempo y debía encontrar su carta cuanto antes. Entonces, bajo la cama divisó la punta de algo que le resultaba familiar. Se arrodilló trabajosamente, tiró de ella con curiosidad y ahí la encontró: su talega. Era como volver a ver a una antigua amiga. Con presteza la recogió y, apoyándola sobre el escritorio, buscó la carta entre sus pertenencias hasta que dio con ella. ¡Ahí estaba, por fin!, pensó agarrándola triunfante. Entonces, de repente, la puerta se abrió a sus espaldas.

—¡No te creo, embustera! —gritó levantándose de la mecedora y propinándole un tortazo.

Aliena se arrodilló a sus pies.

—¡No miento, señora, soy una fiel servidora! —sollozó entre lágrimas—. Tengo por costumbre ordenar el dormitorio antes de marcharme, por respeto a usted.

—Ah, ¿sí? —murmuró iracunda lady Charmed, agarrándola del brazo. La arrastró hasta la cama y, deshaciéndola ante sus ojos, levantó la almohada—. ¿Y qué es esto? —preguntó histérica. Aliena quedó boquiabierta y frunció el ceño confusa: ahí estaba el collar de perlas, intacto. Pero ¿cómo era posible?—. ¡Lo dejé ahí esta mañana, adrede, para descubrirte! —le reveló lady Charmed, enardecida—. No has dormido aquí y tengo bien claro dónde has estado, ramera.

22

Yuseph alcanzó a esconder la carta dentro de su calzón en el mismo instante en que Kalya apareció bajo el vano, cazándolo en flagrante. Se detuvo en seco durante unos instantes, sin dar crédito. Detrás de él, como una sombra diminuta y enclenque, surgió Abdul, que señalaba a Yuseph con gesto victorioso.

—¿Ve cómo estaba aquí? —sonreía con mirada aviesa—. ¡Se lo dije, amo, ha estado viéndose con la esclava de la burguesa!

Yuseph se quedó boquiabierto. ¿Qué hacía Abdul ahí? ¿Y por qué lo delataba? En un rugido, Kalya se abalanzó hacia él y lo lanzó contra el ventanal, que estalló en diminutos añicos afilados, cortándole la espalda. Yuseph se sintió aturdido por el golpe y vio indefenso cómo Kalya lo volvía a coger para lanzarlo hacia el pasillo. De un impulso, cayó rodando por el suelo hasta quedar a los pies de Abdul. Su compañero lo miraba desde lo alto con la expresión triunfal de un cazador.

Yuseph le devolvió una mirada de muda tristeza; sentía lástima por él. ¿Quién si no desea ser temido salvo aquel que tiene miedo? Apenas se miraron un instante fugaz, pero cierto destello indecible en su expresión avergonzó a su compañero.

Abdul habría deseado un insulto, quizá un desprecio, rencor... Pero no misericordia. Al ver aquella mirada compasiva se sintió bruscamente avergonzado y escondió el rostro ante Yuseph, como si pudiera verse reflejado en su pensamiento.

Alrededor, algunos burgueses se desvelaron por el alboroto y fisgaron la escena desde sus ventanas.

En ese instante, Kalya se acercó a grandes pasos y, agarrando uno de sus mechones, tiró de él y lo arrastró por el barco como a un títere. Yuseph sintió cómo se clavaba cada escalón contra su cuerpo, tropezando contra su nariz, su estómago, sus testículos, sus pies, crujiendo del suplicio, pero ni siquiera gritó. Al menos había recuperado su carta, pensó glorioso, al menos había amado, había sufrido y descubierto la vida. Había corrido aventuras maravillosas, incendiando la antorcha por ambos extremos. Podía recibir la muerte sin protestas, porque por fin lo comprendía; valía más la pena vivir en riesgo dos minutos que una vida entera de seguridad; en lo más profundo, estaba satisfecho y orgulloso de sí mismo.

Cuando llegaron a la cubierta, Kalya lo arrastró sobre el agua encharcada hasta detenerse ante la barandilla. Luego, agarrándolo de la nuca y los tobillos, lo levantó sobre su cabeza como un trofeo. La lluvia bañó el rostro de Yuseph y lo último que pensó fue en lo maravillosa que era la vida mientras apretaba su amuleto con fuerza. Kalya tomó impulso para lanzarlo por la borda, pero justo en ese instante alguien lo contuvo con un grito:

—¡Detente! —Kalya se giró sorprendido, con Yuseph en lo alto. ¿Quién era aquel hombre?—. Este esclavo es propiedad de las Compañías, no tuyo particular. Solo estás aquí para custodiarlos.

Hubo unos instantes de perplejidad; quiso replicar, pero no se atrevió, y finalmente dejó caer a Yuseph con un sonido hueco. Le rechinaban los dientes de rabia y se desahogó lanzando un puntapié a Yuseph en la cara. Después, dio media vuelta y se alejó frustrado.

El rostro de Yuseph apenas sobresalía del agua y sintió cómo las gotas caían sobre sus ojos y le nublaban la visión. Una figura familiar se interpuso ante él, desenterrándolo con una mano y ayudándolo a respirar. Era Hishâm Akil, con sus ricas vestiduras empapadas bajo la tromba y mirándolo directamente a los ojos, aunque a Yuseph le pareció que se encontraba muy lejos, a miles de leguas de distancia.

—Estás a salvo —lo tranquilizó con ternura.

Yuseph sonrió imperceptiblemente, respirando con alivio, mientras las gotas de sangre de sus labios se entremezclaban con el agua.

De pronto, en ese instante, alguien prorrumpió desde el otro extremo del barco:

—¡No, no lo está! —gritó la voz.

23

Hishâm Akil se giró sorprendido y vio acercarse dos figuras bajo la lluvia, una de ellas encorvada. A lo lejos estalló un relámpago y Kalya se detuvo en seco, prestando atención a este nuevo revés. ¿De quién se trataba? Yuseph levantó ligeramente los párpados y distinguió dos figuras que se aproximaban con dificultad, dos siluetas femeninas; una de ellas caminaba doblegada. Se trataba de lady Charmed, que venía arrastrando a Aliena por los pelos, con una expresión histérica.

—Este esclavo ha estado fornicando con mi esclava —prorrumpió enfurecida— y se merece un castigo por perversión.

Beneficiado por la nueva situación, Kalya se interpuso entre ambos, tomando partida.

—Es cierto —corroboró con gozo.

Hishâm Akil dudó unos instantes, sin saber qué responder. Sospechaba que mentían, pero no había nada que pudiese hacer. Contra la palabra de un burgués y un guardia, la verdad apenas tenía valor. Yuseph sería culpable a ojos de los demás.

Kalya aprovechó aquella indecisión y, sin darle tiempo, se adelantó hacia Yuseph de un salto. Agarrándolo de los muslos, lo elevó de nuevo sobre su cabeza. Yuseph sintió que se volteaba en el aire, pero no tenía fuerzas para resistirse, y todo el mundo giró del revés a su alrededor. Abrió los párpados y dirigió una última mirada a Aliena, lamentando en lo más profundo que todo hubiese terminado de aquel modo. En ese momento, lo invadió el temor, no por lo que pudiese sucederle a él, sino por lo que le depararía el futuro a Aliena. ¿Qué sería de ella?

—¡Alto! —gritó de repente Hishâm, con una ocurrencia—. Aun si es así, como decís, exijo someter al esclavo a un juicio persa, como es ley entre los esclavos de las Compañías. —Lady Charmed apretó la mandíbula irritada y Kalya decidió ignorarlo. No había nada que lo detuviera esta vez, pensó con desprecio, preparándose para lanzarlo—. No te atrevas o lo pagarás caro —lo amenazó Hishâm encolerizado.

Kalya dudó durante unos instantes, pero rápidamente lady Charmed intervino desde atrás con una extraña sonrisa de satisfacción:

—De acuerdo. Celebraremos el juicio a primera hora de la mañana.

24

Los secuaces de Kalya arrastraron a Yuseph hasta el calabozo y lo dejaron caer sobre el suelo, encerrándolo bajo llave. Un gemido de dolor escapó de sus labios, pero a ninguno de ellos le importó y pudo escuchar sus pasos alejándose. Yuseph se sentía rendido, agotado, confuso. Habían pasado tantas cosas en tan poco tiempo que ya no le quedaban fuerzas. Solo deseaba que su suplicio terminase cuanto antes, pensó al tiempo que colocaba la mano sobre su amuleto. De algún modo, en lo más profundo de su ser, conservaba la esperanza de sobrevivir. El juicio del día siguiente dependía del azar y, si la suerte lo protegía, obtendría el pliego en el que estuviese escrito «Inocente», pensó esperanzado.

Derrumbado como se encontraba, contempló absorto a una diminuta hormiga que, frente a sus ojos, escalaba la columna del calabozo resbalando continuamente sobre la superficie pulida, hasta que cayó al suelo. El insecto volvió a ponerse en pie y una vez más trató de subir a través del pilar. Sin embargo, al cabo de unos minutos volvió a precipitarse. Así, viéndola subir para caer, en unos instantes quedó semiinconsciente.

De forma inesperada, lo llamó una voz:

—¡Despierta!

Yuseph abrió los ojos, miró a su alrededor: el calabozo estaba vacío. ¿Lo había imaginado? Observó la luz tenue a través de la rendija: habían pasado varias horas y comenzaba a amanecer. Se acercaba el momento, pensó.

—¡Yuseph! ¿Estás ahí? —susurró de nuevo la voz—. ¡Di algo!

Esta vez escuchó unos golpes huecos que provenían de fuera y comprendió que alguien se escondía al otro lado de la puerta, llamándolo con disimulo.

Él trató de responder, pero a pesar de sus esfuerzos no logró articular palabra. Era imposible: un dolor terrible le desgarraba los pulmones. Permaneció en silencio, jadeando con dificultad. ¿Quién era? Sentía que conocía aquella voz. A su lado, la hormiga aún continuaba al pie de la columna; trataba de subir por un lado u otro, pero, hiciese lo que hiciese, volvía a deslizarse torpemente.

—Yuseph, escúchame, todo está amañado —continuó hablando la persona desde el otro lado. Parecía que sollozaba—. En las dos papeletas que te ofrecerán durante el juicio estará escrito el mismo veredicto: «Culpable». En ninguna aparecerá la palabra «Inocente». ¿Lo entiendes? Lady Charmed y Kalya te han tendido una trampa, todo es un engaño. —Yuseph sintió que perdía la esperanza mientras reconocía al que hablaba: Abdul—. Perdóname —gimió—, fui un necio y tú no has dejado de tratarme con respeto... Quería que Kalya y los suyos dejasen de azotarme... —Hubo un silencio y la voz se extinguió en un débil murmullo—: Lo he pasado tan mal en la vida... que había olvidado lo que es la honradez.

Los párpados comenzaron a pesarle y la voz de Abdul se fue perdiendo en la lejanía, como un eco confuso. Yuseph simplemente permaneció en silencio viendo a la hormiga tratar de escalar lo imposible. Lo invadió la rabia. ¿Por qué no desistía?, se preguntó irritado. Él lo había hecho. Se había rendido a su destino y solo esperaba la muerte cuanto antes. Había fracasado y ya no valía la pena volver a intentarlo. Si lo que Abdul decía era cierto, no había nada que pudiese hacer. Lady Charmed y Kalya vencerían y él moriría. Así debía ser; casi podía visualizarlo.

De pronto, sucedió algo extraño ante sus ojos: vio cómo la hormiga, haciéndose espacio por las esquinas y girando de un extremo a otro, logró finalmente, tras varias horas de tesón, ascender la columnata y alcanzar las vigas del techo.

A Yuseph lo asaltó una sensación de bochorno, como si se hubiese visto reflejado ante un espejo. La gloria de aquella simple hormiga no consistía en no haber caído nunca, sino en haberse levantado después de cada caída. Si una simple hormiga podía luchar sin rendirse, ¿por qué no él?, se preguntó, embargado por la emoción. ¿Cómo no lo había comprendido antes? Quizá aún podía cambiar su destino si cambiaba de actitud. Quizá todo dependía de su imaginación, y no debía pensar en aquello que había perdido, sino en aquello que le quedaba por ganar. La valentía había sido útil para comenzar su gran viaje, pero ahora le haría falta ser perseverante para culminarlo.

«Seré amo de mi destino», gritó desde lo más hondo de su ser. Todo el cuerpo le tembló y las lágrimas brotaron de sus ojos. Si hoy no lo intentaba, ese sería su único fracaso.

Conforme su confianza en sí mismo iba aumentando, también desapareció el dolor y creció su fuerza física.

Aquella noche, de haber habido alguien más en el calabozo, al ver a Yuseph llorando fosilizado por las heridas, sin duda habría pensado que se trataba de un simple esclavo atormentado, temeroso de la muerte que lo acechaba, sin comprender que, en realidad, en su interior había un alma que acababa de despertar, poderosa como un dios en la Tierra al que ya nada ni nadie podría detener. Porque aquel era el secreto del éxito: la confianza.

Luego, poco a poco, volvió a caer en una soporífera ensoñación.

25

Con la primera luz de la mañana, dos guardias irrumpieron en el interior de la celda y lo arrastraron hacia fuera. Yuseph apenas se percató de lo que sucedía hasta que estuvo al aire libre y la claridad sonrosada de la aurora le rayó los ojos. Aún soplaba el viento, pero había dejado de llover y un sol imperial y llameante cantaba victoria desde el horizonte.

En la cubierta, a pesar del temporal, esperaban varios burgueses y esclavos con expectación, aferrados a sus ropajes de forma impaciente.

Un vigía gritaba desde lo alto del mástil con tono monótono, como una gaviota:

—Tierra a la vista, tierra a la vista...

Lo arrastraron hasta el centro de la terraza, donde esperaban Hishâm Akil, Kalya, lady Charmed y el capitán del barco, un hombre achaparrado y de barba canosa que permanecía con la espalda erguida, como orgulloso de su posición. Lo dejaron caer sobre el suelo y se alejaron. Yuseph se incorporó lentamente, sintiendo el peso de todas las miradas a su alrededor. Los esclavos parecían acongojados y supuso que el rumor del fraude se había extendido entre ellos. En cambio, los burgueses mostraban expectación, como si asistiesen a un espectáculo de resultado incierto.

—Bueno —gritó el capitán sin preámbulos—. Todos saben cómo funciona un juicio persa. Dado que la culpabilidad del acusado no está clarificada y puesto que se trata de la palabra de lady Charmed y Kalya contra la del señor Akil, se ofrecerá al acusado dos papeletas: en una aparecerá escrita la palabra «Inocente» y en la otra, «Culpable». Tendrá que elegir una de las dos y se acatará el resultado que obtenga.

Todos murmuraron excitados con el que tenían más cerca. Yuseph observó que Kalya y lady Charmed intercambiaban miradas de complicidad. En cambio, Hishâm Akil lo observaba con candidez, imprimiéndole ánimos. Yuseph sintió ganas de revelarle lo que sucedía, pero nadie lo escucharía; ya había comprendido que nadie aceptaría la palabra de un esclavo. En ese aspecto, lady Charmed se habría guardado las espaldas.

Sin perder un instante, Kalya se acercó a Yuseph y le empujó un cuenco con dos papeletas en su interior. En su rostro se dibujaba una mueca de autosuficiencia.

Inmediatamente, todas las bocas alrededor se silenciaron; era el momento decisivo.

Yuseph solo deseó que todo acabase cuanto antes. Estaba cansado, rendido, dolorido. ¿Cuánto más le quedaba por aguantar? Estiró el brazo y escogió una de ellas al azar.

Hubo un leve murmullo entre los presentes. Se terminó. Aquel era el final. Todo estaba decidido.

Kalya sonrió maliciosamente y Yuseph trató de buscar entre la multitud el rostro de Aliena. En sus últimos instantes era lo único que deseaba contemplar: sus ojos. ¿Dónde estaba? Entonces la encontró entre la muchedumbre, hermosa y distinguida, con sus enormes ojos azules atravesándolo. Todo desapareció alrededor: la sociedad, el barco, el océano... Solo él y ella. Sus miradas se enlazaron durante unos segundos que parecieron años, hasta que Aliena acabó apartando el rostro entre lágrimas.

—¿No me has oído? Entrégame la nota —gritó Kalya.

Yuseph volvió a la realidad y descubrió al capataz frente a él, esperando con la mano extendida. Había en su rostro un brillo de desprecio y Yuseph obedeció alargando la mano. Justo cuando Kalya estaba a punto de recoger el pliego, Yuseph lo retiró rápidamente y se lo metió en la boca, tragándoselo delante de todos.

Podía morir o podía seguir luchando, pensó con valentía agarrando su talismán.

26

Todo el mundo, dominado por la confusión, quedó en silencio unos segundos, a lo que siguió una horda de murmullos.

La primera en hablar fue lady Charmed.

—¿Qué ha pasado? —preguntó, histérica.

—Se ha tragado la papeleta —respondió Kalya con el ceño fruncido y, volviéndose hacia Yuseph, le lanzó un bofetón en el rostro.

Un hilo de sangre brotó de su nariz.

—Déjalo —le ordenó Hishâm Akil. Luego, acercándose rápidamente hasta Yuseph, le habló mirándole a los ojos, con una mano sobre su hombro—: Yuseph, ¿te das cuenta de lo que has hecho? —preguntó asustado, temiendo que hubiese enloquecido—. ¿Cómo conoceremos ahora el resultado de tu veredicto? Tendremos que repetir el juicio...

Yuseph levantó la vista del suelo lentamente y la clavó en Hishâm Akil con orgullo, casi con una débil sonrisa. Luego pronunció:

—No será necesario, señor. Si quieren saber el resultado de mi papeleta, solo tienen que abrir la que quedó en el cuenco. Justo el fallo contrario debe estar ahora en mi estómago.

El rostro de Hishâm se alzó con sorpresa ante aquel extraño espectáculo y lady Charmed y Kalya intercambiaron miradas de estupefacción.

—Desde luego que no —gritó Lady Charmed desesperadamente—. ¿Cuándo se ha visto semejante insulto por el resultado de un juicio? Propongo que este esclavo sea castigado ejemplarmente ahora mismo, con sentencia de muerte.

—No será necesario —habló de pronto el capitán, aproximándose a Kalya y arrebatándole la papeleta que trataba de ocultar en su mano.

Todos los burgueses esperaban expectantes, mientras algunos esclavos sonreían ya, advertidos de la jugada. El capitán la desenvolvió y gritó con solemnidad:

—«¡Culpable!». Por tanto, este esclavo tuvo que haber escogido la papeleta de inocente. Así que declaro inocente al esclavo. Fin de la sesión.

Algunos burgueses estallaron en murmullos.

—¡Esto no puede acabar así...! —gritó lady Charmed, encolerizada.

El capitán se giró hacia ella.

—¿Está poniendo en duda mi autoridad? —preguntó con tono amenazante—. Le recuerdo que usted no tiene potestad sobre los esclavos de las Compañías.

Indignada, lady Charmed dio media vuelta, apretando los puños con fuerza. A su alrededor, poco a poco, el cúmulo de gente comenzó a dispersarse. Entonces, de forma inesperada, se escuchó:

—¡Señor!, un momento, por favor.

27

Lentamente, de entre la multitud surgió un esclavo. Era el sabio y viejo anciano, que se dirigía hacia el capitán.

—Si me lo permite, quisiera denunciar algo más —agregó con cortesía.

Algunos burgueses se detuvieron y miraron hacia atrás con curiosidad.

El capitán ni siquiera se molestó en mirarlo a los ojos.

—Dígame —añadió con desinterés, alejándose un paso para evitar su hedor.

—Es muy sencillo, pero muy grave —continuó el anciano con sonrisa amable—. Varios de nosotros, yo incluido, hemos visto cómo Kalya ha robado a los burgueses hospedados en la nave.

El capitán levantó la mirada con el ceño fruncido, sorprendido ante semejante acusación. Al escuchar su nombre,

Kalya sintió que lo recorría una corriente eléctrica, como si hubiese caído un rayo sobre su cabeza. Indignado, se abalanzó en dos pasos hacia el anciano y levantó la mano dispuesto a pulverizarlo de un bofetón, pero el capitán lo detuvo. Kalya se quedó boquiabierto, incapaz de contrariar al capitán.

—Lo que dice es muy grave. ¿Tiene alguna prueba? —preguntó dirigiéndose al esclavo.

Rápidamente, el anciano miró a Yuseph a los ojos, instándolo con la mirada a que interviniese cuanto antes. Yuseph dudó durante unos segundos que parecieron eternos, tratando de entender lo que tramaba el anciano. Al momento, lo vio claro:

—Sí, yo también lo he visto —replicó en voz alta.

Todas las miradas se giraron hacia Yuseph.

—¿Qué estás diciendo? —gritó Kalya, fuera de sí.

Al escuchar su voz, Yuseph sintió que se le aceleraba el corazón y evitó mirarlo a los ojos.

—Lo he visto robando una talega con varios atuendos y dinero —agregó en un murmullo.

El capitán se aproximó a Yuseph, examinándolo con la mirada.

—Si es así, ¿por qué no lo denunció antes?

Yuseph adoptó un tono lastimero.

—Porque tenía miedo, señor —reveló—. Somos esclavos y siempre nos acallan la voz.

El rostro de Kalya se volvió pálido, mirando a uno y a otro sin entender qué tramaban.

—Bien, ordenaré una inspección en el camarote de Kalya —sentenció; y dirigiéndose a Yuseph y el anciano, agregó—: Espero por vuestro bien que sea cierto.

Atraídos por el escándalo, ya se habían vuelto a acumular todos los burgueses y esclavos alrededor. El capitán tuvo que abrirse paso para dirigirse a un par de secuaces a los que dictó las órdenes. Estos desaparecieron al instante y todos aguardaron con expectación. Desde el otro lado, Kalya no apartaba los ojos de Yuseph, taladrándolo con expresión iracunda, e incluso lady Charmed permaneció atenta al desenlace. Al momento, aparecieron los secuaces con una talega entre las manos y se desató una ola de murmullos. Kalya comprendió por fin lo que ocurría.

—Esta talega le pertenecía a él —se defendió, señalando a Yuseph—, no a un burgués. Yo no he robado a nadie del barco —gritó con un deje de terror.

—¿Cómo va a ser mi talega, señor? Yo soy un simple esclavo —fingió Yuseph.

—¡Mentiroso! —bramó Kalya corriendo hacia él.

—¡Basta! —Kalya se detuvo estupefacto, girándose hacia el capitán—. Está bien claro que has robado a los señores del barco.

Varios burgueses asintieron, alargando el cuello como flamencos e inspeccionando la talega que yacía sobre el suelo, tratando de reconocer sus pertenencias en ella.

—Kalya, te destituyo de tu cargo —sentenció el capitán, humillado por la negligencia de su tripulación— y te condeno a la esclavitud de la que provenías desde ahora mismo.

El rostro de Kalya se contrajo en una mueca de terror, tornándose luego en rabia desmesurada. Se volvió hacia Yuseph y lo señaló con dedo acusador.

—¡Tú! Tú, confiesa la verdad —exclamó abalanzándose sobre él.

—¡Basta! ¡Guardias, azotad al esclavo! —gritó exasperado el capitán.

Kalya se irguió sin dar crédito, viendo cómo la manada de hombres que hasta hacía unos minutos habían sido sus esbirros le rodeaban de forma amenazante.

—No os atreveréis —murmuró confuso.

Al momento, los guardias se abalanzaron sobre él como fieras rabiosas, aplastándolo contra el suelo y maniatándolo. Kalya gritó un sinfín de improperios y amenazas, prometiendo vengarse de todos ellos, rugiendo como un león enjaulado mientras lo arrastraban hacia las bodegas.

Los esclavos abrieron un pasillo en torno a él, aterrorizados como si fuese un leproso. Al verlos, Kalya se sintió regocijado. «Al menos, aún me temen», pensó.

De pronto, una esclava dio un paso al frente y se interpuso en su camino.

—¿Qué miras? —gritó Kalya con desprecio.

Sin embargo, la esclava siguió mirándolo en silencio; era la madre a cuyo niño había maltratado Kalya en tantas y tantas ocasiones, torturándolo a latigazos ante sus propios ojos. «¡Por Dios, solo tenía ocho años!», quería gritarle. Sus ojos se llenaron de lágrimas de impotencia al recordar aquellas escenas y, en un impulso, le escupió a la cara. Muchos esclavos a su alrededor asintieron con lágrimas de resarcimiento.

Kalya se quedó atónito, como si aquello no pudiese ser cierto. Humillado, alzó la mano para golpearla, pero inmediatamente el resto de los esclavos se lanzó sobre él con saña, derrumbándolo sobre la cubierta y desgarrando sus ropajes en jirones, entre abucheos e insultos de venganza. A su alrededor, los secuaces permanecieron impasibles, incapaces de controlar a la turba. Kalya desapareció bajo una oleada de puños y patadas que cayeron sobre todo su cuerpo, dejándolo sin respiración. Apenas le dio tiempo a gritar.

Por fin se había hecho justicia.

28

Lady Charmed observaba la escena sin dar crédito. Nada había salido según lo previsto.

—¡Todos se han vuelto locos, capitán! —gritó enloquecida, con los ojos desmesuradamente abiertos—. No tendré potestad sobre los esclavos de las Compañías, pero esta es mi esclava, solo mía; y solo yo tengo derecho sobre ella, por lo que pienso castigarla lanzándola del barco ahora mismo —afirmó tirando a su esclava del brazo.

Aliena no dijo una sola palabra en contra, no suplicó, no lloró; simplemente se dejó arrastrar hasta la barandilla con la mirada gacha, totalmente hipnotizada, como si hubiese abandonado toda esperanza. Había algo inquietante en su silencio, como la calma que precede a la tormenta.

—Tírate —le espetó lady Charmed tratando de empujarla.

El capitán, junto con Hishâm Akil y algunos burgueses más, vio el espectáculo con impotencia. Lady Charmed estaba en lo cierto, nadie podía intervenir, y sintieron lástima por su esclava.

De repente, Aliena levantó el rostro y la miró a los ojos.

—No.

Lady Charmed la atravesó con la mirada y los dientes le rechinaron con fuerza.

—¿Qué has dicho? ¡Te ordeno que te tires inmediatamente!

Aliena la retó con la mirada.

—He dicho que no. —Lady Charmed levantó el brazo para abofetearla, pero Aliena le agarró la muñeca en el aire—. No se atreva a volver a tocarme nunca más. —Todo el cuerpo le palpitaba con fuerza.

Lady Charmed se volvió hacia el capitán, zafando su muñeca de un tirón.

—¿Va a tolerar semejante rebelión? Haga que sus secuaces la lancen por la borda —ordenó ofendida, entre lágrimas.

El capitán sonrió sarcásticamente.

—Como usted ha dicho, querida, esta es su esclava y tan solo usted tiene potestad sobre ella. Lo que suceda con ella es tan solo asunto suyo.

—¿Cómo se atreve? —Lady Charmed parecía no creer lo que escuchaba—. Pienso denunciar esto ante el Tribunal de Chancery.

El capitán se encogió de hombros y se alejó. Aliena lo imitó, dando media vuelta a paso ligero y sintiendo cómo le temblaban las piernas. ¿Qué sería de su vida ahora? Se preguntaba cómo encontraría a su padre. Ni siquiera sabía si estaba vivo...

A lo lejos, el sol brillaba en el horizonte, tiñendo las nubes de un fulgor dorado. El viento le sopló en el rostro. Comenzaba un nuevo viaje para ella.

—Ven ahora mismo, ingrata, y arrodíllate ante mí —la insultó a sus espaldas lady Charmed—. Un paso más y haré que te azoten hasta que mueras. ¡Vuelve ahora mismo...! —se desgañitó ridículamente como una urraca, agitando el cuerpo entero entre lágrimas de humillación, hasta casi quedarse afónica.

29

Dos horas después la nave alcanzó tierra firme, atracando en el puerto de Alejandría.

Yuseph supo a través de los esclavos que se encontraban en Egipto, donde aquella misma mañana serían vendidos en el mercado. Al escuchar aquellas palabras un estremecimiento le recorrió el cuerpo.

Se preguntaba dónde estaría Aliena. Tenía que despedirse de ella antes de que fuese demasiado tarde.

De su compañera. Su amiga. Su guía.

Hacía tiempo que había comprendido que tenían algo muy preciado. Un amor por el que debía estar agradecido y que ahora lo aclamaba con todo su poder.

Al girarse, Yuseph descubrió en la esquina una silueta sentada contra la pared, escondiendo el rostro entre las rodillas, embargada por la humillación: era Kalya. En ese momento, como por un magnetismo extraño, él levantó el rostro y durante unos instantes sus miradas coincidieron con frialdad. Al verlo, Yuseph suspiró con dolor.

Había sido una ardua batalla, pero había vencido. No había aplausos, ni regocijos, ni vítores, ni premios ni agasajos. Simplemente eran dos hombres, el uno frente al otro. Pero él había vencido.

Kalya volvió a agachar la cabeza y todo él desapareció, engullido por la oscuridad de las bodegas.

¿Qué sucedió con él en adelante? Nadie lo sabe.

Yuseph volvió a pensar en Aliena. Tenía que salir a buscarla, pensó mientras se encaminaba hacia la salida, pero justo en aquel momento varios secuaces irrumpieron en las bodegas, blandiendo el látigo contra el suelo y obligándolos a ponerse en fila entre empujones y amenazas. Algunos esclavos gritaron asustados. A Yuseph lo apelotonaron junto a una pared, esposándolo de las manos y encadenándolo a una larga fila de esclavos.

Entonces, varios secuaces los empujaron por la espalda, obligándolos a iniciar la marcha. Asustados, los esclavos obedecieron lentamente, hasta acompasar el ritmo de sus pasos. Luego subieron a cubierta.

En el exterior reinaba el bullicio, aglomerándose toda clase de gente: pasajeros descargando sus equipajes, aduaneros y oficiales del puerto, mozos de carga, gremios y artesanos de todo tipo, encargados de reparar la embarcación...

Solo se oían gritos y el tañido de los martillos. Mientras algunos marineros bajaban el gallardete hasta la mitad del mastelero, otros izaban el pabellón o arrollaban las velas.

Yuseph comenzó a sentirse invadido por el miedo. Tenía que despedirse de Aliena. Tan solo pensar en ella lo emocionaba. Para Yuseph, Aliena era el motivo de existir. Una bellísima persona. Una personalidad desbordante. Un carácter impetuoso. Un ánimo jovial. Un amor infinito. Un cariño insuperable. Una fidelidad inquebrantable.

Angustiado, frenó la marcha de toda la fila y la buscó con la mirada, barriendo la cubierta de un lado a otro con rapidez.

No estaba en ninguna parte, y comprendió que ya nada volvería a ser igual.

Un secuaz lo empujó con desdén, obligándolo a seguir. Habían construido una rampa de madera que descendía hasta el pantalán y comenzaron a bajar a través de ella.

Desesperado, Yuseph gritó al vacío:

—¡Aliena! ¡Aliena! ¿Me escuchas? —gimió con el rostro desgarrado—. Por favor, Aliena, ¡responde...!

Un secuaz le ordenó silencio entre insultos y alguien habló a lo lejos:

—¡Yuseph, estoy aquí!

Rápidamente, se giró hacia el lugar de donde provenía la voz, como un girasol en busca del último rayo solar.

Entonces, en aquel preciso momento, la divisó.

Se encontraba de pie sobre la cubierta, justo al otro lado del barco, azotada por el viento y vestida completamente de negro bajo una túnica que le cubría el cabello. Estática.

Ahí estaba su gran amor.

Su gran tesoro.

Sus ojos azules lo observaban con tristeza, despidiéndose. Quizá no volviesen a verse jamás. Los dos quedaron en silencio. Aliena lloraba y Yuseph sintió un deseo irrefrenable de besarla, de decirle que la amaba.

Se sintió embriagado por gratos recuerdos en las bodegas, por momentos de amistad transcurridos entre risas, por haberle obsequiado sus cuidados, por haber llorado junto a él, por aquellas palabras y por aquellas sonrisas.

No sabía qué decir o hacer. Simplemente quería aferrarse a ella, abrazarla y gritar que la añoraría muchísimo. Que pasaría demasiado tiempo, pero ello no sería razón para olvidarla. Que un gran pedazo de su corazón le pertenecía. Que la quería...

Un secuaz tiró de él obligándolo a descender. Yuseph se precipitó un par de pasos y, cuando miró atrás, era demasiado tarde: Aliena había desaparecido. Ya no estaba.

Desde aquel día, jamás volvió a ver a Aliena... y la mujer que años más tarde se encontraría ya no sería ella.

Avanzaron por el pantalán y se adentraron en el pueblo a través del desembarcadero. Las calles estaban atestadas de hombres con caftanes y cofias y los puestos de carne y fruta inundaban las esquinas. Algunos niños los siguieron entre risas, gritándoles. Pero Yuseph solamente podía pensar en Aliena. ¿Qué sería de ella?, se preguntó con pavor. Solo rezaba para que fuese feliz, deseando que, en su lugar, todas las desgracias que le estaban destinadas pesasen sobre él. Un dolor terrible le oprimía el corazón y pensó que jamás volvería a ser el mismo. Sin ella no tenía razón de vivir.

Entonces recordó la carta que había recuperado; se llevó las manos hasta el calzón y la extrajo con dificultad. La abrió tan discretamente como pudo con las muñecas esposadas y leyó lo que había escrito.

Yuseph sintió cómo las lágrimas le saltaban de los ojos. Solo había cuatro palabras:

«RECUERDA: ESTO TAMBIÉN PASARÁ».

PARTE V

La vida pondrá a prueba tu valía.
Será justo entonces cuando tendrás que ganarte
tu destino y demostrar lo que vales
sin olvidarte de ti mismo.

1

Yuseph miró la plaza. Estaba repleta de tratantes, oportunistas, burgueses e incluso sacerdotes, llamados cínicamente «hombres de bien», todos ellos clavando sus ojos en él, como hienas hambrientas, dispuestos a devorarlo como carnaza.

Lo habían atado con las manos en alto a un larguero para exhibirlo como a una res. El sol le destellaba en los ojos, nublándole la visión. Todo el cuerpo le dolía y sentía que le flaqueaban las fuerzas.

Era el último.

Antes de él habían vendido uno a uno a todos los esclavos, al precio único de un *qirsh*[1] de plata por compañero.

---

[1] Moneda egipcia conocida como piastra, que estuvo en circulación hasta 1834 y que a su vez se dividía en 40 parahs.

Yuseph había sentido que su alma se partía en dos al observar cómo se alejaban arrastrados por sus nuevos amos. Como si lo separasen de sus hermanos, con los que tantos meses había convivido bajo un mismo techo, compartiendo en silencio los puños, el hambre y la desesperación, desahogándose hombro con hombro, compartiendo vanas esperanzas y lágrimas furtivas en la oscuridad de las noches.

Vio cómo arrastraban al sabio anciano que tanto lo había instruido; al muchacho retrasado, que había resultado ser más inteligente que todos ellos; a la madre cuyo hijo tantas veces había azotado Kalya. ¿Qué sería de ellos?, se preguntó tristemente.

Lo invadió una profunda sensación de impotencia. En lo más hondo de su ser sabía que no volvería a verlos jamás.

Algunos comerciantes subieron a la tarima y lo inspeccionaron de cerca, metiéndole sus sucias manos en la boca para comprobar el estado de sus dientes, palpándole los pies y las manos, mientras hacían cálculos de los beneficios que les reportaría, como si no se hallasen ante un semejante, sino ante un simple bulto de mercancía.

Aunque temía por el nuevo revés de su futuro, su corazón estaba distraído. No podía dejar de pensar en Aliena. En su aliento, su sonrisa, su mirada frágil.

¡Qué injusta era la vida!

Miró una vez más a todos los presentes y deseó con toda intensidad salir de aquella situación. Le parecía que estaba atrapado en un sueño del que era imposible despertar.

«Un día estaré en vuestro lugar», pensó.

—Este esclavo no aparece registrado en el archivo de las Compañías —anunció el vocero, silenciando a los presentes—. Se trata de un esclavo ilegal, por lo que el gobernador de Egipto ha decidido que será subastado. Su origen es incierto y sus cualidades, desconocidas.

El vocero se volvió hacia Yuseph y en voz baja le preguntó qué sabía hacer. Yuseph sintió cómo toda la plaza lo acribillaba, esperando su respuesta. Meditó durante unos instantes, tragó saliva y pronunció en voz alta:

—Sé dormir cuando se acerca la tormenta.

Varios mercaderes rieron con desconcierto mientras otros se molestaron ante lo que consideraron una mofa. Irritado por su osadía, el vocero le lanzó un bofetón e inició la puja por medio florín.

Algunos mercaderes pujaron con desinterés, hasta que, de pronto, alguien gritó a lo lejos:

—¡Un *qirsh!*

Varias cabezas se giraron hacia atrás con curiosidad. Un hombre orondo ataviado con ricas vestiduras se fue abriendo paso entre la gente, seguido por un esclavo que cargaba con su equipaje. Tenía el rostro sonrosado e iba repeinado impecablemente. Yuseph lo reconoció al instante: era Hishâm Akil.

El corazón le dio un vuelco de alegría y por primera vez comenzó a sentir un atisbo de esperanza. Había venido a cumplir la promesa que le había hecho en el barco. Lo ayudaría a ser libre.

Cuando estuvo ante la tribuna, sus miradas coincidieron por un instante en que Hishâm le sonrió con disimulo. A su alrededor todos permanecían en silencio. Nadie estaba realmente interesado en el esclavo. Era demasiado escuálido y estaba cubierto de heridas. Apenas sobreviviría un par de semanas; era una mala inversión.

El vocero esperó unos instantes y, como no hubo réplica, todos dieron por hecho que ahí terminaba la puja y Yuseph quedaría adjudicado a Hishâm. Sin embargo, en aquel momento, un grupo de hombres, cubiertos con armaduras como si fueran tortugas de bronce, se abrieron paso entre la muchedumbre a paso ligero, gritando con la mano en alto mientras se acercaban.

—¡Tres *qirshs!*

Estalló un racimo de murmullos, mientras Yuseph alcanzaba a escuchar la conversación de un hombre cercano a la tribuna, que le comentaba a otro:

—¿No son esos los hombres de...? —preguntó, señalando a los guardias que llegaban—. ¿Por qué están interesados en ese esclavo?

El conjunto de guardias se dirigió hasta el entablado, junto a Hishâm Akil, que asistía a la escena con total sorpresa. Eran altos, de aspecto firme y digno. Pero nadie podía verles el rostro, porque lo tenían cubierto tras cotas metálicas.

Sin embargo, entre toda la muchedumbre, alguien sí pareció reconocerlos: un anciano huesudo y encorvado como un caracol, de nariz sobresaliente, como si se tratase del pico de un papagayo. Vestía un lienzo blanco y una barba primitiva le serpenteaba hasta la altura de las rodillas. Se irguió con astucia y, levantando el brazo, superó la puja rápidamente:

—¡Cuatro *qirshs!*

Yuseph e Hishâm asistieron asombrados al espectáculo. Algún interés oculto se escondía tras aquellos hombres.

Se alzó un murmullo general. El grupo de soldados, desorientados ante aquel revés, volvió a pujar enérgicamente:

—¡Cinco *qirshs!*

Ahí parecía disputarse algo más que Yuseph. Nadie en la plaza aparentaba comprender el repentino interés por aquel esclavo. Yuseph se preguntaba por qué ofrecían semejante fortuna por él cuando un siervo no valía más de *qirsh* y medio. No deseaba caer en manos de ninguno de ellos. Se volvió hacia Hishâm en busca de ayuda, pero él le devolvió una mirada embargada de impotencia y Yuseph lo comprendió: era demasiado dinero para Hishâm, no podía competir con ellos.

Al momento, perdió toda esperanza de libertad.

El mercader huesudo pareció enfurecerse y su cara adquirió un tono rojizo cuando abrió la boca para gritar de nuevo hacia el grupo de guardias:

—¡Diez *qirshs!* —determinó con altivez.

¿Quién sería aquel hombre?, se preguntó Yuseph con recelo.

Hubo caras de sorpresa y comentarios entre la gente.

—Mejor será que no caiga en sus manos o estará perdido —comentó la esposa de un mercader—. Solo lo quiere por un motivo...

Yuseph se sintió invadido por el pánico. ¡Ojalá hubiese tenido las manos desatadas para aferrarse a su amuleto!

El grupo de guardias quedó en silencio, mirándose unos a otros con turbación, sin saber qué resolución tomar. Cinco florines era una fortuna, casi el sueldo de todos ellos durante un año. Quizá el viejo les estaba tendiendo una trampa. Comenzaron a discutir entre ellos mientras el vocero los presionaba para que tomasen una decisión precipitada.

—Vendido por diez *qirshs* a la una, por diez *qirshs* a las dos, por diez...

—¡Alto! —gritó el cabecilla de los soldados ante la visible irritación del hombre encorvado—. ¡Ofrecemos cincuenta *qirshs!*

Todo el mundo comenzó a hablar con el de al lado alzando el grito al cielo, sin creer lo que habían escuchado sus oídos. Fruncían el ceño y se reían nerviosos. «¿Ha dicho cincuenta *qirshs?* ¡Qué barbaridad! ¡Imposible! Nadie dispone de tanto dinero». El mercader que había pujado hasta aquel momento pareció temblar de ira ante su derrota; luego dio media vuelta y se marchó a grandes zancadas, abriéndose paso entre la gente a empujones. Nadie valía cincuenta *qirshs.*

El vocero, frotándose las manos de alegría, dictaminó:

—¡Vendido el esclavo a los señores!

Lo último que Yuseph vio desde la tarima, que años más tarde recordaría con melancolía, fue la mirada impotente de Hishâm. No pudo menos que sentir un profundo agradecimiento hacia él.

Sin saber que a partir de aquel día no volvería a verlo jamás.

2

El vocero liberó los brazos a Yuseph y lo obligó a bajar por una pequeña escalinata. Mientras, al otro lado del entarimado, el adalid de los soldados le entregaba al tesorero una bolsa de terciopelo púrpura repleta de tintineantes monedas. Todos los presentes clavaron su mirada en la saca, fascinados. ¿Qué escondía aquel esclavo para ser tan valioso?, se preguntaban confusos. Y no podían menos que negar con la cabeza. ¡Qué manera de desperdiciar una fortuna!

Sus nuevos amos tiraron de él por las cadenas y lo obligaron a seguir sus pasos. Algunos burgueses, pasmados, les abrieron camino, siguiéndolos con la mirada hasta que se perdieron entre la muchedumbre.

Con la misma sorpresa asistía Yuseph al nuevo revés de su destino. Todo estaba sucediendo tan rápido que apenas tenía tiempo de pensar. La plaza estaba abarrotada de gente y todo era un remolino tumultuoso a su alrededor. Pobre de él, que llegó a fraguar la esperanza de poder escapar de sus nuevos amos.

¿Dónde le llevaban? Y ¿por qué habían pagado aquella cantidad exagerada por él? ¿Qué tenían en mente hacer con él? ¿Poseía algo que tuviese tanto valor? ¿Acaso su amuleto?, pensó aterrorizado aferrándose a él.

Le sumergieron a través de un laberinto de angostas y oscuras callejuelas, donde apenas había ya comercios ni transeúntes. Poco a poco, le escoltaron hasta los confines de la ciudad, donde las construcciones comenzaron a distanciarse, salpicadas aquí y allá a capricho. El sol volvió a colarse entre la umbría y los caminos se volvieron de tierra. Yuseph vio entonces cómo se abría ante sus ojos el campo raso y, en medio del camino de tierra, los esperaba una interminable caravana de carromatos y decenas de hombres con el rostro enmascarado. Todos ellos se quedaron en silencio al verlos aparecer.

Lentamente, le guiaron hasta el final de la comitiva, donde había una carreta bruta, al descubierto y hervida bajo el sol, que era arrastrada por un camello.

—Sube y pongámonos en marcha —prorrumpió el adalid, señalándola—. Esperábamos solo por ti. El amo estaba muy interesado en tu adquisición —agregó herméticamente.

¿El amo?

Yuseph obedeció y, con las manos esposadas, se encaramó con dificultad. La madera ardía bajo todo su cuerpo, y se cubrió con el brazo para protegerse del sol mientras todos sus pensamientos bullían de confusión y temía por su vida y su futuro. ¿Adónde le llevaban? ¿Quién era su amo? Y ¿por qué estaba tan interesado en él?

Rápidamente, los guardias se repartieron entre los carromatos. En la vanguardia el bajá lanzó un grito como señal de partida. Los camellos iniciaron la marcha y, mientras su carreta empezaba a bambolearse, Yuseph observó el océano de arena que se abría ante sus ojos. Olas enormes se recortaban contra el horizonte y pensó, iluso, que quizá pudiera escapar.

Durante dos largos días avanzaron por caminos de piedra, recorriendo algunos pueblos y bordeando el desierto. Blandía un sol terrible y afilado, que los hostigaba implacablemente, y hasta el aire que respiraban ardía en sus pulmones.

Su carromato era el único al descubierto y uno de los guardias lanzó a Yuseph un manto con el que cubrirse.

Al acercarse el cénit, solían detenerse varias veces para cobijarse bajo un árbol o al socaire de alguna roca solitaria para tomar agua y algún tentempié. Nadie hablaba con él y tampoco Yuseph se atrevió a dirigirse a ninguno.

Por las noches, la temperatura descendía drásticamente, hasta taladrarle los huesos. Encendían entonces una pequeña fogata y dormían alrededor del fuego, en silencio, como si de un ritual sagrado se tratara.

La última noche sentía los pensamientos entumecidos y permaneció observando el horizonte árido y desolado, como si jamás nadie hubiese pisado aquel lugar. Solo un pensamiento latía continuamente en las entrañas de su conciencia: ¿adónde le llevaban?

Todo su destino era un misterio. ¿Por qué su nuevo amo se tomaba tantas molestias por él? Había despilfarrado una fortuna que hombres de la tierra, trabajando toda su vida, no habían logrado jamás. ¿Quiénes eran aquellos mercenarios que había enviado para adquirirlo? ¿Por qué ese interés en él? ¿Acaso le conocía? Si era así, ¿dónde se habían encontrado antes? Su corazón latió con furia. ¿Tenía algo que ver con su sueño? Tragó saliva. ¿Amagi?

Se aferró con fuerza a su amuleto y, cubriéndose con el manto, se dejó caer sobre la tierna arena, que aún conservaba la calidez de la mañana.

El universo se abrió ante sus ojos y se sintió diminuto observando aquel abismo insondable, que a su vez le observaba a él. Respiró el aire frío y contempló maravillado aquel caos brillante y místico. Estaba preparado para lo que la vida le deparase.

De algún modo intuía su futuro incierto. Conocía —por boca de los peregrinos en ad-Dār al-Baīḍa— que las caravanas solían dirigirse a la gran ciudad de El Cairo, donde imperaban las leyes de los franceses y residía la sucursal del Tribunal de Napoleón. Solo había, pues, una persona ruin y cruel en este mundo, una mujer despojada de su alma, dispuesta a dilapidar su fortuna para vengarse de él: lady Charmed.

Había pasado de ser un esclavo a ser un preso del emperador, y solo le esperaría la horca. Pero no tenía miedo. En aquel instante en el que todos dormían, solo él estaba despierto bajo aquel universo misterioso y primitivo y todo su ser gritaba a la vida.

Sentía la tentación de huir, pero las cadenas le retenían, amarradas a la pierna del adalid, que permanecía apoyado sobre una roca, con los ojos cerrados, en una respiración rítmica.

Quizá fuera por el peso de su mirada que en aquel preciso momento los ojos del adalid se abrieron topándose con los suyos. Asustado como si hubiese recibido una bofetada, agachó los ojos mientras las últimas llamas de la fogata crepitaban en el silencio nocturno.

Fue como si aquel hombre hubiese leído en su frente las tribulaciones que ensombrecían su espíritu, porque, sin saberlo, Yuseph recibió la respuesta a todas sus preguntas.

—¿Sabes quién es tu amo? —prorrumpió, observándolo fijamente. Las llamas se reflejaban en sus pupilas ardientes.

Yuseph le devolvió la mirada, pero permaneció en silencio. El corazón le latió con fuerza al acercarse el momento de confirmar sus sospechas. Sabía el nombre que leerían sus ojos... y tragó saliva. Era una mujer que conocía demasiado bien. Casi podía intuir los labios del hombre al pronunciar su nombre. No obstante, sus oídos escucharon algo distinto. ¡No era lady Charmed!, sino un nombre que le sorprendió hasta azotarlo.

—El Judío —pronunció el adalid. Justo entonces, las llamas se ahogaron en un suspiro y el humo gris ascendió en la noche como un ánima, hasta quedar ellos en la más absoluta oscuridad—. Cuando saliste a subasta, el amo nos ordenó que te compráramos. Tuvimos que ofrecer por ti lo que no ganaría un banquero en todo un año para acabar con la puja del otro hombre. Él tenía otros intereses más oscuros por ti. Ahora eres demasiado valioso como para perderte —comentó señalando las cadenas.

Pero Yuseph apenas podía escuchar sus palabras. En sus oídos aún retumbaba aquel nombre críptico: ¡el Judío! ¿Quién era aquel hombre? ¿Qué sabía de él, del hombre más poderoso en la Tierra, que ningún reino ni emperador había logrado igualar jamás? Lo primero que había escuchado sobre él —recordó— se lo había revelado Aliena: «El Judío es el hombre más rico y poderoso de los reinos de Occidente. Todos los trenes, los barcos o grandes negocios de Europa pertenecen al Judío. Es un hombre extraño, nadie lo ha visto jamás. Corre el rumor de que viaja en este tren, observándonos, aunque siempre se dice lo mismo. La llaman "la leyenda del Judío"».

Le recorrió un escalofrío.

¿De modo que ese hombre estaba interesado en él? No habría podido sorprenderse más si hubiese descubierto un escorpión sobre su hombro. ¿Por qué? ¿Cuándo lo había conocido? Tenía miedo. Sintió que todos sus pensamientos bullían de confusión; se sintió humilde e ínfimo, pero también agradecido y afortunado.

A su lado, en la oscuridad, ya no podía ver si el adalid seguía despierto, pero volvió a escuchar al cabo de un rato su respiración acompasada.

Se volvió entonces hacia el universo, brillante y brumoso, y respiró con regocijo. Le esperaba una nueva aventura, pensó. Estaba preparado para superar las pruebas del destino; esta vez tenía bajo sus pies el andamio de la experiencia. Era un hombre nuevo.

El Yuseph que había subido al barco y el que bajó de él eran completamente distintos. La vida lo había transformado, lo había endurecido, lo había profundizado.

Estaba preparado para mantener la confianza en sí mismo cuando todos desconfiasen de él, para esperar los frutos de la vida, aunque lo engañasen, le mintiesen o le odiasen. Estaba preparado para resistir aunque manipulasen a los demás en su nombre. Y para hacer frente a las vicisitudes de la vida y salir victorioso, pensó con orgullo.

«Juro que yo mismo construiré mi vida —pronunció en lo más hondo de su alma—. No volveré a culpar o a quejarme de nada ni de nadie jamás. Caeré y me levantaré; fracasaré y lo celebraré; aprenderé de cada tropiezo, con la mirada en mi meta, en mis objetivos, en mis deseos y en mis aspiraciones. Solo así, el más grande de los obstáculos no me parecerá más que una diminuta piedra en el camino».

Entonces, sus ojos se cerraron lentamente y cayó en un sueño profundo, en una noche profunda.

En aquel instante, una estrella fugaz cruzó el ocaso.

Finalmente, en la tarde del segundo día, después de muchas horas viajando a través del desierto, los camellos aminoraron la marcha. Yuseph se giró con curiosidad para ver lo que sucedía en la vanguardia y observó que había surgido un obstáculo en el camino: una muralla de piedra. Los carros se arrastraron hasta detenerse por completo ante el gigantesco portón de madera. Varios guardias se apearon de la caravana para hablar con los centinelas que protegían el portazgo.

Yuseph sintió un nudo en el estómago. No hacía falta que nadie se lo dijera porque ya lo sabía: habían llegado. Era el final del viaje y estaba a punto de desvelarse todo el misterio. Pronto comprendería por qué había llegado a aquel lugar.

Suspiró nervioso mirando a su alrededor y algo captó su atención. Había una sombra oculta entre los árboles de la calzada, inmóvil como una estatua. Yuseph la observó con curiosidad y la figura abrió los párpados y le clavó la mirada, sonriendo con su boca sin dientes. Era una anciana, cubierta de pellejos y arrugada como un dátil maduro, sentada sobre el tocón de un árbol con las piernas abiertas.

Más adelante, las puertas de la muralla se dislocaron en un sonido mecánico, abriéndose lentamente. Yuseph comprendió que no quedaba mucho tiempo.

—Dígame, ¿cómo son los habitantes de este pueblo al que me llevan? —le preguntó con desesperación—. ¿Hay alguien que me pueda ayudar?

La vieja clavó sus pupilas negras en él, pero no respondió. Simplemente hizo otra pregunta.

—¿Cómo eran los hombres y mujeres de la ciudad de la que vienes, muchacho? —pronunció con un hilo de voz harapiento.

Yuseph recordó todas las personas que había conocido en su viaje y las palabras salieron de sus labios hipnotizadas.

—Mezquinos y aprovechados —respondió abochornado de su propia contestación, pues a menudo se avergüenza más el que ha sufrido la humillación que el propio agresor—. Sufrí mucho y por eso hui de aquel pueblo.

—Pues así son los habitantes de aquí —respondió la anciana, encogiéndose de hombros—. Solo hallarás mezquinos y aprovechados. Nadie te ayudará y sufrirás tanto o más.

Yuseph sintió que su alma se encogía de angustia ante aquellas palabras malditas. Al verlo, la anciana comenzó a reír a carcajadas, con un brillo extraño en la mirada, como si se burlase de él o le hiciese gracia su sufrimiento.

Yuseph la observó con el ceño fruncido y dedujo que debía de estar borracha.

No debía haber hablado con ella.

Por eso agradeció que en aquel instante su carro retomase la marcha y se alejara lentamente. Ante sus ojos, la anciana se encogió cada vez más en la distancia, sonriendo con su boca desdentada. ¿De qué se reía aquella mujer abyecta?

De repente, la anciana gritó desde la lejanía:

—Las personas siempre reciben lo que esperan recibir. Quien solo conserva lo malo de su vida, nunca hallará nada bueno, vaya donde vaya. La traición y la desconfianza no están en la gente, están en tus ojos y los traes contigo.

Fue como un mazazo. Yuseph sintió que se le derretía la vista y asintió con la cabeza: no era ninguna borracha, era una sabia.

Desgraciadamente, no hubo tiempo de pensar en ello, porque en aquel momento se adentró en la muralla.

3

En cuanto estuvieron todos dentro, las puertas se cerraron a sus espaldas.

Yuseph se asomó con angustia para descubrir adónde lo llevaban. Cuando alcanzaron el otro lado se quedó paralizado.

—¡Dios mío! —se escapó de sus labios.

Jamás había visto nada igual. ¿Qué lugar era aquel?

Sus ojos, abiertos como ventanas, contemplaron un oasis en medio del desierto. Lagos, jardines de verde y flores, palmeras, caminos de mármol que serpenteaban entre casas y edificios de piedra que se elevaban centenares de metros hacia el cielo; ventanas de cristal, tejados de arcilla, esbeltas columnas jónicas que sostenían arcos de cerámica; fuentes de agua gorjeante y, paseándose, hombres y mujeres vestidos con bordados de cristales brillantes, turbantes de seda, pulseras de oro y zapatos de piel; hasta cuando reían, sus dientes parecían perlas. Se sintió indigno, sucio, repulsivo y diminuto, pues el pez solo descubre la existencia del agua cuando sale de ella. Miró sus pies descalzos y negros de inmundicia; su ropa estaba plagada de manchas amarillas que despedían un hedor nauseabundo a orines. Sentía vergüenza de sí mismo, como si llevase la marca del fracaso en la frente, en la sangre reseca de sus heridas, en el pelo sucio y grasiento que le cubría el rostro. Le pareció que levantaba algunas miradas y se hundió en el carromato como un gato asustadizo. ¿Qué hacía él ahí? No era más que un esclavo sin pasado ni futuro, sin ni siquiera un mendrugo de pan en la barriga, pensó. ¿Qué podía nadie querer de él?

En ese momento lo asaltó una sensación extraña, como si alguien lo observara fijamente, controlando sus movimientos, desnudándolo, taladrándolo con los ojos. Se giró confuso y buscó en derredor. Era la misma sensación que lo había acompañado desde el inicio de su viaje. En el tren, en el pueblo, en el barco... Como un extraño peso sobre su nuca. La carreta comenzó a ascender a través de una ligera cuesta y algo llamó su atención en lo alto del cerro, atrayéndolo como un imán: una inmensa alcazaba a la que se acercaban cada vez más. Yuseph no pudo menos que agarrar su amuleto mientras tragaba saliva. De ahí provenía la energía, aquel castillo era el epicentro y sintió que todo el cuerpo le temblaba de emoción cuando se adentraba en sus confines.

Cruzaron hermosos palmerales en los que se paseaban pavos reales graznando al sol ardiente. Los riachuelos corrían en meandros hasta hermosos estanques plagados de nenúfares y destellos de plata. Fuentes y esculturas pintadas de azufre por el sol limón se entremezclaban en la maleza. Enormes hojas verdes flotaban sobre las aguas como cocodrilos, pero solo podía pensar en una cosa: por fin sabría por qué el hombre más poderoso de la Tierra, ante el que se postraban emperadores, *nawabs*[2], sultanes, zares y visires, del que dependían millones de bocas para comer en todo el mundo y quien con un solo pestañeo podría arrasar pueblos, ciudades y cosechas, un dios todopoderoso en la Tierra, estaba interesado en un pobre zapatero de ad-Dār al-Baīḍa como era él.

¿Qué tenía Yuseph que tanto interesaba al Judío?

El talismán ardió entre las palmas de sus manos y Yuseph lo soltó asustado.

El castillo era fastuoso, con miles de ventanas en forma de herradura bicolor, cúpulas y tejados a dos aguas teñidos de sangre por el sol del atardecer. Cientos de puertas cubiertas de mosaicos bizantinos despedían centelleos tornasolados en el aire de la tarde.

El bajá lanzó un grito al cielo y, despacio, los camellos se arrodillaron uno tras otro, hasta que su carreta se detuvo por fin.

Habían llegado.

Dos guardias aparecieron a ambos lados de la tartana y lo obligaron a apearse. Yuseph obedeció en silencio, mientras el corazón le palpitaba cada vez más, cuando para su sorpresa le zafaron de sus cadenas y lo guiaron con solemnidad hacia la escalinata de entrada.

---

[2] Vocablo de origen urdu. Es un título honorífico ratificado y otorgado por el emperador mogol a los gobernantes musulmanes semiautónomos de los estados principescos en el sur de Asia. *Nawab* generalmente se refiere a los hombres, el equivalente femenino es *begum* o *nawab begum*.

Desde ahí abajo la fachada tenía una fuerza poderosa que lo atraía. Aunque se sintió aterrorizado, una parte de él estaba cada vez más ansiosa por encontrarse con el Judío cara a cara. Atravesaron el portón de oro y se adentraron en el interior del palacio a través de una majestuosa galería de arcos polilobulados, con techos de piedra tan altos como los de una catedral.

Alrededor todo estaba vacío. Solo se escuchaba el repiqueteo de los guardias amplificado por aquellas cámaras laberínticas, donde enormes versos de la Torá cubrían las losas de caligrafía y vegetales tallados en estuco trepaban por las paredes de forma intrincada, con incrustaciones de lapislázulis, malaquitas, jaspes, cornalinas, turquesas o zafiros tibetanos. No había un solo centímetro desnudo.

Yuseph lo devoraba todo con los ojos, pero nada de aquello era suyo. Solo estaba de paso, e incluso su sombra infortunada parecía deslucir tanta belleza. El suelo brillante le devolvía su reflejo magullado y apartó la mirada con tristeza.

Caminaron en silencio hasta entrar en una sala de mármol blanco con dos hileras de columnas sobre las que se sostenía un techo abovedado de medio arco, pintado en plata brillante. Al final de la estancia, alguien daba la espalda mirando a través de los ventanales.

Yuseph sintió que le temblaban las piernas y tuvo que respirar con fuerza al ver aquella silueta oscura que se recortaba a contraluz. Vestía una capa de raso negro de una calidad extraordinaria y su postura hierática revelaba la figura de un hombre de espalda viril, con hombros anchos como los de un militar y de apariencia fría, casi gélida.

Los dos guardias que había a su lado hicieron una leve reverencia. Luego, dando media vuelta, se alejaron silenciosamente.

Solo quedaron Yuseph y la figura misteriosa. Un silencio sepulcral se apoderó de la sala y así permanecieron varios minutos.

—Has costado una fortuna —prorrumpió el Judío al fin, pero sin volverse. Parecía absorto en el paisaje que se dibujaba a través de los ventanales—. Mi hermano es demasiado celoso —continuó—, y en cuanto supo que yo estaba interesado en ti, quiso comprarte en un intento por importunarme. Espero que seas una buena inversión.

Su voz era pausada y cavernosa. Quizá por lo débil que se encontraba, le pareció a Yuseph que toda la sala comenzaba a girar alrededor de él. ¿Su hermano? Recordó al anciano que había pujado por él en el mercado de esclavos. Aquel hombre huesudo y encorvado como un caracol, de nariz sobresaliente, que vestía un lienzo blanco. ¡Ahora lo comprendía! Permaneció cabizbajo, sintiendo que el corazón le latía cada vez más fuerte.

En un impulso, la figura se giró y reveló su rostro ante los ojos de Yuseph. Tenía la cara afilada y el cabello, negro como la lava, le resbalaba brillante a cada lado del óvalo, hasta rozarle los hombros. La nariz aguileña como un picacho y la barbilla de piedra desproporcionada. Sus ojos rasgados, como dos grietas profundas, lo observaban intensamente. Era un hombre feo, indómito, aunque terriblemente atractivo.

—Estoy cansado —comentó mirándolo a los ojos, con el orgullo de quien se ha arrancado la máscara y es por fin él mismo—, iba contigo en el primer carro de la caravana.

—Yuseph abrió la boca sorprendido. ¿Había atravesado el desierto junto al Judío?—. No suelo mostrarme en público jamás, Yuseph. —Y esto lo sorprendió aún más. Sabía su nombre; ¿por qué?—. Pero siempre estoy ahí, observando lo que me interesa. Y tú me interesas. —Le clavó sus pupilas oscuras y Yuseph sintió que se paralizaba todo su cuerpo—. Llevo siguiéndote desde los primeros días de tu viaje, cuando coincidimos en el tren que tomaste en Imlil. —Yuseph frunció el ceño. ¿En el tren?—. Aquel día decidí protegerte de lady Charmed porque yo, más que nadie, he sufrido el desprecio de la gente por mi origen. La gente desconfía mucho de los judíos, pero cuando hay que pedir un préstamo vienen a nosotros —reveló con desprecio. Y, tras una pausa, continuó—: Te otorgué el Vagón Real porque había algo en ti que despertaba mi curiosidad. Ordené que te vigilasen en el pueblo, y cuando volviste a mi barco te habías convertido en un esclavo. —Yuseph sintió que la cabeza le daba vueltas. ¡Era él quien lo observaba desde aquel camarote, oculto tras las vidrieras en el barco! ¡Eran suyos los ojos que lo vigilaban continuamente!—. Este nuevo revés sacó a relucir tus cualidades intrínsecas y decidí que serías muy adecuado para mí —continuó—. Tienes algo, Yuseph, que me interesa.

Guiado por el ímpetu, Yuseph se atrevió por primera vez a levantar la mirada del suelo brillante.

—¿Y qué es, señor? —preguntó aturdido.

Todo el cuerpo le temblaba de emoción.

—Algo muy sencillo: eres un buscador. —Ambos se contemplaron durante unos instantes, en silencio—. Necesito gente como tú a mi lado... Aunque no me servirá de mucho que sepas dormir cuando se acerca la tormenta —rio con jocosidad.

Yuseph agachó la mirada, ligeramente avergonzado. Entonces, el Judío se acercó hasta él y le puso una mano sobre el hombro. Lo invadió el calor y notó su pulso fuerte y patriarcal.

—De hoy en adelante trabajarás en todas las labores de la villa —dictaminó—. Quiero ver cómo te desenvuelves, ver tus cualidades y aptitudes. Después escogeremos lo más adecuado para ti.

Como un águila imperial, emprendió el vuelo y se alejó lentamente, seguido por el repiqueteo de sus zapatos.

Al verlo alejarse con su dignidad, envuelto en el eco de sus riquezas, Yuseph apreció un sentimiento nuevo recorriéndole las entrañas, como un ardor que lo embriagase, como si hubiese recibido la picadura de un escorpión y el veneno se extendiese por todo su cuerpo. Por un instante cerró los párpados, aturdido. Era algo nuevo. Años más tarde recordaría siempre aquel instante como uno de los más decisivos y transformadores de su vida, porque fue justo cuando descubrió la ambición.

Se giró hacia la vidriera y contempló el horizonte. El sol moribundo se reflejaba en sus ojos acuosos, que prendían como dos antorchas de fuego tras varios meses de oscuridad.

«Seré el guardián de mis sueños. Como un guerrero, los protegeré contra el mundo —gritó en su mente—. Aprovecharé esta oportunidad con uñas y dientes. Quiero algo mejor para mí y nadie me dirá que no puedo alcanzarlo».

Se comería el mundo. Esta vez sí. Algo en su interior se lo decía.

Treparía si hacía falta, se arrastraría hacia las atalayas más altas, aferrándose a cada peñasco con las manos abiertas. El riesgo a caer en el abismo podía ser inmenso, pero aún más terrible sería desperdiciar su vida fingiendo ser un cordero manso cuando realmente era un león bravo.

Entonces, en lo más interno de su fuero, se prometió que algún día sería también rico y que sería el propio amo quien le daría la libertad en bandeja.

Sabía que debía suceder así...

Sin saber que quien vuela hacia el sol también puede fundir sus alas.

Querido lector, comienza aquí la reconquista. La historia que forjaría la leyenda de Yuseph.

El esclavo que dominaría el mundo.

4

En los días siguientes Yuseph fue ubicado en todos los trabajos de la mansión. Comenzaba por las mañanas con el saneamiento de cuadras, gallineros y estercoleros, para pasar a la cocina y lustrar los fogones; rotaba en la limpieza de chimeneas, mantenimiento de almunias, reparaciones varias, abrillantando suelos, lámparas y muebles hasta bien entrada la noche, cuando llegaba la hora de encender todas las lámparas y candelabros de las estancias inferiores, aderezar las chimeneas de los dormitorios, forjar las puertas y sellar todas las ventanas, cenar y marcharse a dormir.

Así, día tras día. Pero Yuseph era feliz, pues ya no tenía miedo. Nadie le pegaba ni le insultaba; estaba acostumbrado a trabajar, se mantenía ocupado y, de ese modo, su mente no divagaba en pensamientos tristes.

Había en la mansión un total de setenta esclavos ocupados en su cuidado, de los cuales quince vivían permanentemente en las dependencias subterráneas de la servidumbre. Entre ellos ahora estaba Yuseph. Tenían buenas condiciones de vida: dormían dos empleados por cada dependencia y todos sobre catres de paja. Comían cuatro veces al día y podían bañarse en el lago. También disfrutaban de un día libre a la semana, que muchos esclavos aprovechaban para escaparse y ver los combates entre guerreros de Oriente.

Sin embargo, Yuseph no se acomodó; continuaba trabajando, buscando siempre alguna labor que aprender, con la mente puesta en su objetivo. Solo podía pensar en una idea: si sus actos del pasado eran la causa de su presente, entonces su presente era la causa de su futuro y aún tenía una oportunidad de cambiar su vida.

Todos los esclavos eran dirigidos por el mayordomo de la casa. En cuanto este aparecía, le debían los máximos respetos. Se trataba de un hombre taciturno, que rondaría la cincuentena, pero, a pesar de ello, se conservaba dignamente. De tez olivácea y cabellos canosos y brillantes. Los ojos profundos y azules y una mirada triste que lo acompañaba como una sombra. Caminaba siempre muy erguido, vigilante y haciendo cumplir el deber como si de un oficial se tratase. Severo, pero bondadoso.

Con todo, una nueva desgracia oscurecía sus días. En ausencia del mayordomo, el resto de los esclavos habían comenzado a burlarse de Yuseph, alentados por Golu, un esclavo panzón y altanero que parecía haberle tomado rabia por su honrada dedicación al trabajo. Sentía envidia de ver hacer a Yuseph con alegría lo que él debía hacer a regañadientes y, por tanto, no quería que nadie lo hiciera. Así es la envidia, una declaración de inferioridad.

Cuando despertaba por las mañanas, había un cubo de agua sobre la puerta, y más de una vez Yuseph se empapó hasta quedar alerta. Luego aparecían riéndose de él. Al principio, Yuseph también había reído la gracia. Pero llenaban sus zapatos con arena, escondían clavos en su catre, le ordenaban recados equivocados y terminó por exasperarse. Habló con ellos, pero no podía hacer mucho más, porque excusaban cualquier vileza tildándola de broma. Más aún, lo despreciaban por no tener mayor sentido del humor.

Yuseph resolvió entonces no decir nada para no armar alboroto. Estaba en desventaja; era nuevo y al primero que expulsarían sería a él. Bajo ningún concepto estaba dispuesto a disgustar al amo por culpa de unos necios.

Así que, después de reflexionar profundamente, tomó una resolución. Los castigaría haciéndoles el bien.

Ni dagas ni espadas ni trabucos de fuego; la fuerza de una sonrisa sería su nueva arma, pensaba para sí mismo. Su camino no era fácil, pero la victoria era segura. Quería probar cuán fuerte era realmente. Insultarlos, pelearse y enfadarse era fácil, pero para tener paciencia y ánimo había que ser fuerte, no era cosa de flojos. Solo así podría ganarse el corazón de sus enemigos.

Pasaron las semanas y cada día Yuseph les permitía que lo atacasen. Él no levantaba la voz ni las manos, pero tampoco abandonaba su camino de resistencia pacífica. Sabía que algún día los embargaría la vergüenza. Un día, su odio menguaría y crecería su respeto por él.

En cierta ocasión, ante una humillación, los miró a los ojos con una sonrisa y añadió:

—Muchas gracias, hermanos...

Algunos fingieron no haber escuchado, hablando en voz alta, pero por un instante desviaron la mirada avergonzados, sin saber que nunca es demasiado tarde para corregirse, porque después de nacer como humano lo más importante es aprender a ser humano.

Pero si aprendieron o no la lección, eso es algo que solo sabremos más adelante.

5

Una de aquellas noches Yuseph se levantó con el rostro arrugado. El dormitorio olía terriblemente mal. Era un olor nauseabundo cuya procedencia no hubiera podido determinar con exactitud. Rápidamente, abrió la puerta y salió al pasillo para averiguar qué estaba provocándolo. Descubrió sorprendido que también el pasillo apestaba, pero del mismo modo los salones, dormitorios, cocinas y servicios. Todo. Aquella pestilencia venía de más lejos, pensó, mientras avanzaba por los corredores y buscaba la puerta hacia el exterior. Se trataba de un hedor que parecía provenir de todos lados. El amo se pondría furioso, concluyó para sí. Abrió la puerta hacia los jardines y cuando salió lo recibió la misma nauseabunda pestilencia. ¿Qué estaba pasando? Parecía que el mundo entero oliese mal. Yuseph sintió la tentación de vomitar y buscó en derredor, confuso.

Al cabo de unos segundos, escuchó a sus espaldas un estallido de risas. Se volvió rápidamente y encontró a varios esclavos riéndose y señalándolo como a un payaso. Parecían realmente divertidos y Yuseph no comprendía por qué reían. ¿Acaso no les afectaba el olor a ellos? En aquel instante, Yuseph se llevó los dedos a la nariz y sus yemas se humedecieron. Fue cuando lo descubrió: habían cubierto su nariz con algún mejunje.

Levantó la mirada hacia ellos, con el ceño fruncido.

—¿Te gusta el huevo podrido? —gritó uno de los esclavos entre carcajadas.

Yuseph entendió entonces que no era el mundo entero el que olía mal, era él solo.

Mientras sus compañeros se reían sin parar, algo en aquella situación le hizo recordar las palabras de la anciana ante la muralla del pueblo: no vemos lo que es, sino lo que creemos; estamos condicionados por nuestro pensamiento y creemos gustosamente en aquello que se acomoda a nuestros deseos. Él también rio con el corazón, a carcajadas, agradecido a ellos por recordarle aquella lección tan valiosa.

Sorprendidos ante aquella reacción, el resto de los esclavos se quedaron callados y lo miraron con rostro confuso.

6

Los días fueron pasando sin que ningún acontecimiento importante los remarcase. Yuseph trabajaba de sol a sol. Ni siquiera perdía el tiempo en comer si no sentía hambre. Cuando terminaba su quehacer, ayudaba a los demás o se empleaba en otras labores que no aparecían en la lista de deberes. Después, cuando todos se marchaban a dormir, seguía trabajando hasta tarde, bajo la luz de la luna, y se ocupaba de que todo quedase en su sitio, prometiéndose una y otra vez que todo aquel sacrificio tendría algún día su recompensa y que se abriría paso con el sudor de su frente. Ya no. Ya no quería perder un día más. Quería tener seguridad; había pasado días muy dolorosos como para olvidarlos. Soñaba con volver a su hogar, vivir protegido y tranquilo, en libertad, trabajando de zapatero.

Entonces sonreía para sí mismo.

Era curioso cómo había acabado pareciéndose a su padre, después de haber luchado contra aquel destino con toda su fuerza.

¡Cuánto lo echaba de menos!

A veces, cuando todos dormían en palacio, Yuseph se sentaba junto al estanque, en la oscuridad de la noche, para contemplar la luz de las estrellas. Había en todo ello algo doloroso, algo vago. Algo que le hacía recordar a su padre.

¡Qué lejos estaba de su hogar!, suspiraba tristemente.

Se preguntaba qué hacía en aquel lugar tan extraño para él. ¿Adónde lo llevaba la vida y qué sentido tenía todo lejos de la única persona que lo quería en este mundo?

¡Pobre Baba Jan! ¡Lo había abandonado en sus últimos días!

Entonces, una oleada de ansiedad le invadía el pecho. ¡Cuánto le dolía haber dejado mal recuerdo en aquel que siempre había sido fiel y bondadoso con él!

En su mente lo imaginaba recorriendo las estancias, viviendo en soledad, enfermo y triste. Aquella imagen le desgarraba el alma.

¿Acaso volvería a verlo en esta vida? ¿O morirían lejos el uno del otro, sufriendo en soledad, sin compartir unas últimas palabras de perdón?

Si tan solo pudiera decirle lo arrepentido que estaba y lo leal y bondadoso que se había prometido ser en adelante..., se lamentaba Yuseph con ojos vidriosos. Ahora que él también había cometido errores en su vida, no podía juzgarlo por haber querido protegerlo de ellos.

«Juro que algún día regresaré», se prometía continuamente en lo más hondo de su ser. Algún día, no sabía cómo, escaparía de la esclavitud y volvería a su hogar. Ese día se arrodillaría a los pies de su padre y lloraría las lágrimas más amargas de perdón. Solo entonces podría redimirse. Haciéndolo reír y devolviéndole la alegría que le había robado en su inconsciencia. Cuidándolo y velándolo hasta el último de sus días.

Solo temía llegar demasiado tarde y que las lágrimas de arrepentimiento, en lugar de sobre sus pies, se derramasen baldíamente sobre su tumba.

7

Semanas después, una noche, hubo una gran tormenta. El Judío saltó de su cama, agarró una lámpara y corrió hasta la cúpula. Ya había ahí varios esclavos que llegaban con ojos soñolientos y antorchas en las manos. A lo lejos se escuchaba el aullido cavernario del viento, que había rodeado el palacio. Los cristales de las ventanas temblaban en los bastidores y todo el edificio crujía como la hojarasca.

—¡Rápido! —gritó el Judío desde lo alto de las escaleras—. ¡La tempestad está llegando! ¡Amarrad las cosas antes de que sean arrastradas! —dictó.

Los esclavos abrieron la puerta principal y una ola de viento invadió el palacio como una horda, tirando jarrones y figuras en mil pedazos, agitando las cortinas como sombras fantasmagóricas. Los esclavos corrieron hacia fuera resguardándose el rostro con los brazos, sorprendidos por el temporal. El viento los empujaba, ciñéndoles las telas de sus ropajes y ondeándolas hacia atrás como banderas, revolviéndoles los cabellos.

A pesar de que todo estaba oscuro a su alrededor, podían distinguir en la negrura de la noche una sombra gigante en el horizonte, negra y tormentosa, una nube apocalíptica y oscura que se aproximaba como una ballena gris. A lo lejos restalló un trueno y el sonido les atravesó el pecho. Parecía que se derrumbara el mundo. Supieron al instante que sería demasiado tarde para salvar el palacio. Las pérdidas resultarían terribles.

El Judío bajó los escalones a paso de lobo y siguió desde atrás a todos sus esclavos, mientras vislumbraba en su mente cómo se inundarían los graneros, volarían los cobertizos, se perdería el ganado, se destrozarían los jardines y el mobiliario y los ornamentos quedarían hechos añicos. «¡Piezas artísticas y semipreciosas de valor incalculable!», pensó llevándose las manos a la frente. Ya había sucedido anteriormente en varias ocasiones y las pérdidas habían alcanzado hasta trescientos mil *qirshs* de plata. Cientos de esclavos y artesanos traídos de medio mundo habían tardado meses en reconstruirlo. Los animales habían muerto ahogados, sembrando de cadáveres los terrenos, y las aguas fangosas habían penetrado incluso en el interior. Mientras pensaba en todo ello, corría, retirándose los cabellos hacia atrás, que se agitaban en el viento como poseídos. En aquel momento, los esclavos se detuvieron en mitad de la noche y el Judío, detrás de ellos, boquiabierto, siguió la dirección de sus miradas. Las antorchas luchaban en mitad del viento oscuro por sobrevivir, balanceándose de un lado a otro. Pero todos repararon en algo. Para su asombro, todo el heno había sido cubierto con lonas de cáñamo firmemente atadas al suelo. Los caballos, vacas, cerdos y pollos estaban bien protegidos en los graneros; los sillones de las terrazas, recogidos; las esculturas, resguardadas, y los macetones, atados a los árboles con sogas. Sacos de arena habían sido apilados ante todas las puertas a modo de diques y estas se hallaban muy bien cerradas. Las ventanas, igualmente seguras. Todo estaba amarrado. Nada podría ser arrastrado por el viento.

Los demás esclavos también parecían igual de sorprendidos, mirándose unos a otros, con el ceño fruncido.

—¿Quién ha hecho todo esto? —gritó el Judío, haciéndose oír sobre el viento ensordecedor.

Algunos de ellos se encogieron de hombros, compartiendo miradas.

—Seguramente Yuseph, señor —pronunció alguien.

—¿Y dónde está ahora mismo?

Otro de ellos habló con tono reprobatorio:

—Tratamos de despertarlo, señor, pero nos dio la espalda diciendo que él podía dormir cuando se acerca la tormenta.

El Judío abrió los ojos maravillado y comenzó a reír, entendiendo en aquel mismo instante la enigmática frase que Yuseph había pronunciado en el mercado de esclavos: «Sé dormir cuando se acerca la tormenta». Desde que había llegado a palacio, Yuseph había trabajado bajo sol y sombra, ganándose su suerte a pulso. Había sido responsable y previsor cuando los días amanecían despejados, y ahora que había llegado la tormenta, podía dormir tranquilo. Era la recompensa al trabajo bien hecho.

Porque solo aquel que trabaja descansa.

8

A la mañana siguiente Yuseph despertó de golpe.

—¡Amagi! —gritó, abriendo los ojos bruscamente.

El corazón le palpitaba con fuerza. Desorientado, se apartó el pelo que le caía sobre la frente y suspiró hondo. Había vuelto a tener el mismo sueño de siempre.

Cada noche el mismo espejismo. La misma casa en ad-Dār al-Baīḍa, el mismo árbol boscoso en el centro del jardín apoderándose del terreno con sus musculosas raíces. El interior se veía descuidado y habían pasado muchos años. Esperándolo, alrededor del patio, extraños baúles de madera apilados contra la pared. ¿De dónde habían salido? Lo invadía el deseo irrefrenable de abrirlos, y entonces uno de ellos caía al suelo liberando algo polvoriento que le atraía como un imán. Era la respuesta a todas sus preguntas. Trataba de alcanzarlo con ansias, pero, cuando ya lo rozaba con las manos, toda la estancia comenzaba a girar a su alrededor hasta que despertaba con aquella enigmática palabra en los labios.

—Amagi... —susurró Yuseph con ojos soñolientos.

¿Qué significaba?

La luz melosa del amanecer se colaba a través de la ventana, imprimiéndole las sombras de los barrotes sobre el rostro. Pensaba en el día que le esperaba: limpiar, servir, reparar, sufrir las chanzas de sus compañeros... Cada día igual. Pero él estaba preparado.

Sabía que el amo lo estaba observando desde algún lugar y pronto todo aquel sacrificio valdría la pena, se repetía. Le demostraría que no era débil de carácter, ni un ignorante, ni un inconstante mal agradecido que se quedaría a mitad de camino. Él era fiel y digno de confianza y respondería a sus expectativas con sudor, sangre y lágrimas. Le demostraría al mundo y a sí mismo lo que valía. Tendría paciencia, porque el éxito no era una meta, sino una travesía.

Había engordado y tenía mejor apariencia. Sus lesiones estaban cicatrizando y parecía ahora más cerca de los vivos que de los muertos; en cambio, las heridas de su corazón sangraban profusamente. Se preocupaba de vendarlas ante los demás; sabía de sobra que debía esconderlas al mundo, mostrarse fuerte para seguir adelante. Sin embargo, a veces no había nadie con quien hablar, ni un solo amigo con el que compartir su angustia, y la carga del silencio se hacía demasiado pesada, como una losa en el pecho que lo asfixiara. Trataba de no pensar, trabajaba mecánicamente, mirando hacia otro lado, esperando que el dolor desapareciese por sí mismo. Temía estar desocupado, porque era cuando su mente, como un caballo desbocado, se lanzaba a recordar los terribles días en el barco, las humillaciones y el dolor, la vergüenza en el pueblo, a Aliena, Baba Jan, su amigo Adnan... Entonces, la derrota le reconcomía como una bandada de polillas.

Sin embargo, no pudo seguir pensando en ello, porque en aquel instante reparó en algo extraño: la cama que había a su lado se hallaba vacía. Su compañero no estaba, y por lo común solía dormir hasta más tarde. Pero eso no era todo: al incorporarse no encontró organizada ninguna trastada. Ni cubos de agua sobre la puerta ni zapatos repletos de arena, y toda su ropa continuaba doblada en el estante sin que faltara una sola prenda. Demasiado amable para ser cierto. Se vistió con los cinco sentidos, alerta al mínimo indicio, receloso de que aquellos rufianes tuviesen algo mucho peor preparado para esta ocasión.

No obstante, en el exterior los pasillos dormían en un silencio espeso. Abrió las puertas de los dormitorios contiguos y comprobó que estaban vacíos. ¿Se habían despertado todos antes que él? Meditó con el ceño fruncido... ¿Dónde podían estar escondidos? Abandonó las dependencias del servicio y subió las escaleras que conducían hacia la cocina con el oído presto. Al momento los encontró: todos ellos sentados alrededor de la mesa, frente a la chimenea. Parecían cuchichear acaloradamente algo de gran interés y, en cuanto apareció Yuseph, callaron de golpe, mirándolo de reojo. Supo al instante que hablaban sobre él.

Yuseph avanzó lentamente, atento al mínimo detalle, cuando uno de ellos se incorporó con audacia, arrastrando su silla hacia atrás en un chirrido.

—Buenos días, Yuseph —pronunció con una mirada extraña.

—Buenos días —respondió expectante.

—Por favor, siéntate con nosotros. —Señaló un asiento vacío en medio de todos ellos.

Yuseph prefirió continuar donde estaba y permaneció en silencio, observándolos con cautela.

Algunos de ellos compartieron miradas sibilinas y lentamente todos se levantaron de sus asientos, retorciéndose las manos tímidamente, los ojos huyendo como ratones.

—Queríamos decirte algo —declaró por fin uno de ellos.

Yuseph levantó las cejas imperceptiblemente.

—Podéis decirme lo que queráis.

—Es que..., verás... —continuó Golu, haciéndose portavoz de los demás—. Nos hemos dado cuenta de que nuestras bromas ya no son graciosas y de que, en realidad, hemos abusado de ti. Queríamos prometerte que no volveremos a repetirlo. Lo sentimos mucho.

—Sí, lo sentimos —lo secundó otro esclavo.

Yuseph los miró con ternura y sonrió. Finalmente, había vencido a la justicia, pensó con orgullo. La perseverancia gota a gota horada hasta el más petrificado de los corazones. Estaba a punto de tenderles la mano cuando, de súbito, como un relámpago en la noche, destelló una idea en su mente. Sus ojos adquirieron una expresión ladina y retiró la mano.

—¿Qué quiere decir eso? —preguntó mirándolos uno a uno—. ¿No habrá más cubos de agua?

—No —dijo uno.

—¿No habrá más recados falsos? —insistió Yuseph.

—No —añadió otro—. De ninguna manera.

—¿No habrá más clavos en la cama?

—No, nada de nada. No más novatadas —sentenció Golu.

—Bien —declaró Yuseph con un brillo pícaro en las pupilas—, pues si no habrá más novatadas, tampoco habrá más escupitajos en las comidas de vuestros desayunos.

Todos lo miraron boquiabiertos y volvieron la vista a sus platos, horrorizados. Alguien arrojó la cuchara como si sostuviese una cucaracha entre los dedos y se escuchó una arcada, mientras otros corrían a enjuagarse la boca.

Y es que perdonarles era importante, pero también lo era enseñarles a no ofender. Sería un buen escarmiento, pensó Yuseph con una sonrisa.

Entonces, sucedió lo más inesperado; alguien apareció por la puerta de la cocina, interrumpiéndolos: era el mayordomo. Los esclavos dieron un respingo y se hizo el silencio, mientras corrían a colocarse ordenadamente. Pero el intendente solo miraba a Yuseph.

—El señor te solicita —le informó—. Sígueme.

Yuseph lo observó con el ceño fruncido, sintiendo que se le helaba la sangre en las venas: ¿de verdad lo llamaba el Judío? Por fin había llegado el día, comprendió con el rostro lívido. El mayordomo dio media vuelta y se alejó sin añadir nada más. De manera automática, Yuseph corrió tras él, sin darle tiempo de explicarles a sus compañeros lo más importante: que se trataba tan solo de una broma.

Pero ellos no volvieron a subestimar a Yuseph jamás.

9

Yuseph siguió al mayordomo en silencio, dejando atrás la cocina, los esclavos y los subterráneos para siempre.

En las plantas superiores, la luz tamizada del amanecer penetraba a través de los lucernarios de un dorado ardiente y solo se escuchaban los pasos de ambos avanzar sobre el suelo de mármol brillante. Pensó entonces que aún le costaba acostumbrarse a tanta belleza.

Yuseph no había vuelto a ver al amo, pero recordaba bien sus palabras: «Quiero ver tus cualidades y aptitudes, después escogeremos lo más adecuado para ti».

Tenía la intuición de que toda su existencia estaba a punto de dar un nuevo giro.

La voz del mayordomo interrumpió sus pensamientos:

—El amo está reunido con uno de sus hombres de confianza, su jefe contable, en el puerto de Esclavos —le informó de espaldas, mientras avanzaban. Era la primera vez que se dirigía a él desde que había llegado—. Es uno de los señores más respetados de toda la comarca, su nombre es Gibrán Khan.

Yuseph frunció el ceño. ¿Por qué le contaba eso? ¿El amo no estaba solo? Rápidamente, el mayordomo se giró hacia Yuseph. Sus pupilas profundamente azules, casi hipnóticas, se clavaron en él como dos cuchillos. Por un instante a Yuseph le resultaron familiares. ¿Dónde había visto antes aquellos ojos?

—El amo quiere hablar contigo delante de Gibrán Khan porque hay algo muy importante que tendrás que hacer para él —susurró—. Ten cuidado.

Yuseph sintió que lo recorría un estremecimiento. ¿De qué tenía que cuidarse? ¿Acaso había hecho algo mal? Lo único que hacía desde la mañana hasta la noche era trabajar, luchando día tras día contra el sueño, el cansancio y el dolor, huyendo de la enfermedad que corroe todos los sueños: el conformismo. Quería algo mejor para su vida, y no terminar sus días viéndola pasar sin más. Consoló su alma pensando que había hecho todo lo que había podido, pero ¿sería suficiente?

Intimidado, se sacudió los pliegues de la camisa y se atusó el cabello hacia atrás con el fin de estar presentable. Justo entonces entraron por la puerta de un gran salón y el corazón le dio un vuelco.

El Judío estaba sentado al final de una colosal mesa rectangular de ébano y marfil, repleta de montañas de pergaminos, filacterias, papiros y códices. A su lado estaba sentado un hombre que rondaría la cuarentena, con el rostro maduro y veteado como el corcho; sus facciones nobles comenzaban a caducar, pero bajo las cejas hirsutas sus ojos brillaban con fiereza, como dos pedazos de cristal. Lo adivinó al instante: se trataba de Gibrán Khan. Vestía con distinción una capa de piel de ciervo y cultivaba una barba untuosa y amarillenta como la manteca.

¿Acaso el Judío pensaba venderlo a aquel hombre?

Ambos reían distendidamente, compartiendo miradas de complicidad, pero en cuanto el amo reparó en la presencia de Yuseph, se irguió en su silla con seriedad. Lo había estado esperando.

—En fin, Gibrán —concluyó—, ha sido un placer verte. Tu compañía siempre me resulta como la visita de un hermano. —Le palmeó los hombros.

Ambos se levantaron y, mientras se abrazaban afectuosamente, Gibrán apuntó a los libros abiertos.

—Señor, simplemente necesitaría que revisase todos estos permisos antes de marcharme al puerto de Esclavos.

El amo negó con la cabeza.

—Por favor, no será necesario, Gibrán; si están supervisados por ti, no tengo por qué preocuparme. —En aquel instante hizo un gesto que marcó el devenir de Yuseph para siempre—. Le diré a mi ayudante de palacete —dijo señalando a Yuseph con una mano— que les imprima el sello de la casa y los dé por aptos.

Yuseph levantó la mirada confuso, mientras en su interior se desataba un huracán de ideas y pensamientos confusos. ¿Ayudante de palacete? Agarró su amuleto con fuerza, sintiéndose arrastrado hacia un fin que desconocía.

El amo miró a Yuseph a los ojos fijamente y comenzó a avanzar hacia él, acercándose cada vez más, como si pudiera leer cada uno de sus pensamientos. Yuseph se sintió petrificado y contuvo la respiración. Cuando el amo llegó junto a él, apoyó una mano sobre sus hombros. El mismo pulso fuerte y patriarcal lo recorrió como un relámpago de pies a cabeza.

—Espero que sepas cumplir mis expectativas —pronunció con voz profunda—. Muéstrame a un esclavo con grandes aspiraciones y veré en él a un hombre que puede cambiar su rumbo. Muéstrame a un hombre sin propósitos y no reconoceré más que a un simple esclavo.

Luego se alejó caminando lentamente seguido por el mayordomo.

En el salón solo se quedaron Gibrán Khan y él. Se apoderó de la estancia un silencio especial, ceremonioso, como una pausa indescriptible. Aquel era solo el comienzo de esta historia, el primer escalón. Mucho más estaba aún por venir. De algún modo, sabía que de ahí en adelante ninguna fuerza humana podría detenerlo. Porque si se hallaba por fin en el momento y en el lugar oportunos era porque se lo había ganado a pulso. La suerte siempre favorece al que se encuentra trabajando.

Cuánta razón tenían las palabras del faquir que le leyó las líneas de la mano aquella noche fatídica ante la casa de Adnan: «Estás destinado a una gran búsqueda y la vida te está llamando».

Sentía cómo las flemas de la ambición lo moldeaban en un nuevo ser. Sería egoísta y ascendería, no a costa de los demás, sino de su trabajo y su esfuerzo. Se rebelaría contra los que no le dejasen ser feliz. Ahora él destrozaría el juego jugando las mismas reglas. Rompería la baraja y, siendo un simple peón, arrasaría con todas las fichas del tablero una a una, hasta que tuviese al Judío en *shâh mâta*[3] y ganase la partida. Aunque para ello tuviese que ser el perro que muerde la mano de su amo.

Por un instante, sintió una punzada de dolor y lamentó no tener a nadie con quien compartir su éxito. Estaba solo en la cima. ¡Qué orgulloso se habría sentido su padre al verlo salir adelante! Por primera vez no pedía ayuda a nadie, sino que se ayudaba a sí mismo.

Yuseph tuvo claro que no descansaría hasta el momento en que el propio amo le otorgase la libertad.

Ese día se marcharía como un ave liberada de su jaula.

---

[3] Expresión procedente del persa y árabe, مات شاه *(shâh mâta)*, que literalmente significa «el rey está atrapado» o «el rey no tiene escapatoria», y no «el rey ha muerto».

10

En las primeras horas de su nuevo cargo, Yuseph tuvo que firmar con el sello de las Compañías cada uno de los papiros desplegados sobre la mesa. Para la tinta empleaban sangre de múrex[4], le explicó Gibrán, colorante prohibido al común de los mortales y que solo podían usar los emperadores. Yuseph trataba de permanecer tranquilo, pero realmente ignoraba lo que estaba haciendo y se sentía inseguro; temía que Gibrán lo tomase por un ignorante o un ad-

---

[4] Conocida también como *sacrum encaustum*, púrpura de Tiro, púrpura real o púrpura imperial. Es una tinta rojiza usada desde los antiguos fenicios en la ciudad de Tiro. Está hecha a partir de la secreción mucosa de un gasterópodo, un caracol de mar carnívoro conocido como *Murex brandaris*. La púrpura de Tiro era muy valiosa; el historiador Teopompo, del siglo IV a. C., describió que «La púrpura para los tintes valía su peso en plata en Colofón», en Asia Menor. Los expertos creen que por cada gramo de púrpura se necesitaban aproximadamente nueve mil moluscos. De ahí que el emperador de Oriente, León Augusto, dictaminase por ley que la firma purpúrea era privativa de la nobleza y los emperadores, condenando a la muerte a cualquier súbdito que se atreviera a utilizarla.

venedizo. Actuaba como un burócrata aprobando documentos a sus órdenes, igual que una marioneta sin voluntad. Sin embargo, cuando levantaba los ojos, Gibrán le devolvía una mirada sonriente desde el otro lado de la mesa y trataba de explicarle, grosso modo, el funcionamiento de las transacciones. La mayoría eran contratos y documentos de contabilidad que Yuseph no comprendía. Cada uno de ellos constaba de una copia, la cual iba a parar a manos de Gibrán Khan. Los originales, en cambio, se apilaban y eran cronológicamente ordenados en los archivos de las Compañías, unos enormes salones que Yuseph descubriría más abajo aún que los subterráneos en los que había vivido como siervo.

Al final de la jornada, cuando se despedía de Gibrán Khan, aún trataba de asimilar lo que estaba sucediendo. Se había esforzado en los mínimos detalles con demasiado entusiasmo, sin saber bien cuáles eran sus funciones. Estaba temeroso de su suerte y no soportaría perder lo que tanto le había costado ganar. Quería realizar bien su trabajo, pero estaba demasiado ocupado en no equivocarse, y esto le hacía parecer un principiante nervioso. Solo pensaba en camuflar su desconocimiento delante de Gibrán Khan.

Cuando atravesaban el patio de Tamarindos, Gibrán se detuvo ante una enorme fuente de piedra, coronada por doce áspides. El agua jugaba como un niño travieso, destellando bajo el sol africano. Una nube de aroma envolvía el aire cálido.

—Por favor, busca una pequeña piedra y tírala dentro de la fuente —le dijo tranquilamente.

Yuseph lo observó con el ceño fruncido y, al comprobar que hablaba en serio, buscó a su alrededor y tiró la piedra sin preguntar.

—Dime, ¿qué ves? —preguntó Gibrán señalando el agua con la barbilla.

Yuseph clavó sus ojos intentando no perder detalle y, mirando al agua, respondió con timidez:

—Veo ondas. —Se encogió de hombros.

—¿De dónde vienen las ondas?

De modo que había acertado en su respuesta, pensó Yuseph intrigado.

—De la piedra que tiré a la fuente.

—Bien —asintió Gibrán con los ojos cerrados—. Ahora, por favor, introduce tu mano en el agua y detén las ondas.

Yuseph rio nervioso e introdujo la mano cuando se acercaba una onda.

—¿Fuiste capaz de paralizar la onda con tus manos? —preguntó Gibrán alzando las cejas.

—No, claro que no —rechazó Yuseph al tiempo que retiraba los dedos del agua—. Solo he provocado más ondas.

—¿Podías entonces haberlas parado?

—No —contestó Yuseph, confuso.

¿Adónde quería ir a parar?

—Pues ahí tienes la respuesta, Yuseph. Deja de tratar de controlarte. Si estás nervioso, siéntete nervioso. No puedes hacer nada para evitar la situación y cuanto más tratas de pensar, controlarte y reprimirte, más angustia estás causando. —Yuseph asintió abochornado—. No te preocupes —lo alentó finalmente Gibrán, justo antes de subirse al coche—. La experiencia te irá enseñando. Lo importante es que posees algo especial, Yuseph, y no es algo que solo vea el Judío. Llegarás muy lejos. —Le señaló con el dedo índice, como si de una espada se tratara—. Estoy seguro de que tú y yo haremos una gran amistad. Recuerda mis palabras, porque pronto las entenderás —sonrió enigmático.

Yuseph no se atrevió a preguntar más y asintió agradecido hasta verlo alejarse en su hermoso carruaje arrastrado por dos corceles de pura sangre.

Cuando se dio la vuelta, el mayordomo lo estaba esperando. Por un instante, al ver sus ojos profundos y azules, su tez olivácea, los cabellos canosos y brillantes, lo volvió a aguijonear el mismo pensamiento: conocía a aquel hombre, lo sabía, su rostro le resultaba familiar, pero ¿dónde y cuándo lo había visto? No hubo tiempo de pensar en ello. Sin mediar palabra lo siguió hacia el interior del castillo, intuyendo que había algo nuevo que hacer.

11

Se adentraron en el ala este y cruzaron un hermoso bosque de columnas hasta llegar ante una puerta labrada en bronce. Cuando entraron, Yuseph contempló con asombro una descomunal nave de altos techos, con un perímetro del tamaño del palacete, de miles de codos árabes. Alguien podía perderse y no encontrar la puerta jamás. Enormes anaqueles en madera de roble habían sido construidos alrededor de las paredes y chorros de luz entraban por un sinfín de ventanucos circulares en un contraste de claroscuros. Las motas de polvo flotaban en el aire como polillas y un olor a humedad impregnaba el ambiente. Había apilados en aquel lugar miles, incluso millones de objetos, cubiertos de tierra y telarañas. Desde extraños inventos de metal y madera a exóticos caleidoscopios, cometas, frascos aromáticos de cristal, abanicos de encajes, joyas, relojes mecánicos, vestidos y más trajes, equipajes incontables, miles de zapatos, cartas, bandejas, libros... Amontonados y comprimidos por todo el salón, e incluso en enormes arcas de madera confeccionadas hasta la altura de su cabeza. Yuseph avanzó lentamente, mirando hacia los lados boquiabierto y seguido por el eco de sus pasos en aquella jungla de cachivaches. ¿Qué era aquel depósito?

Enseguida, una voz aflautada sonó a lo lejos:

—Bienvenido al cuarto de Menesteres, Yuseph. Todo lo que se pierde, aquí se encuentra.

Yuseph miró en derredor, buscando el origen de la voz, y le pareció que provenía de una esquina despejada, sobre un ancho entarimado. Con curiosidad, fue avanzando hacia el lugar, seguido por el mayordomo.

—A este salón van a parar todos aquellos objetos que los pasajeros de los trenes y barcos de las Compañías se han dejado tras su viaje —explicaba la voz desde la distancia—. Aquí permanecen dos años por si su dueño los reclama. Después acaban en subasta a precio de ganga en los mercados del mundo entero. Impresionante, ¿verdad? —añadió ufano.

Yuseph miró al mayordomo inquisitivamente.

—Es el sastre de la familia, Halbert.

Conforme se iba acercando, sus facciones emergieron entre las sombras. Era un anciano sonriente de pelo desmadejado y ojos vivarachos, que estaba sentado sobre una pila de carretes de exóticas telas traídas del mundo entero: *georgette*, organdí, raso, tafetán, terciopelo y, salpicados por el suelo, cordones, carboncillos, tijeras, cientos de agujas y alfileres... Al levantar el rostro de su mesa, hilvanó una sonrisa afectuosa.

—No podíamos dejar que el nuevo ayudante de palacete se mostrase descuidado como un esclavo. Te confeccionaré las mejores chilabas de la ciudad.

El mayordomo se alejó lentamente hasta desaparecer por la puerta.

Con agilidad, el viejo cogió una cinta roja y comenzó a recorrer todo el cuerpo de Yuseph, tomando las medidas y anotándolas en papiros sueltos sobre la mesa. Mientras hacía su trabajo, lo examinó con una sonrisa.

—Felicidades.

Yuseph le sonrió con modestia.

—Todos los que vivimos en esta mansión sabemos que has trabajado día y noche para este día. No hay un solo esclavo que no sienta admiración por ti, y a tus espaldas era un secreto a voces que todo iba a cambiar hoy. En apenas unos meses, has logrado más de lo que nadie ha hecho en años. Estoy convencido de que ejercerás bien tu cargo —inmediatamente su rostro se nubló y su voz se transformó en un débil susurro—, pero tengo que advertirte de que no será fácil. —Por unos instantes se contuvo, sopesando si debía continuar, mirando a las penumbras con inquina—. Es cierto que tendrás muchas cosas en tu contra, Yuseph. El amo no es el hombre fácil que aparenta ser —explicó—. Raramente se relaciona con alguien y menos aún con su familia. Está enemistado con su hermano, un hombre avaro y mezquino —Yuseph asintió, recordando al mercader—, y la rivalidad es bien conocida en toda la comarca. Muchos tratarán de utilizarte para causar mayor fractura. —Caprichosamente, volvió a retomar su tarea y permanecieron en silencio. Al rato añadió—: Tampoco hay un respeto por el padre del amo, que está confinado como un viejo senil a pesar de ser uno de los hombres más lúcidos que conozco. Lo peor de todo —puso los ojos en blanco— es el hijo del amo. Un joven que conocerás esta noche —añadió, acercándose a su rostro hasta pulverizarlo de saliva—. Es un niño mimado y autoritario... Ten mucho cuidado con él, porque tratará de difamarte y ponerte en duda. Habrás de estar alerta en todo momento. —Yuseph lo miró estupefacto y el viejo sonrió de forma siniestra. Luego habló como si nada hubiese sucedido—: Bueno, pues esto ya está, para la noche estarán listos.

Yuseph balbuceó algunas palabras de agradecimiento y comenzó a alejarse despacio, confundido por las palabras del costurero. Atrás, el viejo se enredaba en su escritorio, trazando patrones como si nada hubiera ocurrido.

De pronto, la mirada de Yuseph reparó en una gigantesca montaña de varios metros de altura y quedó clavado al suelo, observándola con los ojos en grande. Había algo que captaba su atención entre aquella maraña de objetos e inútiles sin fin.

El alfayate levantó la vista de su escritorio y estudió a Yuseph desde la lejanía con ojos espabilados. ¿Qué miraba el muchacho?

—Aquellos son los últimos trastos que han llegado —gritó desde lejos—, aún tardarán en clasificarlos y colocarlos en su sitio.

Pero Yuseph no le escuchaba, todo había desaparecido a su alrededor y sintió que el suelo, las paredes y el mundo cedían bajo sus pies mientras se acercaba sigilosamente a la montaña. El corazón le latía con violencia, hasta estallarle el pecho. Con pulso débil, introdujo su mano y tiró de un asa con fuerza; la pila se derrumbó en una avalancha, como un volcán en erupción, y Yuseph sujetó aquel objeto en sus manos bajo una daga de luz. Lo reconoció al instante. Un grito se escapó de sus labios y no pudo menos que sonreír de alegría, como si se tratase de la visita de un antiguo amigo. ¡Era su talega! La que había llevado consigo desde el principio del viaje, la que le había robado Kalya y que, finalmente, de algún modo sobrenatural, había vuelto hasta él abandonada y sin dueño. ¿Coincidencia o fatalidad? La abrazó con fuerza, aturdido por la emoción, intuyendo en lo más profundo de su ser que le traía un mensaje y la promesa de una nueva aventura.

Había una carta a la que debía responder.

Porque una mujer misteriosa se acercaba lentamente hacia su destino, oculta entre cada letra de este relato, aproximándose entre las páginas cada vez más, dispuesta a cambiar toda la historia. Su nombre ya había sido pronunciado antes.

Era la mujer de su vida. Aquella por la que había nacido y viviría: Zulaikhah Aisha Begum.

Sería su gran amor.

Pronto la conocería.

Abrió la puerta de bronce; a punto de salir, escuchó al sastre a sus espaldas:

—Cuídate de este nuevo mundo que se abre para ti, Yuseph, porque o bien lo cambiarás tú a él o bien él te cambiará a ti.

12

Aquella misma noche cenó por primera vez en compañía de las tres generaciones: el patriarca, el amo y su hijo, sin saber que estaban a punto de cumplirse las siniestras palabras del sastre.

Lo condujeron a un grandioso salón del tamaño de cincuenta elefantes, bajo una cúpula de orfebrería, con millones de espejos diminutos incrustados como escamas. Al contemplarlos, sus pupilas se derramaron por toda la estancia, multiplicando sus ojos de forma tétrica. De la bóveda pendían hermosas lámparas de araña esculpidas en oro y cristal de roca de Baccarat, las paredes estaban cubiertas con tapices iraníes y, junto a las columnas, lucían exóticos jarrones de caolín. El mayordomo le guio ante una gigantesca mesa elaborada en brillante nogal y jade que disponía tan solo de tres sillas.

¡Qué extraño se hacía estar ahí!, envuelto en lino egipcio y perfumado en leche de almendras como un burgués. Tras un baño en agua ardiente con sal, las doncellas le habían cortado el cabello, enjuagado los dientes con uñas de buey, habían curado su piel con pasta de cúrcuma y pulido sus pies y manos a base de polvo de alabastro. Contemplaba su rostro en el lacado de la mesa con ensimismamiento. El humilde zapatero que hasta el día anterior solo había oído hablar de calzados remendados comería hombro con hombro con el señor de los señores, dueño de él mismo, del mundo, dueño del pan y la tierra. La leyenda viva del Judío, ante el cual se arrodillaban el papa de Roma y los reyes de Inglaterra.

En un instante, se abrieron las puertas principales y entró el amo seguido por su hijo.

Yuseph observó por primera vez al hijo del Judío: avanzaba cabizbajo y con paso ausente, como retraído. Pensó que no respondía en absoluto a la descripción que Halbert había dado de él. No aparentaba ser belicoso ni malcriado; de hecho, le saludó cortésmente cuando estuvieron frente a frente. Tenía el rostro sonrosado y tierno, con largas pestañas como abanicos; los ojos verdes e inmaculados parecían dos malaquitas y el cabello bruñido resbalaba en leves ondulaciones como olas de mar. Era el vivo retrato de la candidez, reflexionó.

Sin embargo, se equivocaba. Era un lobo disfrazado de cordero.

El amo, en cambio, ni siquiera reparó en Yuseph; traía unos pergaminos bajo el brazo. En cuanto se sentó a la mesa, los desplegó y comenzó a repasarlos con el dedo índice.

Poco a poco comenzaron a disponer sobre la mesa todos los manjares; una tras otra se destaparon bandejas de plata y aparecieron exquisitas combinaciones de carnes, verduras y especias provenientes del mundo entero. Desde combinaciones saladas, agridulces o amargas hasta sazonados y confituras, en hermosas presentaciones que Yuseph jamás habría imaginado en la comida.

Para su sorpresa, no probaron la mitad de ellos.

Al cabo de cinco minutos, cuando ya habían iniciado la cena, se volvieron a abrir las puertas y apareció esta vez un anciano calvo de piel pálida, arrugado como un leño, con la misma nariz jorobada que el Judío. Era su padre.

Se arrastró lentamente valiéndose de un bastón. A cada paso parecía que estuviese a punto de quebrarse. Pero ni el amo ni su nieto se inmutaron, ni siquiera le dirigieron la mirada. Con dificultad, se sentó a la mesa y saludó a todos, pero el único que respondió fue Yuseph, que lo analizaba con interés. Al anciano le temblaban las manos de forma lastimera y miraba a su alrededor con ojos sombríos y hambrientos.

Uno de los criados le sirvió la cena en silencio, pero le costaba masticar y, nada más comenzar, un pedazo de carne cayó de su boca sobre la mesa; luego le siguió un esputo de puré, lo que causó gran irritación entre el amo y su hijo.

—¡Ten cuidado con lo que haces! —bramó el niño.

Yuseph observó al muchacho escandalizado y deseó que el amo reprendiese sus formas insolentes, pero sucedió justo lo contrario.

El viejo se disculpó ante su nieto, esforzándose en agarrar la cuchara entre sus dedos temblorosos, pero aquel reproche le había exaltado los nervios y el resultado fue que, involuntariamente, se le escapó el plato de comida, que cayó al suelo con un estruendo de mil pedazos.

—Era un obsequio de los zares de Rusia, padre —murmuró el amo con tono reprobatorio.

Yuseph, perplejo ante aquel desprecio, trató de incorporarse, pero un esclavo se arrodilló rápidamente para recoger el destrozo habitual.

—Lo siento, hijo —gimió el anciano arrepentido. Tenía los ojos aguados y le avergonzaba la presencia extraña de Yuseph.

—¡Por Dios —añadió El Judío dirigiendo una mirada al servicio—, que alguien le ponga una servilleta en el cuello!

Un lacayo obedeció rápidamente colocándole un pechero de fieltro. Pero el abuelo decidió finalmente comer pan, para evitar nuevas escaramuzas con su hijo.

Yuseph observó la escena absolutamente disgustado, sintiendo una profunda impotencia por aquel anciano famélico. Rodeado de oro, pero comiendo migajas. No daba crédito a sus ojos. Jamás se habría atrevido a hablar a Baba Jan de aquel modo. Aunque su primer impulso fue interceder por él, se contuvo con gran esfuerzo.

Solo era un esclavo inculto y tosco. ¿Qué derecho tenía él a inmiscuirse? El Judío no era su padre ni su amigo; era su amo. Más bien debía mostrarse agradecido por permitirle estar ahí. En aquel lugar era un objeto decorativo, nada más.

Mientras meditaba en todo esto, reparó en que el hijo del amo, Amir, lo observaba fijamente desde el otro lado de la mesa. Su rostro era astuto, casi sibilino. Sin motivo alguno, el corazón comenzó a latirle con fuerza, intuyendo que algo malo se avecinaba.

—Padre, quería hablarle de algo muy importante...

El amo no levantó la mirada y respondió con la cabeza enterrada en los pergaminos.

—¿Sí?

—He escuchado varios rumores... —Una sonrisa burlona cruzó sus labios mientras hablaba.

Estas palabras parecieron surtir efecto, pues el amo levantó el rostro con mirada interrogativa.

—¿Qué clase de rumores? —espetó atravesándolo.

Amir volvió a sonreír, satisfecho de haber despertado su atención.

—Es sobre vuestro nuevo ayudante de palacete —explicó señalándolo—. No es nada bueno. Dicen...

En aquella fracción de segundo, Yuseph supo que, a pesar de todo su trabajo y esfuerzo durante meses, Amir le haría un daño que no lograría reparar, sepultándolo en la deshonra. Tenía que reaccionar, ahora o nunca.

—¡Espere! —lo interrumpió. El muchacho se detuvo desconcertado por aquel grito. El Judío y el anciano le observaron perplejos—. Antes quiero hacerle una pregunta —añadió, sosegando el tono de voz—. Todo aquello que va a comentar sobre mí ¿ha pasado antes por los tres tamices?

—¿Los tres tamices? —repitió Amir frunciendo los labios con irritación.

—Sí —replicó Yuseph—. Los tres tamices que deben atravesar todas nuestras palabras —explicó con voz temblorosa. El Judío y el anciano lo contemplaban con absoluto interés, y Yuseph decidió continuar—: El primer tamiz es la sinceridad. Uno ha de tener la absoluta certeza de que lo que va a decir es la verdad y nada más que la verdad, ratificado en los hechos y no en calumnias. ¿Está seguro de que esos rumores sobre mí son ciertos? —Amir lo miró furibundo ante su insolencia, pero cuando quiso responder, Yuseph lo volvió a interrumpir—. El segundo tamiz —continuó mostrando dos dedos— es el cariño. Todo aquello que se mencione debe ser como mínimo amable y afectuoso. ¿Lo es? —Amir se cruzó de brazos con el rostro airado—. Y el último tamiz —agregó nervioso Yuseph—: la utilidad. ¿Acaso es útil comentar una habladuría? ¿Traerá algún bien? ¿Es imprescindible para el amo saberlo? ¿Va a añadir algún valor?

Amir permaneció en silencio sin querer responder, hasta que el amo lo acribilló con la mirada y no pudo seguir ignorando la pregunta.

—No... En realidad se lo oí decir a unos esclavos —confesó de mala gana, temblando de fastidio como si hubiesen desbaratado sus planes.

—Entonces está claro —sentenció Yuseph mirándolo a los ojos—. Si lo que va a hablar no es cierto ni cariñoso ni útil, es mejor que lo destierre de sus labios.

Amir agachó la cabeza, mirando hacia el plato.

Todos ellos, además del Judío, el anciano y los sirvientes, quedaron sorprendidos con la contundencia de Yuseph. El amo le observó con los ojos abiertos y ni siquiera él se atrevió a replicar. Había sido un duelo entre Amir y Yuseph que nada tenía que ver con él. Continuó comiendo en silencio como si todo hubiese sido resuelto. Cuando terminó la cena, añadió antes de levantarse:

—Yuseph, ahora, el mayordomo te acompañará a tu nuevo dormitorio. Dormirás con nosotros, en las plantas superiores.

13

Aquella noche Yuseph observó maravillado el que sería en adelante su nuevo dormitorio: una enorme estancia con paredes coloreadas de almagra y candelabros tallados en cristal de Murano. En el centro descansaba un lecho de roble con incrustaciones de turquesas afganas que era cinco veces más grande que el dormitorio de un esclavo, todo él envuelto en satén verde y cubierto con una mosquitera de gasa. Por todos lados deslumbraban efigies de cerámica y escudos de metal lustrados.

Se paseó boquiabierto, preguntándose si todo cuanto le sucedía era verdad, y le recorrió el temor absurdo de que pronto ocurriese algo malo, pues nada dura para siempre. No estaba acostumbrado a que el azar fuese amable con él. Recordó que podía dormir sobre rasos, pero jamás en los laureles. Era fácil entregarse al éxito, pero ahora debía aprender a conservarlo, a merecerlo.

A sus espaldas el mayordomo estaba a punto de marcharse y se giró rápidamente. Había algo que deseaba preguntarle desde esa mañana.

—Si es posible, querría enviar una carta y me gustaría saber desde dónde puedo hacerlo —inquirió con la humildad de un esclavo.

Aún tardaría mucho tiempo en acomodarse a su nueva posición. Su orgullo había sido apaleado brutalmente. El mayordomo, en cambio, se detuvo con una mano sobre la puerta entreabierta.

—Cualquiera de nuestros sirvientes lo hará por usted, señor.

¿Señor? ¡Cómo había cambiado todo!, pensó Yuseph, conmovido por un instante, sin comprender que ahora pertenecía a otra jerarquía. Pero se sentía inquieto, porque la nota que necesitaba enviar no era convencional y nadie, bajo ningún concepto, debía enterarse de su contenido. Todo tenía que llevarse a cabo en el más estricto secreto.

—En realidad, me gustaría enviarla personalmente —añadió incómodo.

—En ese caso, un carruaje puede llevarle por la mañana temprano al puerto de Matruh. Está a dos horas de aquí y además existe en aquel lugar una conexión con la red marítima internacional.

Asintió en silencio y el mayordomo cerró la puerta tras de sí. Yuseph escuchó sus pasos alejándose al otro lado. Lentamente cerró con llave para que nadie le interrumpiera. Tramaba algo y necesitaba estar solo. Se acercó hasta un baúl de metal ubicado frente a la cama. Con dificultad empujó su cubierta. En el interior habían colocado todos sus enseres, incluida su recién hallada talega. Tanteó el morral para comprobar que todo seguía intacto y extrajo un manuscrito en alifato. ¡Ahí estaba!, celebró eufórico. Redactada por un alma sensible e inteligente. Era la misiva que había enamorado a Jorge III de Gran Bretaña. Notó que desprendía un poder especial entre sus manos, como un magnetismo.

Se sentó ante el escritorio y comenzó a redactar una respuesta que al día siguiente enviaría por fin él mismo a su autora: Zulaikhah Aisha Begum. ¡Había esperado tanto aquel momento y finalmente había llegado! Supo que debía responder desde el día que leyó su historia en el tren y resolvió la respuesta al acertijo.

El hombre que estuviese leyendo la carta debía responder al siguiente enigma, una especie de prueba: «¿Qué es aquello que estando en el lado izquierdo tiene todo el derecho sobre nuestras decisiones?».

Yuseph escribió la respuesta en grande: «El corazón».

14

A la mañana siguiente Yuseph despertó de madrugada. El viaje duraría alrededor de cuatro horas. Necesitaba llegar a palacio a tiempo de llevar a cabo sus funciones matutinas. Bajo ningún concepto podía permitirse estar ausente el segundo día de su nuevo cargo y que esto llegase a oídos del amo. Salió de palacio embozado en la negrura del alba. A lo lejos se escuchaba el canto monótono de las cigarras y el murmullo de los cañaverales mecidos por la brisa. En la entrada del castillo le esperaba un carruaje borgoñés de cuero y plata arrastrado por dos caballos árabes de puro linaje. Rápidamente se subió en él y partieron rumbo a Marsa Matruh.

Una vez ahí, avanzó hacia el puerto en la oscuridad de la noche y entregó su carta en la administración. El destino: las costas de Sindh, en la lejana India.

Durante el camino de vuelta todo era de un marengo azulado; el firmamento parecía un pedazo de azabache, aunque algunos rayos de luz comenzaban a fracturarlo desde el horizonte. Una enorme costa se cernía bajo el paisaje de su ventana y el agua salada lamía las arenas de las playas en un eco lánguido que le resultaba emoliente. El aire con aroma a salitre le invadía los pulmones. Por un instante anheló ser libre con todas sus ansias, quería volar, aprender, sentir... Pero los grilletes tiraban de él, ahora no podía. Debía trabajar duro y llegar lejos, y un día disfrutaría de todo. Sin saber que el porvenir recibe su nombre porque no acaba por venir jamás. Es solo un lugar donde almacenar los sueños.

Al levantar la vista, divisó una figura solitaria vagando a lo lejos, a través de la playa. Yuseph se irguió en su asiento: era la silueta de un hombre avanzando a trompicones. Le llamó la atención, ¿qué hacía en medio de aquel desierto? ¿Se habría perdido durante la madrugada? A medida que la carroza se fue acercando, fue distinguiendo la figura con mayor claridad. Se trataba de un hombre entrado en años, con barbas de hacía meses, sucio y bronceado por el sol. Pero algo en él le resultaba familiar, invocándolo profundamente.

Ordenó detener el carro sin apartar la vista de aquel ser y, tras apearse, se descalzó para pisar las dunas de arena blanca. Bordeó la playa hasta llegar a él mientras el corazón le latía en la garganta con violencia. Cuando el hombre levantó la mirada, lo reconoció al instante.

¿Cómo olvidar a aquel hombre de nariz grande y bulbosa? Sus cabellos habían iniciado el éxodo hacia las sienes y su aliento aún conservaba el aroma a jerez.

Recordó que las altas esferas de Londres patrocinaban sus investigaciones en secreto. Buscaba por entonces un texto perdido hacía siglos entre los escombros de la Antigua Biblioteca de Alejandría, en el que se creía que estaba escrita la localización de una sustancia milagrosa: la piedra filosofal.

Era el historiador que había conocido en el tren, hacía ya más de un año: sir Leonard Binford.

Ambos se sonrieron bajo la quietud del amanecer.

15

Cuando llegamos a los yacimientos, estuvimos cavando durante meses —le relató el historiador. Se habían sentado sobre una enorme roca blanca y miraban hacia el sol naciente—. Al final hallamos el ansiado tesoro entre las ruinas: un texto tallado a mano en losa de cuarzo y letra cuneiforme. En él se advertía que el paradero de la piedra filosofal estaba en las costas de Marsa Matruh, mezclada entre las miles de millones de piedras comunes, para que nadie pudiese encontrarla jamás. Pero el resto del equipo concedió poca credibilidad al pasaje, tachándolo de mitológico, y dieron por hecho que el único tesoro era la propia lápida. No creían en piedras filosofales, así que volvieron a sus ciudades —se giró con una sonrisa irónica en los labios— y ahí continúan, escribiendo libros e impartiendo conferencias, disfrazados de eminencias. Pero yo era el único que sí creía en ello. Me dejaron solo cuando decidí arriesgar mi vida, mi carrera y mi reputación en Londres. Llevo aquí más de un año, entre las piedras, la arena, el mar, tanto que mi propia alma se ha convertido en playa. Cojo los guijarros uno por uno, los examino y los lanzo al mar para separarlos del resto. Así día tras día. Porque algo en mi interior me grita que aquí se esconde mi gran tesoro, que aquí culminará mi búsqueda.

Yuseph vio tanta ilusión y esperanza en sus ojos que no se atrevió a desaprobarlo. Había en el historiador una determinación ciega. Cuando se despidieron con un abrazo, él pareció leerle los pensamientos.

—Lo único que sé —le explicó— es que el fracaso consiste en el miedo a intentarlo.

En el camino de vuelta, mientras Yuseph contemplaba la soleada orilla del médano, cierto cabrioleo perezoso en las olas le trajo a la mente un proverbio árabe que había escuchado en boca de los ancestros: que nadie le diga lo que debe hacer al hombre que ya ha escogido cuál será su destino.

Sin saber que aquel encuentro, en apariencia frugal, tendría mayor repercusión más adelante, pues en la vida todo está conectado.

16

De ese modo comenzó el transcurrir de los meses, trabajando en el palacete desde primeras horas de la mañana hasta bien entrada la tarde. Poco a poco se iba adecuando a su puesto y, aunque de vez en cuando cometía algún error, todos los sirvientes y esclavos de la alcazaba le respetaban como a un superior.

También fue comprobando lentamente que la descripción que el sastre había dado del ambiente en palacio era totalmente cierta. En especial en lo referente a Amir, un niño mimado que siempre trataba de llevar la razón a base de gritos y rabietas. Sin embargo, Yuseph sentía lástima por él, porque toda su ira se habría aplacado en un instante si el amo le hubiera prestado algo de atención.

En cuanto al abuelo, era tratado como un estorbo. Yuseph procuraba evitar su mirada, ya que siempre parecía estar mendigando algo de comprensión.

El amo, por otro lado, era muy reservado. De natural observador y atento, actuaba para sus asuntos familiares como un completo extraño. No parecía reparar en que sus relaciones se desmoronaban. Se refugiaba en el trabajo como un ermitaño en una guarida.

Yuseph había pensado que los ricos no sufrían ni padecían, pero los tambores en el horizonte no siempre resuenan de júbilo.

Le partía el corazón aquella frialdad, pero estaba amordazado. Podía prestar su oído pero no su voz. El amo solo le consideraría sensato si compartía sus opiniones. Llegar hasta ahí no había sido fácil y jamás haría nada que pusiese en peligro su nuevo lugar en el mundo. Él debía velar por sí mismo. Si el burro hiciese amistad con la hierba, ¿qué comería?

De hecho, Yuseph corría grave peligro, pues estaba cometiendo una imprudencia que sobrepasaba todos los límites.

Cada noche, al terminar la jornada, después de cenar, los esclavos solían marcharse a sus dormitorios para reposar. No así Yuseph, que desde hacía varias semanas se escondía en las penumbras de un pasadizo. Ahí esperaba a que todos durmiesen para bajar las escaleras y llegar clandestinamente a los grandes salones de contabilidad. Tenía la llave maestra, de modo que entraba y, arrellanándose sobre los enormes sillones, estudiaba los libros de contabilidad en el silencio de la noche, tratando de entender sus mecanismos de organización y periplos administrativos. Se ayudaba de un enorme ábaco que ocupaba el tamaño de una de las paredes y de cientos de pergaminos en los que anotaba sus dudas o puntos de vista. Ahí permanecía hasta altas horas de la noche. Cuando el cansancio le vencía, quemaba sus notas y se arrastraba exhausto hasta el dormitorio. Así cada día, con el único pensamiento en mente de que debía superarse, aprender y aprovechar su oportunidad.

Necesitaba demostrarle al amo que estaba capacitado para mucho más, que se merecía toda su confianza, hasta finalmente alcanzar la libertad.

Ese día se marcharía y volvería a ad-Dār al-Baīḍa.

Lo que Yuseph no sabía era que alguien le vigilaba desde la distancia.

17

Una mañana, mientras todos los esclavos —incluido el mayordomo— desayunaban en la cocina, Yuseph aprovechó para contabilizar las provisiones de alimentos que se guardaban en la alacena. Trabajaba de espaldas a la puerta cuando, de improviso, apareció Amir ondeando su capa con soberbia. Sorprendidos, los sirvientes se incorporaron con un chirrido de sillas, rindiéndole honor con torpes reverencias, excepto Yuseph, que continuó inmerso en sus labores. Sabía de sobra por qué estaba despierto tan temprano: el amo había prometido comprarle un nuevo caballo aveliñés en el puerto de Esclavos. Se marcharía junto a su padre y volvería en cuatro días. El Judío, en cambio, no regresaría hasta un mes y medio más tarde, pues debía inspeccionar sus negocios en la isla de Cerdeña.

En silencio, sin apartar los ojos de Yuseph, Amir se acercó señalándolo con el dedo y declaró con furia:

—Sé lo que estás haciendo por las noches.

Yuseph se giró como si hubiese recibido una puñalada, la sonrisa en sus labios tembló ligeramente y sintió que le flaqueaban las piernas.

—No entiendo a qué se refiere. —Trató de fingir mientras el corazón le bombeaba las sienes.

—¡Lo sabes perfectamente! —gritó el muchacho con ojos centelleantes. Todo él se agitaba como una llamarada—. Desapareces después de la cena y vuelves de madrugada a tu dormitorio. —Apretó la mandíbula con malicia—. Acabaré por descubrir dónde vas y entonces se lo contaré a mi padre —le amenazó. Yuseph se sintió aliviado al comprender que aún no sabía qué es lo que hacía exactamente. Se encogió de hombros con fingida indiferencia, lo que enfureció a Amir aún más—. A mí no me vas a engañar como a los demás —continuó, apretando los puños con fuerza—. No eres más que la misma escoria que el resto.

Yuseph sonrió con tranquilidad; estaba acostumbrado a sus arrebatos.

—Cuando me insulta a mí, se insulta a sí mismo, Amir —respondió. Luego, dando media vuelta, volvió a sus tareas con naturalidad.

El rostro de Amir se contrajo en una mueca iracunda, escupió en el suelo y, nervioso como un niño, se marchó a pasos grandes.

A su alrededor, todos quedaron en silencio mientras volvían a sentarse para terminar sus desayunos. Nadie sabía qué decir; sentían como suya la ofensa a Yuseph y les sorprendía su enorme paciencia con Amir.

El mayordomo le miró a los ojos inquisitivamente.

—¿Cómo haces para no molestarte?

Yuseph arqueó las cejas mientras salía por la puerta. Necesitaba estar solo.

—Hago como los nenúfares —respondió enigmático.

El mayordomo rio a su vez y asintió con la cabeza, comprendiendo el alcance de aquellas palabras.

Cuando Yuseph se hubo marchado, Golu dejó caer su cuchara sobre el plato y, como no se atrevía a preguntar directamente al mayordomo, miró al resto de sus compañeros.

—¿«Hago como los nenúfares»? ¿Qué significa eso?

El mayordomo volvió a sonreír.

—Golu —le explicó—, las flores de loto crecen en los pantanos y se alimentan del lodo, pero no permiten que el barro mancille sus hermosos pétalos. Asimismo, debemos aprender de los vicios de los demás, pero no permitir que sus defectos nos salpiquen.

Los esclavos asintieron meditabundos, mientras el mayordomo se zambullía en sus propias cavilaciones. Pensaba en cómo había cambiado todo desde que Yuseph había ascendido al cargo de ayudante de palacete. Gracias a él, ahora no había tanto que hacer y podía descansar; lo acomodaban junto al resto de los esclavos, podía conversar con ellos y disfrutar de compañía, y no vagar solo por el castillo como una sombra funesta. Suspiró abatido y pensó que hacía tiempo que no sonreía, quizá desde que perdió a su preciosa hija en Constantinopla, su única familia.

Ella era toda su riqueza, su orgullo..., y se la arrebataron.

Aún recordaba, como si la noche anterior fuese la última, cuando la despertó de madrugada. Los habían encerrado en jaulas y sentía que estaba a punto de atragantarse por las lágrimas, pensando en qué sería de su hija en adelante. Qué harían aquellos desalmados con la niña que había criado en el altar de su corazón. «Recuerda, hija —le suplicó entonces—, que por muy larga que sea la noche, el sol siempre volverá a brillar en el horizonte». A la mañana siguiente los vendieron en el mercado, separándolos para siempre.

Desde entonces, cada día guardaba la esperanza de volver a verla. ¿Dónde estaría su adorada hija ahora? ¿Le estaría buscando?

Sus ojos, azules y sombríos, se aguaron de tristeza.

18

Horas después, el amo y su hijo partieron rumbo al puerto de Esclavos y la alcazaba quedó a cargo de Yuseph. Las actividades se redujeron en cocina, limpieza y administración, aunque Yuseph continuó trabajando como siempre, pues no había excusa, apatía o circunstancia que le desviase de su sueño. Quería algo mejor para su vida, y no terminar sus días viéndola pasar sin más.

A media tarde del día siguiente Yuseph se afanaba inspeccionando los dormitorios del ala oeste cuando apareció corriendo por la galería uno de los sirvientes. Cansado y jadeando, traía en sus manos una carta desde el puerto de Matruh. Se la entregó en silencio y se marchó con la misma rapidez. Yuseph, al ver el remite, reconoció la letra al instante. Aquella caligrafía en alifato, aquel pulso firme y tierno eran inconfundibles. Se trataba de la chica de la botella: Zulaikhah

Aisha Begum. Comenzó a sentir que los nervios le hacían un nudo en el estómago, pero no abrió la carta durante toda la jornada. Después de la cena, esperó a que todo el mundo se marchase a dormir para bajar sigilosamente a los salones de contabilidad. Ahí, una vez acomodado en los enormes sillones, abrió la misiva y la leyó mientras su corazón volteaba como cometa al viento. ¿Qué era aquel nuevo sentimiento? Zulaikhah le hablaba de su vida en la India, de días vividos bajo un sol de azafrán, entre lagos y palacios, de su alegría por que su carta hubiese recibido una nueva respuesta y de la desilusión que le había causado Jorge III. Cuando acabó de releerla varias veces, Yuseph se sentó ante el escritorio y comenzó a redactar una larga respuesta que pensaba enviar cuanto antes. Se preguntaba cómo sería Zulaikhah. Dibujaba su rostro mentalmente, sus ojos, sus labios, y se complacía inventando situaciones en las que se encontraban... Al cabo de unos segundos, se sintió embargado por la culpabilidad ¿Y Aliena? ¿Acaso la estaba olvidando? Sentía que su recuerdo se escabullía como el agua de un arroyo; cuanto más trataba de aferrarlo, más se escurría entre sus manos.

Yuseph decidió no pensar en ello y, turbado, volvió a los libros de contabilidad como hacía todas las noches. Lentamente y con paciencia, lo que en un principio le parecía tan difícil se estaba tornando fácil, pues la práctica es la mejor de las maestras. Ayudado por el enorme ábaco y los pergaminos sobre los que hacía sus anotaciones, aprendía el sistema de contabilidad veneciano. Sin embargo, sucedió entonces algo imprevisto que, sin saberlo, cambiaría el rumbo de todos los acontecimientos venideros. Pues estaba a punto de despertar un huracán terrible que arrasaría todo a su paso.

Yuseph seguía con el dedo índice las anotaciones cuando, de repente, detectó algo extraño: varios gastos no coincidían con los resultados totales. Volvió a repasarlos, temiendo haberse confundido. Pero por pequeñas gestiones se gastaban grandes cantidades de dinero que no aparecían reflejadas en los documentos de registro. Cuando acudió a los cuadernos finales, aparecían fugas de dinero inexplicables. Yuseph pasó las hojas confuso y los errores continuaban así hasta casi el final del libro. Luego, veinte hojas antes de acabarse, los balances volvían a numerarse correctamente. Cuando abrió otros libros, vio que se imitaban los mismos patrones. Los desbarajustes aparecían siempre en la mitad de los libros, donde muy poca gente llegaba a estudiarlos. Desaparecían galeones de monedas de oro, especias y sedas con la facilidad de unas simples anotaciones. El amo estaba perdiendo ingentes cantidades de dinero y bienes, y algo le hacía tener la seguridad de que lo ignoraba por completo.

Inmediatamente, se acordó de la Casa de la Aduana en el puerto de Esclavos y tuvo la firme determinación de que debía consultar ahí para investigar lo que sucedía. Solo en aquel lugar podría hallar la respuesta. Pero no podía contar nada a nadie. El amo jamás habría tolerado que Yuseph, un simple esclavo, hubiese pasado meses estudiando su patrimonio a escondidas e inmiscuyéndose en sus negocios descaradamente, razón por la que no podía confiárselo ni siquiera a él. Debía mantenerlo en secreto y debía estar alerta con respecto a Amir, pues siempre andaba acechándolo para ponerle en evidencia.

Pendía sobre él la espada de Damocles.

19

Días después, Amir volvió del puerto de Esclavos con su nuevo caballo aveliñés. Ambos estaban ocupados en sus quehaceres y no coincidieron hasta la tarde, cuando Yuseph decidió acompañar a Amir en el paseo que daría al flamante animal. El muchacho aún era joven y Yuseph no quería que corriera ningún peligro mientras estuviese bajo su responsabilidad.

Yuseph entró en las caballerizas. Al verlo inclinó la cabeza con respeto, mientras ordenaba a los palafreneros que ensillaran un caballo para él también.

Amir lo miró con una mezcla de asombro y desconfianza, pero no respondió.

Los mozos ayudaron a ambos a montar sobre los caballos. Rápidamente salieron a cabalgar hacia los lindes del castillo, atravesando la vasta sabana. El nuevo caballo era un hermoso cruce entre un semental bereber y una yegua indígena, achaparrado y robusto, con una elegancia al trotar que parecía casi irreal. Sus crines ondulantes tenían un brillo y un color alazán intenso. Aún no había mudado los dientes y parecía que le costaba cargar con el peso de Amir.

—Precioso caballo, debe de haber costado una fortuna... —comentó.

Pero Amir lo interrumpió extrañado, levantando la mano.

—¿Por qué me saludas con tanto afecto? —Le atravesó con la mirada. Esta vez fue Yuseph quien le observó sin comprender, encogiéndose de hombros—. El otro día te amenacé —continuó Amir—, te insulté, e incluso te escupí... Y tú ahora me sonríes. ¿No estás enfadado? —preguntó con desconfianza.

Yuseph sonrió con naturalidad.

—No.

Amir lo miró de reojo mientras cabalgaba.

—¿Por qué?

—Porque ni usted ni yo somos los mismos. Ni usted es ya el que insultó ni yo soy ya el que estaba ahí cuando fue vapuleado.

Amir detuvo su caballo en seco y lo miró contrariado.

—Pero eso no tiene sentido. —Frunció los labios—. Todo es igual, yo sigo siendo Amir y tú Yuseph. ¿Qué ha cambiado?

Yuseph le miró a los ojos.

—Es como el río. El río siempre es el mismo, pero el agua nunca lo es, siempre es distinta. A cada minuto, a cada segundo, tomamos nuevas decisiones, transformándonos en alguien nuevo. Nunca nadie es el mismo siempre. Y hay algo aún mejor: a cada segundo podemos decidir quién ser.

Amir lo observó unos instantes y luego rio con burla ladeando su cabeza hacia atrás.

—A mí no me vas a engañar con tus triquiñuelas. No haces más que hablar y hablar como un charlatán, confundiendo a todos solo para que te digan lo inteligente que eres...

Espoleando su potro, salió cabalgando a toda prisa. La estepa se cernía a sus pies en una alfombra cobriza de brizna seca, salpicada por algún arbusto solitario que se engallaba bajo el sol de bronce. El caballo aún no estaba domado del todo y Yuseph decidió seguirlo por temor a que se hiciese daño.

—¡Cógeme si puedes! —reía Amir con la temeridad de un niño, encabritando al potro salvajemente.

Yuseph trató de acorralarlo, pero Amir se adentró en el bosque como una flecha. A lo lejos comenzaba a atardecer. Si se internaba allí, ambos se perderían. Frenó su caballo justo en el borde e, irritado, decidió esperarlo hasta que el joven se hubiese serenado.

Pasó así más de media hora esperando en silencio, cada vez más inquieto e imaginando terribles situaciones, cuando de repente escuchó unos gritos. No venían de muy lejos. Yuseph distinguió con claridad que se trataba de Amir. Rápidamente espoleó al caballo y se adentró en el bosque, siguiendo el origen del sonido y barriendo con la mirada a su alrededor. Eran una especie de relinchos agudos. Amir cada vez gritaba más y Yuseph intuyó a través de las hojas y las ramas que estaba llorando. ¿Qué habría sucedido? Enseguida lo encontró en un claro: estaba sentado sobre el muñón de un árbol, cubriéndose el rostro con las manos. Un sonido desagradable venía de su lado, como los lamentos de un animal.

A Yuseph le latió el corazón aterrorizado.

—¿Qué ha pasado? —le instó alarmado—. Amir, ¿por qué llora?

20

Yuseph se apeó del caballo y avanzó hacia Amir sin apartar los ojos de él, examinándolo de arriba abajo, aunque no parecía herido.

—¿Dónde está el caballo? —le urgió—. Debemos salir cuanto antes de aquí, está anocheciendo.

El firmamento comenzaba a teñirse de índigo y el aire se destemplaba rápidamente a su alrededor. Las sombras los cercaban como una jauría de lobos.

Amir apartó las manos de su rostro y lo miró con ojos enrojecidos; todas sus facciones se contrajeron cuando finalmente logró articular sonido. El triste gemido del animal herido continuaba llegando a sus oídos desde algún lugar cercano.

—Se ha caído —balbuceó entre lágrimas.

—¿Quién? —preguntó Yuseph mirando alrededor. No veía nada.

—¡El caballo! —clamó—. Estábamos trotando a toda prisa cuando pisó en falso y caímos dentro de un foso. Yo trepé sobre su lomo y me agarré al borde para subir. Pero él no puede salir —gimoteó.

Alarmado, Yuseph se acercó en penumbras hacia el lugar de donde provenían los quejidos del animal. Había un zócalo empedrado que sobresalía entre la maleza y al asomarse descubrió la zanja. El caballo estaba atrapado en el interior, con el lodo cubriéndole ligeramente las patas. Se retorcía sobre sí mismo relinchando con angustia. Estaba herido. Lo embargó una profunda lástima y también rabia por la imprudencia del joven. Quiso reprenderle, pero se contuvo.

Amir apareció a su lado y trató de tirar de las riendas, pero lo único que logró fue que el lamento del caballo se hiciese más agudo. Aterrorizado, se dejó caer sobre el suelo y comenzó a llorar de impotencia.

—Pobre animal —balbuceó arrepentido—. Ayúdalo, por favor...

Yuseph observó la desesperación en los ojos de Amir. En la zanja el animal parecía asfixiarse de angustia a cada minuto que pasaba, por lo que resolvió que debía afrontar la situación cuanto antes, por muy difícil que fuese. Además, sería una profunda lección para Amir. Lo miró a los ojos y le expuso la situación con gravedad, abandonando todo formalismo y dirigiéndose a él como a un igual:

—Amir, se está haciendo tarde y corremos el riesgo de perdernos en el bosque. El caballo ya no va a poder salir. No hay nada que podamos hacer para sacarlo; está destinado a morir sufriendo. De todos modos, era demasiado joven y aún no estaba entrenado. De modo que si no quieres que sufra más, coge ahora mismo uno de aquellos maderos —señaló— y comienza a enterrarlo. Le ahorrarás dolor al animal y a ti mismo.

Amir lo miró escandalizado y retrocedió negando con la cabeza; pero Yuseph insistió. El animal gimió desde el foso sin comprender por qué no lo ayudaban a salir.

—¡No pienso hacer semejante daño a un ser indefenso! —bramó Amir con ojos enloquecidos.

—Bien —espetó Yuseph—, pues marchémonos ahora mismo y dejemos que corra su suerte.

Amir lo miró sin dar crédito.

—¿Cómo puedes ser tan cruel? —gritó sorprendido—. Morirá de hambre, acorralado, sufriendo durante días. —Y, aferrándose a su autoridad, le exigió con rabia—: Haz algo ahora mismo. ¡Te lo ordeno!

Yuseph lo miró con indiferencia.

—Lo único que pienso hacer es montarme sobre mi caballo y salir del bosque si no me obedeces y comienzas a enterrar al animal. No es momento para sentimentalismos y tienes que ser consecuente con lo que ha sucedido. ¡Hazte responsable por una vez en tu vida!

Encolerizado, Amir se cruzó de brazos y le dio la espalda, así que Yuseph decidió marcharse para presionarlo. El tiempo corría a contrarreloj. Caminó hacia su caballo a través de las penumbras y se montó sobre él sin añadir nada más. Justo cuando estaba a punto de alejarse, vio cómo Amir cogía uno de los leños, lo enterraba en la tierra, lo cargaba y lanzaba el contenido dentro del pozo. El potro gritó con más fuerza, quizá intuyendo su miserable destino, sin comprender por qué sus nuevos amos querían hacerle daño. Yuseph miró a Amir compadecido y, tras apearse del caballo, se remangó y comenzó a ayudarlo. Uno tras otro cogieron tierra y la arrojaron hacia el foso. El caballo bufaba de dolor, mientras Amir no dejaba de llorar un solo instante. Yuseph permaneció en silencio, con ligera congoja pero decidido a cumplir con su obligación. De esta suerte continuaron arrojando tierra durante un tiempo que les pareció eterno. En un momento dado, el potro dejó de relinchar, hasta que simplemente se hizo un silencio espeso. A lo lejos ululó un búho solitario y los rodeó el canto indolente de las cigarras. Ambos se contemplaron y Amir volvió a llorar con fuerza, encogiéndose de rodillas.

—¿Habrá muerto ya? —preguntó alterado.

Yuseph lo abrazó con firmeza y trató de consolarlo.

—Asómate al pozo y compruébalo. Si ya hemos cumplido, podremos marcharnos.

Sin embargo, Amir permaneció largo rato sollozando hasta acopiar fuerzas; luego se levantó tembloroso y, arrastrándose hasta la zanja, se asomó.

Todo alrededor se hizo quietud e incluso la luna se asomó con curiosidad, brillando como una pupila de plata.

Amir no podía creer lo que veía. Sus ojos se abrieron de par en par y un grito de asombro se escapó de sus labios. El caballo estaba en el fondo completamente vivo, sacudiéndose con sencillez. Se había quitado de encima toda la tierra que habían lanzado, pisando sobre ella, subiendo cada vez un poco más. De inmediato, se giró exaltado y buscó a Yuseph con la mirada. Cuando sus ojos coincidieron, lo vio sonriendo ligeramente, con un brillo de clarividencia. Fue cuando lo comprendió.

—¡Tú lo sabías desde el principio! —descubrió contento.

Yuseph se acercó asintiendo y le puso la mano sobre el hombro. Él también estaba conmovido y la emoción le arrasaba los ojos.

—Es algo que tenías que aprender por ti mismo, Amir, que en la vida nos sucede igual: cuando tenemos un problema, podemos enterrarnos en él o bien ponernos por encima de las dificultades y superarnos.

Amir le miró conmovido; dos lágrimas gruesas resbalaron por sus mejillas. En aquel instante, en lo más hondo de su ser, floreció por primera vez un profundo respeto hacia Yuseph. El primer paso hacia una amistad.

Luego terminaron de lanzar tierra al foso hasta lograr sacar al caballo. Finalmente, en la oscuridad de la noche, salieron del bosque rumbo a palacio.

21

A la mañana siguiente, aprovechando la ausencia del amo y poniendo como pretexto la necesidad de adquirir nuevas provisiones en Alejandría, Yuseph se embarcó en un viaje hacia el puerto de Esclavos.

Atrás dejó dictadas todas las órdenes y labores a los sirvientes y no dio explicaciones a Amir. Él no debía sospechar nada, simplemente considerarlo algo rutinario. También tomó del Salón de Contabilidad varios libros que envolvió en un paño de lino y llevó consigo. Ya había planeado una coartada: se presentaría como inspector de las Compañías.

Viajó en carruaje durante dos días a través del desierto. El cochero en ningún momento le preguntó nada, gesto que Yuseph agradeció. Sin embargo, en aquellas horas sombrías, se preguntaba si estaba haciendo lo correcto y se debatía en un mar de dudas. Se encontraba en una encrucijada. No era lo mismo ayudar que inmiscuirse. Temía ponerlo todo en juego, que lo descubriesen y el Judío lo devolviese al mercado de subastas de donde provenía. Sin embargo, tampoco podía mantenerse en silencio y ver cómo traicionaban al amo. Tenía que tomar partido y descubrir al ladrón aun a costa de perderlo todo.

Cuando finalmente llegaron a media tarde, a pesar de estar sudoroso y cansado, Yuseph se refrescó en una fuente y sin comer nada se dirigió directamente a la Casa de la Aduana, en el puerto de Esclavos. Entró en las dependencias con los libros bajo el brazo, sin saber que estaba metiéndose en arenas movedizas.

El pasillo desembocaba en un patio fresco, con paredes de adobe y frondosas matas de helechos; justo en el centro había desplegada una mesa horizontalmente. Detrás de ella, varios escribanos tomaban apuntes sobre libros y papiros.

Yuseph vaciló ligeramente antes de presentarse.

—Buenos días —interrumpió. Todos ellos alzaron sus rostros de los pergaminos—. Soy un inspector de las Compañías y deseo hablar con el alto comisionado. Hay algunas anomalías en los libros de contabilidad que deseo consultar.

Uno de los escribanos se levantó en silencio, mirándolo con curiosidad, y Yuseph temió que le pidiera alguna acreditación. Para su alivio el muchacho asintió obediente y desapareció tras una puerta. Cuando regresó, lo hizo acompañado de un hombre que rondaría la cuarentena, con el rostro maduro y veteado como el corcho; sus facciones nobles comenzaban a caducar y bajo las cejas hirsutas sus ojos brillaban con fiereza como dos pedazos de cristal. No era sino el mismísimo Gibrán Khan.

¿Qué hacía él ahí?

Yuseph sintió que el suelo se desvanecía bajo sus pies y sus piernas temblaron de arriba abajo. Gibrán Kahn era uno de los hombres de confianza del Judío, su jefe contable en el puerto de Esclavos, uno de los señores más respetados de toda la comarca. Sería humillante para él conocer a través de un esclavo que alguno de sus escribanos estaba robándole a manos llenas ante sus propios ojos. ¿Cómo decírselo? ¿Con qué autoridad? Podía enfurecerse y denunciarlo ante el amo por insolencia. Quiso huir, pero ya era demasiado tarde.

Gibrán se acercó perplejo y lo saludó con un abrazo.

—¿Inspector? —rio confuso. Yuseph se sintió sepultado por el peso de la vergüenza y sus mejillas se tiñeron de grana. Gibrán parecía desenmascararlo con la mirada—. Acompáñame —le invitó con curiosidad.

Agachó la mirada aturdido y lo siguió hasta su gabinete. Cuando entró en la estancia, Gibrán cerró la puerta con llave a sus espaldas y lo invitó a sentarse en unas jamugas de cuero, ante su escritorio. Él, a su vez, rodeó la mesa y se sentó al otro lado, ofreciéndole un vaso de agua de rosas. La pieza era rica y estaba iluminada con muebles de ébano lacado y amplios ventanales que daban al puerto. Las banderas oficiales de las Compañías colgaban de las paredes en astas de oro. Por doquier se admiraban grabados de la aduana de Alejandría.

—¿Cómo transcurre la vida en palacio, Yuseph? —preguntó amablemente—. ¿Y por qué esta farsa de auditor?

Yuseph desenvolvió el tejido de lino con manos temblorosas y abrió los libros con cuidado, bajo la atenta mirada de Gibrán. Apenas surgió un hilo de voz de su garganta cuando decidió hablar por fin:

—Sidi Gibrán, he venido por algo muy importante. —Él le contempló inmóvil, con absoluto interés—. Se han detectado varias irregularidades en los libros de contabilidad. Algún subordinado oculto en su administración está robando galeones de oro y especias con total impunidad. Debe apresarlo cuanto antes. —Se ruborizó mientras le mostraba los libros de contabilidad, girándolos para que pudiese leerlos. Le temblaba el pulso—. En todos y cada uno de ellos —señaló con el dedo—, si se inspeccionan con detenimiento los balances, se descubren robos colosales.

Gibrán tomó los cuadernos con gravedad y, cuando los tuvo delante, los cerró de golpe, levantando una nube de polvo. Luego miró a Yuseph hasta atravesarlo.

—Ya lo sé, Yuseph.

Hubo un incómodo silencio durante el que Yuseph lo observó con asombro.

—Y si lo sabe, ¿por qué no detiene al culpable?

Gibrán apoyó los codos sobre la mesa con las manos entrelazadas y lo observó detenidamente.

—Porque ese hombre soy yo. —Yuseph abrió la boca sin dar crédito, estremeciéndose de espanto—. Seamos francos —continuó Gibrán ignorando su expresión—. El Judío es un hombre muy rico, quizá el hombre más rico del mundo. ¿No crees que es demasiado para una sola persona?

Yuseph se levantó alarmado, arrastrando la silla hacia atrás en un chirrido. No quería seguir escuchándolo, tenía miedo. Pero Gibrán se levantó con rapidez y, rodeando la mesa, se interpuso ante él, agarrándolo por los hombros hasta paralizarlo.

—Tranquilo. —Su tono era de absoluto dominio de la situación—. Entiendo tu nerviosismo. Eres joven y crees que en la vida solo se puede actuar de dos formas: bien o mal. Tienes valores y quieres cambiar al mundo... —Suspiró con una sonrisa mordaz—. Yo también he sido joven, Yuseph. Te comprendo. —Yuseph negó con la cabeza, sin lograr articular palabra—. ¿Te acuerdas de lo que te dije el primer día? —Volvió a negar. El corazón le batía con furia en el pecho, como un ave enjaulada—. Te dije que eras especial y que haríamos una gran amistad. —Lo apuntó con el índice—. Supe nada más verte que no eras como los demás. Eras despierto y sabía que no tardarías en darte cuenta de lo que sucedía. De hecho, me alegra que lo hayas descubierto, porque estaba esperando este momento. —Le señaló la silla y le exhortó a sentarse. Yuseph obedeció hipnotizado, sintiendo cómo le cedían las piernas. Gibrán se acomodó frente a él, sobre un extremo de la mesa, cara a cara—. Piénsalo. —Le tocó la cabeza—. Tú te mereces mucho más. Eres más trabajador y más honesto que él. Pero por mucho que trabajes día y noche para el amo, aunque sea en el cargo más alto, jamás ganarás lo suficiente como para comprar un mísero pedazo de plata. Y él, en cambio, tiene más oro del que podrá gastar en vida. —Se irguió, cambiando de posición y de argumento—. Sé que tratas de ser justo, Yuseph, pero ¿qué es más justo? ¿Que ese dinero se pudra en bancos italianos y emparedado en palacios del mundo entero o bien que sirva para que tú puedas vivir dignamente, que puedas tener una familia y darles de comer y vestir, un techo bajo el que dormir, que puedas prosperar?

Yuseph permaneció en silencio, con la mirada en el suelo. No sabía qué responder. Anhelaba progresar y huir de la esclavitud, pero por otro lado detestaba la idea de robar, de apropiarse indignamente de lo que no le correspondía.

Gibrán intuyó que dudaba y no le dio tiempo para reflexionar. Se levantó con sutileza y, rodeando el escritorio, abrió un cajón del que extrajo un saco de terciopelo púrpura. Luego lo desanudó con dedos ágiles. Para su sorpresa, lo giró esparciendo como lava todo el contenido brillante sobre la mesa. Después lo miró directamente a los ojos, leyendo cada uno de sus pensamientos como un tahúr.

—Esta, Yuseph, también es tu oportunidad para llegar lejos en la vida, para cumplir tus sueños y ambiciones. —Las monedas de oro refulgían sobre la mesa como pedazos de sol—. Y yo puedo ayudarte a ello, tal como entonces me ayudó a mí el hermano del amo. —Yuseph recordó al anciano que había visto en el mercado de esclavos—. Solo para empezar —señaló—, todo esto es tuyo, como una pequeña muestra de nuestra amistad. Dime, ¿lo aceptas?

Yuseph devoró con los ojos los enormes medallones de oro reluciente mientras el corazón le daba un vuelco. De pronto, vio claro que aquel era el momento que estaba esperando hacía tanto tiempo y no lo desaprovecharía; tampoco lo juzgaría, sino que se aferraría a él con fuerza y lograría su objetivo: ser libre.

Miró a Gibrán a los ojos y asintió con la cabeza, convirtiéndose en el perro que muerde la mano de su amo.

22

En la senda de todo buscador aparecerá una bifurcación peligrosa ante la que habrá de escoger entre seguir el camino correcto o tomar el resbaladizo y cenagoso atajo del engaño.

Y nuestro Yuseph ya había elegido embarrarse hasta las rodillas.

El viaje de vuelta al palacio duró dos días, en los que apenas salió del carruaje. No sabía si había obrado bien o mal, y batallaba contra miles de dudas. Temía que Gibrán ordenase asesinarlo o, peor, que lo hubiese embaucado para acusarlo ante el amo como el artífice de todos sus robos. Desesperado, cogió los libros y comenzó a reescribirlos uno por uno, con el fin de que todos los balances coincidiesen con los resultados finales, mintiendo cien veces más para sostener la primera mentira.

De vez en cuando, contemplaba la saca de terciopelo púrpura sentada a su lado y sentía compensados todos sus miedos. Lo embargaba una sensación de seguridad, y casi podía verse libre a través del tesoro. Abría la bolsa y contaba los medallones de oro una y otra vez, como un avaro. Había algo en su tintineo, en su resplandor, que hacía que se sintiera poderoso, sin saber que estaba asomándose a un precipicio.

Gibrán Khan le había dictado todas las pautas que debía seguir. Ingresaría cuanto antes el dinero en el Banco di San Giorgio, de Génova, a través de un corredor de su confianza. Al cabo de dos semanas recibiría una carta certificada de la institución garantizando el ingreso y su poder sobre el mismo. Sin embargo, podía darse el inconveniente de que recibiese algunas retribuciones en gemas preciosas, y de ellas tendría que desembarazarse vendiéndolas en el mercado negro parisino, pues no era aconsejable atesorarlas en el banco por su concentrado valor y difícil liquidez. Para estas coyunturas le sería enviado un comisario que trabajaba a comisión. Finalmente, el día que decidiese huir de palacio, lo único que debía hacer era presentarse personalmente en Génova, entregar las cartas certificadas y apoderarse de todo su dinero.

Existía en aquel puerto conexión con la red marítima internacional, así que mientras viajase a través de los barcos orientales, evitando aquellos que pertenecían a las Compañías del Judío, jamás sería detectado.

Al pensar en todo ello, un nudo de nervios le comprimía el estómago, y trataba de ocultarse a sí mismo cuánto le avergonzaba imaginarse huyendo con las manos repletas de dinero robado. No podía ocultar el sol con un dedo. Todo lo que había logrado durante meses sería destruido en un solo día; el bien que había hecho sería despreciado, ganaría verdaderos enemigos y su dinero atraería falsos amigos. El oro también le abriría todas las puertas y cerrojos, podría volver a su hogar junto a Baba Jan y vivir en libertad, pero a costa de un precio. El mundo lo había convertido en un esclavo y ahora lo empujaba a ser un ladrón. ¿Podía caer más bajo?

A media tarde del primer día, hicieron un alto en las medianías de un descampado bajo la sombra de algunos árboles. Yuseph descendió del carruaje y se acomodó bajo la generosa copa de un sicomoro. Ardía un sol inmenso que parecía ocupar todo el cielo y el cochero arrastró los caballos hasta un pequeño manantial.

Yuseph no había comido nada en todo el día y, cuando el cochero le ofreció algunos víveres, los rechazó igual que en anteriores ocasiones. Estaba demasiado ocupado con los libros de contabilidad. Los desplegó sobre sus rodillas y continuó reescribiéndolos al aire libre, ajeno a la belleza del mundo. Habían desaparecido para él el trino de los petirrojos, el zumbar de los odonatos, las ramas de los tamarindos festoneadas de verde y las sombras atigradas que proyectaban sobre la tierra. Las higueras, el agua rizada del hontanar, los grajos... Incluso el cielo y la tierra parecían caminar de puntillas a su alrededor para no molestarlo. La brisa lo besaba cuidando de no revolotear sus hojas. En el horizonte, un pastor tocaba la flauta dejando en la calma el rastro de su canción.

Cerca de Yuseph un niño jugaba entre los cañaverales, cantando y riendo para sí mismo, agitando las matas de arecas con su cuerpecito. Vestía un simple trapo de percal y sostenía en su mano un trozo de bambú que agitaba en el aire entre carcajadas y haciendo ruidos con la boca. Tenía la mirada viva.

En cuanto avistó a Yuseph, se fue acercando sigilosamente como un leopardo, se sentó en la tierra y permaneció jugando a su lado, mirándolo de reojo de vez en cuando, perplejo.

Con innata curiosidad le preguntó al fin:

—¿Qué haces?

Yuseph levantó la vista de sus libros y lo observó a su vez. El niño estaba embadurnado de polvo y se divertía con una ramita rota. Una sonrisa aleteó en sus labios al verle jugar con ese trocito de madera. ¡Qué afortunado le pareció! Pero por su mirada supo que esperaba una respuesta sincera.

—Pues cuento números, los cambio, los analizo y calculo. Es contabilidad y es muy importante. —Se encogió de hombros.

Pero el chiquillo continuó observándolo con indiferencia.

—¿Y para qué sirve?

Yuseph se zambulló de nuevo en los libros.

—Para contabilizar todas las monedas de oro que tengo —respondió desde las profundidades.

—Y ¿para qué sirve el oro? —insistió el niño con natural carácter.

—Para muchas cosas —respondió Yuseph, vagamente y sin prestarle mayor atención.

—¿Se puede comer? —volvió a la carga.

—No.

—¿Se puede plantar?

—Tampoco —respondió Yuseph de mala gana; y, levantando de nuevo el rostro, añadió—: Porque realmente no tiene ningún valor —explicó al fin—. Pero eso sí: con el oro se puede comprar lo que verdaderamente tiene valor.

—¿Y qué es lo que sí tiene valor? —se empecinó en saber.

—Bueno... —la mirada de Yuseph se perdió en la distancia y por un instante se le aguaron los ojos—, pues el amor, la familia, la libertad, la alegría. —Suspiró.

El crío asintió con la cabeza, divertido.

—¿Y todo eso se puede comprar con oro? —preguntó jubiloso.

Yuseph permaneció en silencio, dubitativo. No sabía qué responder. Mientras reflexionaba, el niño ya se bañaba en aguas de otro mar.

—¿Y luego qué haces con todo ese oro? —porfió.

Yuseph pensó que por lo pronto no debía hacer nada, salvo asegurarse de que no lo descubriesen.

—Pues lo ingreso en el banco y apunto la cantidad que tengo en un papel sellado. Guardo la nota bajo llave y sé que soy rico mientras gano más oro con los intereses de mi oro.

—¡Qué aburrido perder la tarde con un juego como ese!

Yuseph perdió la sonrisa del rostro y permaneció unos segundos confuso. Aquellas palabras se clavaron en su pecho como púas. El chiquillo pareció leer la sombra en su rostro.

—¿Qué pasa? —preguntó preocupado.

Hubo un ligero silencio.

—Que se me había olvidado algo...

—¿El qué? —inquirió el niño intrigado.

Yuseph lo miró a los ojos con una sonrisa dolorosa, parpadeando atropelladamente para contener la emoción.

—Que mi trabajo también era un juego.

¿Cómo podía estar tan ciego? Se había empecinado en que el dinero lo puede hacer todo, hasta el punto de que había acabado haciendo todo por dinero. La vida era un juego nada más, escrito por una mano invisible. ¿Quién sabe? Tal vez era solo el personaje de un libro y toda su vida nada más que un sueño dentro de otro sueño.

El niño rio exageradamente y lo llamó con la mano.

—Ven conmigo.

Yuseph dejó los libros a un lado y, tras levantarse, avanzó hacia él con curiosidad. Cuando se agachó, la criatura le entregó dos piedras.

—Niño, las piedras ya no me divierten; he olvidado tu talento.

El crío no hizo caso de sus palabras y comenzó a jugar de nuevo con su bambú. Yuseph permaneció admirándolo fijamente, inmóvil, y él se detuvo ofuscado.

—¿Qué pasa ahora? —preguntó con los bracitos en jarra.

Yuseph se puso una mano en el pecho.

—Que una lucha encarnizada se está librando en mi interior... ¡Es entre mi mente y mi corazón! —Al instante el niño abrió la boca sorprendido, mirando a su pecho—. Uno de los adversarios es la avaricia. —El chico continuó con los ojos abiertos—. El otro rival es la honradez.

El chiquillo retiró lentamente la mano de su boca y preguntó:

—¿Y cuál de los dos crees que ganará?

Yuseph lo miró a los ojos y el sol del mediodía destelló en sus pupilas con un fulgor singular.

—Creo que ya sé cuál: el que yo más escuche.

23

De vuelta al palacete, Yuseph tenía claro lo que haría con el oro. Había caído la venda de sus ojos y su alma se retorcía arrepentida como un pez apresado en las redes.

Volvió a sus quehaceres diarios y trató de olvidarse por completo del dinero. Fingía normalidad ante el resto de los sirvientes, pero en cada esquina de palacio se topaba con los remordimientos, que se abalanzaban sobre él como perros salvajes, mordiéndole con saña. Así se arrastraba por las galerías sangrando y con el alma hecha jirones como una presa herida. Todavía quedaba la peor de las fieras: Gibrán Khan no lo dejaría marchar tan fácilmente.

Dos días después acudió un corredor preguntando por él, pero Yuseph se desentendió sin dar explicaciones: en palacio no vivía ningún Yuseph. No pensaba ingresar el dinero en San Giorgio; de hecho, no pensaba hacer nada con él. Simplemente había perdido todo el interés.

Sospechando que algo no marchaba bien, Gibrán Khan le envió varias cartas invitándole a su palacio en Alejandría. Al ver que las rechazaba, finalmente le hizo llegar una instrucción secreta, informándole de que el hermano del Judío le ofrecía una gran suma de dinero a cambio de boicotear los negocios de las Compañías en España. Para ello, solo debía extraer algunos documentos que encontraría en una caja de caudales que el amo escondía en su dormitorio, tras un tapiz. Horrorizado, Yuseph quemó el manuscrito en la chimenea.

Cuando al cabo de un mes el amo volvió por fin de Cerdeña, se encerró en su dormitorio para descansar, como era su costumbre después de un largo viaje. Inquieto, Yuseph esperó todo el día contando las horas hasta bien entrada la noche. En cuanto el amo se dirigió al cuarto de administración, decidió seguir sus pasos para abordarlo. Tenía claro lo que debía hacer y no pensaba acobardarse. Era la única forma de descansar en paz: ofrendar su cuello a la cuchilla del matarife. Sus ojos enrojecidos por las lágrimas delataban el pesar terrible que lo afligía.

En la oscuridad de la galería, tocó la gigantesca puerta de *kundan keshri*[5]. A la señal del amo entró con una saca de terciopelo púrpura en las manos. Era un despacho cálido, con mocárabes en las techumbres y estanterías de libros en las paredes; al fondo chisporroteaba una inmensa chimenea de mármol verde y madreperla. El amo estaba sentado a con-

---

[5] Es una técnica tradicional de orfebrería que se originó en las cortes reales de Rajastán y Guyarat. Implica engastar gemas preciosas en lámina de oro. Es la forma más antigua de joyería hecha y usada en la India.

traluz, en una silla de lamé rojo, tras una mesa alta y sólida repleta de pergaminos. Al verlo aparecer, frunció el ceño con desconcierto.

Cuando acopió valor para levantar los ojos del suelo, Yuseph sintió que el mundo se tambaleaba a su alrededor. Avanzó unos pasos como un funámbulo al borde del precipicio y respiró hondo antes de hablar, cayendo al vacío.

24

Le reveló toda la verdad sin artificios, confesándole que varios meses atrás había empezado a esconderse en los salones de contabilidad para aprender las artes numéricas, husmeando sin autoridad los libros de tesorería. El amo lo escuchó en silencio, con una mirada gélida e inmutable. Yuseph sintió que le temblaba el labio inferior bajo el peso de aquellos ojos afilados. Continuó explicándole cómo descubrió algunas anomalías en las cuentas y viajó hasta Alejandría en secreto, donde, para su sorpresa, encontró a Gibrán Khan. Finalmente, le narró avergonzado y humillado cómo había cedido ruinmente a traicionarlo, seducido por sus ansias de libertad y riqueza. Cuando acabó su relato, levantó la bolsa de terciopelo púrpura y la dejó sobre la mesa en silencio. Ahí estaba todo el dinero, no faltaba nada. No lo quería.

—Acepto humildemente el castigo que me merezca —terminó por fin, entre lágrimas de profundo arrepentimiento.

El amo suspiró hondo y se llevó las manos a la frente, en un silencio que a Yuseph le pareció eterno. Solo se escuchaba el crepitar del fuego y el canto lejano de las cigarras más allá de las cuatro paredes. Cuando levantó la mirada, tenía los ojos vidriosos. Por primera vez, Yuseph vio en él un profundo cansancio. Estaba decepcionado.

—No me esperaba esto de ti —aquellas palabras le hirieron más que ninguno de los puños de Kalya—, pero está claro que no se puede confiar en nadie —sentenció apretando los labios. Rotundo, el Judío tomó un libro a sus espaldas y lo abrió sobre la mesa. Mientras escribía con pulso enérgico, su voz volvió a adquirir el tono pragmático de siempre—: Voy a emitir una orden a tu nombre. —Se mordió la mandíbula con ira contenida—. Recibirás un castigo ejemplar. Quedas destituido de tu cargo inmediatamente, y con carácter urgente te devolverán a la plaza de subastas de donde te aparté. No te mereces estar en el palacio.

Acabó de redactar el dictamen, lo separó del libro y se lo extendió como una limosna. Yuseph la tomó con manos temblorosas y, sin atreverse a mirarlo a los ojos, desvió la mirada a la sentencia. Era un pergamino de cáñamo almidonado y repleto de sellos, con grabados de las casas reales más importantes del mundo. Yuseph la leyó con rapidez hasta tropezar con las palabras «declarado liberto». El corazón comenzó a latirle con furia y sintió que perdía el aliento; levantó la mirada y buscó los ojos del amo. ¿Acaso era cierto? ¿O lo engañaba la desesperación?

El Judío dibujó una amplia sonrisa en sus labios.

—Así es, Yuseph —afirmó emocionado—, es tu documento de manumisión, el certificado de ciudadano libre que tanto has deseado. Desde ahora tienes pleno derecho en el mundo entero bajo el auspicio de las reales coronas de Oriente y Occidente. Ya no perteneces a nadie salvo a ti mismo. Eres dueño de tu destino. —Refulgieron sus ojos como dos antorchas—. Sigue tu camino.

Yuseph permaneció petrificado. El mundo entero giraba a su alrededor como un huracán: las paredes, la chimenea, el amo, el gabinete, el palacio. Las piernas le flaquearon y se vio obligado a sentarse. Volvió a leer el certificado una y otra vez, sin dar crédito, sintiendo cómo las lágrimas le corrían por la mejilla, ahogándolo. Lo había logrado. Por fin. Toda su lucha, todo aquel sacrificio había recibido su recompensa.

El Judío lo contempló unos segundos e, incorporándose de su asiento, se acercó hasta él y apoyó una mano sobre su hombro.

—Me recuerdas mucho a mí, Yuseph —sentenció.

Algo en el tono de su voz no pudo dejar de estremecerlo.

25

El amo avanzó hacia la chimenea con paso ausente y, hundiendo las manos en los bolsillos de su túnica, perdió la mirada en las llamas del fuego. Los reflejos danzantes de la madreperla tiznaban su rostro de sombras ambarinas. Se apoderó de la estancia una expectación indecible.

—Cuando era pequeño, no teníamos nada —reveló de espaldas—. Éramos muy pobres, Yuseph. Mi padre sobrevivía vendiendo aceite caliente en las calles y yo lo seguía bajo el sol cargando las tinajas hirvientes. —Yuseph lo miró, petrificado, comprendiendo que estaba a punto de conocer al hombre detrás de la leyenda—. Fueron momentos muy duros, y yo tenía que trabajar porque, aunque pequeño, era el mayor de los hermanos. Mi padre me consolaba repitiéndome: «Saldremos adelante» siempre, una y otra vez, todos los días. Y yo estaba cansado. —Negó con la cabeza—. Un día le confesé que pensaba que moriríamos en la calle como perros y a nadie le importaría. Mi padre se agachó y, mirándome severamente a los ojos, me ordenó que nunca jamás volviese a repetir aquellas palabras. Fue entonces —se giró con ojos encendidos— cuando me reveló algo que cambiaría mi vida para siempre. El secreto de mi triunfo.

Yuseph levantó el rostro, sintiendo que el corazón le percutía en el pecho como un tambor. ¿El secreto del triunfo? Le recorrió el deseo de conocer la esencia de la gloria, la fórmula del éxito para tener todo cuanto había deseado alguna vez y que solamente conocía el hombre más grande de la humanidad.

Pero, sin explicarse, el amo caminó hacia las puertas de cristal y las abrió de par en par. Una oleada de aire frío invadió la estancia y casi se pudo oler el aroma a almizcle de los jardines.

—Acompáñame, Yuseph. —Le tendió la mano—. Hoy la noche es tuya.

Yuseph obedeció hipnotizado y salió al aire libre. Una enorme luna llena pendía del cielo como una ajorca de plata, iluminando la noche morena de ristras destellantes. La brisa jugaba suavemente entre las ramas; todo el mundo dormía alrededor y a yardas de distancia no se veía una antorcha. Chispeaban las luciérnagas a sus pies. Avanzaron lentamente por el camino de piedra, en silencio, hasta que el amo tendió su brazo sobre los hombros de Yuseph, de igual a igual. Le revelaría su secreto a él, que era su amigo, solo a él.

—El misterio, Yuseph, es que hay que ser como las orugas, que están abocadas a arrastrarse por el lodo pero sueñan toda su vida con llegar al sol. Tanto que son capaces de tejer su propia tumba y morir por su sueño. —Yuseph levantó el rostro, sintiendo que lo recorría un escalofrío. El amo, en cambio, contemplaba las estrellas—. Y tan grande es el anhelo de las orugas, Yuseph, que vuelven del inframundo renacidas y transformadas en mariposas, prendiendo el vuelo, dispuestas a alcanzar el horizonte en el único día de vida que les presta la muerte. —En aquel momento, el amo devolvió la mirada a Yuseph—. Lo cierto es que ninguna ha logrado hacer su sueño realidad, pero continúan intentándolo desde el principio de los tiempos. —Suspiró—. Y para ello solo tienes que observar el modo en que se sienten atraídas por la luz. —Yuseph lo contempló conmovido; las lágrimas rozaban sus pestañas—. Ese cuento se quedó grabado en mi cabeza —continuó el amo— y, sin saberlo, marcó mi destino. —Se detuvo en medio del camino y miró a Yuseph fijamente. La luna se derramaba sobre ellos, enredada en la noche—. Desde aquel día tuve claro, Yuseph, que el valor del éxito se mide por los sacrificios y no por los logros; hay que estar dispuesto a morir por los sueños. Y cuando te miro y veo tu determinación y tu entrega, tus ansias de prosperar a pesar de las desavenencias que te han acontecido, me recuerdas a mí. —Yuseph permaneció en silencio, sin saber qué hacer, ni qué decir—. Yuseph, no sé dónde tienes pensado ir ni si tienes a alguien que te espera. Tampoco te lo preguntaré. Pero desearía que aceptases el puesto de consejero de las Compañías. —Yuseph lo miró sorprendido, sintiendo que el corazón le palpitaba en las sienes—. Todo el imperio estaría bajo tu mando —lo tentó el Judío— y tendrías poder y riquezas más allá de lo que te imaginas.

Yuseph permaneció pensativo, observando el rostro del amo. Había en sus ojos un destello de profunda necesidad, de dolor, que parecía casi rogarle que se quedara. Por otro lado, hacía mucho tiempo que había decidido marcharse y sentía que ya había llegado su momento.

Cuando habló, sintió que se le hacía un nudo en la garganta.

—Acepto, amo —afirmó.

De pronto, en su interior algo le gritó que no debía permanecer ahí. Sintió un profundo ardor en el pecho: era su talismán, que le avisaba de que una amenaza inminente se cernía sobre sus cabezas. Debía huir lejos de palacio, cuanto antes, porque algo nefasto estaba a punto de suceder. Pero tragó saliva con dificultad y trató de acallar aquella voz absurda.

El Judío le sonrió rezumante de alegría.

—Yuseph —pronunció bajo la noche estrellada.

—¿Sí, amo?

—No me llames amo, ya no eres mi siervo —sentenció con voz pausada y afectuosa—. Llámame Samuel, ese es mi nombre.

Luego se perdieron en el jardín, bajo la luz de la luna, en el silencio de la noche, olvidando la fatídica desgracia que se avecinaba.

26

Pero ¿qué sucedió en adelante? ¿Cómo terminó la historia de Yuseph después de que lograra alcanzar sus sueños y el mundo entero se rindiera a sus pies?

Los meses siguientes fueron muy convulsos. A pesar de que Samuel Irá no despidió a Gibrán Khan, fue él mismo quien dimitió al conocer que había sido descubierto. Humillado por la opinión pública, hizo sus maletas y desapareció junto a su familia. Corrieron rumores de que había huido a Damasco, pero no se corroboraron jamás.

Por su lado, Yuseph tomó el mando de las Compañías y comenzó a viajar por todo el continente para inspeccionar las sucursales del Judío. A pesar de las hostilidades de los consejeros, transformó toda la institución desde sus cimientos, imponiendo la disciplina y el esfuerzo. Se enfrentó a ellos, sacando a la luz los documentos y las pérdidas encubiertas y clausurando antiguas delegaciones en decadencia, así como destituyendo a cargos innecesarios. Pero, a pesar de su valerosa labor, el mundo lo juzgó como un advenedizo. Lo tildaban de un vulgar zapatero de ad-Dār al-Baīḍa, un esclavo ladino que había aprovechado para lavarse las manos en la corriente del arroyo. Para demostrar su valía, se esmeró en estudiar día y noche, capacitándose para ejercer su cometido, analizando los convenios políticos, los tratados mercantiles, memorizando las diferentes leyes internacionales y cultivando la lengua de los reinos con los que establecían comercio. El Judío puso a su servicio una corte de mentores con los que aprendió la cultura y la idiosincrasia, la historia de los hombres y sus orígenes, para así poder codearse con soltura con los personajes más poderosos de la Tierra. Todo él, sus maneras, sus pensamientos, incluso sus rasgos, se moldeó como una masa de barro húmedo en manos de un alfarero, puliéndolo, refinándolo, bruñéndolo hasta transformarlo en alguien nuevo: un aristócrata.

Día tras día amasaba una gran fortuna, pero raramente la gastaba, puesto que disfrutaba de todo cuanto pudiese desear. Hermosas pretendientas de ilustres familias aparecieron por doquier ofreciéndole ventajosas propuestas de matrimonio, pero Yuseph las rechazó disimuladamente.

En los últimos tiempos solo podía pensar en una mujer y abandonaba cualquier camino que no le llevase hasta ella, la chica de la carta: Zulaikhah Aisha Begum. Le escribía desde cualquier parte del mundo, durante sus largas travesías, y cuando volvía a palacio encontraba su respuesta con el corazón alborotado. Conversaban acerca de la vida cotidiana, de sus pensamientos más profundos, de filosofía y el arte que comenzaba a apreciar. De todo. Había encontrado una amiga. En cada correspondencia aumentaban el número de cartas, compitiendo por quién escribía más. Era como beber agua salada: cuanto más la leía, más sed tenía de ella. Y en las noches de vigilia se preguntaba cómo podría haber vivido hasta entonces sin Zulaikhah. Su vida anterior le resultaba pálida en comparación.

Cada madrugada despertaba entre las penumbras invocando aquel misterioso mantra de siempre: amagi. En su interior sabía que la llamada era cada vez más imperiosa. Pero ¿qué significaba? ¿Qué trataba de transmitirle? Lo desconocía. El árbol, la casa desvencijada, los baúles en la oscuridad del patio..., y entonces uno de los cofres caía al suelo y algo llamaba poderosamente su atención. Hasta que abría los ojos, sudoroso y jadeante, con el corazón golpeándole el pecho, gritando: «¡Amagi!».

De vez en cuando se acordaba de Aliena, pero sus recuerdos eran confusos y lejanos, como de una época oscura y repleta de miedo. Se preguntaba dónde estaría y si le recordaría aún. Pero rápidamente volvía al presente y recordaba que era lo único que tenía y que debía aprovecharlo. Aliena era su ayer; Zulaikhah, su hoy. El pasado no existía más que en su mente y, por tanto, no servía de nada pensar en él.

También añoraba a su padre continuamente, como una herida sangrante. ¿Por qué no volvía junto a Baba Jan ahora que era libre? ¿Por qué no rechazaba la proposición del amo? La triste verdad era que se había prendado del éxito. Por primera vez en su vida hacía algo bien y lo remuneraban por ello. Disfrutaba de la riqueza, del poder, de comodidades jamás imaginadas. No quería volver a ser alguien común;

ahora ese era su lugar. Entonces se disculpaba pensando que lo hacía por su padre, que amasaba una gran fortuna para volver algún día y cuidarlo con las mejores atenciones.

Pero ¿cuándo? A veces es demasiado tarde para regresar. Y el día que se decidiese a volver ya habrían pasado trece años.

—Baba Jan... —suspiraba, contemplando el ciclo lunar desde tierras lejanas. ¿Habría perdonado que lo abandonase en sus últimos días?, se preguntaba abochornado, sin comprender que la nota de cuatro letras que llevaba siempre consigo —aquel manuscrito que una vez leyó en el puerto de Esclavos y que creía un regalo del asceta— estaba escrita en realidad por el puño y letra de su propio padre, que lo había empujado a la vida.

Querido lector, te preguntarás qué sucedió realmente con el resto de los personajes. ¿Qué pasó con Aliena? ¿Y con Zulaikhah? ¿Qué fue de Baba Jan? ¿Y de sir Leonard Binford y su ardua búsqueda de la piedra filosofal? ¿Qué ocurrió con Amir, el muchacho consentido que comenzaba a despertar? ¿Y con el mayordomo, asolado por la pérdida de su hija? O, sin ir más lejos, con el pobre padre del amo, relegado al olvido por su familia y maltratado en silencio.

Sobre este triste episodio arrojaremos ahora algo de luz antes de continuar con la historia de Yuseph y descubrir, al fin, el peligro fatal que acabaría con las esperanzas de todos y cada uno de ellos.

Pero eso es algo que todavía no has de saber.

27

En cierta ocasión, tras el regreso de un viaje a Roma y después de haber descansado durante la tarde, Yuseph se presentó en el comedor a la hora de la cena. Era el mismo salón del tamaño de cincuenta elefantes, la misma cúpula labrada con millones de espejos diminutos como escamas. De la bóveda pendían las mismas hermosas lámparas de araña esculpidas en oro y de las paredes colgaban los tapices iraníes. Todo era igual, pero Yuseph había cambiado. Ya nada de eso le resultaba ajeno. Era su hogar.

El señor —así es como lo llamaba ahora— lo acogió con grandes abrazos, hablándole efusivamente como a un amigo. Amir, en cambio, lo saludó con parquedad, mostrándose inmutable el resto de la cena, aunque desde hacía mucho tiempo lo respetaba y, en cierto modo, lo admiraba en secreto.

Durante la comida estuvieron hablando largo y tendido sobre su viaje a Roma y sus impresiones sobre el mercado internacional, cuando, súbitamente, a mitad de la comida, se abrieron las puertas de golpe y dos siervos trajeron agarrado de las axilas al padre del amo. Hubo un incómodo silencio mientras lo arrastraban entre gemidos hasta una mesa burda de leña, en un extremo del salón, alejado de todos y de cara a la pared. Yuseph observó escandalizado el bochornoso espectáculo. Acomodaron al abuelo en aquella trona basta y sin mantel y le colgaron un babero de fieltro del cuello, humillándolo como a un niño. A Yuseph le partió el corazón ver una lágrima en sus ojos nublados.

A su lado, el Judío sonrió triunfal.

—He decidido acabar con la desagradable situación de siempre —explicó satisfecho—. Hace unos días compré personalmente varios cuencos de madera en el mercado y a partir de ahora comerá ahí, sentado en aquella mesa, apartado de nuestra vista. De este modo podremos comer tranquilamente sin que nada se rompa entre sus dedos temblorosos. —Yuseph lo contempló atónito y el señor continuó orgulloso—: Ahora está triste, pero ya se acostumbrará, incluso me lo agradecerá. Resultaba terrible ver cómo rompía vasos y platos de porcelana, ensuciando los manteles torpemente y derramando el agua hasta salpicarnos. Había que hacer algo.

En la esquina, el anciano sollozó de espaldas al escuchar las hirientes palabras de su hijo, mientras que a Yuseph lo invadió la furia: ¿cómo podía ser tan cruel?

A pesar de ello, día tras día, el anciano quedó relegado cara a la pared, lejos de todos ellos, mientras hijo y nieto comían placenteramente.

Desayuno, almuerzo y cena, constreñido en aquella mesa solitaria, Yuseph veía al pobre anciano afanarse inútilmente, llevándose la cuchara a la boca con pulso frágil. La mitad de la comida la derramaba en el camino; el resto se perdía entre sus encías desnudas, cayendo de su boca a la mesa, y apenas acertaba a tragar algunos bocados insignificantes.

Pero lo peor era la forma en que lo trataban. Las únicas palabras que el señor le dirigía eran reproches y desprecios, como si el infortunado anciano actuase adrede. «No tires el vaso». «No salpiques la pared». «¡Deja de lamentarte!».

Yuseph también observaba indignado la impasibilidad de Amir. El muchacho asistía a la escena en silencio y seguía comiendo, como si la humillación de su abuelo no tuviese nada que ver con él.

Desgraciadamente, por aquellos días Yuseph se vio obligado a emprender un nuevo viaje, esta vez hacia el país germano, lo que le llevó a abandonar durante varios meses al pobre viejo.

Pero no se lo reprochemos, pues nada podía hacer. Lo que sucedió tras su partida fue inevitable.

28

Una noche, durante la cena, algo extraño llamó la atención del Judío. Sentado a su lado, su hijo agitaba la mano por debajo del mantel, en movimientos secos. Asombrado, descubrió que tallaba un pedazo de madera con ayuda de una cuchilla afilada. Una figurilla. Aunque no solía prestar atención a los juegos de su hijo, no le pasó desapercibido aquel artístico entretenimiento. Sin embargo, no deseaba importunarlo y continuó repasando sus documentos en silencio, regocijado ante el talento de su vástago.

A la noche siguiente, se volvió a repetir la misma insólita situación. Esta vez distinguió en el pedazo de madera no una figura, sino una especie de cubierto rústico.

—¿Qué estás haciendo? —le preguntó al fin con curiosidad.

Absorto en su labor, Amir continuó esculpiendo aquella especie de utensilio en silencio. Sin levantar los ojos, respondió cándidamente:

—Estoy tallando un tenedor de madera para usted, padre. Cuando sea un anciano como el abuelo y no tenga fuerzas, haré lo mismo que ha hecho usted con él —explicó satisfecho—. Lo apartaré en una esquina de cara a la pared y comerá en cuencos de madera para que no rompa nada. Aunque al principio le disguste, ya se acostumbrará.

Aquellas palabras inesperadas fueron como un estacazo mortal que lo derribó de espaldas. Lo invadió el terror ante la idea de un futuro espeluznante y solitario, pero también la infamia y la amargura de haber convertido aquel trágico designio en el presente de su padre. En aquel preciso instante se hizo la luz en las tinieblas de su mente. Más aún por la inocencia con que fueron pronunciadas. El Judío contempló a su hijo con los ojos llenos de lágrimas, agradecido y conmovido, comprendiendo que quien siembra vientos, solo recogerá tempestades. ¿Qué había hecho? Por fin podía ver en toda su dimensión el mal que había causado. El miedo le hacía comprender los sentimientos de su padre. ¿Cómo podía ser tan cruel con un ser indefenso? ¿Con aquel que le había dado la vida y lo había cuidado con sus manos? ¿Cómo podía rechazarlo cuando no tenía siquiera voz para quejarse? Las lágrimas corrían por sus mejillas como en un torrente. Amir, asustado, lloró también mientras lo abrazaba. ¿Cuándo se había vuelto tan insensible? ¡Solo Dios sabe el pesar que lo sepultó en aquellos instantes! Se golpeó el pecho y se mordió los labios. Luego corrió al dormitorio de su padre y se postró ante él entre sollozos de hondo pesar. ¡Y cuán noble es un padre! Este, a pesar del dolor que le había causado, a pesar de las humillaciones y los desprecios, no podía tolerar una lágrima en los ojos de su hijo y lo levantó débilmente, abalanzándolo contra su pecho, con los ojos aguados.

Fue en aquel momento cuando el Judío comprendió la ley universal que rige este mundo, que, de tan sencilla, pasa a veces desapercibida ante los ojos de los hombres: haz a los demás solo aquello que deseas que te hagan a ti.

Entre lágrimas, acompañó a su padre hasta el comedor. Sin ayuda de los siervos, lo acomodó ante la mesa principal, acercándole la cuchara, bocado a bocado, con mimo. De vez en cuando le limpiaba delicadamente la barbilla con el pañuelo, sin apartar los ojos de su rostro, admirándolo como si no lo hubiese visto en años. ¿Dónde había estado aquel tiempo?, se preguntaba confuso. ¡Tan cerca y a la vez tan lejos!

No era la distancia física la que los había separado, sino una más terrible aún: la del corazón.

De pronto, los vasos y platos de porcelana rotos, los manteles sucios, las salpicaduras de agua que tanto lo habían enfurecido le parecían minucias. Chatarra en comparación con el amor de su padre.

A partir de aquel día, el Judío siempre guardaba un pedazo de la mañana para pasear con Amir. Compartían tiempo juntos o simplemente releían los textos de los sabios. Hablaban distendidamente durante la cena, abuelo, hijo y nieto. Y el Judío comenzó a entender el modo en que cada uno de sus gestos se convertía en un ejemplo a seguir para su hijo. Amir absorbía cada una de sus palabras, con los ojos abiertos, los oídos prestos, la mente despierta, imitando todo cuanto él hacía; de vez en cuando lo sorprendía agarrando de la mano a su abuelo, jugando o conversando con él. Su corazón de cera se había ablandado al calor del amor. Ayudaba a los sirvientes y se levantaba temprano para pasear al caballo. Muchas mañanas se presentaba en el cuarto de administración para interesarse por los documentos y el Judío, muy gustosamente, se lo explicaba como una larga historia.

Por primera vez en mucho tiempo, cuando miraba en su interior, comenzaba a sentir una dicha repleta de ilusión.

29

El Judío también aprendió de nuevo a escuchar a su padre, que volvía a darle consejos como si el tiempo se hubiese detenido cuando tenía ocho años. Para su sorpresa, le parecía ahora un sabio. Le complacía poder disfrutar de su experiencia, sentirlo tan cerca. Mucho tiempo después de que se hubiera marchado, siguió arrepintiéndose del tiempo perdido, sin comprender cómo una vez lo había despreciado por culpa de un simple vaso. ¡Cuánto le pesaba ahora aquel pedazo de cristal!

El padre no dejaba de repetirle que se reconciliase con su hermano, pero la situación era muy complicada y existían diferencias insalvables. Le había hecho mucho daño, y el Judío se negaba en rotundo a perdonar sus traiciones. Los recuerdos amargos, el tiempo perdido y el silencio entre ambos les habían separado para siempre. Ahora no eran más que dos desconocidos con la misma sangre.

Una buena tarde, el Judío paseaba en compañía de su padre por el linde de sus haciendas. Al otro lado comenzaban las vastas tierras de su hermano, y aquella delgada frontera había sido siempre causa de lamentables disputas entre los dos, que se enfrentaban por un terreno que había existido desde tiempos inmemoriales, mucho antes que ellos, y que, tras su muerte, seguiría ahí.

Pero esto los hombres no lo comprenden: escriben su nombre en fino papel y creen poseer lo que sus ojos ven.

El Judío, decidido a poner fin a esta deshonrosa circunstancia —que en ocasiones había desencadenado en arduas disputas y los había convertido en la comidilla de todo Egipto—, ordenó traer a varios obreros y, antes de marcharse al puerto de Matruh, dio la orden y el mando a su padre.

—Padre, necesito que supervise estas obras en mi ausencia —le explicó, señalando el linde—. Quiero construir un gran muro de adobe para que ambos quedemos separados para siempre. No tengo nada más que hablar con él.

Al escuchar su tono enérgico, el abuelo asintió resignado.

—Los vigilaré para que cumplan con su trabajo —respondió entristecido. Y agachó la mirada en un silencio meditabundo, pues no existe nada más doloroso para un padre que escoger entre sus hijos.

De aquel modo, el Judío abandonó las tierras de Benha durante siete días para viajar hacia el puerto de Matruh, durante los cuales el abuelo controló a los obreros dirigiéndolos como un titiritero bajo el sol afilado y las noches frescas de luna llena, observándolos trabajar desde la sombra rayada de una palmera, ejecutando las obras que su hijo había ordenado. A cada ladrillo, el corazón le pesaba más y más.

Habría deseado que antes de marcharse de este mundo, sus hijos se hubiesen reconciliado. Pero ¿qué podía hacer?

Cuando llegó el séptimo día, el Judío regresó del puerto de Matruh y el abuelo lo esperaba con los brazos abiertos. Había tramado algo y estaba nervioso.

El Judío se apeó de su carruaje, agotado tras varios días de travesía. Al poner el primer pie en tierra, se detuvo con los ojos desmesuradamente abiertos. ¿Qué había pasado? ¿Qué habían hecho los obreros? ¿Cómo lo había permitido el abuelo? Lo miró con ojos inquisitivos. ¡No había ningún muro de adobe! ¡No había nada! En su lugar, en cambio, había construido un puente de madera, uniendo ambas parcelas.

Sin embargo, justo cuando el Judío estaba a punto de increpar a su padre, se distinguió una figura al otro lado de las tierras, que se acercaba a ellos más y más. Era un hombre huesudo y encorvado como un caracol, de nariz sobresaliente, como si se tratase del pico de un papagayo. Vestía un lienzo blanco y una barba primitiva le serpenteaba hasta la altura de las rodillas: el hermano del Judío.

Cruzó el puente con ojos encendidos y, acercándose hasta su hermano, se detuvo ante él, con la barbilla erguida, frente a frente. El padre observó la escena inquieto, hasta que, en un impulso, su hijo pequeño se abalanzó sobre el Judío con furor y lo abrazó entre lágrimas.

El Judío retrocedió, ligeramente sorprendido, pero luego rodeó a su hermano con los brazos, quien, con ojos enrojecidos y arrebatado por la emoción, pronunció:

—¡Qué grande eres, hermano! ¡A pesar de todo el daño que te he causado y las crueles palabras que te he dirigido siempre! —Luego cayó al suelo, desplomado por los remordimientos—. Podrías haber erigido una muralla para alejarme de tu vida y la de padre —el Judío agachó la mirada abochornado, pues aquella había sido su intención—, pero tú siempre has sido superior a mí —suspiró, entrelazando las manos con candor— y hoy me lo has demostrado construyendo en su lugar este puente de reconciliación. ¡Siento vergüenza incluso de mirarte a los ojos! —exclamó, con el rostro pálido y derramando profundas lágrimas de arrepentimiento.

El Judío se estremeció; no sabía cómo consolarlo y le faltaba la voz. Lo ayudó a levantarse, abrazándolo con fuerza, sabiéndose merecedor de la misma compasión que él. Desde los hombros de su hermano, dirigió la mirada a su padre con lágrimas de agradecimiento. Le había dado una lección: la reconciliación es más dulce que el resarcimiento.

A su lado, el abuelo contempló con ojos vidriosos la unión entre sus dos hijos. Su corazón sediento había esperado aquel momento durante años. Se agachó con dificultad y, tras coger algunas ramas de madera del suelo, se acercó hasta ellos lentamente.

—Samuel, toma esta vara de madera —le instó, ofreciéndosela con pulso débil.

El Judío obedeció sin comprender, mirándolo confuso.

—Ahora rómpela —ordenó pausadamente.

El padre lo miraba fijamente y el Judío supo que hablaba en serio, así que hizo fuerza para romperla. Pero al ver que era incapaz, la apoyó contra la rodilla y la forzó por los extremos hasta que finalmente logró astillarla por la mitad. El abuelo volvió a pedir lo mismo a su otro hijo y este pasó las mismas dificultades para efectuar la tarea. Cuando hubieron terminado, miraron a su padre con expresión incrédula.

—¿Adónde quiere llegar con esto, padre? —preguntó el Judío.

Él sonrió de forma misteriosa, extrayendo un cordón del bolsillo; luego recogió con parsimonia los cuatro pedazos de palo y, entregándoselos, les ordenó:

—Ahora atadlos.

Ellos acataron en silencio y, cuando hubieron terminado, el padre volvió a hablar:

—Ahora que están atados, intentad romperlos.

Ambos se miraron confusos, sin saber qué trataba de transmitirles.

—Imposible, padre —negó el hermano del Judío—. Es muy difícil para nosotros. La vara ahora es muy fuerte.

El anciano los miró a los ojos.

—Eso es justo lo que estoy tratando de deciros —pronunció emocionado—. Separados sois vulnerables y débiles. Si permanecéis unidos, nadie os podrá vencer jamás, seréis fuertes y lograréis vuestros objetivos. En la unión está la fuerza.

Ambos lo contemplaron sorprendidos y los tres se fundieron en un largo abrazo que, sin saberlo, esperaban hacía mucho tiempo.

Pero esto, por desgracia, no habría de durar, porque, después de siete días de luna llena, siempre vuelve la misma noche oscura y sombría.

30

Por otro lado, Yuseph, desde el país germano, trataba de aplacar su desesperación por llegar a palacio. Semanas atrás había enviado una carta a Aisha en la que le suplicaba que le enviase su retrato. Era incapaz de seguir resistiéndose al misterio y realmente ansiaba descubrir el rostro que se escondía detrás de aquella escritura suave y dulce. Deseaba poder ver sus ojos y trazar un semblante a la mujer que habitaba sus sueños.

En los caminos y callejuelas, en el rostro de cada muchacha, en la silueta de cada mujer, en las palabras de cada anciana le parecía descubrir el aroma de Aisha.

Se había esparcido en cada uno de sus pensamientos. Dormía, y cuando despertaba, ella era la primera imagen. Trabajaba, conversaba; comía y bebía y en cada bocado y cada sorbo estaba presente, como una sombra, Aisha. En sus tristes suspiros, en sus pasos errantes, en el aire que respiraba. En el brote de los árboles, en las manchas de la luna, en las ráfagas de viento. Formaba parte de su vida, de sus ilusiones y nimias esperanzas.

Respiraba con brío y lo regocijaba pensar que compartía el mismo soplo que ella habría exhalado antes; que lo despertaba el mismo sol que a ella estaría acariciando, más allá, en las costas de Sindh. Ella se bañaría en el río y, cruzando los desiertos y los mares, esa agua se escanciaría en su vaso.

Aquellas eran las ingenuas fantasías que se habían apoderado de su ser. Ahora sabía que la respuesta de Aisha lo estaría esperando en el palacio donde, tras un mes y medio de larga travesía, llegó una noche de madrugada, cuando todos dormían.

Yuseph corrió hasta su dormitorio y comprobó, con el corazón en vilo, que habían deslizado una nota por debajo de la puerta. Rápidamente pensó en Aisha y supo que se trataba de su manuscrito. Lo habría dejado el mayordomo. Cerró la puerta y con mano temblorosa la recogió del suelo. Por fin vería su rostro, pensó tomando aliento. Cuando la desplegó, estas fueron las palabras que halló escritas: «Por favor, Yuseph, acompáñame al amanecer a montar a caballo por los terrenos de palacio. He de hablar contigo de algo muy importante. Amir».

Yuseph se sintió ligeramente decepcionado; suspiró en silencio y volvió a releer la nota. Sabía perfectamente el asunto al que se refería Amir. La apoyó contra su pecho y cerró los ojos mientras se dejaba caer sobre la cama. Pensaba en Aisha, ¿acaso no le había respondido? Entonces recordó dónde podría estar su carta, pero justo en aquel momento todo se volvió oscuro hasta que se quedó completamente dormido.

31

Cuando despertó, ya era muy tarde.

—¡Amagi!

Yuseph abrió los ojos en medio de la oscuridad, jadeando. El sudor le bañaba las sienes y su corazón palpitaba con fuerza. Se incorporó asustado y miró a su alrededor confuso.

Habían transcurrido varias horas, pues a través de la ventana alcanzaba a ver que era el instante más oscuro de la noche, justo antes del alba.

Lo volvió a invadir el anhelo por descubrir el rostro de Aisha. Recordó su último pensamiento antes de caer dormido: sabía dónde estaba el sobre. En el cuarto de administración.

Se arropó en su caftán y salió de su dormitorio, cruzando el palacio en medio de la quietud, sintiendo cómo se acrecentaba su angustia con cada paso. Una estrella solitaria se asomaba junto a la luna, como un lunar en la boca de la noche. Cuando llegó, cerró la puerta de *kundan keshri* tras de sí y corrió hacia la mesa. Estaba repleta de sobres y documentos a su nombre. Muchos provenían de las administraciones de medio mundo, otros eran contratos y papeleo burocrático. Se dejó caer sobre la silla de lamé rojo y con dedos ágiles los amontonó en pilas y comenzó a estudiar los remites uno por uno, embargado por la impaciencia. A lo lejos, los gallos comenzaban a gritar al sol naciente. Un velo de niebla se diseminaba por el horizonte y destellaba una luz incierta y suave. Se desperezaban las flores y el aire, con aromas a mango y lichi, embriagaba a los pavos reales, que andaban danzando entre los matorrales.

Por unos instantes se detuvo a contemplar el paisaje a través del ventanal. ¡Qué lejos estaba Yuseph de adivinar que aquella traidora mañana cambiaría el rumbo de su historia! Pues las catástrofes aparecen siempre el día más inesperado a la hora más intempestiva, sin avisar y destruyéndolo todo a su paso, como una riada turbulenta e inclemente.

De pronto, ¡la encontró! Sus manos se detuvieron ante una carta blanca con una escritura bella y firme. Yuseph la sostuvo entre sus dedos, con el corazón en vilo, meditando si realmente deseaba abrirla, ahora que la tenía en su poder. Se preguntó con un estremecimiento por qué habría huido Jorge III de Gran Bretaña al verla en persona. Existía la posibilidad de que fuese completamente distinta a como la había imaginado. ¿Y si no era bella? ¿Seguiría sintiéndose tan cautivado? Comenzó a rasgar el sobre con cautela cuando alguien apareció en la puerta de forma inesperada: el mayordomo.

Yuseph levantó los ojos, sorprendido. Por un momento, al verlo después de varias semanas, sus ojos profundos y azules, su tez olivácea, los cabellos canosos y brillantes de aquel hombre le volvieron a provocar la misma sensación. Era como si conociese al mayordomo de mucho tiempo atrás; su rostro le resultaba familiar, pero ¿dónde lo había visto y cuándo...? Lo ignoraba.

—Sidi Amir le está esperando en las caballerizas —anunció con una leve inclinación.

Yuseph se giró para contemplar el cielo con el ceño fruncido.

—¿Tan temprano? —preguntó impresionado.

El mayordomo sonrió y volvió a inclinarse con respeto.

—Ya no es el Amir que usted conoció.

Yuseph asintió con la cabeza y, ocultando el sobre en su bolsillo, se levantó para seguir al mayordomo. Abriría la carta en otro momento, con más calma y tiempo para meditar. Ahora Amir lo estaba esperando y había algo secreto de lo que hablar.

Mientras avanzaban a través de las galerías, el mayordomo le informó:

—Hoy comienza a servir una esclava nueva en la antecámara. Exiliada de Rangún, muy joven, pero inteligente —detalló—. Aún no conoce bien el idioma. —Yuseph se preguntó por qué le informaría el mayordomo sobre esas minucias domésticas. Le había otorgado todo el poder en esos asuntos—. En realidad viene a sustituir a Golu —explicó ante la expresión incrédula de su rostro.

Yuseph lo miró perplejo.

—¿Por qué? ¿Está enfermo?

—No, se ha fugado —notificó con solemnidad—. Así que necesitábamos a alguien que se ocupase de aquella zona del palacio.

Yuseph sonrió complacido; se alegraba por él, aunque desafortunadamente sabía que ahí fuera nada le resultaría fácil sin ser declarado liberto.

32

Tal como indicó el mayordomo, Amir lo estaba esperando en las caballerizas, montado sobre su majestuoso caballo aveliñés. Rápidamente, Yuseph ordenó que ensillaran otro animal. En cuanto estuvo listo, ambos salieron a cabalgar por campo abierto.

El sol ya brillaba intensamente desde el cielo y los campesinos comenzaban sus jornales en las tierras cenagosas. Lentamente, se extinguían las últimas hogueras que habían guarecido la noche. Sin embargo, había algo extraño en el aire, una quietud espesa y meditabunda, que incluso los pájaros vacilaban en trinar, ocultos en las ramas como si esperasen la llegada de una borrasca. Una sensación calamitosa y obstinada que resultaba premonitoria.

Ambos estuvieron avanzando en silencio y disfrutando de la mañana durante largo rato, ajenos al infortunio que los amenazaba.

Cuando llegaron a los lindes se apearon y, después de atar los caballos a un ceibo solitario, decidieron dar un paseo por la llanura. Yuseph observó en Amir una serenidad nueva en el momento en que se decidió a hablar por fin:

—Te he llamado porque deseaba darte las gracias. —Yuseph permaneció en silencio, atento a sus palabras—. Sin tu plan, nada habría sido posible.

Yuseph pensó que era verdad lo que decían: Amir parecía distinto. Todo él despedía una fragancia nueva. Brillaba en sus ojos una luz afable y alegre; sus mejillas sonrosadas y la sonrisa presta en sus labios. Aseado y perfumado, vestía impecablemente, con el cabello peinado con aceite de *amalaki*[6]. En la cuadra, se había dirigido a los palafreneros con suavidad y respeto cuando antes solo conocía dirigirlos mediante gritos y humillaciones. «Verdaderamente, el amor es una fuerza transformadora», pensó admirándolo. El cariño de su padre parecía haber teñido sus gestos, sus andares, su presencia.

Estaba orgulloso de él, pensó colmado. Sería un gran hombre y disfrutaría de una vida dichosa.

—Actué tal como me aconsejaste —continuó Amir—. Durante la cena fingí tallar un pedazo de madera y cuando me preguntó lo que hacía respondí exactamente las palabras que me dictaste antes de partir. —Yuseph asintió en silencio—. Desde entonces algo cambió en él. Y en mí —añadió, mirándolo con profundo agradecimiento—. Aunque mi padre no sabe que todo fue idea tuya.

---

[6] *Phyllanthus emblica, L.,* es una especie perteneciente a la familia de la filantáceas. Se encuentra en las regiones tropicales y subtropicales de Asia. Su fruto es muy valorado en la tradición ayurvédica, donde es empleado desde la Antigüedad como tónico para fortalecer el cabello. La ciencia moderna ha demostrado que su aceite es rico en ácido ascórbico, polifenoles y flavonoides

Yuseph sonrió en silencio y, alzando la mano, arrancó una baya negra de un jambul[7] cercano.

Amir frunció el ceño.

—Yuseph, pero ¿por qué planear todo este ardid? Sencillamente podrías habérselo explicado para que despertase de su engaño.

Yuseph se encogió de hombros.

—Había que darle una lección —suspiró—, pero no era yo el maestro que necesitaba. Debía aprenderlo por sí mismo. Lo siento.

Amir negaba en silencio, incapaz de contener las lágrimas. ¡Lamentaba haber perdido tanto tiempo resentido con el mundo! Mendigando cada día una sonrisa, sediento del cariño de su padre, arrastrándose como una alimaña cuando podría haber volado como un águila majestuosa. Tan ciego que en su amargura había desdeñado incluso al único ser que le había querido siempre: su abuelo. Pero ¡de ahora en adelante no perdería un segundo de vida! Disfrutaría de cada instante, dispuesto a recuperar el tiempo que baldíamente había perdido.

Yuseph agachó la cabeza y al ver el fruto violáceo en sus manos, se lo mostró a Amir.

—¿Te gustaría probar un jamun? —irrumpió, pensando en otra idea.

Amir lo miró perplejo ante aquella salida inesperada.

—Gracias, Yuseph —balbuceó confuso, alargando el brazo.

---

[7] El jambul o jambolán, *Syzygium cumini,* pertenece a la familia de las mirtáceas y es oriunda de la región del Indostán. El fruto, el jamun, es una baya de color negro o rojizo con un sabor que se asemeja al albaricoque.

Yuseph retiró el fruto.

—¡No! Quisiera pelar la baya yo mismo antes de dártela.

—Sí, claro, muchas gracias.

Ambos avanzaron en silencio a través del angosto camino, mientras Yuseph arrancaba la piel de la fruta y Amir lo contemplaba desconcertado. Caminaban por una pequeña senda de tierra, cruzando la maleza y pisando los zarzales.

—¿Me permites que lo abra para que sea más fácil morderlo?

Amir rio avergonzado.

—Bueno, si te apetece. Pero no es necesario, Yuseph...

—¡Claro que es necesario, Amir! Deseo para ti todo lo mejor. —Amir volvió a reír, incómodo. En aquel instante, algo siniestro entre la maleza se agitó imperceptiblemente—. Ahora, y para que sea aún más fácil para ti —continuó Yuseph—, masticaré el fruto antes de dártelo...

—¡En absoluto, Yuseph! —lo interrumpió Amir escandalizado—. Eso sí que no es necesario —gritó.

Yuseph emitió una carcajada, satisfecho. Aquella era la respuesta que estaba esperando.

—¿Lo comprendes ahora, Amir? —preguntó apoyando una mano sobre su hombro—. Si yo hubiera aleccionado a tu padre desde un principio, habría sido como alimentarlo con un jamun mascado. Hay cosas que uno debe hacer por sí mismo.

Amir lo miró sorprendido y Yuseph le devolvió una sonrisa de orgullo. Pero pasados unos segundos, el muchacho continuaba con aquella expresión lúgubre en el rostro.

—¿Amir?

Fue entonces cuando reparó en que no lo miraba a él. Su vista se perdía en el horizonte y tenía la boca entreabierta de forma sobrenatural.

—¿Amir? —lo zarandeó Yuseph nervioso.

Su cuerpo cayó desplomado al suelo, pálido, con los ojos desmesuradamente abiertos. ¿Qué estaba sucediendo? Expulsó por la boca un hilo de espumarajo y su piel se tornó amarillenta. Yuseph gimió aterrorizado, tratando vanamente de despertarlo, llamándolo con desesperación; pero Amir no daba señales de conciencia. Inmediatamente sucedió algo extraño: a su lado, las hierbas crujieron de forma amenazadora y, por un breve instante, entrevió una sombra que se alejaba arrastrándose entre la maleza. Le bastó escuchar su pérfido siseo para comprenderlo. Alarmado, Yuseph examinó las piernas de Amir y ahí encontró la señal. Tenía en el tobillo dos incisiones diminutas que le sangraban, como las picaduras de una serpiente. ¡Su vida corría grave peligro! Lo cogió entre sus brazos, apoyándolo contra su hombro, como a un niño. Sintió la tentación de gritar, de pedir ayuda, pero sabía que no había nadie alrededor y sería perder el tiempo. Las lágrimas le nublaban la visión mientras avanzaba por el angosto camino y su rostro se embotó en sangre a causa del peso que cargaba sobre su espalda. Solo podía pensar en una cosa: debía darse prisa en llegar hasta el palacio, pues cada segundo era decisivo. Nunca antes había tenido contacto con él, pero sabía que el señor contaba con un médico personal a su disposición. Aunque no confiaba en ellos desde la muerte de Adnan, no tenía a nadie más a quien acudir. ¿Dónde habían atado los animales? Corrió durante un tiempo que le pareció eterno, sintiendo cómo Amir se retorcía de dolor entre sus brazos. Cuando llegó ante los caballos, lo aupó con gran esfuerzo junto a él. Sus facciones se habían desfigurado de la tensión y a cada minuto que pasaba estaba más lívido, como un cadáver. Espoleó al caballo y cabalgó con furor hacia el palacete.

No vio a nadie hasta entrar en las caballerizas.

33

Los mozos, afanados en limpiar la cuadra, levantaron la vista sorprendidos al ver entrar a Yuseph con tanta violencia. De un salto, se hicieron a un lado y alguien dejó escapar un grito al descubrir el cuerpo de Amir bamboleándose inerte sobre el lomo del caballo.

—¡Rápido, llamad al médico! —bramó Yuseph, apeándose con los ojos enrojecidos mientras con cuidado descabalgaba a Amir entre sus brazos.

Uno de los palafreneros desapareció por la puerta trasera para volver cinco minutos después con el *tabib*[8], un hombre con turbante y tez morena, de aspecto sabio y largo bigote atusado.

Yuseph ya había tumbado a Amir en el suelo sobre un lecho improvisado de paja al refugio de la sombra. El cuerpo

---

[8] Doctor.

del muchacho temblaba como si tuviese frío y en su rostro se dibujaba una mueca de terrible suplicio. Con manos torpes, el médico lo inspeccionó de arriba abajo mientras Yuseph le relataba todo lo sucedido.

—Necesito conocer la especie de serpiente que era para administrarle el antídoto adecuado —comentó impaciente, abriendo su maletín de cuero, repleto de ampollas de vidrio que descorchaba al azar para verter algunas gotas en los labios de Amir. Se valía de sus dedos para abrirle la boca, mientras murmuraba algo entre dientes, como rezando.

Al verlo tan nervioso, Yuseph sintió que perdía la última esperanza que había albergado. ¡El destino de Amir estaba en manos de aquel hombre! Agarró su amuleto con fuerza y se lo llevó a la frente, golpeándose con desesperación, rogando que se salvara.

Súbitamente, Amir abrió los ojos y fue como si el establo entero se iluminara por la luz del sol. Su voz era ronca y lejana, apenas perceptible. Yuseph se arrodilló con avidez y acercó el oído a su boca para captar las palabras que murmuraba:

—¿Dónde está mi padre? —preguntó débilmente. Al instante, sus ojos se tornaron blancos.

Yuseph se levantó con rapidez y salió corriendo de las caballerizas a paso de fiera, sintiendo cómo se encogía su corazón cuanto más se alejaba de los establos y cómo le invadía la honda tentación de llorar. ¿Por qué había ido a la llanura?, se lamentó, cubriéndose el rostro. ¿Por qué permitió que el muchacho recorriese aquel sendero abandonado? La culpabilidad le atenazaba el alma. Y supo que debía llamar a su padre cuanto antes; tenía la extraña corazonada de que ese día nada iba a acabar bien.

Subió corriendo las escalinatas de la entrada y aporreó el portón de oro con los puños, gritando a todo pulmón. Algunos inacabables minutos más tarde, una esclava oriental apareció tras él con gesto aturdido.

—¡Rápido, dile al señor que baje a las caballerizas! —le ordenó Yuseph enfurecido—. Amir está gravemente herido por la picadura de una serpiente.

La esclava, al ver la urgencia de Yuseph, abrió los ojos y asintió con la cabeza exageradamente. Para entonces, Yuseph ya había dado media vuelta y volvía a las cuadras corriendo.

No había tiempo que perder.

34

La esclava se llamaba YutZein. Hacía solo siete meses que había huido de Birmania por la guerra y apenas comprendía el árabe. Cuando cerró el portón, ni siquiera recordaba el mensaje de aquel hombre impetuoso, al que jamás había visto antes. Subió las escaleras lentamente, mirando a su alrededor con temor, preguntándose dónde, en toda la mansión, estaría en ese momento el amo.

Ni siquiera tenía permiso para dirigirse a él.

Dubitativa, resolvió comenzar planta por planta, procurando no perderse. Jamás había estado en aquella zona del palacio. Era infinita.

Abría las habitaciones una por una, preguntando:

—¿Amo?

De pronto, alguien respondió:

—¿Quién me llama?

—He sido yo —respondió Yuseph al instante, lanzando un suspiro de alivio.

Había estado esperándole.

El mayordomo entró en las caballerizas y, al ver a Amir tumbado en el suelo, se abalanzó rápidamente sobre el muchacho, lanzando un grito desgarrador mientras sujetaba su cabeza.

—¿Qué le sucede? —preguntó trastornado, sin apartar los ojos de su rostro lívido.

Alguno de los mozos se lo explicó entre lágrimas y un silencio sepulcral se extendió entre los presentes. Pero el mayordomo no se derrumbó, sino que la adversidad sacó a relucir la dureza de su carácter. De un golpe, se levantó con decisión y comenzó a dar órdenes para despejar la zona y limpiarla con vinagre hirviendo.

El médico, mientras tanto, rezaba cada vez más alto, frotando la herida del tobillo con un mejunje ayurvédico de color verdoso.

—Quiero ver a mi padre —rogaba Amir lastimeramente—, que alguien traiga a mi padre.

—¡Que alguien llame al amo de forma inmediata! —gritó el médico desesperado, interrumpiendo sus oraciones.

—Ya he dado la orden —informó Yuseph nervioso.

¿Por qué no había llegado aún?

YutZein no sabía quién era aquel hombre que había golpeado a las puertas de palacio. Tal vez fuese un simple habitante del pueblo que, advirtiendo las riquezas del amo, venía a rogarle asistencia para su hijo enfermo.

Si importunaba al amo con esas minucias, podría enfurecerlo.

Resolvió desistir de su búsqueda. Además, nunca le encontraría. Ni siquiera había terminado con la primera planta y quedaban aún cientos de habitaciones. Agotada, dio media vuelta y comenzó a bajar las escaleras con gesto distraído.

De repente, una voz afilada sonó a sus espaldas.

—¿Qué haces aquí?

YutZein se giró sorprendida y descubrió con alivio que se trataba de otra esclava que estaba limpiando los suelos. Tenía un paño húmedo en las manos y la miraba con ojos interrogadores.

—Estoy buscando amo —farfulló torpemente, señalando la antecámara—. Tengo mensaje.

La otra mujer se agachó en cuclillas, retomando su labor.

—Está en la tercera planta, en el cuarto de administración.

YutZein se encogió de hombros, negando con la cabeza.

—No sé dónde.

La esclava miró al cielo, sintiéndose importunada.

—Ven, te acompañaré —declaró tirando el paño con exasperación.

Uno de los mozos arrancó una hoja de banano para abanicar a Amir. El muchacho había perdido todo el color y sus labios se mostraban blancos y cuarteados; de la comisura le pendía un hilo ceroso de baba.

Por su parte, el alfaquí había colocado un cazo junto a Amir, donde escupía la sangre infecta que succionaba de la herida. Sus labios y dientes se tiñeron de rojo mientras aspiraba el veneno como una sanguijuela. También había ordenado desnudarlo para que el mayordomo lo enjuagara con paños de agua fría y bajase la fiebre.

—No sé qué más hacer —murmuró el médico nervioso al tiempo que revolvía en su maletín y se enjugaba la frente perlada.

Yuseph miró hacia fuera desesperado, preguntándose cuánto tardaría el amo en llegar.

No quedaba mucho tiempo.

YutZein llamó a la puerta con recelo y una voz grave respondió desde el otro lado. Cuando la abrió, encontró al amo sentado al fondo de la habitación, sobre una silla de lamé rojo, tras una mesa alta y sólida, repleta de pergaminos.

—¿Qué sucede? —preguntó el amo irritado.

YutZein respiró hondo tratando de recordar. El corazón le latía con fuerza. Nunca antes había visto al amo en persona y por un momento incluso olvidó el mensaje que traía.

—Un señor, fuera —gimoteó asustada—, con hijo enfermo, quiere a usted en caballerizas.

El Judío, sorprendido, levantó la vista de sus papeles y escrutó a la esclava.

—¿A mí? —se señaló confundido.

Ella afirmó con la cabeza excesivamente y el semblante del amo se transformó en una máscara iracunda.

—Esto no es ningún hospital y yo no soy médico —respondió con frialdad—. No vuelvas a importunarme, tengo mucho trabajo. —Cuando la esclava estaba a punto de marcharse, añadió—: Ordene a los mozos que desalojen al hombre de aquí.

Ella asintió espantada mientras daba media vuelta.

—No quiero morir sin ver a mi padre —se lamentó Amir con voz desgarradora.

Las lágrimas le corrían por la comisura del ojo y los palafreneros miraban la escena con desasosiego. Yuseph le sujetó la cabeza y lo miró a los ojos directamente.

—Escúchame. No vas a morir —mintió, insuflándole valor.

Ambos se contemplaron en silencio.

—Tengo miedo, Yuseph. —Su voz, rajada y jadeante, le partió el corazón.

Se mordió el labio antes de hablar.

—No hay nada que temer —comentó, abrazándolo con pesar.

—¿Dónde está? —insistió Amir, gimiendo contra su pecho.

Yuseph trató de contener las lágrimas.

—Ya viene, no te preocupes. Ya viene —lo acunó.

«No tengo tiempo para mendigos», pensó el amo indignado. Estaba harto de que aclamasen a sus puertas para incordiarlo con penurias. Había ordenado cientos de veces a los guardianes que no permitiesen entrar a esa clase de gente. Si el hijo de ese pobre infortunado se moría, ¿qué podía hacer él? También él tenía muchos problemas, trabajo y, sin embargo, no iba a mendigar a puertas ajenas. No era para tanto, desdeñó indignado. Todos los días moría alguien.

Yuseph se levantó impaciente. Con ganas de gritar. ¿Dónde estaba el amo? ¿Qué había más importante que un hijo?

Los mozos habían limpiado todo el suelo como les había ordenado el mayordomo y colocado una lona de esparto bajo el cuerpo de Amir. El médico seguía esforzándose vanamente, aplicando sus elixires y succionando la herida. Trabajaba con toda presteza y la frente le sudaba a borbotones. Su gesto se mostraba contraído, muy preocupado, casi a punto de llorar. Por un instante, Yuseph sintió una profunda gratitud hacia él. Estaba haciendo todo lo que podía y realmente aparentaba estar conmocionado por la desgracia que le acontecía a Amir. Quizá lo conocía desde pequeño, pensó afligido.

También habían acudido varios esclavos más para servir de ayuda. Cada uno con su presencia, con sus oraciones y sus atenciones colaboraba en la medida que la desventura lo permitía.

Entonces, Amir giró la mirada y buscó a Yuseph con anhelo. Él se agachó apresuradamente. Cuando se contemplaron, Amir aún se esforzaba por luchar contra la muerte, retenido por una sola ansia.

—Necesito que le digas... —balbuceó con dificultad.

Una lágrima resbaló de los ojos de Yuseph cuando lo interrumpió.

—Está a punto de venir. Lo presiento. Se lo dirás tú mismo —sollozó, llevándose las manos al pecho.

El amo se levantó de su silla y apoyó las manos sobre la mesa. Tenía un mal presentimiento, como si algo terrible estuviese a punto de suceder. Quizá fuese su conciencia. Un hombre estaba ante sus puertas llorando por la muerte de su hijo y él estaba inmerso en sus cuentas. ¿Qué había más importante que la vida? El corazón le latía con fuerza y no sabía por qué. Abrió la puerta de *kundan keshri* y comenzó a bajar por las escaleras. «Ahora voy», pensó con desaliento. Si se tratase de su hijo y no tuviese dinero, él también habría acudido ante las puertas de los poderosos. Ellos disponían de médicos y fórmulas. ¡Qué impotente se sentiría si el señor ni siquiera quisiese atenderlo! Se moriría del disgusto. Mientras pensaba en esto, sus pasos eran cada vez más rápidos; cuando llegó al vestíbulo, estaba corriendo. «Espera, no te mueras», pensaba para sí. Una sensación espeluznante le retorcía el pecho, como si se tratase de su propio hijo. Por un instante, sintió un incomprensible anhelo de abrazarlo. Al menos Dios lo había bendecido a él, pensó mientras recorría jadeante los jardines. Cuando alcanzó las puertas de las caballerizas, lo recibió un tumulto de gente. Todos los siervos de palacio estaban congregados ahí y el corazón le palpitó con fuerza, haciéndole gritar.

—¿Qué pasa aquí? —inquirió petrificado.

Todos le abrieron paso en silencio, hasta que el amo vio al muchacho enfermo. Se acercó un paso, confuso, aguzando la vista y sin creer lo que veían sus ojos. ¡Era Amir, su hijo, y él era el padre! Todo el mundo se detuvo en aquel instante. Se llevó las manos a la cabeza, pegándose con fuerza, maldiciéndose mientras corría hacia él y lo agarraba entre sus brazos.

—¡Amir! ¡Amir!

La faz de la Tierra había desaparecido de su alrededor. Gritó con fuerza mirando hacia el cielo y su cara se torció en un gesto suplicante y doloroso, volviendo a convertirse en un niño desvalido y necesitado de protección. Ni todo el oro del mundo lo haría volver a la vida. La muerte es insobornable y ahora él lloraba a sus puertas como un mendigo. Miró a los ojos de su pobre niño.

—Hijo mío, ¿qué te pasa? Hijo mío —repetía enajenado—. Por favor, hijo mío. —Alguien le puso una mano sobre el hombro, pero él la apartó con furia—. Hijo, háblame, por favor —rogaba entre gruesas lágrimas—. Háblame.

Lo levantó aún más y la cabeza de Amir cayó hacia atrás como un títere. Lo atravesó un dolor tan profundo que no pudo respirar. Mudo de la impresión, se encogió, escondiendo su cabeza en el cuello de Amir, respirando su aroma, sintiendo aún su cuerpo tibio, queriéndose morir con él.

35

Las horas se fueron sucediendo unas a otras y los esclavos, abatidos, volvieron a sus oficios entre suspiros, tratando de ahogar sus pasos. Un silencio profundo se había apoderado de todo el palacio.

Más arriba, el abuelo, al recibir la funesta noticia por una de las sirvientas, cayó inconsciente, sumiéndose en un delirio que duró toda la noche. Los criados le velaron cabizbajos, viendo cómo se retorcía entre las sábanas, gimiendo una y otra vez:

—Tenía que haber muerto yo, tenía que haberme muerto yo —repetía sudoroso—. No me queda nada que me ate a la vida, nada...

El amo permaneció solo en las caballerizas, junto al cadáver de su hijo, llorando desconsoladamente hasta que, tras varias horas de agonía, se sumió en un profundo silencio y se quedó dormido a su lado.

Para asombro de Yuseph, el médico continuaba tratando de reanimar a Amir, empleando todo tipo de técnicas, incluso llegando a insuflarle aire a través de la boca o presionándole el estómago para provocar el vómito. Todo fue en vano. Finalmente cayó rendido al suelo, entre lágrimas de impotencia.

—No sé qué más hacer. Lo siento... —se disculpó, cubriéndose el rostro con las manos. Yuseph le ayudó a levantarse y trató de consolarle mientras abandonaban los establos—. Ojalá pudiera hacer algo más por él —continuó entre sollozos—; pero soy simplemente un ser humano, no soy Dios —se lamentó mientras se despedían.

El atardecer había comenzado a cernir la tierra de sombras alargadas mientras algunos rayos cobrizos se escurrían a través de las ramas en nimbos ajedrezados. Todo el palacio se sumía en penumbras y algunos esclavos lloraban a escondidas.

Yuseph aún se preguntaba cómo había sucedido todo tan de repente. Hacía tan solo unas horas Amir retozaba bajo el sol... y ahora había desaparecido de la faz del universo. Costaba hacerse a la idea de que no le volvería a ver jamás. Como una figura de arcilla que regresaba a la tierra a la que pertenecía. De aquel modo, mientras avanzaba por el claustro exterior, comprendió que la muerte podía aparecer en el momento más insospechado. Recordó entonces las últimas palabras de Amir: «No perderé un segundo de vida. Disfrutaré de cada instante, dispuesto a recuperar el tiempo que he perdido». ¿Por qué no lo hizo antes?, suspiró. A veces no hay una segunda oportunidad.

Al levantar la mirada, a unos metros de distancia, sus ojos se toparon con el mayordomo. Cobijado entre las penumbras, estaba sentado sobre la barandilla de piedra, con la mirada perdida en el horizonte. Parecía absorto en el misterioso atardecer, en la bruma velada de polvo que se extendía por las laderas de las montañas y en la luz sonrosada de las nubes, como si la tierra no se hubiese tragado a Amir, como si nada hubiese sucedido.

«El río de la vida no se detiene jamás», pensó mientras se acercaba lentamente y se sentaba a su lado, en absoluto silencio. Le apetecía sentir su compañía. Pero el mayordomo no apartó la mirada del crepúsculo; simplemente le reveló:

—Estaba pensando en lo que tuvo que haber sufrido el pobre muchacho.

Yuseph agachó la cabeza y negó en silencio.

—Solo nos queda el consuelo de que ha tenido un buen médico que hizo todo lo posible por él —respondió—. Ha llorado por él como un padre.

El mayordomo expulsó una carcajada seca, como una tos, y le miró a los ojos.

—¿El médico? —Levantó una ceja—. Ese hombre tiene un contrato invertido. —Yuseph frunció el ceño, esperando una explicación—. Hace varios años, durante un viaje a China, el amo descubrió algo extraño. Los habitantes de Jiangnan pagaban al médico semanalmente cuando estaban sanos, porque decían que había cumplido con su cometido. Pero cuando un joven campesino enfermó de gravedad, inmediatamente le retuvieron el sueldo, y así el médico tuvo que hacer todos los esfuerzos posibles para recuperar al paciente, ya que mientras persistiese la enfermedad, no recibiría una mísera moneda. De este modo, su negocio era la salud y no la enfermedad. A eso le llamaban ellos un «contrato invertido». —Yuseph abrió la boca sorprendido—. El amo contrató a su médico bajo las mismas condiciones —explicó—. Ese hombre no lloraba por Amir, Yuseph —suspiró—. Lloraba por sí mismo. —Quedaron ambos sumidos en el silencio de la tarde. A lo lejos se escuchaba el canto solitario de un grillo y los últimos rayos plateados ardían en sus rostros—. No hay nada peor para un padre que perder a un hijo —confesó, de improviso, mirando a Yuseph con ojos de profunda tristeza—. Yo también tenía una hija —reveló.

Yuseph tragó saliva. En los dos últimos años raramente había escuchado hablar al mayordomo, y para todos en el palacio su vida anterior era un misterio. Lo único que sabían era que ocultaba un pasado triste.

—Aún la recuerdo corretear por el patio de nuestra casa —comentó con la mirada extraviada—. Hermosa e inocente. —Hizo una pausa para recobrar el aliento—. Pero cuando Heraclión fue vencida por los turcos, los soldados nos convirtieron en esclavos. Con solo trece años la vendieron en el mercado de Constantinopla como mercancía, separándonos para siempre. —Su mirada se oscureció y se llevó la mano a la frente, frotándosela como si tratase de borrar aquel nefasto recuerdo—. Desde entonces no la he vuelto a ver —añadió con los ojos empañados—; y no hay día en que no piense en ella, en si estará viva. Me pregunto si se acordará de su padre o si se habrá olvidado de él. —Dos gruesas lágrimas resbalaron por su mejilla—. La última noche le supliqué: «Recuerda, hija, que por muy larga que sea la noche, el sol siempre volverá a brillar en el horizonte».

Yuseph observó al mayordomo con los ojos abiertos y su corazón comenzó a latir con fuerza. Era como si un relámpago hubiese restallado a sus pies. Aquellas últimas palabras retumbaban en su cabeza como un eco: «Recuerda, hija, que por muy larga que sea la noche, el sol siempre volverá a brillar en el horizonte». ¿Dónde había escuchado esas palabras? Sentía que ya conocía aquella misma historia, que alguien más se la había contado antes. Pero ¿quién? Nervioso, comenzó a balbucear de forma inconexa y el mayordomo lo miró extrañado.

—Yuseph, ¿te encuentras bien? —Pero este no le escuchaba; trataba de recordar por qué conocía aquella historia. Rebuscaba en sus recuerdos, desaforado, como si no existiese el mañana—. Yuseph, no entiendo lo que dices. —El mayordomo le zarandeó asustado—. ¿Qué te pasa?

De pronto, ¡lo recordó! Recordó a la niña; conocía su historia de cuando vivía en Grecia. La joven había sido vendida en el mercado, sola y desamparada, pero también dispuesta a luchar en la vida. Viajaba junto a lady Charmed con una firme convicción en el corazón: encontrar a su padre. ¡Lo recordaba! Su amiga, la joven bellísima de tez olivácea y cabello oscuro. Tenía los ojos profundamente azules como dos lagos de agua fría. ¡Exactamente como los del mayordomo!

Entonces, miró el rostro de aquel pobre hombre y pronunció una sola palabra en voz alta y clara, estremeciéndose:

—¡Aliena!

El mayordomo dejó escapar un alarido.

—¡Mi hija! —suspiró entre lágrimas, cubriéndose el rostro con profundo dolor.

Luego se hizo el silencio.

36

Cuando regresó a su dormitorio ya era muy tarde; había oscurecido y la luna navegaba como una canoa de plata en un océano nocturno.

El mayordomo se llamaba Bastiáan y quiso saber todo sobre su hija. Con ojos hambrientos, le imploró cada detalle, y a cada palabra de Yuseph, las lágrimas retenidas durante años surcaban sus mejillas como un torrente.

A Yuseph todavía le costaba creer que había encontrado al padre de Aliena. Parecía como si la mano de la providencia se escondiese detrás.

Conmovido, le reveló que Aliena estaba viva y que a pesar de los años jamás lo había olvidado. Que sus días, sus anhelos, cada pensamiento y cada instante lo había consagrado a la promesa de encontrarle algún día.

Bastiáan no daba crédito: el muchacho con el que había convivido día y noche durante los dos últimos años no solo la conocía, sino que era su amigo. Qué dulce y qué amargo el sabor de la revelación. Todo ese tiempo la verdad había estado ante sus ojos y no había podido descubrirla.

Yuseph comenzó narrándole su acercamiento en el tren y cómo el destino les reencontró en el barco semanas más tarde. Le reveló los gestos, las palabras, las facciones de su hija. La dulzura y la resolución de su carácter. El fuego y el hierro que la habían moldeado. Le narró los recuerdos vivos de Aliena sobre su vida en Creta, de cuánto añoraba a su padre día y noche, de su enérgica lucha por llegar hasta él.

Todo esto lo escuchaba el mayordomo como un árbol que, tras un duro invierno, reverdecía con la llegada de la primavera. Tan pronto reía loco de alegría, imaginándola con ojos encendidos, como se derrumbaba en hondos lamentos. Besaba las manos de Yuseph y le tocaba la cabeza, como si con ello pudiese adivinarla en sus memorias.

—¡Aliena, Aliena, Aliena..., hija mía, pronto terminará la noche y saldrá el sol! —gritaba estremecido, ahogándose en su propio llanto.

En toda su narración, Yuseph obvió por respeto revelarle la relación de amor que los unió y la presentó como la amistad que siempre fue. Porque jamás llegaron a confesarse la adoración que sentían el uno por el otro, aunque quizá porque ambos sabían lo que tenían que decirse. «Finalmente, la perdí», terminó su relato, después de revivir aquellos días de terror y sombras.

Yuseph cerró la puerta tras de sí, dando la espalda a todo lo sucedido aquel día, y se dejó caer con pesadez sobre la cama. Pensaba en Aliena, en lo lejos que la sentía y en cómo la vida los había separado abruptamente.

Sentía frío, y cuando se resguardó las manos en los bolsillos encontró una carta. «¡Aisha!», pensó emocionado. Era el manuscrito que había guardado por la mañana. Entonces, volvió al presente. Aliena no era más que una sombra del pasado, algo que nunca fue ni pudo ser; Aisha, en cambio, se hallaba en todas sus esperanzas, su nombre estaba escrito en cada pared de su corazón. Era la ilusión que lo motivaba cada día; fantaseaba con ella en la oscuridad de la noche y, al despertar, conversaba con sus manuscritos. Los releía y acariciaba, imaginando el momento en que se conocerían por fin.

Extrajo la misiva y se incorporó con curiosidad.

Sintió en aquel instante un fuerte dolor de espalda, como si hubiese soportado un terrible peso. Necesitaba descansar; había sido un día fatídico.

Sin embargo, antes deseaba descubrir el rostro de Aisha. Había llegado el momento. Abrió la carta con manos temblorosas y sacudió las hojas, pero no cayó nada. Ávido de una respuesta, leyó el mensaje que había sido escrito con aquella letra sinuosa que tan familiar le resultaba.

En su mensaje, Aisha le explicaba que no enviaría ningún retrato. Si realmente la quería, el aspecto físico no importaba, pues el verdadero amor fulguraba en la oscuridad y debía ser ciego, porque la belleza no debía ser admirada con los ojos, sino con el corazón. Tampoco ella quería conocer su aspecto físico y solo lo descubrirían el día que se viesen cara a cara.

Aún punzado por el desengaño, Yuseph se sintió profundamente impresionado y su admiración por Aisha creció aún más si cabe. Era más sabia, más profunda y más virtuosa que él.

Se acostó de nuevo y, un poco por todo —por los terribles acontecimientos de la mañana, por la sorpresa de hallar al padre de Aliena o por la alteración que le había causado el manuscrito de Aisha—, comenzó a llorar en turbulentos sollozos y no paró hasta bien entrada la noche, cuando se quedó completamente dormido.

Sin saber, en realidad, el verdadero motivo por el que Jorge III de Gran Bretaña huyó al ver a Aisha.

37

Al día siguiente, el abuelo despertó con ataques de fiebre aguda, retorciéndose angustiosamente en su lecho.

El amo se encerró en las caballerizas, junto al cadáver de Amir, bramando contra el cielo, implorándole a Dios que le permitiera morir junto a su hijo, gritando que era incapaz de soportar siquiera la idea de no volver a verle. Durante horas, le escucharon rugir contra el mundo como un oleaje tempestuoso. Nadie osó entrar en las caballerizas y tampoco Yuseph se atrevió a importunarlo. Rechazó todas las comidas que dejaron ante la puerta. Solo lloró y lloró hasta caer desfallecido con los últimos rayos del atardecer.

38

Pero al cernirse la noche, cuando no quedaba una sola ventana encendida, ocurrió algo inesperado. Un esclavo despertó a Yuseph entre gritos: las puertas de las caballerizas estaban abiertas y el amo había desaparecido.

Todos en palacio esperaron en silencio, mirándose unos a otros de reojo. Pero se sucedieron las horas, las siguieron los días y no regresó.

Yuseph se vio obligado a revelarle la fatídica noticia al abuelo, que cayó derribado con la fuerza de un rayo.

Enfermo y abandonado, al cabo de pocas semanas, una noche cualquiera, se marchó a dormir y no volvió a despertar. En su honor, tal como había pedido, se celebró una ceremonia sencilla e íntima a la que no asistió su hijo.

—Ayúdale, Yuseph —le rogó el anciano en sus últimos momentos—. Enséñale a construir un puente con las piedras que obstruyen su camino.

Desgraciadamente, de ese modo amargo, sin saberlo, el Judío firmó la sentencia de muerte de su padre.

Pero Yuseph le había hecho una promesa y la cumpliría. Pues comprendía que el corazón de un padre sufre por sus hijos en el momento de abandonarlos para siempre, como una barcaza que ha de desprenderse de la orilla.

Hasta sus oídos llegaron los rumores de que el Judío se arrastraba pueblo por pueblo en busca de un remedio, recorriendo los caminos y callejuelas bajo el sol ardiente, acudiendo enajenado a los brujos y curanderas, a los médicos y sabios, a los que rogaba un elixir que le ayudara a seguir viviendo sin su hijo o, de lo contrario, lo abocara a morir con él.

Yuseph escuchaba estas dolorosas revelaciones con los ojos empañados. ¡Cuánto le dolía ver caer al suelo como un águila herida a aquel que había contemplado volar en las alturas! Temía por su vida, quería hacerle volver, pero sabía que había perdido el uso de la razón y que no desistiría hasta caer rendido en cualquier callejón deshonroso. El dolor le había cegado. Por lo que Yuseph ideó un señuelo: envió a un emisario para que le informara de que él poseía la fórmula milagrosa que Samuel buscaba, aquella que mitiga la pérdida de un ser amado. La reacción no tardó en llegar. Al día siguiente, cuando se desvelaban las primeras estrellas, una cochera entró a toda prisa por el camino de palacio, seguida de una estela de polvo.

El amo se apeó ansioso y corrió hacia él con lágrimas en los ojos. Era el instante del día en que el sol se hundía tras la cordillera y dejaba la tierra en penumbras. Al arrojarse la luz de los farolillos sobre su rostro, Yuseph retrocedió asustado. Estaba demacrado y pálido; la barba canosa había crecido descuidada como la mala hierba; los ojos, perdidos, como enajenados; los párpados, hinchados por el llanto; su ropa, sucia y ensangrentada, endurecida por el lodo; sus pies, desollados de tanto deambular.

Cuando estuvo frente a él, le agarró las manos con desesperación. Despedía un hedor nauseabundo. Había perdido todo el orgullo de antaño, ya no parecía el Judío, nada quedaba en él del «señor de los señores»; simplemente era un padre desvalido, un mendigo que lloraba por la muerte de su hijo.

—¿Es verdad que conoces el antídoto que me devolverá a la vida? —le preguntó con los ojos vidriosos.

Yuseph asintió conmovido, apretándole las manos.

—Tengo el remedio...

—¿Y cuál es? —le interrumpió el Judío, ansioso, tratando de leer la respuesta en sus ojos.

Yuseph tragó saliva antes de hablar. Había planeado sus palabras mucho tiempo antes.

—Un grano de cardamomo.

Un destello siniestro recorrió los ojos del Judío, que brillaron como dos brasas. ¡Por fin alguien le ofrecía una esperanza!

—Ahora mismo lo traeré —respondió; le soltó las manos y dio media vuelta.

Pero cuando ya estaba a punto de marcharse, Yuseph lo detuvo.

—No valdrá cualquier grano. —El Judío se giró incrédulo y lo observó con el ceño fruncido—. La semilla solo puede proceder de un hogar que nunca haya sido visitado por la muerte —explicó Yuseph—. La mano que la entregue debe ser la de un hombre o una mujer que jamás haya visto fallecer a un ser querido. Ni hermanos, ni padres, hijos o parientes, ni tan siquiera un animal.

El Judío asintió confuso. Sin perder un instante, montó sobre su carruaje y desapareció bajo los últimos rayos crepusculares.

¿Lograría volver con el elixir? ¿Regresaría Amir a la vida?

El Judío estaba convencido. Atravesaría el desierto en aquel preciso instante; recorrería a pie cada ciudad si era necesario; cruzaría continentes, ríos y montañas; compraría los cultivos de cardamomo de todos los campesinos de este mundo; traería galeones y trenes procedentes de los reinos de Oriente y Occidente repletos de semillas y no habría una sola planta de esa especie que creciese sin su conocimiento. Cada brizna sería suya.

O eso pensaba él.

Porque advierten las Escrituras que no se puede amurallar el mar.

Aquella misma noche, el Judío se sumergió entre las callejuelas de la aldea más próxima, recorriendo casa por casa, tocando puerta por puerta. Y la respuesta fue siempre la misma: una sonrisa humilde de bienvenida. Aquellas pobres almas se deshacían en agasajos y, aunque no tuviesen nada, le brindaban el grano de cardamomo como si el Judío les honrase por ello.

Sin embargo, cuando le llegaba la hora de preguntar por la muerte, todo era distinto. Sus ojos se encendían, se llenaban de lágrimas, algunos ocultaban su rostro con las manos o suspiraban con triste nostalgia. Todos habían visto la muerte, que como una guadaña había cegado sus campos, arrebatándoles lo más preciado que tenían. Le confesaban desgarradoras historias de dolor y miseria, de terribles enfermedades repletas de sufrimiento. Si en algunas casas había fallecido un padre, en otras era una hija o un recién nacido; en otras, incluso la mayor parte de sus parientes, amigos de la infancia o conocidos que jamás creyeron posible que fueran a caer derribados por la vejez que tan lejana se les antojaba. Algunos perecían entre las moscas esperando la muerte y la enfermedad los corroía lentamente como la sarna. Algunos lloraban deseando el momento de abandonar esta vida de padecimiento o le rogaban algún remedio para olvidar el dolor que los aquejaba. Algunos suspiraban recordando los consejos de su padre y los mimos de su madre en una infancia lejana repleta de dicha e inocencia.

Historias de redención, y algunas de arrepentimiento de quienes no lograron reconciliarse antes de separarse para siempre. Entonces agradecía el Judío las últimas semanas que había disfrutado de Amir, haberlo recuperado y haberse despedido de él con amor. Pues el único legado de un padre hacia su hijo es consagrarle un poco de su atención cada día.

Al escucharlos hablar, sentía el amo que su dolor no era nada comparado con el de ellos, una gota en el océano. ¿Qué derecho tenía él de lamentarse?, se preguntaba avergonzado. ¡Ellos, que habían visto sucumbir a la mayor parte de sus seres queridos!

Pero si la muerte también había cosechado sus mieses, ¿de qué le servía al Judío aquel grano de cardamomo que le ofrecían?

Y así, decepcionado, salía en su busca a otro hogar, tocando a las puertas como un mendigo y recibiendo la misma respuesta una y otra vez. Pues allá donde fue, la mayoría había muerto y los supervivientes eran pocos.

En cada hogar se entremezclaba el dolor con la rutina, con los quehaceres diarios y las imperiosas responsabilidades que seguían atándolos a la vida, obligándoles a comer, beber, dormir, trabajar, limpiar, hablar y, en definitiva, olvidar, pues la vida tiene un único sentido: ir hacia delante.

De este modo, aquella noche lóbrega y en tinieblas, comprendió el Judío que no estaba solo, que su dolor no era único y que sus lágrimas no eran desconocidas para esta tierra sagrada, que desde sus orígenes vio venir y marchar a todos los mortales y en cuyo regazo se han lamentado todas las almas que la pisaron. El Judío no estaba solo en su sufrimiento, lo acompañaba toda la humanidad, y él no era más que un átomo en la inmensidad de la existencia.

Lentamente, se fue haciendo la luz en el horizonte, el cielo se tiñó de sangre y, mientras respiraba el aire fresco de la mañana, supo que aquella noche no la olvidaría jamás. Sus lágrimas ardían como dos llamas de fuego bajo los rayos oblicuos del amanecer, pues comprendía al fin que es ley de este mundo que todo aquel que vino ha de marcharse y nadie ni nada puede detenerlo. La tierra ha de volver a reencontrarse con la tierra, y el hombre, con la verdad. Que esta vida no es más que un destello momentáneo en el agua, sin nombre, sin huella; donde las circunstancias pueden cambiar en cualquier momento: el ave que se alimenta de las hormigas será devorada por ellas al morir y la rama que fue talada por el hombre será la que prenda el fuego en su pira, pues la muerte es más poderosa que todo ser vivo.

Aquel día, el Judío montó sobre su carruaje y regresó a palacio. Socavó un hoyo junto a la fuente y, en el silencio matutino, enterró a su hijo con sus propias manos. Cuando acabó, abrazó a Yuseph y le dijo:

—Gracias por hacerme comprender.

Yuseph le respondió:

—Fue idea de tu padre. Era su última lección.

39

Los once años siguientes pasaron en un abrir y cerrar de ojos.

Tras la muerte de Amir, nada volvió a ser igual. El señor jamás volvió a ser el mismo. Ordenó que los esclavos colocaran en su dormitorio una enorme ánfora de cristal colmada con miles de granos de cardamomo de la que, cada mañana, extraía una semilla y la tiraba ceremoniosamente sobre la tumba de Amir. Nunca le reveló a nadie su significado, y Yuseph tampoco se atrevió a preguntar. Alguno de los brotes había germinado, creciendo en aquel lugar una olorosa mata que perfumaba el aire alrededor cuando llegaba la noche.

Sin embargo, había algo más extraño aún que llamaba la atención de todos en palacio: allá donde iba el Judío, lo acompañaban siempre una diminuta caja de nácar negro, que mantenía en el más estricto secreto, y un pergamino atado al cuello, que de vez en cuando se entreveía bajo su caftán, en el que más de una vez Yuseph le vio tomar anotaciones peregrinas. ¿Para qué servían esos objetos? Eso es algo que nadie sabía, pero lo cierto es que aquellas excentricidades transformaron al amo en un hombre feliz y risueño que alegraba a todos cuantos estaban a su alrededor.

Pasó de estar por encima de la gente a estar con ella.

También comprendió el Judío que dar es recibir, un acto de justicia que debía hacer no por deber, sino por su propia felicidad.

No quiso trabajar ni un minuto más, abandonó su puesto y delegó todo su trabajo sobre los hombros de Yuseph, dedicándose en cuerpo y alma a repartir su dinero en beneficio de los más necesitados. Erigió hospitales para los más débiles y escuelas para los niños que mendigaban en las calles, así como enormes edificios donde acoger a la gente sin hogar o a las viudas cuyas familias condenaban al ostracismo, prestando dinero sin intereses a los pequeños comerciantes y granjeros, atrayendo a sabios y maestros de todo el mundo para que difundiesen sus enseñanzas, reconstruyendo los pueblos arrasados por las inundaciones y temblores, negándoles limosna a los pordioseros pero ayudándoles a vivir sin ella.

De este modo, se esparcieron sus obras por todo el mundo, llegando sus hazañas hasta las altas cúpulas de Londres y París, donde los artistas lo apodaron Samuel el Magno.

40

Por su parte, Yuseph se convirtió en el nuevo señor de las Compañías. Poco a poco la inmensa responsabilidad acabó por absorberlo, tanto que a pesar de haber acumulado fama, dinero y poder sin límites, en ocasiones volvía a sentirse un simple esclavo al servicio del dinero. La moneda se convirtió en su carcelera, poseyéndolo como un tirano y convirtiéndolo de algún modo en el nuevo Judío. Cuanto más tenía, más deseaba. Bien por el orgullo de halagar su inteligencia, por temor a la pobreza o por simple avaricia, Yuseph fue perdiendo la paz, alejándose poco a poco del mundo y la realidad, luchando por llegar a lo más alto.

Pero nadie le advirtió a Yuseph que la cima es terriblemente solitaria. Las primeras canas brotaron alrededor de sus sienes, se atenuó el candor de la juventud y sus facciones curtidas desenvainaron un atractivo embriagador. Mujeres y hombres del mundo entero se ofrecieron a él, pero, en su interior, Yuseph continuaba siendo el mismo joven sencillo y entrañable de siempre y su corazón solo pertenecía a una mujer: Aisha. A ella se había ofrendado desde que halló su carta en el tren, tiempo atrás. Y en todos aquellos años, la correspondencia entre ambos no se interrumpió nunca. La relación había crecido como un árbol frondoso bajo cuya sombra se cobijaban a esperar el día del encuentro. De noche, en la oscuridad de su estancia, fantaseaba con marcharse, abandonarlo todo para vivir una vida sosegada en ad-Dār al-Baīḍa junto a su amor, pero entonces sentía una punzada de lástima: ¿qué sería del amo? No podía abandonarlo; ahora él era su única familia. Tras la muerte de Amir, el Judío había hallado en Yuseph al hijo que perdió. Lo abrazaba continuamente, consintiéndolo con divertidos obsequios como si de un niño se tratara, intuyendo en su rostro la sombra de su heredero. Cada día solían reunirse para leer bajo la luz neblinosa del atardecer, para compartir decisiones o simplemente para conversar, y lentamente se había establecido entre ellos un vínculo más poderoso que el de igual a igual: el amo y el siervo eran ahora padre e hijo.

Pero, querido lector, te preguntarás qué fue del verdadero padre de Yuseph, aquel al que abandonó doce años atrás en ad-Dār al-Baīḍa débil e indefenso y que aún, en sus últimos días, lo estaba esperando desesperadamente.

¿Acaso Yuseph se había olvidado de él?

41

Entonces, una noche al azar, Yuseph se despertó antes del amanecer y, montando en su carruaje, partió rumbo a Marsa Matruh.

Debía entregar una misiva muy importante en la administración del puerto, con destino a las costas de Sindh, en la lejana India, pues a pesar de los años nunca había abandonado la costumbre de enviar sus cartas a Aisha personalmente.

De regreso, tomó el camino que vadeaba las enormes playas de arena blanca. En la lejanía, la bruma se teñía de una luz sonrosada con los primeros rayos de sol y los colores ardían angustiosamente, velando las formas hasta donde alcanzaba la vista. Aquellas travesías solitarias durante la aurora le ayudaban a despejar su mente. Solía asomarse a través de la ventanilla e inspirar el aroma a salitre que tantos recuerdos le traía.

En ese momento, mirando atrás en su vida, le costaba creer que había afrontado circunstancias tan difíciles con tanta valentía y determinación. Sin embargo, de algún modo, volvían a acecharlo los mismos impedimentos que una vez lo retuvieron en ad-Dār al-Baīḍa. El yugo de las responsabilidades había vuelto a imponerse sobre sus sueños y, aunque deseaba abandonarlo todo en pos de un nuevo comienzo, ya no era un muchacho. ¿De qué viviría? ¿Adónde iría? Lo atemorizaba la idea de volver a afrontar el hambre, las penurias y la incertidumbre. Quizá se estuviese haciendo mayor, o tal vez simplemente se había acostumbrado a las comodidades de la prosperidad.

En aquel instante, alargó la mano a través de la ventanilla y saludó a una figura solitaria que vagaba a lo lejos, a través de la costa. Se trataba de un hombre entrado en años, con barbas de hacía meses, sucio y bronceado bajo el sol: era sir Leonard Binford. Aquellos once años lo habían maltratado, el mar había desgastado su ropa y el salitre había marchitado su piel, envejeciéndolo y secando cada una de sus articulaciones; pero, a pesar de todo, no había abandonado jamás su sueño de hallar la piedra filosofal. El mundo le había dado la espalda, sus compañeros le habían tomado por un iluso, había arriesgado su vida, su carrera y su reputación en Londres, todo, para perderse doce años entre las piedras, la arena y las algas, recogiendo los guijarros uno por uno, examinándolos y lanzándolos al mar para separarlos del resto. Así día tras día... Porque algo en su interior le gritaba que ahí se escondía su gran tesoro, que ahí culminaría su búsqueda.

A menudo, Yuseph se detenía a hablar con él, deseoso de ayudarlo. Pero el arqueólogo siempre negaba con la cabeza. «No te preocupes por mí, Yuseph. Cada día estoy más cerca de cumplir mi sueño», reía con un destello de locura en los ojos.

En el camino de vuelta, Yuseph decidió atravesar la ciudad para visitar el mercado Flamenco. Habían desembarcado los mercaderes de encajes y necesitaba comprar algunas telas para Halbert, el alfayate de palacio. También aprovechó para comprar algunas semillas de betel y pasas en los puestos ambulantes, y después de un largo paseo entre la muchedumbre, volvió a montar en su carruaje.

De pronto, sucedió algo totalmente inesperado; se topó con unos ojos grandes y profundos, azules como dos lagos de agua fría. Se vieron por un instante, pero fue suficiente para reconocerla. La mujer escondió el rostro bajo la túnica y se alejó con premura, perdiéndose entre el gentío.

Sabía quién era. Estaba seguro.

Rápidamente, Yuseph se giró y ordenó al cochero volver al palacete. Le temblaba la voz.

—Trae a Bastiáan, el mayordomo, hasta aquí. Dile que he encontrado a Aliena.

42

Yuseph se lanzó a correr tras ella, abriéndose paso entre el tumulto con dificultad, mientras veía la sombra escabullirse más y más en la distancia, aferrada a su velo firmemente para no ser descubierta. El corazón le palpitaba en el pecho con desesperación, mientras veía su silueta emerger y sumergirse entre la muchedumbre, como el oleaje de una marea. Por sus ropajes llamativos, de vivos colores y engalanados con bordados de pedrería, daba el aspecto de ser una mujer poderosa; algunas personas incluso se alejaban de ella, abriéndole paso respetuosamente.

En aquel instante, se interpuso un grupo de fruteras y Yuseph derribó a una de ellas, trastabillando hasta caer al suelo entre un charco de verduras. A lo lejos, la silueta giró en una esquina y desapareció por una callejuela. Rápidamente se levantó para correr tras ella, pero la frutera lo agarró del brazo, increpándolo.

—¡Mis tomates, desgraciado! —exclamó, atrayendo a los transeúntes.

Desesperado, Yuseph metió la mano en el bolsillo y le tiró algunas monedas de oro, zafándose de sus dedos.

—¡Ay, Dios! ¡Oro! ¡Qué hombre tan maravilloso! —la escuchó gritar a sus espaldas.

Agobiado, se apresuró entre el gentío mediante empellones y tropiezos, pero cuando alcanzó el callejón ya era tarde: la mujer se hallaba al final del tramo y volvía a torcer.

—¡Alto! —gritó antes de perderla de vista.

Yuseph la siguió acelerando el paso y sumergiéndose en una calleja oscura y angosta, con aromas a orines, donde apenas había ya comercios ni transeúntes. Todo quedó en silencio a su alrededor y un hedor tremebundo se apoderó del aire que respiraba. A lo lejos escuchó el penoso llanto de un niño. Varias mujeres lo llamaron con actitud libidinosa desde los pórticos y también algunos hombres. De repente, divisó la sombra, que en aquel instante se escurría rápidamente, internándose en un portal. Corrió hasta allí y se precipitó hacia el interior, jadeando por el esfuerzo. Era una gruta repleta de velas con un fuerte olor a incienso de pachulí. Los escalones de arenisca desaparecían en las penumbras y Yuseph se agarró a las paredes para no caer. Cuando llegó hasta las profundidades, una mujer apareció cortándole el paso. Bajo la luz vacilante de las llamas, su rostro tétrico se cubría de sombras alargadas. Era una vieja arrugada, pintada hasta las cejas y cubierta de sedas rancias. Cuando habló, su aliento apestaba a tabaco.

—¿Qué quieres? —Lo detuvo, alzando una mano abarrotada de oropeles—. No se puede entrar a las habitaciones sin pagar.

—Busco a Aliena —anunció.

La mujer movió ligeramente los ojos, como si ocultase algo.

—Aquí no vive ninguna Aliena.

Yuseph metió la mano en los bolsillos y sacó varias monedas de oro que dejó caer al suelo. Ella estiró el cuello dignamente y lo miró a los ojos, como ofendida.

—Su nombre ahora es Caterina —declaró, ardiendo en su propio fuego. Él volvió a sacar más monedas, que arrojó como basura—. No quiere verte —frunció los labios, humillada por ceder ante el vicio.

Yuseph extrajo entonces un pequeño saco de terciopelo repleto de monedas de oro y lo colocó en sus manos. La mujer mantuvo un ligero silencio y sus pupilas se dilataron de forma siniestra.

—Toma la segunda puerta y sigue hasta el fondo —señaló—. La encontrarás en su dormitorio.

Yuseph experimentó un intenso desprecio por la anciana cuando se alejaba. Era la serpiente cuidando de la presa.

Se adentró a través de un pasillo estrecho lleno de humedad, como si alguien hubiese socavado la misma roca, hasta desembocar en una amplia estancia arcillosa de techos abruptos. El dormitorio estaba repleto de cojines; de aquí y allá colgaban pintorescos visillos de lentejuelas y en el centro descansaba una gran cama con mosquiteras de gasa. A un lado de la caverna había un biombo de madera y al otro, un pequeño tocador ante el cual estaba sentada la silueta de espaldas. Yuseph vio su rostro a través del espejo y no lo dudó un instante. ¡Era Aliena! De inmediato, los recuerdos volvieron a su mente con la fuerza de un alud, revolviéndolo, sepultándolo, arrastrándolo hacia una época convulsa y oscura.

Desorientado, sintió que estaba a punto de caer de rodillas ahí mismo.

Estaba más envejecida, con el carmín saliéndose de sus labios de forma vulgar, el entrecejo dibujado jocosamente y el cabello teñido de alheña, pero era ella. Su reflejo lo miraba impenetrable a través de la luz indecisa de las velas. Yuseph se acercó con un estremecimiento. Cuando estuvo lo bastante cerca, Aliena giró súbitamente y se alejó de un salto. Se llevó las manos al escote y, tirando con fuerza, se desabrochó todos los botones hasta quedarse completamente desnuda, temblando de ira. Tenía un cuerpo blanco y bello, aún firme y tentador, pero Yuseph apartó la mirada sorprendido.

—¿Qué haces? —preguntó abochornado.

—¡Es lo que buscabas! ¿No es cierto? —le acusó enardecida—. Pues aquí me tienes. Has pagado y tienes derecho a utilizarme.

En su voz había un tono de amargura, como si quisiese hacerle sentir culpable. Yuseph sintió una profunda lástima hacia ella y le dio la espalda. ¿Qué había sido de Aliena en aquellos años? Ahora comprendía por qué se alejaban de ella en el mercado. ¡No era por respeto, sino por desprecio!

Aliena comenzó a llorar y cayó al suelo, avergonzada.

—Haces bien, Yuseph. No me mires —sollozó, cubriéndose el rostro con las manos—, no soy digna de ti.

Los ojos de Yuseph se empañaron hasta casi borrarle la imagen de la estancia.

Ella se levantó con un hondo suspiro y comenzó a abrocharse el vestido, tratando de dominarse a sí misma. Él se dio la vuelta y la observó en silencio. Algo en ella se había endurecido, había cambiado. Sus ojos estaban perdidos, como si hubiesen abandonado toda esperanza. Le habían arrancado sus sueños.

Cuando volvió a hablar, sonrió amargamente.

—A pesar de ser el regidor de las Compañías, sigues siendo el mismo muchacho inocente —murmuró mientras se sentaba sobre la butaca del tocador.

Yuseph palideció de la sorpresa, como si le hubiese clavado un puñal.

—¿En todo este tiempo sabías quién era y dónde estaba? —No era una pregunta, sino una acusación.

Ella le dio la espalda con altivez y comenzó a peinarse el cabello ante el espejo, alzando el cuello.

—Claro que sí, y no me importaba. —Se encogió de hombros con fingida naturalidad.

Yuseph se sintió profundamente dolido por sus palabras. Arrebatado, dio media vuelta para marcharse, pero cuando estaba a punto de salir de la fosa, se detuvo y habló por encima del hombro.

—Quizá te interese saber que he encontrado a tu padre —pronunció mordazmente.

Ella pareció descomponerse. En un instante, perdió toda su armadura; giró sobre su asiento y se levantó, alejándose de la luz del candil.

—¿A mi padre? —repitió incrédula, sumergiéndose en las penumbras.

Yuseph solo podía divisar su sombra.

—Sí —asintió—, trabaja en el palacio.

Aliena profirió un grito desgarrador.

—¡Oh, Dios mío!

Las lágrimas comenzaron a caerle de los ojos y se llevó las manos a la boca para contener los sollozos. Se acercó aún más y su rostro emergió a la luz de una lamparilla mortecina. Miró a Yuseph suplicante, tocándole el hombro, mendigándole saber más.

—¿Y cómo está? Dime, ¿está bien? —preguntó desesperada, abriendo los párpados—. ¿Es feliz?

Yuseph tragó saliva, pestañeando varias veces para contener la emoción.

—Está bien, tranquila.

Nunca tres palabras trajeron tanta paz. Fueron el bálsamo que durante años necesitó su corazón sangrante. La más grata de las noticias que jamás recibiera. Aliena se ocultó el rostro entre las manos y lloró hasta quedar asfixiada, como si hubiese retenido el llanto durante años. Había tanto dolor en sus gritos que Yuseph no sabía si lloraba por su padre o por todo cuanto había sucedido en su vida. Conmovido, la abrazó con fuerza y ella le devolvió el gesto, hasta quedar fundidos en un mismo llanto. Se preguntaba por qué el mundo había dormido con los ojos abiertos, contemplando impasible aquella injusticia.

—Pero no hay día en que no piense en su hija —añadió, mirándola a los ojos— y se pregunte si estará viva. Nunca será feliz sin volver a verte. Ahora mismo viene de camino —anunció triunfante.

Ella se separó de Yuseph como si estuviese ardiendo, y retrocedió de espaldas.

—¡No puede venir! —exclamó con los brazos a ambos lados, dispuesta a huir en cualquier momento.

—¿Por qué? —balbuceó confuso.

Aliena volvió a darle la espalda mientras las lágrimas le corrían por el rostro.

—No quiero que me vea así, Yuseph. No soportaría su mirada. —Tomó aliento, cabizbaja—. Es mejor que piense que estoy muerta. A mí me basta con saber que está bien. —Yuseph se acercó varios pasos horrorizado. Estaba a punto de hablar cuando ella lo interrumpió—: No te voy a mentir. —Se giró de pronto. La pintura de sus ojos se derramaba en una estela oscura, de forma trágica—. No te diré que la gente me embaucó ni que la situación me obligó a llevar esta vida. Tuve la oportunidad y la cogí con ambas manos, no la dejé escapar. Ahí fuera —señaló con la barbilla y una lágrima resbaló al vacío— todo es muy difícil para una mujer indefensa. Cada día tenía que alzar la mano ante extraños para llenar mi barriga y saciar el hambre. —Se ahogó con el llanto—. Yuseph, ya no soy Aliena. —Algo en su mirada lo estremeció—. Ha pasado mucho tiempo desde entonces y ya nunca podré volver a ser la misma. —Levantó el rostro con gesto grave; había en su mirada una determinación ciega—. Entiéndelo. Te deseo todo lo mejor, pero ya no queda nada de ella en mí. Por favor, si aún sientes algo por mí, no me humilles más y márchate. —Le dio la espalda, entre convulsiones—. Aleja a mi padre de mí y hazle olvidar que un día tuvo una hija.

Yuseph comprimió los labios con impotencia; tenía la profunda necesidad de abrazarla, de consolarla, pero sabía que nada de eso sería suficiente para colmar su dolor. Permaneció unos segundos más, con profundas ganas de gritar, de llorar a la vida y culpar al destino, pero nada de eso serviría.

La miró una vez más a través del espejo, oculta entre los claroscuros como una prisionera. Su corazón parecía estar en un lado y su latido en otro. Tenía los ojos perdidos, como una niña confusa, y no pudo soportarlo. Dio media vuelta y salió corriendo de aquel antro donde hacía años que no entraban ni el invierno ni el verano, ni la luz del sol, ni siquiera el trino de un pájaro.

43

De vuelta hacia la plaza, aún se sentía confuso; tenía los pensamientos enturbiados y la mente herida. Recorría las callejuelas sin apenas darse cuenta, deslumbrado por la luz del sol, como un vagabundo. Al cabo de unos minutos, de manera inconsciente se encontró frente a su carruaje, en el centro del mercado. Inmediatamente, un sudor frío le recorrió la espalda. Fuera, el mayordomo lo esperaba impaciente, casi suplicante. Al ver aparecer a Yuseph profirió un grito de angustia y corrió hacia él, agarrándolo de los hombros.

—Mi hija, ¿dónde has visto a mi Aliena? —inquirió con ojos hambrientos.

Yuseph lo miró en silencio, sin saber qué responder, arrepintiéndose por su precipitación. Abrió los labios, balbuceando, y Bastiáan lo zarandeó con premura.

—Dime, ¿dónde está mi hija? —repitió asustado.

Él se debatía en un mar de dudas. ¿Debía decirle la verdad? ¿O bien debía respetar la decisión de Aliena? ¿Qué era lo correcto? De su respuesta dependía la vida de ambos. Cuando abrió la boca, sintió que traicionaba a uno de los dos. ¡Qué amargas le supieron aquellas palabras!

—Lo siento, Bastiáan —susurró cabizbajo—. Ha sido mi culpa. Me he equivocado. Se parecía a ella, pero no era.

El pobre hombre se quedó petrificado y retrocedió temblando de rabia, viendo arder en un instante todas sus esperanzas. Se cubrió el rostro con las manos y gritó de impotencia, abatido por aquella fatal desilusión. Yuseph lo abrazó con fuerza, consciente del daño que le había causado.

—Perdóname, Bastiáan. Perdóname —le rogó con remordimiento, comprendiendo que nunca sabría que su hija estaba viva, justo a su lado, sufriendo por él.

44

De vuelta al palacio, atravesó los jardines por el camino de piedra, con los brazos repletos de todo lo que había comprado en el mercado. Avanzaba cabizbajo, abrumado aún por los acontecimientos de la mañana. Los grilletes del pasado le atenazaban el alma. No dejaba de recordar una y otra vez la última ocasión en que había visto a Aliena. Hacía ya trece años, en la cubierta del barco. Sus memorias dormían y el pasado estaba a oscuras, pero aún había en su mente una ventana abierta, y la veía perfectamente a la luz de un rescoldo. Sus ojos parecían suplicarle que no se marchara; parecían declararle todo su amor. Y él no había podido hacer nada por ella. Aún le llegaba su voz desesperada. De repente, alguien habló, arrancándolo de sus pensamientos:

—Ahora necesitarías mi caja de nácar.

Yuseph supo de quién se trataba y buscó alrededor con la mirada. Ahí estaba, bajo el sol ardiente, labrando el jardín con sus propias manos y con el diario colgado de su cuello. El amo le repetía aquella frase extraña con tanta asiduidad que ya se había acostumbrado. No sabía lo que significaba, pero tampoco se lo había preguntado nunca. Simplemente se había acostumbrado a sus excentricidades, justo como lo que estaba haciendo ahora.

—¿Qué estás cavando en la tierra, Samuel? —inquirió con el ceño fruncido.

—Siembro arecas —contestó el amo, sin detenerse.

Yuseph abrió los ojos, sorprendido.

—¿Arecas? ¡Para eso están los esclavos! —Negó con la cabeza, acercándose—. Deja la azada y acompáñame, vamos a descansar a la sombra.

—No. Quiero hacerlo yo mismo —replicó el señor jadeando.

Yuseph lanzó un suspiró con impaciencia.

—¿Cuántos años tienes, Samuel?

Confuso, el Judío levantó la mirada por primera vez. El caftán se pegaba a su espalda como si estuviese húmedo.

—Sesenta y tres años —respondió intrigado.

Yuseph se encogió de hombros.

—Pues las arecas tardan más de cuarenta años en crecer y dar frutos —indicó con suficiencia—. Con tu edad, puede que no llegues jamás a probar las drupas que hoy siembras. Así que deja la zapa y entra en palacio, te serviré un vaso de *sharbat*[9].

[9] Es un «jugo» popular en el Medio Oriente y sur de Asia que se prepara con frutas o pétalos de flores. Fue popularizado por los gobernantes mogoles, que solían enviar a buscar hielo al Himalaya para disfrutar de un *sharbat* fresco.

Pero Samuel lo miró compasivo y retomó su labor.

—Mira, Yuseph —respondió como si hablase con la tierra—, después de la muerte de Amir dejé de sacrificarme por los demás, empecé a vivir para mí mismo. ¿Y sabes qué descubrí? Que si vivía auténticamente, no sentía rencor ni me sentía utilizado. Porque ocuparse de uno mismo es natural, buscar la propia felicidad es natural. Ningún árbol se sacrifica por otro, ninguna estrella se apaga por otra y ninguna montaña deja de dar sombra por otra. Todo lo contrario: cuando te sientes feliz, ayudas a otros a sentirse felices, porque ello aumenta tu felicidad. Yo planto arecas hoy, no para mí, sino para las futuras generaciones. No por generosidad, sino por egoísmo, porque me hace sentirme feliz.

Yuseph abrió la boca sorprendido, como si se derribase una pared en su mente.

—¡Cuánta razón, Samuel! —exclamó con un estremecimiento.

Vacilante, buscó entre las cestas que traía del mercado y sacó un par de nueces de betel y pasas que había comprado.

—Pues disfruta de estos ahora —le ofreció complaciente.

El amo dejó caer la azada y aceptó las drupas, enjugándose la frente con el brazo.

—Gracias, Yuseph —respondió degustando las semillas—. Es curioso: tú augurabas que no llegaría a cosechar lo que estoy sembrando. Sin embargo, mira, todavía no he terminado mi tarea y ya he cosechado dos nueces de betel. —Alzó las cejas, divertido—. La vida es un círculo: lo que das es lo que recibes.

Yuseph sonrió y entró en el palacio. Como siempre, le había alegrado el día, porque no existe mejor remedio para la mente atormentada que tener pensamientos positivos.

45

Los meses siguieron pasando con una facilidad pasmosa. A veces, Yuseph casi no podía creer que la vida se estuviese escapando ante sus ojos.

Nostálgico, miraba atrás y pensaba que había perdido a todos a quienes amaba. Primero a Adnan y a su padre; luego a Aliena; y ahora a Samuel.

El amo había comenzado a sentirse débil y con frecuencia mareado; en apenas unos días perdió el apetito y sensibilidad en los pies. Alarmado, Yuseph ordenó traer prestigiosos médicos del mundo para que descubriesen el origen de su mal. Sin embargo, ni todos ellos juntos parecían retener el avance diario de su deterioro. En pocas semanas, pasó de andar y correr a estar tumbado en la cama permanentemente. Su cuerpo se volvió rígido, sus nervios se agarrotaron y apenas podía masticar la comida. Cada día perdía peso y le era más difícil comunicarse. Sin embargo, a él no parecía afectarle el humor. Pese a su sufrimiento, siempre tenía una sonrisa y sabias palabras para todos, como si supiese algo que los demás desconocían.

Yuseph ordenó colocar otra cama a su lado, y en su habitación hacía el trabajo y las gestiones diarias. De ese modo, atendía sus responsabilidades y podía estar pendiente de él con solo levantar la mirada.

—Ya hay sirvientes para eso. Tú sal a tomar el aire, lo necesitas —le amonestaba Samuel constantemente, balbuceando con dificultad.

Yuseph trataba de mostrarse fuerte, riendo sus gracias a pesar de tener la amarga sensación de que se estaba marchando y no podía hacer nada para retenerlo. Le partía el corazón verle abatido en su lecho. Él, que había sido un dios todopoderoso en la Tierra, ante el que se postraban emperadores, *nawabs,* sultanes, zares y visires, del que dependían millones de bocas para comer en todo el mundo, que con un solo pestañeo podía arrasar pueblos, ciudades y cosechas. Él, la leyenda viva del Judío, ya no gobernaba ni su propio cuerpo. No era más que un simple mortal. Entonces, Yuseph sentía la profunda necesidad de salir del dormitorio para llorar a solas, embargado por la impotencia.

¡Le quería tanto! Solo ahora se daba cuenta de la grandeza de ese hombre. Lo sentía como un padre.

Había crecido sobre la tumba de Amir una olorosa mata de cardamomo de tallos fértiles y vigorosos. Cada mañana, con un destello enigmático en los ojos, el amo le pedía que recogiese una semilla y la depositase en el ánfora de cristal que había junto a su ventana. Yuseph le contentaba en silencio, rebuscando entre las ramas, sin cuestionar su voluntad.

Día tras día, sin embargo, el amo actuaba de forma más extraña. A menudo, desplegaba el pergamino que colgaba de su cuello y garabateaba torpemente en él, riendo para sí mismo, como si tramase algo. Otras veces, escondido en la oscuridad de la noche, destapaba su cofre de nácar negro y removía su contenido, con rostro grave, como si algo le inquietase. Su frente se ensombrecía y si por casualidad advertía la presencia de Yuseph, lo cerraba de golpe, ocultándolo.

¿Qué escondía en su interior? Lo desconocía. Pero fuese lo que fuese, parecía atormentarlo.

Una mañana, cuando devolvía un grano de cardamomo al ánfora, el amo le preguntó a sus espaldas:

—¿Tienes alguna idea de por qué lo hago? —Arrastraba las palabras con pronunciación lenta y vacilante, trastocando las sílabas.

Yuseph se encogió de hombros. Tenía miles de ideas, pero no se atrevía a comentarlas en voz alta. Había pensado que quizá sería un modo de honrar a Amir.

Con pulso débil, Samuel dio unas palmadas en su cama, llamándolo a sentarse.

Había llegado el momento de descubrir su secreto. El secreto de la felicidad.

46

Después de la muerte de Amir, me encerré una noche en el cuarto de administración e hice la contabilidad del mayor tesoro de este mundo: el tiempo —le reveló el Judío con voz cavernosa—. Estudié los registros y descubrí que la mayoría de los hombres y mujeres alcanzaban a vivir un promedio de sesenta años. Así que multipliqué sesenta por trescientos sesenta y cinco y obtuve la cantidad de veintiún mil novecientos, que es el número de días que el común de los seres habrá de tener en toda su vida, haga lo que haga y sea quien sea. Pero para entonces yo ya había malgastado mucho tiempo y apenas me quedaban dos mil novecientos días en la Tierra. Así que encargué a los grandes terratenientes de Ceilán dos mil novecientas semillas de cardamomo de la más exquisita pureza y las guardé en esta ánfora de cristal veneciano, junto a la ventana —señaló exánime—. Cada mañana a partir de entonces, para llevar la cuenta, cogía una semilla y la tiraba sobre la tumba de Amir. Descubrí que así valoraba los días de vida que me quedaban. Dejaron de interesarme las Compañías, el oro y la fortuna, se desvaneció la ambición o el miedo al fracaso. Porque la muerte te enseña que, salvo ser feliz, todo lo demás es secundario. Desde entonces, cada mañana abro los ojos y me pregunto: «Si hoy fuese el último día de mi vida, ¿querría seguir haciendo lo mismo que me ocupa hoy?». Y si la respuesta es «no», sé que hay algo que cambiar, porque de algún modo mi corazón ya sabe lo que debo hacer. —El amo tenía la mirada perdida y todo él parecía muy lejos de aquella habitación—. Pero aún hay algo más, Yuseph. Hace tres años, los cardamomos se agotaron. Ese mismo día recolecté una semilla de la tumba de Amir y la devolví al ánfora. Los cardamomos que recoges para mí son los días que me han sido regalados. De este modo, conforme se llena la vasija, recuerdo que mi tiempo es un obsequio que debo aprovechar. Ese es el secreto de mi felicidad. —Se detuvo un momento para tomar aliento, abriendo los labios como para entregar su alma. La luz del alba brillaba en sus ojos—. Vivir es fácil, Yuseph, hay muchas maneras; pero vivir feliz es lo difícil, solo hay una manera y tienes que encontrarla.

Yuseph agarró su talismán en un estremecimiento, como hechizado por sus palabras, y permaneció en silencio a su lado. Le echaría mucho de menos cuando no estuviese; sus ojos se arrasaron de lágrimas y trató de aplacar su melancolía.

Se sentía como un huérfano.

Aquel hombre le devolvió su libertad, confió en su valía cuando el mundo le dio la espalda, le empujó a cumplir sus sueños, a creer en sí mismo, a llegar más lejos de lo que jamás había imaginado, encendió su mente.

La luz débil y tamizada a través de las ventanas, el sonido extenuante de su respiración, las sombras que se arremolinaban en las esquinas, la quietud en el palacio, el aplomo de su mirada... Aquel instante quedaría profundamente enraizado en su corazón hasta el día de su muerte.

A menudo, Yuseph necesitaba desahogarse, expresar sus sentimientos y airear las tribulaciones que le oprimían. La correspondencia con Aisha se había multiplicado en los últimos meses. Cada día le enviaba una carta en la que le explicaba su pesar y cada día recibía una respuesta a una misiva anterior. Esto era lo único que lo reconfortaba. Solo pensar en ella serenaba su espíritu, sentía como si se levantase una ola en su corazón y soplase una nueva brisa.

47

Una noche en que Yuseph regresaba de Marsa Matruh después de haber entregado una carta para Aisha, sucedió algo completamente inesperado. El carruaje bordeaba la costa en medio de la oscuridad y una luna azulada tomaba su último suspiro. De súbito, descubrió la sombra de un hombre al margen de la carretera, sentado sobre una roca, cubriéndose el rostro con las manos y llorando amargamente; lo reconoció al instante: era sir Leonard Binford. Rápidamente, ordenó detener el carruaje y el arqueólogo corrió hacia Yuseph con el rostro devastado por las lágrimas, rogándole que le llevase hasta el puerto de Alejandría. Sorprendido, le ayudó a subir a la carroza y emprendieron la marcha.

—¿Qué ha pasado? —le preguntó al fin, cuando se hubo sosegado.

El historiador señaló su pecho por toda respuesta.

Yuseph observó con curiosidad los escapularios que colgaban de su cuello. A través de las penumbras de la aurora, aquellas piezas despedían un fulgor dorado. Lo recorrió un estremecimiento y alzó la mano para tocarlos, incapaz de creer que se habían transformado en oro. ¡Había hallado la piedra filosofal!

—¡Es maravilloso! ¡Lo lograste! —exclamó asombrado, levantando la vista—. Demostraste a todos que estaban equivocados.

—Te equivocas —negó el historiador, luchando por reprimir una fuerte emoción—. Estaba tan acostumbrado a recoger los guijarros, examinarlos y lanzarlos al mar para separarlos del resto que cuando hallé la piedra filosofal, inconscientemente, la lancé al agua. Cuando descubrí que mi medalla se había transformado en oro ya era muy tarde. —Las lágrimas corrían por sus mejillas a pesar de sus esfuerzos—. Perdí la piedra filosofal, igual que he perdido toda mi vida, Yuseph. Solo tenía una oportunidad y la desperdicié... ¡Qué alegría produce encender una llama en sueños y cuánta desilusión causa extinguirla en la realidad!

En aquel instante, el carruaje entró en el puerto de Alejandría y se detuvo ante el pantalán. Yuseph apoyó una mano sobre su hombro.

—No te rindas —le animó—. Solo trata de recordar la zona y comienza a buscar bajo las olas. Son todas planicies de bajamar y el agua es cristalina. Si lo intentas, lo lograrás. Estoy seguro.

El historiador negó con la cabeza y, agarrando la mano de Yuseph, lo miró intensamente. Un estremecimiento lo recorrió de arriba abajo.

—¿No te das cuenta, Yuseph? Te lo he dicho. Solo hay una oportunidad, y yo ya he perdido mucho tiempo. No tendré otra vida para disfrutarla. No quiero desaprovechar el poco tiempo que me queda —suspiró—. Rendirse no siempre es muestra de que eres un cobarde; en ocasiones es la prueba de que eres lo suficientemente valiente como para renunciar a ello.

Hubo un largo silencio. Aquellas palabras retumbaron en su mente y le pareció vislumbrar en ellas un significado que prendió en su corazón. Ambos se abrazaron y el arqueólogo se apeó del carruaje, cerró la puerta y se asomó por la ventanilla. Había algo solemne en la mañana. Los vapores del alba velaban el horizonte, tiñéndolo de una luz ambarina.

—Soñar es importante, Yuseph, pero despertar lo es aún más. Quizá esta lección era lo que realmente buscaba entre la arena. Mi propia piedra filosofal.

Ambos sonrieron, comprendiendo que aquello era una despedida.

48

Aquella mañana, al llegar a palacio, Yuseph recibió el mensaje de que el Judío le esperaba para hablarle de algo muy importante.

Cuando entró en el dormitorio, Samuel insistió en tomar el té, antes de sincerarse y revelarle toda la verdad. Con mano temblorosa, señaló un velador, junto a la cama, donde había una preciosa tetera de plata y una exquisita colección de vasos de diferentes tamaños y materiales: cuarzo rosa, alabastro, mezclados entre otros de cristal holandés, madreperla o azabache español.

—Escoge uno de los vasos y sírvete un poco de *koshary* —susurró—; está recién preparado. —Vaciló unos instantes y añadió—: He ordenado traer los vasos más preciados del mundo.

Yuseph contempló los vasos detenidamente, con cierta inquietud en realidad, pues sentía sobre él la mirada serena del Judío, que lo vigilaba con atención, como si quisiese leer sus pensamientos. Comparó unos con otros y escogió finalmente el vaso más exquisito, labrado en jaspe rojo. Se sirvió dos cucharadas de azúcar de caña, pero cuando cogió la tetera le resultó extrañamente ligera. Al inclinarla no salió ni una sola gota. Yuseph levantó la mirada, sorprendido.

—Samuel, ¿de qué te sirven las tazas más valiosas si no tienes té? —sonrió.

El Judío le atravesó con ojos penetrantes.

—Yuseph, ¿de qué te sirven el poder y la fortuna si no tienes felicidad? —susurró con voz entrecortada—. Una jaula de oro sigue siendo una jaula. —Yuseph agachó la mirada avergonzado, sin comprender por qué le respondía de aquel modo—. ¿Recuerdas lo que te dije el primer día que llegaste al palacio? —Lo señaló—. Te dije que tenías algo que me interesaba: eras un buscador, pero ahora no eres más que un hombre común, no progresas. —Yuseph lo miró ofendido—. Los hombres comunes son como piedras: simplemente existen, pero no viven, no crecen. Durante toda su vida, no experimentan ninguna evolución interior. El buscador, en cambio, desde que nace hasta que muere está en continua metamorfosis, es una semilla. Es un viajero en búsqueda de la verdad. Siempre hambriento, siempre incompleto. Vive para descubrir su camino, para dar sentido a su vida, para encontrarse a sí mismo. Pero tú pareces haberte olvidado de quién eras. Ya no tienes tiempo ni para ti. Eres un esclavo de tu riqueza. Sales a trabajar, vuelves al palacio y duermes, y así día tras día. —El Judío negó con la mirada perdida—. No te sacrificaste tanto para llegar hasta aquí y convertirte en un autómata.

Había algo aterradoramente solemne en su voz que hizo que Yuseph supiese que, al terminar aquella conversación, las cosas cambiarían para siempre y nada volvería a ser igual jamás. Todo el dormitorio estaba sumido en un silencio inquietante. Era la calma que precede a la tormenta.

—Recuerda —el Judío cerró los ojos y una lágrima se deslizó furtiva a través de sus mejillas—: siempre deseaste recuperar tu libertad. Trabajaste dolorosamente por ello, prometiéndote en lo más hondo que en cuanto la alcanzases, te marcharías. Pero cuando por fin lo lograste, sucumbiste como lo hemos hecho todos. Te conozco —abrió los ojos vivamente—, decías que era por mí, por Amir, por aprender, pero en realidad la tentación fue más grande y continuaste aquí seducido por el poder, el dinero, el prestigio; esclavo de tu ambición. Pero cuando me vaya de este mundo, no cometas el mismo error que he cometido yo. —Su mirada errante estaba empañada de nostalgia—. No sigas desperdiciando tu vida. Porque solo hay una oportunidad y tú todavía estás a tiempo.

A Yuseph le temblaron las manos al escuchar aquellas misteriosas palabras. Eran las mismas que había pronunciado el arqueólogo unas horas antes. De algún modo sentía que no reaparecían al azar, sino que tocaban a sus puertas por algún motivo, por algún propósito superior, como si la existencia entera y el cosmos tratasen de decirle algo. Aquellas palabras trataban de despertar una fuerza secreta y antigua, ya olvidada: ¡amagi! Agarró su amuleto, asustado. Era como si volviese a despertar después de un largo sueño tras muchos años deambulando. Supo así que había llegado la hora de volver atrás, al lugar donde empezó todo, al desvío en el camino donde se perdió.

Samuel le agarró la mano interrumpiendo sus pensamientos. Su pulso era frágil y tembloroso, sus dedos estaban fríos. Yuseph midió aquellos instantes por las emociones en su corazón y no por la realidad.

—Cuando muera quiero que me incineren con esta misma ropa y luego entierren mis cenizas junto a mi hijo. —Su voz era ronca y sonaba temblorosa de tierna emoción—. Ya he encargado la lápida.

Yuseph apartó su mano horrorizado, no quería ser cómplice de todo ello. Se negaba a aceptar lo que los hechos le confirmaban.

—No te vas a morir —declaró en vano.

—Escúchame atentamente —insistió el Judío—: cuando ya no esté en este mundo quiero que abras mi caja de nácar negro...

El corazón de Yuseph dejó de latir al oír el tono en que pronunciaba aquellas palabras. Sus ojos se llenaron de lágrimas y toda la estancia quedó borrosa. No quería llorar delante de él, así que se levantó rápidamente y comenzó a caminar hacia la puerta, para ocultar su emoción.

—Quiero que la abras, Yuseph, y por una vez lo dejes todo ahí —vociferó el Judío haciendo un esfuerzo sobrehumano—. No te vayas, por favor... —Yuseph salió por la puerta y Samuel trató de gritar para llegar hasta él. Su rostro enrojeció a causa del esfuerzo—. Luego quema la caja con mi cadáver, Yuseph —rogó ahogado—. ¡Prométemelo, por favor! —Cuando Yuseph salió al pasillo, las lágrimas le caían de los ojos sin parar y le costaba respirar—. ¡Prométemelo, Yuseph! —gritó una vez más Samuel desde dentro, tosiendo con angustia.

Pero Yuseph no respondió y Samuel estalló en sollozos.

Comenzó a avanzar por el pasillo, huyendo del dormitorio. Mientras se alejaba solo pensaba en una cosa: «Hay cosas que no se dicen, Samuel, solo se comprenden».

49

Durante la madrugada, Yuseph despertó sobresaltado: el viento había abierto una de las ventanas. Se levantó inquieto y antes de cerrarla contempló la luna llena. A lo lejos los pavos reales cantaban con brío, danzando bajo la noche azulada. El corazón le latió con fuerza y tuvo un mal presentimiento al ver cómo se agitaban las cañas de bambú. Se acercó rápidamente hasta Samuel y le abrigó con una manta. Pero él no se despertó. Tenía los ojos cerrados y en su boca se dibujaba una leve sonrisa. Su expresión era sumamente serena. No había rastro de dolor ni lucha. Yuseph se secó con gesto desesperado las lágrimas que brotaban de sus ojos y contempló el cuerpo inerte de su amigo. En su mano tibia y entumecida había una nota aprisionada con fuerza. Tragó saliva mientras la cogía con pulso tembloroso y la leía. Luego, lentamente se acostó junto al cuerpo de su amigo Samuel y enterró el rostro en sus ropas, tratando de libar lo poco que quedaba de él. Hasta que se quedó dormido.

50

A la mañana siguiente, Yuseph se desveló en las primeras horas del amanecer y congregó a todos los esclavos para revelarles la noticia. Todos lloraron sin disimulo la muerte de su bondadoso amo.

Siguiendo las órdenes que Samuel dejó por escrito, acondicionaron una camilla con cuatro brazos sobre la que colocaron el cadáver. Nadie lavó su cuerpo ni cambió sus ropajes, tal como eran sus deseos. Luego cubrieron su cuerpo con una sábana blanca y dejaron sus brazos colgando al vacío por ambos lados, con las palmas abiertas. Yuseph escogió los esclavos más corpulentos para cargar con el catafalco y organizó turnos para ello, a fin de que pudieran descansar. Decenas de voceros anunciaron la muerte del Judío pueblo por pueblo, informando sobre los detalles del cortejo fúnebre que tendría lugar en Marsa Matruh, para quienes quisieran despedirse de él. Después, en comitiva, salieron del castillo rumbo a la ciudad, encabezados por el cadáver de Samuel Irá, conocido como Samuel Magno.

Las gentes comenzaron a agolparse en puertas y ventanas; las calles se colmaron de personas y, debido a que avanzaban lentamente, centímetro a centímetro, a la gente de otros pueblos les dio tiempo de acercarse a curiosear. Cientos de pétalos caían de balcones y azoteas, y plañideras y niños se acercaron a llorar tras la comitiva. El cadáver de Samuel quedó cubierto por un manto de flores rosas y amarillas, mientras sus brazos colgaban a los lados, meciéndose a cada paso. Los árboles se agachaban ante el peso de las personas que se encaramaban a ellos. Y masas de humanidad se agolparon para despedirse de él.

A media tarde, miles de personas seguían a la comitiva que volvía a palacio para incinerar al Judío. Se había dispuesto la pira funeraria junto a la fuente, donde crecía la olorosa mata de cardamomo. Era una estructura de medio metro de altura, construida con adobes y madera de sándalo.

Entretanto, Yuseph se aproximó al vocero y le entregó la nota que había hallado la noche anterior, a fin de que la leyera en voz alta.

«Es mi último deseo —gritó el portavoz en medio de un silencio solemne y primitivo— que paseéis mi cadáver por la ciudad habiéndome cubierto con una sábana blanca, pero con los brazos colgando y las palmas abiertas. Para que el mundo sepa que Samuel Irá, el hombre más rico del mundo, conocido antes como el Judío y Samuel Magno después, dueño de trenes y barcos de medio mundo, que acumuló todas las riquezas terrenales y alcanzó todo cuanto pudo desear e imaginar..., cuando murió no se llevó nada consigo. Vino a este mundo con las manos vacías y se marchó con las manos vacías».

Se alzó un breve murmullo y la gente explosionó en lágrimas; las mujeres comenzaron a rezar en alto mientras los esclavos alzaban el cadáver de Samuel Irá y lo colocaban sobre la pira funeraria.

En aquel instante, Yuseph ordenó detener la ceremonia unos minutos y entró en el palacete corriendo.

51

Se dirigió al dormitorio con paso ligero y cogió el cofre de nácar negro que había en la mesilla. Las últimas palabras del Judío aún retumbaban en su mente como un eco: «Quiero que la abras, Yuseph, y por una vez lo dejes todo ahí. Luego quema la caja con mi cadáver...». ¿Qué se escondería en su interior?, se preguntó. Las manos le temblaban cuando la destapó. Pero se quedó completamente sorprendido. Confuso, introdujo los dedos para palpar la base y un gemido se escapó de sus labios: no había nada. Tantas veces le había visto abriendo su cofre de nácar, removiendo su contenido, guardándolo, ocultándolo de los demás, y, finalmente, ¡no había nada! Cerró la caja decepcionado y la examinó por fuera. ¿Para qué serviría llevarla a todos lados consigo?, se preguntó intrigado. De repente, al girar la urna encontró un grabado en su basamento de oro que rezaba: «El cofre de los problemas». Yuseph rio con fuerza, desvelando al fin el misterio y admirado por las artimañas de su valioso amigo.

En aquel instante, un recuerdo triste cruzó sigiloso su mente, sumiéndolo en la melancolía. Contempló el sol poniente a través de la ventana y sus ojos destellaron de profunda tristeza. Ya nada era ni sería igual. Y supo que en adelante, siempre que se atreviese a pensar en el pasado, habría de añorar a aquel padre fiel y verdadero al que no le unía la carne ni la sangre, pero sí el alma. Abrumado, volvió a abrir la caja, cogiendo todos sus problemas, todo cuanto le había molestado alguna vez, todo cuanto había ocupado su mente involuntariamente, impidiéndole aprovechar y disfrutar del presente, y lo abandonó ahí. Cerró la urna y la llevó consigo al exterior. Ahora lo comprendía: el cofre estaba vacío porque los problemas no existen en la vida real, solo en la mente del hombre. Salió de palacio con una sonrisa en los labios mientras la muchedumbre lo observaba sorprendida. Algunos incluso se sintieron ofendidos por su inapropiado regocijo en momentos tan trágicos; otros lo miraron curiosos, pensando que había perdido el juicio incapaz de soportar el dolor. Pero Yuseph no reparó en ellos. Se acercó a la pira funeraria y abandonó cariñosamente la caja de nácar sobre el pecho del Judío. «Ya es hora de quemar todos los problemas», susurró con melancolía. Encendió un madero y lentamente prendió fuego a la base.

Todos quedaron en silencio y lentamente comenzaron a rezar al unísono mientras el fuego devoraba las astillas. Miles de personas en un murmullo espiritual, gimiendo, sollozando, otros golpeándose el pecho con lástima, exagerando el dolor en una salmodia estremecedora. De pronto, cuando las llamas acorralaron al cadáver, algo extraño sucedió. Del interior del cuerpo salió despedido hacia las alturas un cometa de luz roja que explosionó en un sonido atronador. Los presentes dieron un salto asustados. El cuerpo se encendió de vivos colores, como un fósforo, y más proyectiles luminosos llenaron el cielo de luz relampagueante, detonando en el aire cálido del atardecer con intenso estruendo, reflejados en las pupilas de la asombrada concurrencia.

Yuseph comenzó a aplaudir apasionadamente, llorando de alegría.

—¡Qué grande, qué grande! —murmuró con el vello erizado, impresionado por la audacia de su gran amigo.

Entonces sucedió algo mágico: se contagió su risa y otros más apocados se atrevieron a aplaudir también entremezclados en la infinita multitud. Los más severos quisieron resistirse y silenciar a los que alborotaban, pero al poco tiempo todos aplaudían, silbaban y reían a carcajadas como si de una gran celebración se tratara. La celebración de la muerte. De algún modo, Samuel, sabedor de que no le quedaba mucho tiempo en la Tierra, planeó todo minuciosamente antes de marcharse y ordenó a Bastiáan esconder bajo su caftán un sinfín de cohetes que iluminaran a los vivos.

En verdad, en aquellos últimos momentos, el cuerpo expresaba tal placidez y el halo de felicidad en torno a la pira era tan dulce que llorar parecía casi un sacrificio. Había que celebrarlo, pues cuando se ha vivido feliz y plenamente, la muerte es una consecuencia natural. Esa era su última lección.

Las llamas tardaron en devorar el cuerpo catorce horas. Muchos se marcharon; otros, que recordaban el bien que les hizo, permanecieron toda la noche en piadoso homenaje y a primera hora se fueron a trabajar. Al final, cuando la pira se deshizo en un montón de ascuas, solo quedó Yuseph. Metió las cenizas junto a algunos huesos que habían desafiado al fuego en una fuente de arcilla y lo vació todo en un hoyo socavado junto a la tumba de Amir. Alrededor, el ambiente aún estaba impregnado por un sentimiento de alegría y dicha y los esclavos reían y cantaban mientras enterraban los restos. Yuseph se sintió profundamente agradecido hacia Samuel; la risa los había unido a todos, prendiendo de un alma a otra. Cuando la tierra llegó a la altura del jardín, aplanaron la superficie y alguien esparció semillas de cardamomo. Yuseph ordenó traer la lápida que Samuel había encargado al escultor. Estaba envuelta en telas de lino egipcio y la desenvolvió lentamente. Era de mármol blanco y tan pulida que podía verse reflejado en ella. Cuando estuvo descubierta, leyó el epitafio abriendo los ojos con sorpresa. No daba crédito a lo que veía: «Samuel Irá. Vivió seis años». Se levantó enfurecido y buscó al escultor con la mirada.

52

Era un hombre encorvado que se retorcía las manos con nerviosismo, parapetado tras algunas personas, temeroso de que llegara el momento de confrontación. Yuseph se acercó a él a grandes pasos.

—He escrito justo lo que me dictó el amo, señor —respondió sin levantar la mirada, como si hablase con el suelo.

—No mientas —insistió Yuseph con voz colérica—. Ahí está escrito que vivió seis años. Se te olvidó añadir el tres, fueron sesenta y tres años.

El hombre levantó lentamente la mirada, vacilante, retorciendo el sombrero en las manos.

—Fue lo que me dictó el amo. —Luego alargó el brazo temblorosamente y le ofreció una nota—. Esto es un mensaje para usted —añadió con timidez—. Me dijo que, si me preguntaba por la lápida, debía darle esto.

Yuseph frunció el ceño, cogió la nota sorprendido y la desplegó: «Yuseph, si recibes esta nota, quiere decir que ya no estoy en este mundo».

Al instante reconoció la letra de Samuel y se le humedecieron los ojos. «Quiero que busques mi diario. Ahí encontrarás la respuesta que buscas». Yuseph se sintió algo mareado. Casi podía sentirle a través de aquellas letras, como si aún estuviese ahí, a su lado. Dio media vuelta y comenzó a caminar hacia el palacio. ¿Dónde estaría el diario?, pensó aturdido. Con cada paso el corazón le latía más y más fuerte. Cerró los ojos un momento, creyendo que caería de rodillas. Lentamente, se dirigió hacia la habitación en la que habían dormido hasta el día anterior. Pero no había nada. Miró en derredor una y otra vez, buscando con los ojos, pero todo estaba vacío e impersonal como siempre.

Hasta la última noche lo había visto tomando anotaciones en su pergamino, recordó con perspicacia. Como un relámpago, se acercó a la cama y tiró de las mantas y sábanas con fuerza. De pronto algo cayó al suelo con un sonido seco. Su corazón se detuvo; buscó con la mirada y ahí lo encontró. El pergamino. Dejó caer las mantas y, tras recogerlo del suelo, se sentó en la cama para leerlo. Todo el mundo desapareció a su alrededor mientras descifraba el misterio.

Dentro había toda clase de anotaciones extrañas, organizadas como notas de contabilidad.

MOMENTOS DE FELICIDAD	TIEMPO QUE DURÓ LA FELICIDAD
Hoy conversé con Bastiáan	*14 minutos*
Hoy me reí a carcajadas	*30 segundos*
Hoy contemplé las estrellas	*2 horas*
Hoy me acordé de cómo reía mi hijo	*8 segundos*
Hoy saboreé el té junto a Yuseph	*23 minutos*

Y así continuaba hasta el final.

Yuseph miró todo aquel catálogo sin comprender y lo siguió con el dedo hasta llegar al final. Ahí, Samuel había marcado una raya matemática y al parecer había sumado todo los segundos, minutos y horas.

«TOTAL TIEMPO DE FELICIDAD: 6 AÑOS, 19 DÍAS, 5 HORAS, 23 MINUTOS y 37 SEGUNDOS».

Debajo de la cifra había añadido:

«Tan solo estamos vivos mientras somos felices; el resto del tiempo morimos lentamente».

Una lágrima furtiva resbaló por la mejilla de Yuseph. Por eso lo había visto siempre con aquel diario, suspiró. Ahora lo entendía todo: durante un par de años, tras la muerte de Amir, nunca escribió en él. Solo lo llevaba colgado del cuello, esperando el momento oportuno. Pero con el tiempo fue encontrando razones para dejar constancia. Aprendió a crear su felicidad y a compartirla. Paradójicamente, fue lo único que se llevó consigo en el momento de su muerte. Nada más.

Yuseph permaneció ahí largo rato, rodeado del silencio y la oscuridad del dormitorio. Luego se levantó y bajó las escaleras lentamente. Tenía claro lo que debía hacer.

Ya había llegado su hora.

53

Los días siguientes, abogados y testigos entraron y salieron del palacio desde la mañana hasta bien entrada la noche. Yuseph decidió cobrar solo los honorarios que le correspondían por sus once años de trabajo, rechazando heredar el imperio de las Compañías. Con eso le bastaba para vivir una vida sin preocupaciones, todo lo demás le sobraba. Solo quería el dinero suficiente para no tener que pensar en él. También ingresó una gran cantidad de oro en San Giorgio y nombró propietaria a Caterina, una prostituta de los suburbios de la ciudad. Nadie preguntó nada, quizá suponiendo que se trataría de una vieja amante suya. Finalmente, nombró a Bastiáan fideicomiso de todas y cada una de las propiedades de las Compañías sobre la faz de la Tierra: los trenes, los barcos y grandes negocios de Europa, junto a un poder ilimitado que ningún reino de Occidente ha logrado igualar, quedaron en sus manos. De ahí en adelante, Bastiáan debería administrar el imperio hasta encontrar un heredero adecuado: el elegido para gobernar el mundo.

Yuseph no reveló a nadie las decisiones que había tomado y rogó al jurisconsulto que las hiciese públicas solo cuando se hubiera marchado. No quería tener que discutirlas o que tratasen de disuadirlo para que se quedara en el palacio a vivir. Sentía que alguien a lo lejos estaba esperándole y no quería perder ni un minuto más. Alguien a quien había abandonado doce años atrás, débil e indefenso, y que aun en sus últimos días le estaba esperando desesperadamente. ¿Acaso se había olvidado de él? Sentado en el cuarto de administración, tomó un papel y le escribió una carta pidiéndole perdón, con toda la firmeza que su exaltada emoción le permitía. Nunca había imaginado que pudiera sentirse tan avergonzado. Le remordía el recuerdo de las mil oportunidades perdidas y pensó que si a cambio le pidiese todo cuanto tenía, incluso su vida, lo pondría a sus pies, renunciando a ello de buen grado. No se atrevió a releerla; la metió en un sobre y se la entregó a un esclavo para que la enviase urgentemente a ad-Dār al-Baīḍa. Esa misma noche, buscó su antigua talega. Estaba guardada en el baúl de su dormitorio, completamente intacta a pesar de los años. Sacó de su interior su antigua ropa y se vistió con ella. A Yuseph le extrañó verse en el espejo. Parecía que el tiempo no había pasado desde los días en su hogar. Sintió una profunda añoranza.

Nunca recuperaría el tiempo perdido, suspiró con pesar.

De pronto, cuando metió las manos en el bolsillo encontró algo extraño. Lo sacó con curiosidad y observó que se trataba de un sobre arrugado que le resultaba familiar.

Desplegó la nota con curiosidad y leyó lo que había escrito: «Recuerda: esto también pasará». Las piernas comenzaron a temblarle y se dejó caer sobre la cama, como si un relámpago lo hubiese fulminado ahí mismo. Rápidamente, miles de recuerdos se agolparon en su memoria: el barco, el viaje en tren, la casa de Adnan, las palabras que el peregrino había profetizado: «Pero recuerda: cuando vuelvas a recuperarte, a vivir feliz y disfrutar de los placeres de la vida, vuelve a abrir la carta y léela de nuevo. Solo así revelará todo su poder». ¡Cuánta razón tenía! En aquel momento no había entendido el verdadero valor de aquellas palabras, pero ahora lo comprendía. Todo en la vida es pasajero, tanto lo bueno como lo malo, y no vale la pena aferrarse a nada, porque todo es temporal. En aquellos años había pasado momentos muy difíciles, lo había perdido todo y había caído en los abismos de su mente; pero también había pasado por momentos muy dichosos, en los que alcanzó las cimas del éxito y halló verdaderos amigos. Había recibido críticas feroces y aplausos honorables. Ambos momentos pasaron igual que el sol y la lluvia. Pensó en Baba Jan y en cómo deseaba venerarlo en adelante, cuidando de él fielmente, y supo que eso también pasaría y que en algunos años ya no estaría en este mundo.

Solo quedaba disfrutar de cada instante y confiar en sí mismo, pensando en el único paso que había de dar en cada momento y olvidándose del largo camino que tenía por recorrer. Sintió entonces que lo embargaba la misma paz que halló trece años atrás al leer la nota, el mismo sosiego, el mismo consuelo. Pero esta vez tuvo muy claro que, sobre todas las cosas, ese sentimiento también pasaría.

Aquella carta había llegado justo en el momento oportuno, pensó, era una serendipia, un mensaje oculto del destino.

Permaneció ahí unos segundos, quieto, meditativo y sintiendo que volvía a iniciar un viaje que aún no había concluido, pues a pesar de que tenía que seguir adelante, solo podría comprender su vida volviendo hacia atrás.

Luego, en el silencio de la noche, cruzó los pasillos hasta llegar al vestíbulo. Cuando abrió la puerta, tal como lo había organizado, un carruaje le estaba esperando para llevarlo al puerto de Alejandría. Bajó la escalinata de entrada y justo antes de montarse en el carruaje, miró hacia atrás por última vez. Ahí había pasado los mejores años de su vida, suspiró. Había demostrado lo que valía y había llegado más lejos de lo que nadie podía imaginar. Estaba por un lado feliz, pero por otro triste y melancólico de tener que dejarlo todo una vez más. Observó el palacio de noche, los jardines con aromas a almizcle, el canto de los pavos reales, el sonido de los grillos y el aire cálido del desierto, tratando de grabarlo todo en su corazón, de pie, inmóvil y silencioso bajo la luz de la luna llena, mientras se despedía para siempre.

Luego dio media vuelta y subió al carruaje. El cochero espoleó los caballos y poco a poco se fueron perdiendo en la oscuridad de la noche.

54

Cuatro meses después, Bastiáan había abandonado el puesto de mayordomo para convertirse en el fideicomiso de las Compañías. Había tenido que aprender a organizar y regir los negocios a marchas forzadas. Todo el mundo le trataba como el nuevo amo, pero solo él conocía la verdadera situación. Siempre tenía documentos pendientes y trabajaba día y noche como un esclavo. Para evitar que las Compañías perdiesen dinero, se había visto obligado a contratar un gabinete de expertos en el que delegaba varias de las funciones y administraciones internacionales. Pero no se fiaba de ellos y a escondidas había contratado a un financiero napolitano que le enseñaba a controlar la contabilidad. A veces, tanto ajetreo le hacía sentirse impotente de no tener tiempo para ejecutar la que verdaderamente era su función: escoger un heredero. Cientos de hombres y mujeres ilustres se habían ofrecido para el cargo, acompañados de sus familias, mostrando cartas de recomendación e historiales infinitos. Sin embargo, Bastiáan no encontraba nunca a la persona adecuada. Algunos eran muy ambiciosos, otros despóticos u orgullosos, y temía entregar un poder ilimitado en manos equivocadas. Le turbaba tomar esa decisión él solo. Pero lo cierto es que a medida que iba pasando el tiempo tenía menos esperanzas de hallar un heredero antes de morir. Estaba envejeciendo rápidamente, y en los últimos meses aún más. Se le habían marcado los huesos de la cara y sus ojos parecían llenos de preocupación. Quizá por la edad o por las desgracias acontecidas, ahora más que nunca sufría al pensar en su preciosa hija. «¡Aliena!», murmuró como una plegaria. Yuseph había despertado en él una esperanza tan poderosa que cuando le devolvió a la realidad no pudo soportar de nuevo el dolor. Fue como perder a su hija por segunda vez.

Trató de despejar aquellos pensamientos dolorosos mientras caminaba por el mercado. Todos lo saludaban con mucho respeto y Bastiáan se sintió algo intimidado. Los viejos se acercaban para darle el pésame por el amo, los jóvenes se quitaban el sombrero como señal de cortesía y los niños lo señalaban con el dedo, maravillados. Aún no acababa de acostumbrarse y lo prefería así. Él solo era un fideicomiso y si Yuseph le había cedido ese puesto, era porque confiaba en él. Avanzó por los puestos, mientras algunos mercaderes trataban de captar su atención a gritos.

Había venido hasta la ciudad para algo muy concreto y quería marcharse cuanto antes a palacio para terminar algunos trabajos que lo aguardaban. Le rechinaron los dientes con irritación. Aún no comprendía por qué no podía enviar un esclavo para ello. Pero según lo estipulado por Yuseph, debía entregar personalmente una carta certificada del Banco di San Giorgio a una meretriz de la ciudadela. Le habían detallado la calle, el local y el nombre de la prostituta: Caterina. Conociendo a Yuseph, aún hoy le costaba imaginarlo visitando aquellos lugares por las noches, a hurtadillas y escondido de todos para saciar sus vicios. Lentamente, fue abriéndose paso entre la gente hasta el final de la calle. Miró la nota y comprobó que luego debía girar hacia la derecha, cuando en ese instante su mirada reparó en un niño andrajoso y esquelético que vagaba tristemente entre los puestos del mercado, mendigando algo que llevarse a la boca. Un frutero le empujó con fuerza, haciéndole caer al suelo.

—¡Fuera de aquí! —gritó.

Otra mujer lo ahuyentó entre aspavientos:

—¡No tengo nada!

El niño, como una mosca, se alejaba y volvía, muerto de hambre y desilusionado, devorando los alimentos con los ojos... Seguramente hacía días que no comía nada. Quién sabe, tal vez ni siquiera tuviese padres, habría nacido en la calle y, como tantos otros, moriría en ella, como un perro callejero. Bastiáan sintió que se le encogía el corazón al verlo.

—Ven aquí —le llamó haciendo un gesto con la mano. —Sus ojos brillaron con ilusión y corrió hasta él, agarrándole de la manga—. Vamos a comprarte algo de comer —le animó Bastiáan, apoyándole una mano en el hombro.

El niño le siguió como una sombra a través del mercado y Bastiáan compró un *aish*[10] a una vendedora ambulante.

---

[10] *Aish merahrah,* es un pan egipcio hecho con 5-10% de semillas de fenogreco molido y maíz. Es parte de la dieta tradicional de la campiña egipcia, preparado localmente en las casas del pueblo en el Alto Egipto.

—Toma. —Se lo entregó con una sonrisa—. Te lo mereces.

En sus manos diminutas la torta era tan grande como la luna.

El niño abrió los ojos desmesuradamente, incapaz de creer su suerte.

—¡Gracias! —exclamó, dibujando una maravillosa sonrisa que le iluminó el rostro.

Acto seguido, corrió a sentarse bajo un árbol, dispuesto a dar cuenta de su banquete. ¡Qué fiesta y qué alegría se esbozaba en su expresión! A punto estaba de probar un bocado cuando de repente una anciana leprosa se cruzó en su camino, arrastrándose con los brazos. Tenía los pies delgados y deformes como dos cañas de bambú. Se llevó las manos a la boca en gesto de muda súplica. El niño vaciló unos instantes, mirando la torta con hambre, luego la miró a ella y suspiró con pesar.

—Toma. —Se la entregó entera, con una sonrisa—. Te la mereces.

Y es que hasta el mayor mendigo esconde en su arca un gran tesoro: dar, que provoca mayor felicidad que recibir.

Al contemplar aquella escena, los ojos de Bastiáan se humedecieron de lágrimas. Le había dado una lección. Entonces lo tuvo claro. Al ver al niño tan feliz, ajeno al sacrificio que había realizado, perdiéndose entre las callejuelas con una sonrisa, como si aquel acto de generosidad fuese algo común en él, supo que había encontrado a su heredero: el elegido para gobernar el mundo.

PARTE VI

La vida es circular. Todo termina
donde comienza,
transformándonos y recordándonos quiénes éramos.

1

El viaje de Yuseph duró cuatro ciclos lunares. Debió cruzar los desiertos del Sahel y las cálidas sabanas, atravesar las selvas tropicales y los mares del norte, para volver a ad-Dār al-Baīḍa. Por las noches raramente conciliaba el sueño y cada mañana despertaba empapado en sudor. Cuanto más se acercaba a su destino, más se repetía el mismo sueño, y cada vez de forma más real. Aparecía ante la verja de su casa; la abría y atravesaba el patio lentamente. Justo en el centro crecía un árbol enorme y ramoso. Sus gruesas raíces habían taladrado la tierra hasta abollar los muros de la fachada. Todo estaba muy descuidado, como si hubiesen pasado muchos años y nadie se hubiese preocupado de conservar la propiedad. Cuando llegaba al umbral, empujaba las hojas con las palmas de las manos y entraba en el interior. La estancia estaba abandonada a la oscuridad, salvo por unos rayos de luz que la atravesaban como dagas. Entonces había algo que llamaba su atención. Algo que jamás había visto antes. En la galería que rodeaba el patio, bajo la techumbre, se apilaban contra la pared, uno sobre otro, baúles sellados de madera. Se preguntaba de dónde habían salido mientras caminaba hasta ellos y trataba de abrirlos. Estaban sellados y, aunque los agitaba con fuerza, no cedían. Hasta que uno de ellos, empujado por el zarandeo, caía al suelo y se abría con el impacto, desperdigando todo su contenido. A pocos metros de él, algo en el suelo, del revés, lo atraía como un imán. Trataba de alcanzarlo con todas sus ansias, pero en ese momento su corazón palpitaba tembloroso y toda la estancia comenzaba a girar a su alrededor hasta que despertaba confuso con aquella palabra en la boca: «amagi». Se preguntaba qué significaba aquella palabra, pero no lograba recordarlo.

En cambio, durante el día estaba aletargado y con la mente distraída. No podía pensar en otra cosa que en su padre, en la casa, las calles del pueblo y su gente. ¡Tenía tantas ganas de volver a su hogar! Pero también sentía miedo y su corazón se dividía en dos. Se sentía avergonzado y no sabía si sería bien recibido. Quizá aún no le hubiese perdonado, se repetía lleno de incertidumbres, y no quería hacerle más daño del que le había causado ya.

En aquel momento el tren se adentraba en la región de ad-Dār al-Baīḍa. El corazón comenzaba a latirle con fuerza y sintió que le flaqueaban las piernas. Le costaba creer que había vuelto. Todo había sido tan distinto a como lo había imaginado... Se sonrió al pensar en su desventura. Había pedido a la vida que le hiciese valiente y esta le dio debilidades para superar; le había pedido sabiduría y le dio dudas para reflexionar; le había pedido éxitos y le dio metas por las que luchar; le había pedido felicidad y le dio gente a la que ayudar; le pidió amor y le dio enemigos a los que perdonar; le pidió oportunidades y le dio dificultades. ¡No había recibido nada de lo que quería! ¡Pero había recibido todo lo que necesitaba!

Mientras veía huir el paisaje a través de la ventanilla del tren, recordó la carta que envió a su padre desde el palacio. En ella le rogaba indulgencia con sus errores del pasado y le pedía permiso para volver a su hogar y cuidar de él. Había cumplido cada uno de sus sueños y ahora deseaba cumplir con sus deberes. Pero solo volvería si él lo deseaba. Para ello debía colgar un par de babuchas en la entrada de su hogar, así sabría que lo había perdonado. En caso contrario, se marcharía y no le volvería a molestar, pues entendía que sería el castigo justo por su error.

Ahora que faltaban escasos minutos para que llegara a la estación del pueblo, una oleada de ansiedad le invadía el pecho. En su mente y en su corazón surgían una y otra vez las mismas preguntas: ¿y si no estaban las babuchas? ¿Se marcharía? ¿Se rendiría tan fácilmente? ¿Acaso no debía luchar por la misericordia de su padre? ¿O morirían lejos el uno del otro, sufriendo en soledad, sin compartir unas últimas palabras de perdón?

¡Pobre Baba Jan! ¡Lo había abandonado en sus últimos días!, suspiró, luchando por mantener la calma.

¿Acaso volvería a verlo en esta vida?

Si tan solo pudiera decirle lo arrepentido que estaba y lo leal y bondadoso que se había prometido ser en adelante..., se lamentó con ojos vidriosos.

Suspiró con fuerza y asomó la cabeza por la ventana para despejarse, intentando reprimir el temor que surgía de los lugares más oscuros de su pensamiento. Enseguida, un grito se escapó de sus labios. ¡No podía creer lo que veía! ¡Babuchas! Colgando de las ramas de un árbol del camino, inmediatamente aparecieron otras clavadas de un poste; después fue el tejado de una casa, luego le siguieron algunos balcones y ventanas... Se asomó apretando el rostro contra los barrotes, riendo enloquecido. Incluso en los arcenes de la vía y cuando se apeó del tren, en la estación, en las fuentes, en los muros, ahí donde miró halló un sinfín de babuchas. Se sentó en un banco y comenzó a llorar desconsoladamente, sintiéndose liberado por fin de una losa terrible que durante años había apisonado su espíritu. Por la noche, durante el sueño, en la vigilia, en cada momento de paz y tranquilidad ahí había estado, clavado en su corazón como un puñal que cuanto más trataba de sacar, más hondo se clavaba en su alma desordenada. Una herida que no cerraba con el tiempo ni el olvido, y en la que su mente hurgaba una y otra vez, a pesar del daño que le provocaba. ¡Qué amargos le supieron aquellos momentos frente a la verdad de la que tanto había huido! Su padre no solo le aceptaba, sino que le rogaba que volviese. Cada babucha parecía decirle: «Sé que no eres así, hijo». ¡Qué noble era el corazón de Baba Jan!, pensó con labios temblorosos. El viento hizo que una lágrima volara de sus ojos y suspiró de alegría. Había llegado a su hogar.

2

Finalmente, querido lector, rasgó Yuseph los velos del misterio y descubrió el verdadero significado de amagi. Pues cada paso que se alejó le devolvió al principio.

Era una tarde cálida y dorada; el sol poniente derretía el cielo y las primeras estrellas se asomaban para contemplar a nuestro héroe.

Boquiabierto, abrió la verja de su casa y atravesó el patio lentamente. Justo en el centro del jardín crecía un árbol gigantesco y espeso, casi selvático, que daba cobijo a un sinfín de aves. Era el mismo árbol de sus sueños, las mismas gruesas raíces que se aferraban a la tierra hasta abollar los muros de la fachada. Un estremecimiento le erizó el vello mientras levantaba la vista, contemplando los monos que saltaban de una rama a otra. ¿De dónde había salido aquel coloso? No daba crédito. Se acercó hipnotizado para palpar el tronco, creyendo hallarse ante un espejismo. Le parecía que ya había vivido antes aquellos momentos, cada noche, en sueños... Contempló sus raíces aéreas, que pendían de las ramas como cabellos de madera, y las sombras apacibles donde soplaba una dulce brisa.

Aquel era el regalo que su padre le hizo por su vigésimo cumpleaños: la semilla de un baniano bengalí. Había crecido, madurado, transformándose durante aquellos años como lo había hecho él. Al instante le oprimió un sentimiento de nostalgia por los tiempos pasados; no importaba si buenos o malos, habían pasado y no volverían, suspiró con pesar. Todo a su alrededor estaba muy descuidado, como si nadie se hubiese preocupado de conservar la propiedad. El suelo repleto de tierra y los voladizos cubiertos de telarañas. ¿Dónde estaba Baba Jan?, se preguntó asustado. La puerta de entrada estaba cerrada; se acercó al umbral y empujó las hojas con las palmas de las manos. La madera cedió ante su presión, abriéndose en un chirrido. ¡Sintió que se le caía el alma a los pies! El interior estaba oscuro y olía a humedad. Yuseph se preguntó por qué estaría tan abandonado. Todo se encontraba tal como lo había dejado años atrás. Nada había cambiado, salvo él. Lo embargó un hondo pesar, mientras buscaba con la mirada a su padre.

—¿Baba Jan? —preguntó al silencio.

Dejó caer su talega en el suelo y se paseó por el interior, buscándolo entre las estancias. Algunas palomas comían el millo sobrante en la cocina, pero ante su presencia salieron espantadas. En las galerías aún seguían apilados los baúles repletos de recuerdos y trastos viejos. Al parecer aún no los había regalado.

—¿Baba Jan? —repitió.

Nadie respondió.

Removió algunos objetos distraídamente, sonriendo al recordar los tiempos en que formaron parte de su vida. Luego entró en su dormitorio, donde cada cosa permanecía en el mismo lugar y casi podía respirar el aroma de siempre. Dio una vuelta, observando los objetos de su vida pasada, detallándose con deleite en su nido. De repente, se topó con algo extraño, algo que nunca antes había visto. Estaba colgado en la pared, sobre su cama. Frunció el ceño y lo examinó con atención: era una nota partida, dentro de un marco. Se acercó un poco más y la descolgó para leerla con atención.

«Quiero ser libre. Amar la vida y descubrirla. Viajar y enamorarme».

Se sonrió al reconocer su letra. No se acordaba de haber escrito aquello. Su padre debió de haberlo encontrado en uno de aquellos baúles, pensó risueño. La volvió a enganchar en su sitio, sintiéndose orgulloso de sí mismo. Había cumplido todos los sueños de su niñez.

«Llevamos nuestro destino en el interior», pensó maravillado.

¿Dónde estaba Baba Jan?, se preguntó con una punzada de inquietud.

Dio media vuelta y salió del dormitorio, pero quiso la suerte que tropezara con uno de los baúles apilados en la galería. Todo cuanto había en su interior se esparció por el suelo, igual que en su sueño. En aquella fracción de segundo el mundo se detuvo. Yuseph supo que por fin descubriría la respuesta a su pregunta. El corazón comenzó a palpitarle con fuerza. Se agachó y comenzó a introducir los objetos rápidamente. Había toda clase de papeles y juguetes viejos. De pronto, a pocos metros de él, en el suelo, un libro que estaba del revés lo atrajo como un imán. Con mano temblorosa, Yuseph lo recogió y le dio la vuelta. Fue una sensación extraña, era como si se observase a sí mismo desde fuera. Leyó el título, sorprendido, mientras lo invadía una sensación de vértigo y todo giraba a su alrededor: «Amagi». Acarició la portada con pulso vacilante: era azul y había dibujado un símbolo extraño, como dos saetas cruzadas. Justo cuando estaba a punto de abrirlo, apareció alguien por la puerta. «¡Baba Jan!», pensó con alegría.

—¿Quién anda ahí? —preguntó la voz apocada y ronca de una mujer.

Rápidamente, Yuseph guardó el libro en su talega y miró a la figura a contraluz. Era la sombra de una anciana huesuda y encorvada, y reconoció en ella a una antigua vecina.

—¿Kanta?

Ella se protegió del sol con una mano, oteando, como si estuviese muy lejos.

—¿Yuseph, eres tú? —preguntó entornando los párpados.

Él asintió y ella comenzó a llorar.

3

Te estuvo esperando mucho tiempo, hijo. —Se habían sentado en la entrada, en uno de los escalones que daba de frente al inmenso baniano bengalí. Los últimos rayos del atardecer destellaban dolorosamente y Kanta lloraba con una mano en la frente, mientras iban sumiéndose en la oscuridad—. No había día en que no se acordase de ti —le reveló—. Cuando recibió tu carta se volvió loco de alegría. Comenzó a colgar babuchas en el árbol hasta que se agotó y salió a ponerlas por todo el pueblo. Desde la mañana hasta la noche. Cuando alguien le preguntaba, les decía: «Va a venir mi hijo de muy lejos. No lo entenderéis. Un padre no puede juzgar a su hijo, solo puede comprenderlo».

Yuseph suspiró hondo tratando de aplacar las intensas ganas de llorar. De pronto, cada uno de los últimos trece años pareció girar a su alrededor, con sus horas, minutos e infinitos segundos desaprovechados. Su rostro cambió de expresión en las penumbras del atardecer y Kanta pareció darse cuenta.

—Pero murió feliz, no te preocupes —le consoló, enjugándose las lágrimas—. Todos estuvimos siempre pendientes de él y era muy querido en el pueblo. El *al-qadi*[1] se encargó de su entierro.

Obvió contarle que muchos lo criticaron y lo tacharon de mal hijo; no quería añadirle mayor sufrimiento.

Yuseph observó con ojos acuosos el árbol repleto de babuchas y ella siguió su mirada en silencio.

—¿Sabes? A menudo acariciaba este árbol —susurró con voz seca—. Siempre estaba pendiente de él, de regarlo, podarlo, limpiarlo... Le hablaba a menudo... ¿Y sabes cómo lo llamaba? —Él la miró a los ojos y ella sonrió—. Yuseph.

[1] (En árabe قاضي). Es un gobernante juez de los territorios musulmanes, que reparte las resoluciones judiciales en acuerdo con la ley religiosa islámica (la sharia). La palabra «cadí» significa juzgar o magistrado.

4

Por la noche, Yuseph cerró las puertas de la casa y decidió marcharse. Volvería, pero con Aisha. Quería fundar su hogar ahí, donde había crecido, porque ahora sabía que aquel, como otro cualquiera, era el mejor lugar del mundo para vivir. Quizá lo que buscaba, al fin y al cabo, siempre estuvo ahí, en su propio hogar, entre las cajas de recuerdos.

Jamás volvería a ver a su padre, pero estaba en paz consigo mismo porque sabía que le había perdonado. A veces es demasiado tarde y la vida no nos ofrece una nueva oportunidad para enmendarnos. Entonces solo queda ser consecuentes. En un punto hay que comprender que algunas personas pueden continuar en nuestro pasado pero no en nuestro presente, suspiró.

En aquel momento, mirando a los astros, le prometió en lo más hondo de su espíritu que sería feliz. Solo se vive una vez, y si se hace intensamente, una vida es todo cuanto se necesita. Había sido su vida, había tomado sus decisiones, había padecido sus errores, había atravesado sus dificultades y había aprendido sus lecciones. Nadie podía recriminarle nada. Había pagado el precio de cada elección.

Salió caminando por las calzadas reales del sultanato, tal como hubiera hecho años atrás, atravesando oscuros bosques y peñascos. Tenía muy claro lo que debía hacer. Iría hasta la montaña lejana de Jbel Toubkal y le daría las gracias al sabio iluminado por su amuleto. Si de algo estaba seguro era de que gracias a él, siempre que había tenido un problema, había salido indemne del mismo. Siempre que había acudido al amuleto había recibido una respuesta de esperanza, haciéndole sentirse protegido. Sin él, nunca habría logrado nada.

Recordó las palabras del *sadhu:* «Ahí vive un iluminado, un ser energético que emana algo del más allá. Posee un don, y todo el mundo acude a él cuando tiene problemas. Muchacho, debes saber que hoy iniciarás un viaje muy largo. Pero antes debes visitarlo y rogarle su bendición; él te dará un amuleto. Tenlo siempre contigo, lo necesitarás cuando todo esté en tu contra».

Caminó durante varios días. Ahora le costaba todo mucho más; ya no era un muchacho, así que descansó en varias posadas hasta llegar a Imlil. Era de madrugada cuando alcanzó la montaña; aún estaba oscuro.

«Justo cuando la noche es más oscura, es que va a amanecer», dijo para sus adentros.

Conforme creció la altura, la nieve comenzó a espolvorear y ráfagas de viento lo empujaron contra el precipicio. Yuseph se aferró a las rocas para no sucumbir.

Mientras subía escalón tras escalón, durante horas, observó algo extraño que llamó su atención: algunos peregrinos regresaban de la cima con la mirada perdida, unos con lágrimas, otros confusos y sorprendidos, pero todos ellos traían algo en común: una sonrisa en los labios. Algunos incluso estallaban en carcajadas. Recordó entonces que hacía muchos años había sucedido lo mismo y entonces no había encontrado la respuesta. ¿Qué les habría sucedido en la cima para bajar tan felices?

Aún tardó media hora en llegar hasta lo alto. Cuando por fin alcanzó la cima, encontró a un hombre sentado en posición de loto sobre una roca. Tenía los ojos cubiertos de niebla y pronunciaba un ruido monótono e intermitente. Su largo cabello danzaba en el aire como una medusa, y su brazo petrificado en el aire sostenía un *rudraksha:* los años habían causado mella sobre el iluminado igual que sobre Yuseph.

Algunos peregrinos descansaban en grupos salteados y también sonreían. Una vez más, se preguntó por qué.

Se acercó al santo, postrándose ante él, y le relató su historia: desde los primeros días en el tren, luego el pueblo, hasta llegar al barco y de ahí al palacio. Le relató sus viajes, sus experiencias y sus logros. Cuando se sintió desahogado le agradeció su amuleto.

—Sin él no habría podido alcanzar nada. Su talismán me protegió. Todo lo que soy se lo debo a usted.

Inmediatamente, el iluminado despertó de su trance y rio con fuerza. En sus ojos aparecieron dos pupilas negras y brillantes como moras.

—La verdad, no sé de qué me hablas —sonrió compadecido—. Yo soy un simple herrero que estoy tratando de buscar la iluminación desde hace años. Soy tan normal como tú, me enfado, siento envidia, odio y quiero. Pero uno de mis amigos, en broma, difundió este rumor y ahora la gente esperanzada me pide una piedra y yo se la regalo para no romper sus ilusiones. Pero lo cierto es que no tiene ningún poder.

Yuseph se levantó de golpe, sorprendido, incapaz de aceptar aquellas palabras. Sus mejillas se tiñeron de grana y lo embargó un profundo bochorno. ¿Cómo entonces había sentido aquella energía que emanaba del amuleto?, se preguntó. ¿Aquel poder sobrenatural que tanto le había ayudado durante la incertidumbre?

El iluminado pareció leer sus tribulaciones y le explicó:

—Solo te puedo decir una cosa: si sentiste que esa vulgar piedra te ayudó, el verdadero poder no está en la piedra, está en creer. Si lo crees, es cierto.

Yuseph le contempló maravillado y se rio de la paradoja, comprendiendo al fin por qué todos reían.

5

Finalmente, el viaje de Yuseph había llegado a su fin.

Se atusó el pelo hacia atrás mientras recorría con la mirada la muchedumbre del Laad Bazaar.

Durante meses había recorrido la faz de la Tierra, atravesando el lago Baikal, sumergiéndose en el desierto del Gobi u orillando el mar Muerto. Todo para llegar a la lejana India. Los negocios del amo no alcanzaban aquel extremo de Asia debido a la diferencia de ordenamientos y formas de gobierno, por lo que aquel territorio se había abierto hacia él como un nuevo mundo. Los habitantes eran de ojos almendrados y piel oscura, con aromas a especias y ropajes de vivos colores que alegraban el alma. A cada paso, el redoblar de las campanas y el salmo de los rezos lo acompañaba como una bruma mística. Cada pueblo que había recorrido aparecía coronado por un templo, a cual más hermoso y enorme, todos ellos de piedra, tallados a mano con representaciones divinas y figuras libidinosas, cuya paz no era alterada ni siquiera por los silbidos de la locomotora. Pero lo cierto es que ni toda aquella paz lograba aplacar su espíritu. Yuseph se sentía ansioso, emocionado, con un nudo en la garganta, incapaz de contener la sonrisa. Su corazón era como un ave enjaulada que volvía a ser libre. Solo podía pensar en ella: Aisha. Sentía sus besos en cada ráfaga de la brisa. No podía esperar el momento de encontrarla por fin. Su amor estaba predestinado desde el día en que subió al tren, pensó mientras contemplaba las últimas estrellas del alba. Si hubiera sido profeta, habría desvelado que los astros anunciaban la unión de dos almas.

Antes de partir de ad-Dār al-Baīḍa, le había escrito su última carta. En ella le anunció que llegaría en el mes de *Shawwal*[2]. No conocía la India, pero sabía que vivía en Sindh, más allá del río Indo. La red ferroviaria se había extendido por todo el país, por lo que decidió fijar el punto de encuentro en Hayderabad, bajo el monumento de Charminar, a las siete de la mañana de un *al-jamís*[3], hora local. La reconocería por una carta suya que llevaría en las manos.

¿Cómo sería?

Recordó en aquel instante las palabras que el arqueólogo le había dicho al analizar la caligrafía de Aisha: «En cuanto a la autora, no es una anciana, su pulso es estable. Pero tampoco una adolescente: el texto es inteligente y denota madurez. Es probable que sea una señora entrada en

[2] (En árabe, شوآل *Šawwāl*). Es el décimo mes del calendario musulmán. Tiene 29 días.

[3] (سيمخلا, «el quinto»), jueves.

años. Sindh es una región pacífica, y con su fortuna no sería descabellado deducir que aún viva».

En aquel instante, mientras recorría el hormigueante bazar, Yuseph tropezó con un muchacho delgado y moreno, de ojos grandes y cejas pobladas, desgarbado, algo cabizbajo. Por un instante, ambos se miraron a los ojos y luego, tras saludarle tímidamente, el muchacho siguió adelante perdiéndose entre la multitud para siempre. Yuseph no supo jamás que su nombre era Sagar, y no era otro que su creador.

Varios muecines clamaban al horizonte, llamando a los fieles a la oración. El bazar estaba repleto de gente, casi todos ellos lugareños, pero también algunos *nawabs* opulentos o maharajás acompañados de infinitos séquitos y concubinas. Eran justo las siete de la mañana y, tras varios meses de viaje, Yuseph se hallaba en el punto de encuentro: el hermoso monumento de Charminar, una gigantesca estructura de granito y mármol, formada por cuatro minaretes coronados por una cúpula islámica. Ahora que se encontraba bajo el arco, le pareció el edificio más romántico y digno de sellar su amor. Nervioso, buscó a su alrededor con la mirada. Solo deseaba que la carta hubiese llegado a su destino y Aisha estuviese ahí esperándole.

Súbitamente, Yuseph reparó en cómo se le acercaba una mujer, una dama de figura esbelta y andares gráciles. Su cabello era intensamente moreno y ondulado y se le deslizaba por una espalda sinuosa. Sus ojos negros y profundos, coronados por dos cejas como las alas de un águila; los labios, opulentos. Yuseph la contempló extasiado, creyendo que era Aisha, y dio un paso adelante atrapado por su poderosa belleza, como si el mundo hubiese desaparecido a su alrededor, sin darse cuenta de que no tenía una carta en la mano, sino un cántaro de agua. La mujer pasó a su lado, lanzándole una mirada fugaz, sonriendo con garbo al sentirse admirada. En un momento de embriaguez, Yuseph alzó la mano para saludarla, y fue en aquel preciso instante cuando la vio. Era Zulaikhah Aisha Begum. Estaba justo detrás de la dama, apoyada sobre un muro con la carta en la mano, buscando a su alrededor con impaciencia. Una señora madura, de piel muy oscura, con el cabello largo y negruzco bajo un turbante rojo vivo. Rolliza y achaparrada, sus pies gruesos repletos de anillos y sus manos callosas cubiertas de alheña. La forma de sus ojos era triste y hundida; su nariz, ancha; y los labios, gruesos y prominentes.

El corazón de Yuseph se detuvo ahí mismo, dividido entre ambas visiones.

Entretanto, la mujer del cántaro se alejaba rápidamente. Yuseph vio cómo se perdía entre la multitud. Por un momento, deseó que hubiese sido su Aisha, el amor de su vida, pero se avergonzó de aquel pensamiento.

Giró la cabeza y volvió a mirar a aquella señora, tratando de ver en ella el espíritu que amaba, la mujer a la que se había ofrendado. No era una señora, era una mujer adulta, de piel bronceada; su melena oscura era en realidad brillante y espesa; sus formas, frondosas; sus abalorios reflejaban un alma coqueta y despierta. Sus ojos eran profundos y sus labios, carnosos. Entonces la vio como realmente era: la mujer más hermosa de esta tierra. Porque la belleza no está en el objeto, sino en la mirada.

Fue entonces cuando lo comprendió. Aquello no sería atracción, pero sí algo más preciado: sería amor. Era la última prueba de su viaje y no se dejaría engañar por las máscaras. Ella era su Aisha y pertenecía a ella como una orilla pertenece a otra. Avanzó hacia la mujer y la saludó con una inclinación. En realidad, mientras hablaba, se sintió ahogado por la amargura de su decepción. Pero ¿importaba realmente aquello?

—Hola, soy Yuseph —sonrió sin saber qué decir. Era extraño hablar con una desconocida a la que amaba.

La mujerona sonrió cándidamente, mostrándole unos dientes blancos en su rostro moreno.

—Estaba esperándole —respondió con un brillo en la mirada—. Me alegra conocerle al fin.

Yuseph sintió que su corazón enmudecía como un escenario vacío.

—¿Quiere dar un paseo? —preguntó tímidamente.

Ella rio cubriéndose la boca.

—Yo no soy Aisha, señor. La dama del cántaro que se acaba de marchar me pagó para que sostuviera esta carta en la mano. Me dijo que si usted se acercaba a saludarme, yo debía informarle de que le está esperando en la cúspide del Charminar. —Todo era una prueba para saber si realmente la amaba.

Yuseph se quedó paralizado ahí mismo, sabiéndose prisionero para siempre. Le sonrió con ojos empañados y comenzó a alejarse lentamente. Abriéndose paso entre el gentío, subiendo los ciento cuarenta y nueve escalones que le separaban de ella. Con desesperación, con ansia. Herido, despojado. Comprendiendo su gran amor por ella. Comprendiendo al fin por qué huyó Jorge III de Gran Bretaña. Él no superó la prueba.

Cuanto más ascendía, más solitario y sereno se tornaba el hermoso edificio. Soplaba una brisa refrescante y húmeda; el bullicio de la ciudad quedó atrás y cuando alcanzó la cúspide, tenía el mundo a sus pies. Del sol pareció brotar un hondo suspiro y a lo lejos la noche rozó el filo de una mañana repleta de riquezas. Ella lo estaba esperando. En su mano sostenía una carta. En un acto de valentía, Yuseph la tomó en sus brazos fuertemente. Con amor. Con devoción.

6

Entonces, en el frenesí de aquel maravilloso instante, recordó el libro que había hallado en su hogar: *Amagi.* Lo llevaba en su talega, consigo, pensó sonriendo. Finalmente había logrado revelar el misterio. *Amagi* era el manuscrito que su padre le leía todas las noches cuando era pequeño. En él se recogía una antigua leyenda árabe.

Contaba la historia de un famoso héroe cuyo nombre era igual al suyo, Yuseph Wahed.

Yuseph era conocido entre los hombres porque un día abandonó su hogar para seguir un sueño e ir en busca de la libertad. En su viaje conoció el amor, la venganza, el odio y la ambición. En esos precipitados senderos de la existencia descubrió la verdad de las cosas, las enseñanzas que le guiarían en su vida y la sabiduría eterna del mundo. Hasta que un día reveló el misterio que el universo le susurraba a través de su sueño y comprendió al fin el significado de aquella palabra mágica que le seguía como una sombra: «amagi». Desde entonces, bastaba con que Yuseph pronunciara aquel mantra para que el universo cumpliera todos sus deseos. Pasaron los años y al volver a su hogar se instauró una tradición entre los habitantes del pueblo: todos los que tenían un sueño por cumplir, aquellos que sufrían o los que simplemente buscaban la buena suerte iban a ver a Yuseph. Él se reunía con ellos una vez al año, en un *al-jamís* de *Shawwal,* y los llevaba a todos a un lugar que le era muy querido, una vieja casa derruida repleta de miles de vasijas. Una vez allí, sacaba su talismán y pronunciaba la palabra mágica. Y cuenta la leyenda que, de algún modo misterioso, se cumplían los sueños de todas las personas que ahí se reunían.

Con el paso de los años, cuando Yuseph murió, el pueblo perdió el amuleto... Pero como aún recordaba la palabra mágica y conocía el emplazamiento en ruinas, cada año, en un *al-jamís* de *Shawwal*, repetían el rito que aprendieron del viejo Yuseph y todos los que tenían un sueño por cumplir, aquellos que sufrían o los que simplemente buscaban la buena suerte se reunían entre aquellos escombros y pronunciaban el mantra. Aunque no tenían el amuleto, cuenta la leyenda que, de algún modo misterioso, se cumplían los sueños de todas las personas que ahí se reunían.

Sin embargo, los vaivenes de la historia, las guerras y los infortunios de la naturaleza provocaron que, lentamente, el rito se fuese perdiendo hasta tornarse en mito. Ahí estaban las nuevas generaciones. Ellos no sabían cuál era el lugar en ruinas, no sabían cuál era la palabra mágica, habían perdido el amuleto y tampoco recordaban el día del año en que debían congregarse... No obstante, había algo que sí sabían: uno de ellos conocía esta historia. Se trataba de un anciano de Alejandría cuya tatarabuela, llamada Aliena, había conocido al célebre Yuseph hacía mucho tiempo. Así que decidió recoger toda la historia en un libro. Y para que no volviese a ser olvidada jamás, escribió la palabra en el exterior del mismo. Los años pasaron y el pueblo fue invadido por bárbaros. Entonces, este mágico documento fue enterrado en casa del propio Yuseph por el propio pueblo. Y nadie volvió a verlo jamás.

Hasta los tiempos presentes, en que un coetáneo muy ingenioso lo desenterró por casualidad bajo las raíces de un gigantesco baniano bengalí ubicado en la actual Casablanca y lo difundió al mundo para todos los que tenían un sueño por cumplir, aquellos que sufrían o los que simplemente buscaban la buena suerte. Y cuenta la leyenda que basta que alguien lea el libro para que, de algún modo misterioso, se cumplan todos sus sueños...

Mientras Yuseph abrazaba a Aisha con fuerza, solo pudo pensar en una cosa: si realmente había algo de cierto en aquella historia, si alguien había escrito ese libro mágico llamado *Amagi* y lo había difundido al mundo; entonces tú, lector, en este preciso momento estarás leyendo el libro y yo, Yuseph Wahed, no puedo más que desearte de todo corazón: «Mucha suerte, porque todos tus sueños se cumplirán».

FIN

Este símbolo cuneiforme fue hallado en una tablilla de arcilla de más de cuatro mil años de antigüedad.

Para los sumerios significaba literalmente «retorno a la madre», pues cuando los esclavos recibían su manumisión, regresaban a su hogar.

Los historiadores consideran que es la primera palabra escrita para designar el concepto de LIBERTAD. Y se pronuncia «amagi».

NOTA DEL AUTOR

Hace varios años, por diferentes motivos, buscaba desesperadamente respuestas que diesen sentido a mi vida. Leía vorazmente decenas de libros de Rajneesh, Krishnamurti, Gurdjieff, Tagore, Buda Gautama, Gibrán Khalil, abarcando desde Lao-Tsé hasta el Bhagavad-Gitá, textos del sufismo, del jasidismo o las enseñanzas de Sri Ramakrishna y Swami Vivekananda. Pero, sobre todo, me fascinaba leer cuentos espirituales. Historias metafóricas, que condensaban en pocas líneas la verdad del pensamiento humano. Me agradaban sus paradojas, el juego del misterio y la respuesta, la forma inesperada de revelar la moraleja. Entonces decidí escribir *Amagi:* una historia que condensase la esencia de todos aquellos cuentos, una novela a la que la gente pudiese recurrir para aprender, para crecer mental y espiritualmente. Este libro recopila todas las preguntas que yo me hice sobre la vida y las respuestas que yo encontré en el camino. Escribí este libro porque deseo compartir mis lecciones con otros hombres y mujeres que se encuentran en la misma búsqueda. Este libro es una recopilación de cientos de historias que provienen de diferentes corrientes culturales, abarcando desde el hinduismo, el sufismo, el taoísmo, el budismo, el cristianismo, el judaísmo y tantas otras historias con moraleja que circulan por internet provenientes del *Panchatantra, Las mil y una noches,* así como viejos poemas, oraciones, leyendas urbanas o narraciones populares. Otros son simplemente de autoría desconocida, que llegaron a mí por transmisión oral en mis viajes a la India o a través de mi padres y abuelos; finalmente, algunos otros vagan por la maravillosa e infinita fuente de información que supone internet. Todos ellos componen las ramas de un árbol cuyo tronco principal es la historia de Yuseph Wahed, nuestro héroe, el aprendiz que se convierte en maestro. Yuseph es el río y las pequeñas historias son sus afluentes. Sin embargo, he de señalar que los cuentos han sido modificados, transformados y adaptados a las situaciones de la historia; además de ello, sus moralejas han sido tergiversadas por mi particular visión de la vida y del mundo. Tanto que a veces poco o nada queda del cuento original. *Amagi* es el libro de mi vida, y gran parte de Yuseph vive en mí. Deseo de todo corazón que este libro te ayude a salir airoso de las incertidumbres de la vida. Buena suerte y buen viaje.

Sagar Prakash Khatnani

AGRADECIMIENTOS

Agradece a la llama su luz,
pero no olvides el pie del candil que paciente la sostiene.
RABINDRANATH TAGORE

Múltiples estudios científicos han demostrado que la gratitud mejora los niveles de actividad en la zona del hipotálamo, que es el área del cerebro encargada de regular el estrés. Además, el agradecimiento activa las regiones del cerebro asociadas con la liberación de dopamina, un neurotransmisor de la recompensa, pues cada vez que se genera en el cerebro, tendemos a repetir la misma acción. Por tanto, el agradecimiento es y debe ser una adicción.

Desde pequeño soñaba con escribir libros, pero ¿quién me diría cuando cumplí los veinticuatro años y me embarqué en esta gran aventura que terminaría cuando cumpliese los treinta? Ha sido un camino largo, en ocasiones difícil, y durante estos seis años muchas personas me han acompañado en la travesía. Hoy quiero agradecerles su apoyo, sus palabras y su comprensión.

Gracias a mi hermana, Madhú Prakash Khatnani, por ser la primera en leer el manuscrito, por la franqueza de sus opiniones y su perspicaz sentido del entretenimiento.

Gracias a mi amigo Rafael Rodríguez León por ser el primero en escucharme leer el manuscrito.

Gracias a Rita Padilla Blanes, por su natural sencillez y alegría, por leer mil y una veces cada párrafo durante cinco largos años, por su gran sentido del humor y, principalmente, por ser una gran amiga.

Gracias a Ana Castillo Valls, por su ojo clínico, sus observaciones y su gran entusiasmo. Apareció a mitad del camino y su inesperado empuje resultó fundamental.

Gracias a mi amiga Ismarú Rodríguez Góngora, por su gran deferencia al ofrecerse a leer la novela, por sus magníficas correcciones, por su imposición de la musicalidad en el texto, por sus observaciones filosóficas y sus palabras cariñosas.

También quisiera dar las gracias a Miguel Garrido Muñoz, por su exquisita profesionalidad, pero más aún por su amabilidad, por creer en *Amagi* y por ser mi guía en el mundo editorial.

Gracias igualmente a mi preciado amigo Cayetano Rivera Soria que, a pesar de los años y la distancia, tuvo la admirable gentileza de obsequiarme con sus exquisitas ilustraciones. Su talento y su grandeza ennoblecen estas páginas.

No quisiera dejar de agradecer la maravillosa labor de Marta Bravo y Javier Olmos. También quisiera elogiar la gran profesionalidad de Gonzalo Albert Bitaube y, en especial, la prodigiosa vigorosidad de mi editora, Mónica Adán Frutos.

Finalmente, quisiera agradecer esta novela a mi madre, por confiar en mi ingenio. Y a mi padre, por contarme siempre hermosas historias de la antigua India.

Un beso y un abrazo de corazón a todos aquellos que no he mencionado pero que a través de sus palabras, de sus atenciones y su interés me han alentado a seguir. Os debo mi sueño.

Sagar Prakash Khatnani
31 de mayo de 2013

Este libro
se terminó de imprimir
en el mes de enero de 2014

Suma de Letras es un sello editorial del Grupo Santillana

www.sumadeletras.com

Argentina
Avda. Leandro N. Alem, 720
C 1001 AAP Buenos Aires
Tel. (54 114) 119 50 00
Fax (54 114) 912 74 40

Bolivia
Calacoto, calle 13, 8078
La Paz
Tel. (591 2) 279 22 78
Fax (591 2) 277 10 56

Chile
Dr. Aníbal Ariztía, 1444
Providencia
Santiago de Chile
Tel. (56 2) 384 30 00
Fax (56 2) 384 30 60

Colombia
Carrera 11 A, n.º 98-50. Oficina 501
Bogotá. Colombia
Tel. (57 1) 705 77 77
Fax (57 1) 236 93 82

Costa Rica
La Uruca
Del Edificio de Aviación Civil 200 m al Oeste
San José de Costa Rica
Tel. (506) 22 20 42 42 y 25 20 05 05
Fax (506) 22 20 13 20

Ecuador
Avda. Eloy Alfaro, 33-3470 y Avda. 6 de Diciembre
Quito
Tel. (593 2) 244 66 56 y 244 21 54
Fax (593 2) 244 87 91

El Salvador
Siemens, 51
Zona Industrial Santa Elena
Antiguo Cuscatlan - La Libertad
Tel. (503) 2 505 89 y 2 289 89 20
Fax (503) 2 278 60 66

España
Avenida de los Artesanos, 6
28760 Tres Cantos (Madrid)
Tel. (34 91) 744 90 60
Fax (34 91) 744 92 24

Estados Unidos
2023 N.W 84th Avenue
Doral, FL 33122
Tel. (1 305) 591 95 22 y 591 22 32
Fax (1 305) 591 74 73

Guatemala
26 Avda. 2-20
Zona 14
Guatemala C.A.
Tel. (502) 24 29 43 00
Fax (502) 24 29 43 03

Honduras
Colonia Tepeyac Contigua a Banco Cuscatlan
Boulevard Juan Pablo, frente al Templo
Adventista 7º Día, Casa 1626
Tegucigalpa
Tel. (504) 239 98 84

México
Avda. Río Mixcoac, 274
Colonia Acacias
03240 Benito Juárez
México D.F.
Tel. (52 5) 554 20 75 30
Fax (52 5) 556 01 10 67

Panamá
Vía Transísmica, Urb. Industrial Orillac,
Calle Segunda, local 9
Ciudad de Panamá
Tel. (507) 261 29 95

Paraguay
Avda. Venezuela, 276,
entre Mariscal López y España
Asunción
Tel./fax (595 21) 213 294 y 214 983

Perú
Avda. Primavera, 2160
Surco
Lima 33
Tel. (51 1) 313 40 00
Fax. (51 1) 313 40 01

Puerto Rico
Avda. Roosevelt, 1506
Guaynabo 00968
Puerto Rico
Tel. (1 787) 781 98 00
Fax (1 787) 782 61 49

República Dominicana
Juan Sánchez Ramírez, 9
Gazcue
Santo Domingo R.D.
Tel. (1809) 682 13 82 y 221 08 70
Fax (1809) 689 10 22

Uruguay
Juan Manuel Blanes, 1132
11200 Montevideo
Tel. (598 2) 402 73 42 y 402 72 71
Fax (598 2) 401 51 86

Venezuela
Avda. Rómulo Gallegos
Edificio Zulia, 1º - Sector Monte Cristo
Boleita Norte
Caracas
Tel. (58 212) 235 30 33
Fax (58 212) 239 10 51